ATRIUM

»Ein eisiger Thriller!«
Focus

»Einer der besten Krimis der Saison.«
Der Standard

»Ein smarter und kompakter Thriller,
in dem der Spannungsbogen nie erschlafft.«
Frankfurter Allgemeine Zeitung

»Großartig!«
WDR 2

»Ein perfekt konstruierter Thriller mit einem Ende,
das sprachlos macht.«
La Lettura

Donato Carrisi, geboren 1973 in einem Dorf in Apulien, lebt in Rom. Er studierte Jura und spezialisierte sich auf Kriminologie und Verhaltensforschung. Nach einer kurzen Tätigkeit als Anwalt arbeitet er heute als Autor und Regisseur. Nach seinem weltweiten Durchbruch mit dem Thriller *Der Todesflüsterer* stürmte Donato Carrisi mit *Der Nebelmann* die internationalen Bestsellerlisten.

DONATO CARRISI

DER NEBELMANN

THRILLER

Aus dem Italienischen
von Karin Diemerling

Atrium Verlag · Zürich

Für Antonio.
Meinen Sohn, mein Alles.

23. FEBRUAR.

ZWEIUNDSECHZIG TAGE NACH DEM VERSCHWINDEN.

Die Nacht, die alles für immer veränderte, begann mit dem Klingeln eines Telefons.

Der Anruf kam um null Uhr zwanzig. Es war ein Montagabend, draußen herrschten acht Grad minus und ein Eisnebel, der alles verschluckte. Flores lag im mollig warmen Bett neben seiner Frau und sah sich genüsslich einen alten Gangsterfilm im Fernsehen an. Sophia schlief schon seit einer Weile und ließ sich von dem Klingeln nicht stören. Sie bekam nicht einmal mit, dass ihr Mann aufstand und sich anzog.

Flores schlüpfte in eine wattierte Hose, einen Rollkragenpullover und eine dicke Winterjacke. Dann beeilte er sich, zu dem kleinen Krankenhaus von Avechot zu kommen, in dem er seit gut dreißig seiner zweiundsechzig Lebensjahre als Psychiater tätig war. In all der Zeit war er kaum je wegen eines Notfalls aus dem Bett geholt worden, schon gar nicht von der Polizei. Hier in dem kleinen Alpenort, in dem er geboren worden war und die meiste Zeit gelebt hatte, passierte nach Sonnenuntergang so gut wie nichts – als würden in diesen Breitengraden selbst die Kriminellen eine maßvolle Lebensweise bevorzugen und ebenso zeitig schlafen gehen wie alle anderen.

Folglich rätselte Flores, was seine Anwesenheit im Krankenhaus zu dieser ungewöhnlichen Stunde erforderlich machen konnte. Die Polizei hatte ihn am Telefon lediglich über die Festnahme eines Mannes infolge eines Verkehrsunfalls informiert. Weiter nichts.

Am Nachmittag hatte es aufgehört zu schneien, doch die Kälte hatte gegen Abend noch zugenommen. Als Flores das Haus verließ, wurde er von einer übernatürlichen Stille empfangen. Alles war starr, regungslos. Sogar die Zeit schien stehen geblieben zu sein. Den Psychiater überlief ein Schauder, der nichts mit der Außentemperatur zu tun hatte. Er ließ seinen alten Citroën an und wartete ein paar Sekunden, ehe er losfuhr, damit der Dieselmotor sich warm laufen konnte. Zudem brauchte er das Geräusch, um der Eintönigkeit dieses unheimlichen Friedens etwas entgegenzusetzen. Der Nebel war so dicht, dass er die gesamte Schöpfung ausgelöscht zu haben schien.

Die Straße war vereist, aber es war vor allem der Dunst, der ihn zwang, mit weniger als zwanzig Stundenkilometern zu fahren, beide Hände fest ums Lenkrad gelegt, das Gesicht dicht an der Windschutzscheibe, um die Straßenränder besser erkennen zu können. Zum Glück kannte er die Strecke in- und auswendig.

An einer Abzweigung nahm er die Straße Richtung Ortsmitte, und kurz darauf erspähte er etwas in der Milchsuppe. Vorsichtig fuhr er weiter und hatte dabei das Gefühl, dass alles stark verlangsamt war, wie in einem Traum. Aus der Tiefe des Weiß blinkte ihm etwas entgegen. Es schien auf ihn zuzukommen, doch in Wahrheit war er es, der darauf zufuhr. Im Nebel tauchte eine menschliche Gestalt auf. Sie machte merkwürdige, ausladende Armbewegungen. Beim Näherkommen sah Flores, dass es sich um einen Polizisten handelte, der dort stand, um vorbeifahrende Fahrzeuge zu warnen. Als er ihn passierte, grüßten sie sich flüchtig. Hinter dem Beamten stellte sich das Blinken als das Blaulicht eines Streifenwagens und die Warnblinkanlage einer dunklen Limousine heraus, die von der Straße abgekommen und im Graben gelandet war.

Kurz darauf erreichte Flores das Ortszentrum. Es war vollkommen verlassen. Die gelblichen Straßenlampen schimmerten wie Erscheinungen im Nebel. Er durchquerte die gesamte Ortschaft, dann war er am Ziel.

Im Krankenhaus herrschte ungewöhnliche Betriebsamkeit. Kaum war Flores zur Tür herein, kam ihm auch schon Rebecca Mayer entgegen, eine junge Staatsanwältin, die sich in letzter Zeit einen Namen gemacht hatte. Sie wirkte besorgt. Während der Psychiater seinen Parka ablegte, unterrichtete sie ihn über die Identität des neu eingetroffenen Patienten.

»Vogel«, sagte sie nur.

Als er den Namen hörte, verstand Flores die ganze Aufregung. Er pfiff leise durch die Zähne. »Und was soll ich tun?«, fragte er.

»Die Notärzte sagen, es geht ihm gut. Er macht nur einen verwirrten Eindruck, vielleicht aufgrund des Unfallschocks.«

»Aber Sie sind sich da nicht so sicher, stimmt's?« Flores hatte es erfasst, denn die Mayer antwortete nicht. »Ist er katatonisch?«

»Nein, er reagiert, wenn man ihn anspricht. Aber er hat starke Stimmungsschwankungen.«

»Und er erinnert sich an nichts«, schloss Flores die Anamnese selbst ab.

»Er erinnert sich an den Unfall. Aber uns interessiert vor allem, was vorher war. Wir müssen unbedingt wissen, was heute Abend geschehen ist.«

»Sie glauben, dass er simuliert?«, folgerte der Psychiater.

»Ich fürchte, ja. Und da kommen Sie ins Spiel, Doktor Flores.«

»Was erwarten Sie von mir, Frau Staatsanwältin?«

»Wir haben nicht genug in der Hand, um ihn zu beschuldigen, und das weiß er. Deshalb muss ich wissen, ob er zurechnungsfähig ist.«

»Und falls er es ist, was dann?«

»Dann können wir Anklage gegen ihn erheben und eine offizielle Vernehmung durchführen, ohne Angst haben zu müssen, dass irgendein Rechtsanwalt im Gerichtssaal alles aufgrund einer blöden Spitzfindigkeit wieder zerpflückt.«

»Aber, Verzeihung ... man hat mir gesagt, dass es bei dem Unfall keine anderen Verletzten oder Todesopfer gab. Was wollen Sie ihm denn zur Last legen?«

Die Mayer antwortete nicht gleich.

»Sie werden es verstehen, wenn Sie ihn vor sich haben.«

Man hatte ihn in sein Sprechzimmer gebracht. Als Flores die Tür aufmachte, fiel sein Blick direkt auf den Mann, der auf einem der beiden Besucherstühle vor dem mit Akten überhäuften Schreibtisch saß. Er trug einen dunklen Kaschmirmantel, und seine Schultern waren gekrümmt, er schien nicht einmal wahrzunehmen, dass jemand hereingekommen war.

Flores hängte seine Jacke an den Kleiderhaken und rieb sich die immer noch klammen Hände. »Guten Abend«, sagte er, während er zur Heizung ging und so tat, als wollte er sich vergewissern, dass sie an war. Ein Vorwand, um sich vor den Patienten zu stellen, seinen Zustand einzuschätzen und vor allem zu verstehen, was Staatsanwältin Mayer gemeint hatte.

Unter seinem Mantel war Vogel elegant gekleidet. Ein dunkelblauer Anzug, taubenblaue Seidenkrawatte mit dezentem Blumenmuster zum weißen Hemd, ein gelbes Einstecktuch in der Brusttasche des Jacketts. Nur dass er ziemlich zerknittert aussah, als trüge er diese Sachen schon seit Wochen.

Vogel hob kurz den Blick, ohne den Gruß zu erwidern, dann sah er wieder auf seine im Schoß liegenden Hände.

Der Psychiater wunderte sich über die verrückte Laune des

Schicksals, die sie beide an diesem Abend zusammengeführt hatte. »Sind Sie schon lange hier?«, fragte er.

»Und Sie?«

Flores lachte, doch sein Gegenüber blieb ernst.

»Mehr oder weniger dreißig Jahre«, antwortete Flores also. Das Zimmer hatte sich im Laufe der Zeit mit allerlei Krimskrams und Möbelstücken angefüllt. Auf einen Außenstehenden musste es wie ein vollgestopfter Trödelladen wirken.

An einem Ende des Schreibtischs standen mehrere gerahmte Familienfotos. Vogel nahm eines zur Hand und betrachtete es. Es zeigte Flores umgeben von seiner zahlreichen Nachkommenschaft an einem Sommertag im Garten.

»Nette Familie«, bemerkte Vogel mit vagem Interesse.

»Drei Kinder und elf Enkel.« Flores hing sehr an diesem Bild.

Vogel stellte es wieder an seinen Platz und sah sich um. An den Wänden hingen neben der gerahmten Promotionsurkunde, diversen Auszeichnungen und selbst gemalten Bildern der Enkelkinder auch einige andere Trophäen, auf die der Psychiater besonders stolz war.

Er war Sportangler und stellte in seinem Sprechzimmer diverse Exemplare präparierter Fische zur Schau.

»Wann immer ich kann, lasse ich alles stehen und liegen und fahre an einen See oder einen Bergbach«, erklärte Flores. »So fühle ich mich wieder eins mit der Natur.«

In einer Ecke stand ein offener Schrank mit Angelruten und einem Köfferchen voller Haken, Köder, Schnüre und anderem Zubehör. Der Raum sah kaum noch nach dem Sprechzimmer eines Psychiaters aus. Er war zu seiner Höhle geworden, seinem Rückzugsort, und Flores dachte nur ungern daran, dass er in ein paar Monaten in Pension gehen würde und dann alles ausräumen, all seine Sachen mitnehmen musste.

Zu den vielen Geschichten, die diese Wände dann erzählen könnten, kam nun die eines unvorhergesehenen Besuchs an einem späten Winterabend hinzu.

»Ich kann es immer noch nicht glauben, dass Sie hier sitzen«, gestand Flores ein wenig verlegen. »Meine Frau und ich haben Sie schon so oft im Fernsehen gesehen.«

Der andere nickte nur. Er schien tatsächlich in einem desorientierten Zustand zu sein – oder er war ein ausgezeichneter Schauspieler.

»Sind Sie sicher, dass Ihnen nichts fehlt?«

»Mir geht es gut«, antwortete Vogel matt.

Flores entfernte sich von dem Heizkörper und setzte sich an seinen Schreibtisch, in den Sessel, der sich mit den Jahren seiner Körperform angepasst hatte. »Sie hatten großes Glück, wissen Sie das? Ich bin gerade an der Unfallstelle vorbeigefahren. Sie sind auf der richtigen Seite von der Straße abgekommen. Da ist zwar ein ziemlich tiefer Graben, aber auf der anderen Seite ist ein Abgrund.«

»Der Nebel«, sagte der Gast.

»Natürlich«, bestätigte Flores. »Eisnebel, das erlebt man nicht oft. Ich habe zwanzig Minuten mit dem Auto hierher gebraucht, doppelt so lang wie gewöhnlich.« Er legte beide Ellbogen auf die Armlehnen des Sessels und ließ sich entspannt zurücksinken. »Wir haben uns noch gar nicht vorgestellt: Ich bin Doktor Auguste Flores. Sagen Sie, wie soll ich Sie anreden? Als Sonderermittler Vogel oder einfach Herr Vogel?«

Der Mann schien flüchtig darüber nachzudenken. »Das überlasse ich Ihnen.«

»Nun, ich denke, dass ein Polizist seinen Dienstgrad beibehält, auch wenn er suspendiert ist. Also bleiben Sie für mich Sonderermittler Vogel.«

»Wenn Sie meinen ...«

Flores gingen Dutzende von Fragen durch den Kopf, aber er wusste, wie wichtig es war, mit den richtigen zu beginnen. »Ehrlich gesagt hätte ich nicht erwartet, Sie noch in unserer Gegend anzutreffen. Ich dachte, Sie seien längst wieder unten in der Stadt, nach dem, was passiert ist. Warum sind Sie zurückgekommen?«

Der Sonderermittler strich langsam mit den Händen über seine Hose, als wollte er imaginären Staub abstreifen. »Ich weiß es nicht.«

Er fügte nichts weiter hinzu. Flores nickte. »Verstehe. Sind Sie allein gekommen?«

»Ja«, antwortete Vogel. Sein Gesichtsausdruck besagte, dass sich ihm der Sinn der Frage nicht erschloss. »Ich bin allein.«

»Hat Ihre Anwesenheit etwas mit dem vermissten Mädchen zu tun?«, wagte Flores sich vor. »Denn soweit ich mich erinnere, haben Sie keinerlei Befugnis mehr in dem Fall.«

Das schien den Mann aufzurütteln, ihn in seinem Stolz zu treffen. »Darf man mal erfahren, weshalb Sie mich hier festhalten?«, fragte er, plötzlich verärgert. »Was will die Mayer von mir? Warum darf ich nicht gehen?«

Flores ließ seine geradezu sprichwörtliche Geduld walten. »Herr Sonderermittler, Sie hatten heute Abend einen Unfall.«

»Das weiß ich selbst«, blaffte Vogel.

»Und Sie waren allein unterwegs, ist das richtig?«

»Das habe ich Ihnen doch gerade gesagt.«

Flores zog eine Schreibtischschublade auf, nahm einen kleinen Klappspiegel heraus und stellte ihn vor sein Gegenüber. »Sie haben keine körperlichen Blessuren davongetragen. Sie sind unverletzt, ist das richtig?«

»Mir geht es gut, wie oft soll ich das noch sagen?«

Der Psychiater beugte sich zu ihm vor. »Dann erklären Sie mir doch bitte, von wem das Blut auf Ihrer Kleidung stammt.«

Vogel wusste auf einmal nichts mehr zu sagen. Seine Wut verpuffte, und sein Blick richtete sich unwillkürlich auf den Spiegel.

Erst da sah er sie. Kleine rote Flecken am Kragen seines weißen Hemdes. Ein paar größere im Brustbereich. Einige verschwammen mit der dunklen Farbe seines Anzugs und des Mantels, doch man konnte die Ränder erahnen. Er schien die Spritzer zum ersten Mal zu bemerken, und doch sah Flores, dass er um ihre Existenz bereits wusste. Denn er war weder besonders erstaunt noch leugnete er zu wissen, woher sie kamen.

In Vogels Augen trat ein neues Leuchten, und während draußen vorm Fenster der Nebel unverändert auf der Welt lastete, schien seine Verwirrung sich zu lichten.

Vogel sah Flores in die Augen, plötzlich ganz klar.

»Sie haben recht«, sagte er. »Ich denke, ich schulde Ihnen eine Erklärung.«

25. DEZEMBER.

ZWEI TAGE NACH DEM VERSCHWINDEN.

Tannenwälder zogen sich die Berghänge hinunter wie eine geordnete Armee, die sich anschickt, ein Tal zu erobern. Das Tal war lang und schmal, und mitten hindurch lief ein Fluss. Der Fluss, mal still, mal aufbrausend, war von einem leuchtenden Grün.

Dort, eingebettet in diese Landschaft, lag Avechot. Ein Alpenstädtchen, nur wenige Kilometer von der Grenze entfernt. Häuser mit spitzen Giebeldächern, eine Kirche mit Glockenturm, Rathaus, Polizeiwache, ein kleines Krankenhaus. Ein Schulgebäude, ein paar Cafés und eine Eissporthalle.

Die Wälder, das Tal, der Fluss, der Ort. Und ein monströses Bergwerk, wie ein futuristischer Hieb gegen die Vergangenheit und die Natur solcher Orte.

Nicht weit vom Ortskern eine Raststätte an der Schnellstraße.

Durch das Fenster blickte man auf die Straße und eine Zapfsäule. Oben an der Scheibe prangte eine Leuchtschrift, die den Vorbeifahrenden ein »Frohes Fest« wünschte, doch von innen, spiegelverkehrt gesehen, war sie nur eine Reihe unverständlicher Hieroglyphen.

In dem Restaurant standen etwa dreißig himmelblaue Resopaltische, die meisten in Nischen entlang der Wände. Alle waren sie gedeckt, doch nur einer war besetzt – der ganz in der Mitte.

Sonderermittler Vogel verzehrte allein ein Frühstück aus

Eiern mit Speck. Er trug einen bleigrauen Anzug mit einer moosgrünen Weste und einer dunkelblauen Krawatte und hatte seinen Kaschmirmantel noch nicht einmal zum Essen ausgezogen. Den Blick auf ein schwarzes Notizbuch gerichtet und den Rücken gerade, machte er sich Aufzeichnungen mit einem feinen silbernen Füllfederhalter, den er hin und wieder auf dem Tisch ablegte, um eine Gabel voll Essen zu sich zu nehmen. Diese Bewegungen wechselte er so regelmäßig ab, als hielte er sich streng an einen inneren Rhythmus.

Der alte Wirt, in einer fettbespritzten Schürze über einem rot-schwarz karierten Holzfällerhemd, dessen Ärmel bis zu den Ellbogen aufgekrempelt waren, kam hinter dem Tresen hervor und näherte sich mit einer Kanne voll frischem Kaffee. »Denken Sie, ich wollte heute eigentlich gar nicht aufmachen. Hab mir gesagt: Wer soll denn schon am Weihnachtsmorgen herkommen? Bis vor ein paar Jahren wimmelte es hier ja noch von Touristen, Familien mit Kindern … Aber seit sie diesen fluoreszierenden Mist gefunden haben, ist alles anders geworden.« Er sagte es, als trauerte er einer fernen, glücklichen Zeit nach, die nie wiederkommen würde.

Vogel dachte, dass nichts von Dauer ist. Früher war das Leben in Avechot heiter und ruhig verlaufen, die Leute lebten vom Tourismus und vom Kunsthandwerk. Eines Tages jedoch hatte irgendein Spezialist von außerhalb prognostiziert, dass sich unter den Bergen der Gegend ein beträchtliches Vorkommen von Flussspat verbarg.

Ein multinationaler Konzern war gekommen und hatte die Schürfrechte erworben, indem er den Eigentümern der über dem Lager befindlichen Grundstücke üppige Summen anbot. Viele Dorfbewohner waren dadurch über Nacht reich geworden. Andere dagegen, die nicht das Glück gehabt hatten, eines der fraglichen Grundstücke zu besitzen, waren von heute auf morgen verarmt, weil die Touristen plötzlich wegblieben.

»Vielleicht sollte ich mich dazu durchringen, den Laden zu verkaufen, und mich zur Ruhe setzen«, fuhr der Alte fort. Verdrossen den Kopf schüttelnd, schenkte er Vogel Kaffee nach, ohne darum gebeten worden zu sein. »Als ich Sie reinkommen gesehen habe, dachte ich zuerst, Sie wären einer von diesen Vertretern, die mir andauernd ihren Plunder andrehen wollen. Aber dann ist mir ein Licht aufgegangen ... Sie sind wegen dem Mädchen hier, stimmt's?« Mit einer knappen Kopfbewegung deutete er auf das Flugblatt, das an der Wand neben dem Eingang hing.

Darauf das Foto eines lächelnden Teenagers mit roten Haaren und Sommersprossen. Ein Name, Anna Lou. Und eine Frage: »Hast du mich gesehen?« Gefolgt von einer Telefonnummer und ein paar Zeilen Text.

Vogel merkte, dass der Alte auf sein Notizbuch schielte, und klappte es zu. Dann legte er die Gabel auf dem Teller ab. »Kennen Sie sie?«

»Ich kenne die Familie. Sind anständige Leute.« Der Wirt zog einen Stuhl heraus und setzte sich zu ihm. »Was denken Sie, was mit ihr passiert ist?«

Vogel verschränkte die Hände unterm Kinn. Wie oft hatte er diese Frage schon gehört. Es war immer dasselbe. Die Fragenden wirkten aufrichtig besorgt, gaben sich die größte Mühe, so zu wirken, doch letztendlich war es nichts als Neugier. Morbide, eigennützige, erbarmungslose Neugier.

»Vierundzwanzig Stunden«, sagte er. Der Wirt verstand nicht, und Vogel kam seiner Bitte um Aufklärung zuvor. »Vierundzwanzig Stunden halten es von zu Hause ausgerissene Jugendliche im Allgemeinen aus, ihr Handy nicht einzuschalten. Dann müssen sie unbedingt einen Freund oder eine Freundin anrufen oder im Internet nachsehen, ob schon über sie gesprochen wird, und so werden sie lokalisiert. Der größte Teil kehrt nach achtundvierzig Stunden zurück. Falls es nicht zu einer fatalen Begegnung gekommen oder ein Unfall passiert ist, stehen die Chancen für einen glücklichen Ausgang bis zu zwei Tage nach dem Verschwinden gut.«

Der Wirt guckte verwirrt drein. »Und danach, was passiert dann?«

»Dann ruft man für gewöhnlich mich.« Der Sonderermittler stand auf, steckte die Hand in die Manteltasche und warf einen Zwanziger für das Frühstück auf den Tisch. Dann ging er zum Ausgang, drehte sich jedoch noch einmal zu dem Wirt um. »Hören Sie auf meinen Rat, verkaufen Sie nicht. In Kürze wird es hier wieder von Gästen wimmeln.«

Es war ein kalter Tag, aber die Wintersonne strahlte vom klaren Himmel und brachte alles zum Leuchten. Auf der Schnellstraße donnerte hin und wieder ein LKW vorbei, dessen Luftzug Vogels Mantelschöße flattern ließ. Der Sonderermittler stand reglos neben der Zapfsäule vor dem Lokal, die Hände in die Taschen gesteckt, und sah nach oben.

Hinter ihm tauchte ein junger Mann von Anfang dreißig auf. Auch er trug Anzug und Krawatte und einen Mantel, allerdings nicht aus Kaschmir. Er hatte blonde, zur Seite gescheitelte Haare und himmelblaue Augen. Das Gesicht eines braven Jungen.

»Guten Tag«, sagte er, doch sein Gruß blieb ohne Antwort. »Ich bin Kommissar Borghi. Man hat mich beauftragt, Sie abzuholen.«

Vogel schenkte ihm keine Beachtung, sondern starrte weiter in den Himmel.

»Die Besprechung beginnt in einer halben Stunde. Alle werden da sein, wie Sie es verlangt haben.« Borghi beugte sich ein Stück vor und begriff, dass der Sonderermittler etwas auf dem Schutzdach der kleinen Tankstelle betrachtete.

Eine Überwachungskamera, die auf die Schnellstraße gerichtet war.

Endlich drehte sich Vogel zu ihm um. »Diese Straße ist die einzige Zufahrt zum Tal, richtig?«

Borghi brauchte nicht darüber nachzudenken. »Ja. Es führt kein anderer Weg hinein oder hinaus. Sie verläuft geradewegs hindurch.«

»Gut«, sagte Vogel. »Dann bringen Sie mich jetzt ans andere Ende des Ortes.«

Mit schnellen Schritten ging er auf die dunkle Limousine ohne Polizeikennzeichen zu, mit der er abgeholt wurde. Borghi zögerte kurz, bevor er ihm folgte.

Wenige Minuten später standen sie auf der Brücke, die den Fluss überspannte und in das angrenzende Tal führte. Der junge Polizist wartete neben dem am Straßenrand geparkten Wagen, während Vogel ein paar Meter weiter die Pantomime von eben wiederholte und eine Videokamera zur Verkehrsüberwachung fixierte, die an einem Mast seitlich der Fahrbahn angebracht war. Der Verkehr brauste an ihm vorbei, und es wurde empört gehupt, doch er ließ sich nicht aus der Ruhe bringen und fuhr unbeirrt mit seiner Betrachtung fort.

Als der Sonderermittler endlich genug hatte, kehrte er zum Auto zurück. »Statten wir den Eltern des Mädchens einen Besuch ab«, sagte er und stieg ein, ohne Borghis Antwort abzuwarten. Der sah kurz auf seine Armbanduhr, bevor er sich ergeben wieder ans Steuer setzte.

»Anna Lou hat uns nie Probleme gemacht«, erklärte Maria Kastner entschieden. Die Mutter des verschwundenen Mädchens war eine kleine, zierliche Frau, die eine bemerkenswerte Kraft ausstrahlte. Sie saß neben ihrem massigen, aber harmlos wirkenden Ehemann auf dem Sofa im Wohnzimmer ihres zweigeschossigen Hauses. Die beiden waren noch in Schlafanzug und Morgenmantel und hielten sich an den Händen.

In der Luft hing ein süßlicher Geruch nach gekochtem Essen und Raumspray, den Vogel kaum ertrug. Er saß in einem Sessel, Borghi auf einem etwas abseits stehenden Stuhl. Zwischen ihnen und dem Ehepaar befand sich ein Couchtisch mit Espressotässchen darauf. Der Kaffee war dabei, kalt zu werden, da offenbar niemand die Absicht hatte, ihn zu trinken.

In einer Ecke stand ein geschmückter Weihnachtsbaum, unter dem ein Zwillingspärchen von etwa sieben Jahren mit den am Morgen ausgepackten Geschenken spielte. Ein Päckchen mit einer hübschen roten Schleife darum war noch unberührt.

Die Frau fing Vogels Blick auf. »Wir fanden, dass die Kleinen trotz allem die Geburt Jesu feiern sollten, auch um sie von der Situation abzulenken.«

Die »Situation« bestand darin, dass ihre sechzehnjährige Tochter, die Älteste und das einzige Mädchen, seit fast zwei Tagen verschwunden war. Sie hatte nachmittags um siebzehn Uhr das Haus verlassen, um zu einem Treffen in der Kirche zu gehen, die nur ein paar Hundert Meter entfernt lag.

Doch sie war nie dort angekommen.

Anna Lou hatte nur einen kurzen Weg in einem Wohnviertel mit lauter gleich aussehenden Häusern – Einfamilienhäuser mit Garten – zurückgelegt, in dem sich alle von jeher kannten.

Trotzdem hatte niemand etwas gesehen oder gehört.

Die Eltern hatten gegen neunzehn Uhr Alarm geschlagen, nachdem die Mutter festgestellt hatte, dass ihre Tochter nicht nach Hause gekommen war, und mehrmals vergeblich versucht hatte, sie auf dem Handy zu erreichen. Zwei lange Stunden, in denen ihr alles Mögliche zugestoßen sein konnte. Man hatte den ganzen Abend nach ihr gesucht, bis die Vernunft dazu riet, die Suche zu unterbrechen und erst am nächsten Morgen fortzusetzen, zumal die örtliche Polizei nicht die Mittel für eine groß angelegte Suchaktion hatte.

Bislang gab es noch keine Vermutungen über mögliche Gründe für das Verschwinden des Mädchens.

Vogel betrachtete schweigend die Eltern mit ihren dunklen Augenringen, eingegraben von einer Schlaflosigkeit, die gerade erst begonnen hatte, sie zu zeichnen, und sie in den kommenden Wochen schnell altern lassen würde.

»Unsere Tochter ist immer sehr verantwortungsbewusst gewesen, schon von klein auf«, fuhr die Frau fort. »Ich weiß nicht, wie ich es sagen soll … aber wir haben uns nie Sorgen um sie machen müssen. Sie hat sich praktisch selbst aufgezogen. Sie hilft im Haushalt, kümmert sich um ihre kleinen Brüder. Die Lehrer in der Schule sind mit ihr zufrieden. Und vor Kurzem hat sie als Katechistin in unserer Gemeinde angefangen.«

Das Wohnzimmer war bescheiden eingerichtet. Beim Hereinkommen waren Vogel sogleich die vielen Devotionalien aufgefallen, die von einer tiefen Frömmigkeit zeugten. An den Wänden hingen Bilder mit religiösen Symbolen oder Szenen aus der Bibel. Jesus war am häufigsten vertreten, auch in Form von kleinen Plastik- oder Gipsstatuen, und die Jungfrau Maria war ebenfalls sehr präsent. Außerdem gab es eine breite Riege an Heiligen. Über dem Fernseher hing ein Holzkreuz.

Daneben waren im ganzen Zimmer gerahmte Familienfotos verteilt. Anna Lou war ihrem Vater wie aus dem Gesicht geschnitten. Und immer lächelte sie. Bei ihrer Erstkommunion, in den Bergen mit ihren Brüdern, mit den Schlittschuhen über der Schulter in der Eissporthalle, stolz eine Medaille vorzeigend.

Vogel wusste, dass dieses Zimmer, diese Wände, dieses Haus, nie wieder dieselben sein würden. Alles war randvoll mit Erinnerungen, die schon bald anfangen würden wehzutun.

»Wir bauen den Weihnachtsbaum nicht ab, bis unsere Tochter wieder zu Hause ist«, verkündete Maria Kastner beinahe stolz. »Wir lassen die Kerzen brennen, damit man ihn durchs Fenster leuchten sieht.«

Vogel dachte, wie einfältig das war. Ein Weihnachtsbaum als Leuchtturm und Wegweiser für jemanden, der womöglich nie zurückkehren würde. Auch wenn Anna Lous Eltern sich dessen noch nicht bewusst waren: Der festliche Schein würde allen dort draußen signalisieren, dass sich zwischen diesen Wänden ein Drama abspielte. Er würde zu einer bedrückenden, ja aufdringlichen Präsenz werden. Die Nachbarn würden den Baum und seine Bedeutung nicht übersehen können und sich mit der Zeit davon belästigt fühlen. Wer an dem Haus vorbeikam, würde die Straßenseite wechseln, um seinen Anblick zu vermeiden. Dieses Symbol würde alle verjagen und die Einsamkeit der Kastners noch vergrößern. Der Preis dafür, dass man mit dem eigenen Leben weitermachen kann, ist die Gleichgültigkeit, sagte Vogel sich.

»Ihre Kollegen haben gesagt, ein Akt der Rebellion, eine Kurzschlusshandlung wäre etwas ganz Normales bei einer Sechzehnjährigen«, sagte Maria Kastner und schüttelte den Kopf. »Nicht bei meiner Tochter.«

Vogel nickte. Nicht aus Höflichkeit, um einer Mutter beizupflichten, die sich vor allem selbst freisprechen wollte, indem sie auf den guten Charakter ihres Kindes schwor. Nein, er glaubte wirklich, dass sie recht hatte, und bezog diese Gewissheit aus Anna Lous Gesicht, das ihn aus jeder Zimmerecke anlächelte. Ihr schlichter, beinahe kindlicher Ausdruck sagte ihm, dass ihr etwas zugestoßen sein musste.

»Wir haben eine enge Bindung zueinander, sie ist mir sehr ähnlich. Das hier hat sie für mich gemacht, sie hat es mir vor einer Woche geschenkt …« Die Frau zeigte ihm ein schmales Armband aus kleinen bunten Perlen. »Das ist in letzter Zeit ihr Hobby, sie macht diese Armbändchen und verschenkt sie an alle, die sie gernhat.«

Vogel stellte fest, dass sie diese für die Ermittlungen eher unbedeutenden Nebensächlichkeiten erzählte, ohne dass ihre Stimme oder ihr Blick große Gefühlsregungen verrieten. Doch das war keine Kaltherzigkeit. Er verstand, was in ihr vorging. Die Frau war davon überzeugt, dass sie und ihr Mann einer Prüfung unterzogen wurden, einer Art Test, mit dem sie die Festigkeit und Unerschütterlichkeit ihres Glaubens unter Beweis stellen sollten. Deshalb akzeptierte sie, was passiert war, und lehnte sich nicht gegen die Ungerechtigkeit des Schicksals auf, in der Hoffnung, dass irgendwer dort oben, vielleicht Gott persönlich, bald Abhilfe schaffen würde.

»Anna Lou hat sich mir stets anvertraut, aber eine Mutter muss immer damit rechnen, nicht alles über ihre Kinder zu wissen. Gestern, als ich ihr Zimmer in Ordnung brachte, habe ich das hier gefunden …« Sie ließ die Hand ihres Mannes kurz los, um Vogel ein farbig gebundenes Tagebuch zu geben, das sie neben sich liegen gehabt hatte.

Der Sonderermittler beugte sich über den Couchtisch und nahm es. Auf dem Einband waren zwei niedliche zerzauste Kätzchen abgebildet. Zerstreut begann er, durch die Seiten zu blättern.

»Sie werden nichts darin finden, das etwas Schlimmes ahnen lässt«, bemerkte die Frau.

Vogel schloss das Tagebuch und holte seinen Füller und das schwarze Notizbuch aus der Innentasche seines Mantels. »Ich nehme an, Sie wissen, mit wem Ihre Tochter vorwiegend Umgang hatte ...«

»Selbstverständlich«, antwortete Maria Kastner mit einer Spur von Empörung.

»Hat Anna Lou in letzter Zeit jemand Neues kennengelernt? Einen Freund oder eine Freundin?«

»Nein.«

»Sind Sie sich da ganz sicher?«

»Ja«, erwiderte die Frau. »Das hätte sie mir erzählt.«

Eben hatte sie noch eingeräumt, dass eine Mutter nicht alles über ihre Kinder wissen kann, und jetzt gab sie sich vollkommen gewiss. Das war typisch für die Eltern in Vermisstenfällen. Sie wollten die Polizei unterstützen, waren sich aber zugleich bewusst, dass sie zum Teil mitverantwortlich waren, sich zumindest der Unaufmerksamkeit gegenüber ihren Kindern schuldig gemacht hatten. Sobald man Zweifel anmeldete, reagierten sie mit Abwehr, selbst wenn das hieß, das Offensichtliche zu leugnen. Maria Kastner war bereits dabei, Kompromisse mit sich selbst zu schließen. Aber er musste noch mehr erfahren. »Ist Ihnen kürzlich irgendein anormales Verhalten an Ihrer Tochter aufgefallen?«

»Was meinen Sie mit ›anormal?‹«

»Sie wissen doch, wie Jugendliche sind. Aus kleinen Anzeichen kann man oft einiges schließen. Hat sie gut geschlafen? Regelmäßig gegessen? War sie in letzter Zeit schlecht gelaunt? Verschlossen, abweisend, oder hat sie sonst irgendwelche Verhaltensweisen gezeigt, die Sie vorher nicht an ihr kannten?«

»Sie war dieselbe Anna Lou wie immer. Ich kenne meine Tochter, Herr Kommissar Vogel, ich merke, wenn etwas nicht stimmt.«

Das junge Mädchen besaß ein Handy, allerdings ein altes Modell, kein Smartphone. »Hat Ihre Tochter im Internet gesurft?«

Die Eltern sahen sich an. »Unsere Bruderschaft rät davon ab, die Nutzung bestimmter Technologien zu fördern. Das Internet ist voller Gefahren, Kommissar Vogel. Inhalte, die auf Abwege führen und die Erziehung eines guten Christenmenschen verderben können«, sagte Maria Kastner. »Trotzdem haben wir unserer Tochter nie etwas verboten, sie hat sich selbst dagegen entschieden.«

Na klar doch, dachte Vogel. In einem allerdings hatte die Frau recht: Die Gefahr ging häufig vom Netz aus. Sensible Heranwachsende wie Anna Lou waren leicht zu beeinflussen, und im Internet trieben sich perfide Rattenfänger herum, die es verstanden, verletzliche Gemüter zu manipulieren und sich in ihr Leben einzuschleichen. Indem sie nach und nach alle Widerstände durchbrachen und bestehende Vertrauensbeziehungen untergruben, gelang es ihnen, sich an die Stelle der engsten Verwandten und Freunde zu setzen und die Minderjährigen quasi fernzusteuern. In dieser Hinsicht stellte Anna Lou Kastner das perfekte Opfer dar. Vielleicht hatte das Mädchen nur scheinbar dem Willen der Eltern entsprochen und sich woanders ins Internet eingeloggt, in der Schule oder der Bibliothek. Das würde man überprüfen müssen. Im Moment aber gab es noch andere Dinge, denen er nachgehen musste. »Sie gehören zu den Glücklichen im Ort, die eine Konzession an die Bergbaugesellschaft verkaufen konnten, ist das richtig?«

Er hatte die Frage an Bruno Kastner gerichtet, doch wieder antwortete seine Frau. »Mein Vater hat uns ein Grundstück hinterlassen, oben am Nordhang. Wer hätte gedacht, dass es einmal so viel wert sein könnte … Wir haben einen Teil des Geldes der Kirchengemeinde gespendet und die Hypothek für dieses Haus abbezahlt. Der Rest ist für unsere Kinder angelegt.«

Es musste sich um ein hübsches Sümmchen handeln, überlegte Vogel. Wahrscheinlich genug, um noch vielen zukünftigen Kastner-Generationen ein mehr als anständiges Auskommen zu sichern. Sie hätten sich den einen oder anderen Luxus gönnen oder ein größeres, schöneres Haus kaufen können, doch sie hatten sich dafür entschieden, ihren bescheidenen Lebensstil beizubehalten. Er persönlich verstand nicht, wie man so einfach auf das Wohlleben, den dieser unerwartete warme Regen ermöglichte, verzichten konnte, sah aber von einer Nachfrage diesbezüglich ab und sagte, den Kopf immer noch über sein Notizbuch gebeugt: »Da bislang keine Geldforderung eingegangen ist, schließe ich eine erpresserische Entführung vorerst aus. Aber haben Sie vielleicht in der Vergangenheit irgendwelche Drohungen erhalten? Gibt es jemanden, der Grund zu Neid, Groll oder Ärger auf Sie hätte?«

Die Kastners schienen verwundert über diese Fragen.

»Nein, niemanden«, sagte die Frau. »Wir verkehren privat nur mit den Mitgliedern unserer Gemeinschaft.«

Vogel dachte über die unterschwellige Bedeutung dieser Aussage nach – die Kastners waren anscheinend davon überzeugt, dass es in ihrer Bruderschaft keinen Raum für Konflikte gab. Doch er hatte mit dieser Antwort gerechnet, denn bevor er ihr Haus betreten hatte, hatte er sich bereits in ihrem Leben umgesehen und sich über alles informiert, was es über sie zu wissen gab.

Die öffentliche Meinung machte gewöhnlich beim äußeren Anschein halt. Wenn etwas Ungewöhnliches passierte wie das Verschwinden eines wohlerzogenen Mädchens aus gesundem familiären Umfeld, neigten die Leute zu der Annahme, dass das Böse von außen gekommen war. Erfahrene Polizisten wie er dagegen richteten ihre Ermittlungen nicht zuerst auf das äußere Umfeld, denn in einer Vielzahl der Fälle verbarg sich die Erklärung – ebenso banaler- wie schrecklicherweise – zwischen den trauten häuslichen Wänden. Er hatte es schon mit Vätern zu tun gehabt, die ihre Kinder sexuell missbrauchten, und mit Müttern, die ihre Töchter wie gefährliche Rivalinnen behandelten, statt sie zu beschützen. Um des lieben Friedens willen und um ihre Ehe oder die Familienehre zu retten, kamen manche dann zu dem Schluss, dass die beste Lösung darin bestand, sich ihr eigenes Fleisch und Blut vom Hals zu schaffen. Einmal war ihm der Fall einer Frau begegnet, die beschlossen hatte, ihren Mann zu schützen und sich die öffentliche Schande zu ersparen, indem sie ihre missbrauchte Tochter eigenhändig umbrachte und verschwinden ließ. Kurzum, das Spektrum der Grausamkeiten war groß und vielfältig.

Die Kastners aber schienen in Ordnung zu sein.

Er war ein Fuhrunternehmer, der auch nach dem unerwarteten Geldsegen nicht damit aufgehört hatte, sich den Buckel krumm zu schuften, sie eine bescheidene Hausfrau, die sich voll und ganz der Familie widmete. Darüber hinaus lebten die beiden ihren Glauben mit Inbrunst und Überzeugung.

Dennoch, man wusste schließlich nie.

Vogel tat, als sei er zufrieden. »Ich denke, das wäre alles fürs Erste.« Damit stand er auf, prompt gefolgt von Borghi, der die ganze Zeit geschwiegen hatte. »Danke für den Kaffee und ... das hier«, sagte er, Anna Lous Tagebuch hochhaltend. »Es wird uns sicher eine große Hilfe sein.«

Die Kastners brachten die Polizeibeamten zur Tür. Vogel warf noch einen Blick auf die beiden Kinder, die gleichmütig unterm Weihnachtsbaum weiterspielten. Wer weiß, wie die Erinnerung an das alles sich ihnen einprägen und später in ihrem Erwachsenengedächtnis verhaftet sein würde. Vielleicht waren sie gerade noch klein genug, um dem Trauma zu entrinnen. Doch das Päckchen mit der roten Schleife, das auf Anna Lou wartete, sagte dem Sonderermittler, dass sie immer irgendetwas an die Tragödie, die ihre Familie getroffen hatte, gemahnen würde. Schließlich gibt es nichts Schlimmeres als ein Geschenk, das die Person, für die es gedacht ist, nicht erreicht. Die Freude, die es enthält, verdirbt allmählich und verseucht alles ringsherum.

Er wandte sich unvermittelt an Borghi. »Würden Sie bitte im Auto auf mich warten?«

»Ja, gewiss«, sagte der junge Polizist beflissen.

Mit den Kastners allein geblieben, schlug Vogel einen neuen Ton an, freundlicher, fürsorglicher, als läge ihm »die Situation« wirklich am Herzen. »Ich möchte ganz offen zu Ihnen sprechen«, sagte er. »Die Medien haben inzwischen Wind von dem Vorfall bekommen und werden bald in Scharen hier auflaufen. Sie müssen wissen, die Journalisten sind manchmal gewitzter darin, Informationen aufzuspüren, als die Polizei, und nicht immer ist das, was dann in die Zeitung oder ins Fernsehen kommt, für die Ermittlungen relevant. Manchmal kann es die Ermittlungen sogar behindern. Falls Sie mir also noch irgendetwas zu sagen haben, egal, was es ist ... Jetzt wäre der richtige Moment.«

Es folgte ein Schweigen, das Vogel länger als nötig andauern ließ. Sein Rat enthielt im Grunde eine Warnung: Ich weiß, dass ihr Geheimnisse habt, alle haben welche. Und eure Geheimnisse sind bei mir besser aufgehoben als beim Fernsehen.

»Schön«, sagte er schließlich, um sie von ihrer Verlegenheit zu erlösen. »Ich habe gesehen, dass Sie Flugblätter mit dem Foto Ihrer Tochter verteilt haben – eine gute Idee, aber das reicht nicht. Zum Beispiel wäre es hilfreich, sich mit einem Aufruf an die Öffentlichkeit zu wenden. Fühlen Sie sich dazu in der Lage?«

Die Eheleute sahen sich an, berieten sich mit Blicken. Dann streifte Anna Lous Mutter das Perlenarmband von ihrer Tochter ab, nahm Vogels linke Hand und legte es ihm um wie bei einer feierlichen Investitur. »Wir werden alles tun, um Sie zu unterstützen, Herr Kommissar Vogel. Aber bitte bringen Sie sie uns nach Hause.«

Während er im Dienstwagen wartete, telefonierte Borghi. »Ich weiß nicht, wie lange es noch dauert, das war nun mal seine Anordnung«, erklärte er einem der Kollegen, die nun schon seit über einer Stunde auf den Beginn der angesetzten Besprechung warteten. »Ja, ich habe auch Familie. Beruhige sie und sag ihnen, dass niemand das Weihnachtsessen zu Hause verpassen wird.« In Wahrheit befürchtete er, sich mit dem Versprechen zu weit aus dem Fenster zu lehnen, denn er hatte keine Ahnung, was Vogel noch alles einfallen würde. Er selbst wusste nur das Allernötigste über den Fall und hatte sich daher an diesem Vormittag darauf beschränkt, den Chauffeur zu spielen.

Am Abend zuvor hatte ihm sein Dienstabschnittsleiter aufgetragen, morgens nach Avechot zu fahren und den Sonderermittler Vogel im Fall einer vermissten Minderjährigen zu unterstützen. Er hatte ihm eine kümmerliche Fallakte übergeben und mit einer etwas merkwürdigen Anweisung geendet: Er solle mit dunklem Anzug und Krawatte pünktlich um halb neun bei der Raststätte am Ortsausgang des Alpenorts erscheinen.

Borghi hatte natürlich schon viel über Vogel und dessen Exzentrik gehört. Im Fernsehen war oft von ihm und seinen Fällen die Rede, und er war ein regelmäßiger Gast in Talkshows, die sich mit Verbrechen und anderen Sensationen befassten. Zeitungen und Nachrichtensendungen rissen sich um Interviews mit ihm. Der Sonderermittler schien sich wohlzufühlen vor den Kameras, wie ein erfahrener Schauspieler, der bei seinem Auftritt jederzeit improvisieren kann und sich seines Erfolgs gewiss ist.

Dann waren da noch die Geschichten, die innerhalb der Kriminalpolizei kursierten und ihn als einen eigensinnigen, kontrollsüchtigen, nur an seiner Medienwirkung interessierten Typen darstellten. Dermaßen egozentrisch, dass er alle um sich herum in den Hintergrund drängte.

In letzter Zeit war es allerdings nicht so gut für Vogel gelaufen. Ein Fall insbesondere hatte ihm viel Kritik eingetragen, und der eine oder andere Kollege empfand Schadenfreude deswegen. Borghi dagegen glaubte, dass man von einem Spürhund wie ihm trotzdem jede Menge lernen konnte. Er selbst war im Grunde noch ein blutiger Anfänger, und die Erfahrung dieser Zusammenarbeit konnte ihm gewiss nicht schaden.

Nur dass der Sonderermittler sich stets mit aufsehenerregenden Verbrechen beschäftigte, besonders brutalen oder grausamen Delikten mit hohem emotionalem Wirkungsgrad. Und er sich seine Fälle immer sehr sorgfältig aussuchte, wie es hieß.

Also fragte sich Borghi, was Vogel am Verschwinden eines Teenagers so besonders fand.

Denn auch wenn er persönlich Verständnis für die Ängste der Eltern hatte und es durchaus für möglich hielt, dass dem Mädchen etwas zugestoßen war, sah er keinen massenmedienwirksamen Fall darin. Die aber waren es, für die Vogel sich normalerweise interessierte.

»Wir sind bald da«, versicherte er seinem Kollegen, nur um das Gespräch abzuschließen. Im selben Moment fiel ihm ein schwarzer Lieferwagen auf, der am Ende der Straße parkte.

Zwei Männer saßen darin und starrten auf das Haus der Kastners, ohne ein Wort miteinander zu wechseln.

Borghi wollte schon aus dem Auto steigen, um sie zu überprüfen, als er den Sonderermittler aus dem Haus kommen sah. Vogel ging auf ihn zu, hielt jedoch plötzlich mitten auf der Straße inne und tat etwas völlig Verrücktes.

Er begann zu applaudieren.

Zuerst leise, dann immer lauter. Dabei sah er sich um. Das Geräusch erzeugte einen Widerhall, und an den Fenstern der umliegenden Häuser tauchten Gesichter auf. Eine alte Frau, ein Ehepaar samt Kindern, ein dicker Mann und eine Hausfrau mit Lockenwicklern auf dem Kopf. Nach und nach kamen weitere Köpfe hinzu, die das Geschehen verständnislos verfolgten.

Endlich hörte Vogel mit dem Klatschen auf.

Er blickte sich noch ein letztes Mal um, nun seinerseits beobachtet, und stieg in den Wagen, als wäre nichts gewesen. Borghi hätte ihn gern nach dem Grund seines seltsamen Verhaltens gefragt, doch Vogel kam ihm wieder zuvor. »Was ist Ihnen bei diesen Leuten aufgefallen, Borghi?«

Der junge Polizist zögerte nicht. »Das Ehepaar hat sich die ganze Zeit an den Händen gehalten, sie wirkten sehr einträchtig. Aber es hat immer nur sie gesprochen.«

Der Sonderermittler nickte und sah geradeaus auf die Straße. »Dieser Mann brennt darauf, uns etwas zu sagen.«

Borghi gab keinen Kommentar dazu ab. Er fuhr los und hatte den Applaus und den schwarzen Lieferwagen bald vergessen.

Die Polizeiwache war zu klein und zu eng für das, was Vogel vorschwebte, weshalb er um eine geeignetere Lokalität gebeten hatte. So kam es, dass aus der Schulturnhalle eine Einsatzzentrale für die Suche nach Anna Lou Kastner wurde.

Die Turnmatten und -geräte waren an die eine Längswand gerückt worden. Der große Korb mit den Volleybällen stand unbeachtet in einer Ecke. Jemand hatte Pulte aus den Klassenzimmern herbeigeschafft, die als Schreibtische dienen sollten, ein anderer einige Gartenklappstühle besorgt. Sie hatten zwei Laptops und einen PC angeschleppt, aber es gab nur ein einziges Festnetztelefon. Unter einem der Basketballkörbe war eine schwarze Schiefertafel aufgestellt worden, darauf stand mit Kreide geschrieben: »Ermittlungsergebnisse«. Darunter hatte man die bis dahin gesammelten Fahndungshilfen angebracht: ein Foto von Anna Lou, das gleiche wie auf den von den Eltern ausgedruckten Flugblättern, sowie eine Karte des Tals.

Der Saal hallte vom Gemurmel einer spärlichen Gruppe örtlicher Polizeibeamter in Zivil wider, die sich um eine Kaffeemaschine und ein Tablett mit Gebäck versammelt hatten. Sie redeten aufgeregt durcheinander und sahen ständig auf die Uhr.

Bei einem plötzlichen dumpfen Knall, hervorgerufen von den Flügeln einer Feuertür, die beide zugleich aufgestoßen wurden, fuhren sie wie ein Mann herum. Vogel marschierte gefolgt von Borghi in die Halle, und die Unterhaltung verstummte. Die Tür fiel hinter den beiden zu, und dann war nur noch das leise Quietschen der Ledersohlen auf dem Bodenbelag zu hören.

Ohne Begrüßung und ohne jemanden eines Blickes zu würdigen, ging Vogel zu der Tafel unter dem Korb. Er starrte einen Augenblick auf die »Ermittlungsergebnisse«, als würde er sie aufmerksam studieren. Dann wischte er die Überschrift mit einer schnellen Handbewegung weg und riss das Foto und die Karte herunter.

Mit einem Stück Kreide schrieb er ein Datum auf die Tafel: 23. Dezember.

»Es sind fast zwei Tage seit dem Verschwinden des Mädchens vergangen«, begann er. »In Vermisstenfällen läuft die Zeit meist gegen uns. Wir müssen sie so gut wie möglich nutzen, und deshalb ist es nötig, einen ersten Schritt zu tun.« Er machte eine Pause. »Ich möchte Kontrollposten an der Schnellstraße, an den beiden Zufahrten zum Tal. Sie sollen vorerst niemanden anhalten, aber wir wollen ein Signal aussenden.«

Die Beamten hörten schweigend zu. Borghi hatte sich etwas abseits an die Wand gelehnt und beobachtete die Versammlung.

»Die Überwachungskamera über der Zapfsäule bei dem Schnellrestaurant. Wurden die Aufnahmen schon überprüft?«, fragte Vogel.

Nach kurzem Zögern hob einer der Polizisten, ein Mann mit vorstehendem Bauch, Karohemd und hellblauer Krawatte, seine Kaffeetasse in die Höhe und räusperte sich. »Ja. Wir haben uns die Aufnahmen von den Stunden um den Zeitpunkt des Verschwindens herum geben lassen. Nichts Auffälliges.«

»Sehr gut«, sagte Vogel zufrieden. »Sie werden bitte die männlichen Fahrer der durchkommenden Fahrzeuge ausfindig machen und deren Gründe für das Aufsuchen beziehungsweise Verlassen des Tals überprüfen. Konzentrieren Sie sich auf diejenigen mit gewalttätiger Vergangenheit oder Vorstrafen.«

Von seinem Beobachtungsposten aus entging Borghi der Missmut der Männer nicht.

Ein zweiter Beamter meldete sich zu Wort, der älter war und daher wohl glaubte, sich Kritik erlauben zu können. »Wir sind nur wenige Leute hier, wie Sie sehen, wir haben kein Personal für Sondereinsätze.« Dies wurde von den anderen mit zustimmendem Geraune quittiert.

Vogel ließ sich nicht davon irritieren. Er warf einen Blick auf die Schulpulte, den geradezu lächerlichen Mangel an Ausstattung. Er konnte es diesen Männern kaum zum Vorwurf machen, dass sie skeptisch und wenig motiviert waren, aber er konnte auch keine Ausflüchte gelten lassen. »Ich weiß, dass Sie jetzt alle zu Hause sein und mit Ihren Familien Weihnachten feiern wollen«, fuhr er fort. »Sie sehen mich und Kommissar Borghi als zwei Fremde an, die hierherkommen und Ihnen sagen, was Sie zu tun haben. Aber bedenken Sie eins: Wenn diese Geschichte zu Ende ist, kehren Borghi und ich dahin zurück, wo wir hergekommen sind. Sie dagegen …« Er sah sie rasch der Reihe nach an. »Sie werden den Eltern dieses Mädchens weiter im Dorf begegnen, auf der Straße, überall.«

Es folgte ein kurzes Schweigen. Dann meldete sich der ältere Polizist wieder zu Wort, etwas weniger feindselig diesmal. »Verzeihen Sie mir die Frage, aber warum sollen wir nach einem Mann suchen, wenn ein junges Mädchen verschwunden ist? Sollten wir uns nicht lieber auf Spuren von ihr konzentrieren?«

»Ganz einfach: weil sie jemand entführt hat.«

Ein Raunen ging durch den Raum. Vogel musterte die Anwesenden forschend. Jeder Polizist von gesundem Menschenverstand hätte seine Behauptung als ermittlerischen Leichtsinn abgetan. Es gab keinen einzigen Beleg für seine Hypothese, nicht einmal den schwächsten Anhaltspunkt. Es war eine leere Behauptung. Doch es genügte ihm, in ihren Köpfen den Gedanken aufkeimen zu lassen, dass es *möglich* war. Ein Samenkorn Möglichkeit reichte aus, um in kürzester Zeit Gewissheit wachsen zu lassen. Und wenn es ihm gelang, diese Männer hier auf seine Seite zu bringen, konnte er alle überzeugen. Das Spiel entschied sich hier, in dieser improvisierten Einsatzzentrale. Nicht unter Profis, gestählt durch jahrelange Erfahrung, sondern unter ein paar schlecht ausgerüsteten Dorfwachtmeistern. In diesen wenigen Minuten wurde über das Schicksal des

Falls und vielleicht eines sechzehnjährigen Mädchens entschieden. Deshalb packte Vogel sämtliche im Laufe der Zeit erworbenen Tricks aus, um den Männern seine Sichtweise unterzujubeln.

»Es hat keinen Zweck, um den heißen Brei herumzureden«, fuhr er fort. »Wir müssen die Dinge beim Namen nennen, sonst verlieren wir, wie gesagt, nur Zeit. Zeit, die für Anna Lou sehr wertvoll sein kann.« Er zog sein Notizbuch aus der Manteltasche, schlug es mit einer knappen Drehung des Handgelenks auf und konsultierte seine Aufzeichnungen. »Es ist gegen fünf Uhr nachmittags am 23. Dezember. Anna Lou Kastner verlässt das Haus, um zu einem Treffen in der Kirche zu gehen, die nur rund dreihundert Meter entfernt liegt.« Vogel drehte sich um und zeichnete zwei weit auseinanderliegende Punkte auf die Tafel. »Wir wissen, dass sie nicht dort ankommt. Und dass sie nicht der Typ ist, der von zu Hause fortläuft. Das sagen uns diejenigen, die sie kennen, aber auch ihr gesamter Lebensstil – kein Internet zu Hause, kein Profil auf den sozialen Netzwerken und nur fünf Telefonnummern in ihrem Handy-Verzeichnis.« Er zählte sie an den Fingern ab: »Mutter, Vater, eigener Hausanschluss, Großeltern und Pfarrgemeinde.« Dann wandte er sich wieder zur Tafel um und verband die beiden Punkte mit einer Linie. »Die Antwort verbirgt sich irgendwo auf diesen dreihundert Metern. In der näheren Umgebung wohnen weitere elf Familien, sechsundvierzig Personen insgesamt, von denen zweiunddreißig zur fraglichen Zeit zu Hause waren – aber niemand hat etwas gesehen oder gehört. Die Überwachungskameras der privaten Sicherheitsanlagen sind alle auf die hauseigenen Grundstücke gerichtet, nicht auf die Straße, deshalb nützen sie uns nichts. Wie heißt es doch so schön? ›Keiner schaut über den eigenen Gartenzaun.‹« Er steckte das Notizbuch wieder ein. »Der Entführer hat die Gewohnheiten des Viertels genau studiert und wusste, wie man sich dort unbeobachtet fortbewegt. Die Tatsache, dass wir seine Existenz nur vermuten können, lässt darauf schließen, dass er sich gründlich auf die Tat vorbereitet hat. Und uns um einige Nasenlängen voraus ist.«

Vogel legte die Kreide ab und wischte sich den Staub von den Händen. Erneut taxierte er seine Zuhörer, um festzustellen, ob er mit seiner Darstellung zu ihnen durchgedrungen war. Ja, es sah so aus. Er hatte ihnen einen Verdacht eingepflanzt, aber nicht nur das. Vor allem hatte er ihnen genug Motivation geliefert, um sich voll einzusetzen. Von nun an würde er sie leicht lenken können, und keiner würde seine Anweisungen mehr infrage stellen.

»Gut. Und denken Sie daran: Die Frage ist nicht mehr, *wo* Anna Lou sich aufhält. Die eigentliche Frage ist jetzt, *bei wem*«, schloss er. »Dann legen wir mal los.«

Ohne etwas gegessen zu haben, verkroch Borghi sich in sein kleines Hotelzimmer, das er zusammen mit dem Vogels am Nachmittag reserviert hatte. Er hatte damit gerechnet, dass am Weihnachtstag nichts mehr zu bekommen wäre, doch obwohl das »Hotel Alpenblume« zu den wenigen noch geöffneten Herbergen im Tal gehörte, war es so gut wie leer. Die meisten anderen Hotels hatten nach dem Beginn des Fluoritabbaus dichtgemacht. Borghi hatte sich gefragt, warum sie nicht in Gästehäuser für die Arbeiter und Angestellten des Bergbaukonzerns umgewandelt worden waren, bis der Portier ihm erklärt hatte, dass die Arbeiter fast alle aus dem Ort stammten, während die Manager des Unternehmens mit ihren Helikoptern kamen und gingen und nie lange blieben. Die Hälfte der männlichen Erwerbsbevölkerung Avechots war in der großen Mine beschäftigt, die das Tal beherrschte.

Als Erstes streifte Borghi seine Anzugschuhe ab und zog die Krawatte aus. Er hatte den ganzen Tag elend gefroren in diesen dünnen Sachen. Normalerweise trug er nur einen Anzug, wenn er vor Gericht aussagen musste. Er wartete, dass seine Körpertemperatur sich der des Zimmers anglich, und zog dann auch sein Jackett und das Hemd aus. Er würde es waschen und in der Dusche aufhängen müssen, in der Hoffnung, dass es bis zum nächsten Morgen trocknete, da seine Frau vergessen hatte, ihm eines zum Wechseln einzupacken. Caroline war in letzter Zeit sehr zerstreut. Sie hatten im vergangenen Jahr geheiratet, und sie war im sechsten Monat schwanger. Keine leichte Sache, einer jungen Ehefrau, die ein Kind erwartete, zu erklären, weshalb man Weihnachten nicht mit ihr verbringen konnte.

Borghi rief sie an, während er das Hemd im Waschbecken einweichte. Das Gespräch verlief ziemlich knapp.

»Was ist denn da eigentlich los in Avechot?«, fragte Caroline ungehalten.

»Wir wissen es noch nicht genau.«

»Dann können sie dir ja genauso gut freigeben über die Feiertage.«

Es lag auf der Hand, dass Caroline Streit suchte. Sie war ungenießbar in dieser Stimmung. »Ich habe dir doch erklärt, was für eine Chance dieser Fall für mein berufliches Fortkommen ist.« Er versuchte, einen versöhnlichen Ton anzuschlagen, wurde aber von dem nebenan laufenden Fernseher abgelenkt. »Entschuldige, ich muss Schluss machen, es klopft an der Tür«, log er und legte auf, ehe Caroline ihn weiter volljammern konnte. Rasch ging er hinüber, um den Sonderbeitrag in den Nachrichten zu sehen.

Am Weihnachtsabend, nachdem die Leute genug gefeiert hatten und den langen Tag allmählich ausklingen ließen, traten Anna Lous Eltern im Fernsehen auf.

Sie saßen nebeneinander hinter einem großen rechteckigen Tisch, der auf ein kleines Podest gestellt worden war. Beide trugen Winteranoraks, die ihnen zu groß geworden zu sein schienen, als hätten die vergangenen bangen Stunden sie von innen her aufgezehrt. Tatsächlich wirkten sie sehr bedrückt und hielten wieder Händchen.

Borghi kannte ihren Aufruf schon, den ein Kameramann eines Lokalsenders unter Vogels Regie am Nachmittag aufgezeichnet hatte. Er war selbst dabei gewesen, aber als er die Szene jetzt auf diesem kleinen Bildschirm sah, löste sie ein seltsames Gefühl in ihm aus, das er nicht richtig benennen konnte.

Bruno Kastner hielt ein gerahmtes Foto seiner Tochter in die Kamera, das offenbar bei einem feierlichen Gottesdienst aufgenommen worden war, denn sie trug eine weiße Kutte mit einem schlichten Holzkreuz darüber. Seine Frau Maria, das gleiche Holzkreuz um den Hals, las von einem Blatt Papier ab. »Anna Lou ist einen Meter siebenundsechzig groß und hat lange rote Haare, die sie meist zu einem Pferdeschwanz zusammenbindet. Zum Zeitpunkt ihres Verschwindens trug sie einen grauen Trainingsanzug, Turnschuhe und eine weiße Daunenjacke. Außerdem hatte sie einen kleinen, bunt gemusterten Rucksack dabei.« Nachdem sie kurz Atem geschöpft hatte, blickte sie direkt in die Kamera, wie um sich an alle Eltern dort draußen zu wenden, vielleicht aber auch an die Person oder Personen, die über den Verbleib ihrer Tochter Bescheid wussten. »Unsere Anna Lou ist ein liebes Mädchen, wer sie kennt, weiß, dass sie ein großes Herz hat. Sie mag Katzen und vertraut den Menschen. Falls Sie Anna Lou gesehen haben oder wissen, wo sie sich aufhält, helfen Sie uns bitte, sie nach Hause zu holen.« Zum Schluss sprach sie direkt zu ihrer Tochter, als könnte diese sie an irgendeinem unbekannten, fernen Ort wirklich hören. »Anna Lou … Mama, Papa und deine Brüder haben dich lieb. Wo du auch bist, ich hoffe, dass unser Ruf und unsere Liebe dich erreichen. Und wenn du nach Hause zurückkommst, schenken wir dir das Kätzchen, das du dir so sehr wünschst, Anna Lou, das verspreche ich dir ... Der Herr beschütze dich, mein Kind.«

Sie hatte den Namen der Tochter öfter genannt als nötig, fiel Borghi auf. Vielleicht, weil sie Angst hatte, auch noch das Letzte zu verlieren, das ihr von Anna Lou geblieben war.

In diesem Augenblick gelangten ein unbekanntes junges Mädchen, das sicher nie gedacht hätte, einmal ins Fernsehen zu kommen, und ein kleiner Alpenort namens Avechot zu einer traurigen Berühmtheit. Endlich verstand Borghi das merkwürdige Gefühl von eben, als ihm die Szene, die er doch bereits kannte, auf einmal so fremd vorgekommen war.

Es lag an der Wirkung des Fernsehens. Als würden die Worte und Gesten durch dieses Medium eine neue Dichte, eine stärkere Präsenz bekommen.

Früher hatte sich das Fernsehen darauf beschränkt, die Realität wiederzugeben, jetzt dagegen hatte sich der Prozess offenbar umgekehrt. Es machte sie erst greifbar, erfahrbar.

Es schuf sie.

Ohne zu wissen, warum, musste Borghi wieder an Vogels Worte in Bezug auf Anna Lous Vater denken, vorhin im Auto, nach dem seltsamen Händeklatschen vor dem Haus der Kastners.

»Dieser Mann brennt darauf, uns etwas zu sagen.«

Borghi würde bald Vater einer kleinen Tochter sein. Und seit nun mehr als achtundvierzig Stunden wusste der Mann, den Vogel in ein so zweifelhaftes Licht gestellt hatte, nicht, was aus seinem Kind geworden war. Der junge Kommissar wurde von einer plötzlichen Furcht ergriffen und fragte sich, in was für eine Welt seine Tochter da hineingeboren wurde.

Es war kurz vor Mitternacht, und bei den Kastners war es still. Doch es war keine friedliche Stille, denn sie betonte nur die Leere, die vor mehr als zwei Tagen in diesem Haus entstanden war. Anna Lous Abwesenheit war nun deutlich zu spüren. Ihr Vater konnte sie nicht mehr ignorieren, wie er es tagsüber getan hatte, indem er es vermied, zu den Stellen hinzusehen, an denen seine Tochter sich gewöhnlich aufhielt: ihrem Stuhl am Esstisch oder dem Sessel, in den sie sich abends gern kuschelte, um zu lesen oder fernzusehen, der Tür ihres Zimmers. Das Fehlen ihrer Stimme hatte er mit anderen Geräuschen zu überdecken versucht, hatte irgendwelche Gegenstände hin und her geschoben, wenn der Schmerz, sie nicht mehr sprechen, lachen oder vor sich hin singen zu hören, unerträglich wurde.

Doktor Flores hatte Maria Beruhigungsmittel verschrieben, damit sie schlafen konnte. Bruno hatte sich vergewissert, dass sie die Tabletten nahm, und war dann zu den Zwillingen hinübergegangen, um sie richtig zuzudecken. An der Schwelle ihres Zimmers war er stehen geblieben, um noch ein Weilchen über ihren unruhigen Schlaf zu wachen. Die Kinder hielten sich tapfer, nur ihren Träumen merkte man an, dass auch sie verstört waren. Immer wieder hatten sie Fragen gestellt, dabei aber fast uninteressiert getan und sich mit kurzen, ausweichenden Antworten zufriedengegeben. Hinter ihrer scheinbaren Gleichgültigkeit verbarg sich nichts anderes als die Furcht vor der Wahrheit, einer Wahrheit, auf die man mit sieben Jahren noch nicht gefasst sein konnte.

Auch Bruno Kastner kannte sie nicht, er wusste nur, dass er entsetzliche Angst vor ihr hatte.

Er setzte sich schwerfällig an den Esstisch, nun wieder in Pantoffeln und Schlafanzug. Nach dem Besuch der beiden Polizeibeamten hatte er sich angezogen, um aus dem Haus zu gehen, ohne genau zu wissen, wohin. Er hatte Trost in seiner gewohnten Tätigkeit als Fuhrunternehmer gefunden und die folgenden Stunden am Steuer seines Lieferwagens zugebracht, war mehr oder weniger ziellos über die gewundenen Bergstraßen gefahren. Dabei hatte er nach einer Spur von Anna Lou gesucht, irgendeiner. In Wirklichkeit war er aber auch vor seinen eigenen Ängsten geflohen und einem Gefühl des Unvermögens, wie es nur ein Vater kennt, der weiß, dass er nicht gut genug auf seine Lieben aufgepasst hat.

Nun, am Ende dieses schier endlosen Tages, war er zwar todmüde, aber nicht sicher, einschlafen zu können. Er fürchtete sich vor den Träumen, die ihn erwarteten. Er wollte kein Schlafmittel nehmen, weil schließlich irgendjemand Haus und Familie beschützen musste, auch wenn es im Grunde zwecklos war, da das Böse offensichtlich trotzdem Einlass gefunden hatte. Doch da war auch noch die unverhoffte Möglichkeit, dass Anna Lou zurückkehrte oder ein Anruf kam, der sie alle von diesem Albtraum erlöste.

Also ging er ins Wohnzimmer hinüber, wo er aus einem Schrankfach die Alben mit den Familienfotos holte, die Maria im Laufe der Jahre gesammelt hatte. Er nahm sie mit ins Esszimmer und setzte sich wieder, jedoch ohne das Licht anzumachen. Das wenige, das von der Straßenlaterne draußen hereinfiel, genügte ihm. Dann nahm er einige Bilder aus den Plastikhüllen heraus und verteilte sie auf dem Tisch, einer nur ihm bekannten Ordnung folgend, wie ein Tarotkartenleger, der aus den Figuren vor ihm die Zukunft zu lesen versucht.

Auf all diesen Fotos war sein Mädchen abgebildet, vom Säuglingsalter bis zur Gegenwart.

Anna Lou wuchs vor seinen Augen heran. Der Tag, an dem sie zu krabbeln angefangen hatte, der Tag, an dem sie laufen lernte, der Tag, an dem er ihr das Fahrradfahren beigebracht hatte. Der erste Schultag, der erste Geburtstag. Das erste Weihnachten mit ihr. Und viele andere besondere Momente, in der Zeit verstreut. Weitere Weihnachten, Ausflüge in die Berge, Eislaufwettbewerbe. Ein Fächer aus glücklichen Erinnerungen.

Da waren die Bilder vom letzten Urlaub im Jahr zuvor, als sie ans Meer gefahren waren. Anna Lou sah ein bisschen ungelenk aus in ihrem Badeanzug, und sie wusste es. Vielleicht hielt sie sich deswegen auf diesen Aufnahmen stets ein wenig abseits. Im Unterschied zu den meisten ihrer Altersgenossinnen war sie noch nicht voll erblüht. Sie wirkte immer noch wie ein Kind mit ihrem roten Pferdeschwanz und den Sommersprossen. Bruno hätte sich gewünscht, dass Maria mit ihr sprach, ihr erklärte, dass das nicht schlimm war und ihr Körper bald eine rasche und glückliche Verwandlung erfahren würde. Doch für seine tiefreligiöse Frau stellten Themen wie Sexualität oder Pubertät ein Tabu dar. Und er konnte es gewiss nicht tun. Irgendwann würde er die Aufgabe bei den Zwillingen übernehmen müssen, aber dieses kleine Gespräch war keines, das ein Vater mit seiner einzigen Tochter führen konnte. Es hätte Anna Lou nur in tödliche Verlegenheit gestürzt, sie wäre heftig errötet und hätte sich, in dem Bewusstsein, dass ihre Wangen in Flammen standen, bloßgestellt und noch verletzlicher gefühlt.

Sie war ihm so ähnlich, so schüchtern und ein wenig unbeholfen, wenn es darum ging, mit der Außenwelt in Kontakt zu treten. Einschließlich ihrer eigenen Familie.

Er hätte ihr gern mehr geboten. Zum Beispiel hätte er gern einen Teil des Geldes aus dem Verkauf der Schürfrechte dazu verwendet, sie auf eine bessere Schule zu schicken, außerhalb des Tals. Vielleicht sogar auf ein schönes Internat. Aber das Grundstück gehörte seiner Frau und folglich auch das Geld. Und Maria hatte wie üblich für alle entschieden. Er hatte durchaus nichts dagegen gehabt, der Kirchengemeinde eine beträchtliche Summe zu spenden, aber es wäre ihm lieber gewesen, wenn die Kinder jetzt schon etwas von ihrem Anteil gehabt hätten, statt erst irgendwann in ferner Zukunft.

Und nun wusste er nicht einmal, ob Anna Lou überhaupt eine Zukunft hatte.

Gereizt verscheuchte er den Gedanken. Am liebsten hätte er mit der Faust auf den Tisch geschlagen, er war stark genug, ihn entzweizubrechen. Doch er hielt sich zurück. Wie er sich schon sein ganzes Leben lang zurückhielt.

Bruno Kastner rieb sich die Augen, und als er sie wieder öffnete, blieb sein Blick an einem Foto hängen.

Es war ein relativ junger Schnappschuss. Seine Tochter lächelnd zusammen mit einem anderen Mädchen. Das Nebeneinander der beiden machte gnadenlos deutlich, dass Anna Lou mit ihrem Trainingsanzug, den Turnschuhen und dem Pferdeschwanz praktisch noch ein Kind war, während die Freundin, geschminkt und modisch gekleidet, schon wie eine voll entwickelte junge Frau aussah. Bruno Kastner war nach Weinen zumute, als er die zwei so betrachtete, aber er konnte es nicht.

Was passiert war, war seine Schuld, ganz allein seine Schuld.

Er war ein gläubiger Mann, auch wenn er nicht so fest im Glauben stand wie Maria und sich dieses ernsten Mangels sehr bewusst war. Aber wenn er die Kraft gehabt hätte, sich bei seiner Frau durchzusetzen, dann säße Anna Lou jetzt sicher in ihrem Internatszimmer oder sonst irgendwo, wo es ihr gut ging. Wenn er den Mut gehabt hätte, Maria offen zu sagen, was er dachte, und seiner Meinung Gewicht zu verleihen, wäre seine Tochter nicht verschwunden.

Doch er hatte geschwiegen. Denn so machen es die Sünder: Sie schweigen, und indem sie schweigen, lügen sie.

Bruno Kastner sprach das Urteil über sich selbst. Er schob die Fotos an ihren Platz zurück, klappte die Alben zu und stellte sich auf seine dritte schlaflose Nacht in Folge ein.

Nur ein Foto lag noch auf dem Tisch. Das von Anna Lou und ihrer Freundin.

Er steckte es in die Tasche.

26. DEZEMBER.

DREI TAGE NACH DEM VERSCHWINDEN.

Das Wetter war umgeschlagen. Die Temperatur war merklich gesunken und die strahlende Sonne des ersten Weihnachtstags hinter einer dicken grauen Wolkendecke verschwunden.

Avechot döste noch träge nach den Völlereien des Fests. Vogel und Borghi dagegen waren zeitig aufgestanden, um den Tag zu nutzen, und fuhren schon mit der dunklen Limousine durchs Dorf. Der Sonderermittler schien in Hochform zu sein und war gekleidet, als müsste er zu einem wichtigen Termin. Glänzend polierte Schuhe, feiner Anzug im Prince-of-Wales-Karo, weißes Hemd und eine Krawatte aus rosa Wolle. Borghi trug dasselbe wie am Vortag und hatte das im Hotel gewaschene Hemd nicht bügeln können. Er saß wieder am Steuer und fühlte sich beinahe schäbig neben seinem neuen Vorgesetzten, der gedankenverloren aus dem Fenster sah.

An den Häuserwänden standen hier und da religiöse Parolen. »Jesus ist bei euch!«, »Christus ist der Weg«, »Wer mir nachfolgt, der wird gerettet«. Die ordentliche Ausführung der Sprüche, alle mit weißer Farbe gemalt, ließ erkennen, dass sie nicht das Werk irgendeines unbekannten Spinners waren. Anscheinend hatten die Hausbesitzer selbst sie dort angebracht, als demonstratives Zeugnis ihres Glaubens. Darüber hinaus gab es an allen Ecken und Enden Kreuze. Sie hingen an den Fassaden öffentlicher Gebäude, ragten inmitten eines Blumenbeets auf, prangten sogar in den Schaufenstern der Geschäfte.

Es schien, als wäre eine Welle von religiösem Fanatismus über den Ort hinweggerollt.

»Erzählen Sie mir etwas über diese Bruderschaft, der die Kastners angehören.«

Vogels Aufforderung traf Borghi nicht unvorbereitet, er hatte bereits seine Recherchen angestellt. »Allem Anschein nach hat es vor circa zwanzig Jahren in Avechot einen Skandal gegeben: Der Pfarrer des Orts ist mit einem seiner Schäfchen durchgebrannt, einer braven Ehefrau und Mutter von drei Kindern.«

»Der Dorfklatsch interessiert mich nicht«, drängte Vogel ungehalten.

»Na ja, damit hat alles angefangen. Woanders hätte sich die Angelegenheit vermutlich wirklich mit ein bisschen Tratsch und Geläster erledigt, aber in Avechot hat es die Leute tief getroffen. Der Priester sei jung und charismatisch gewesen, heißt es. Er hatte alle mit seinen Predigten für sich eingenommen und war äußerst beliebt.«

In einer derart engen Dorfgemeinschaft, eingeschlossen inmitten der Berge, brauchte man allerdings Charisma, um Zugang zu den Einheimischen zu finden … beziehungsweise sich ihren naiven Volksglauben zunutze zu machen, dachte Vogel.

»Jedenfalls hatte der Pfarrer sich eine ansehnliche Gefolgschaft schaffen können. Das Dorf ist von jeher sehr fromm, und nach diesem Vorfall muss es sich von seinem Geistlichen bitter verraten gefühlt haben. So ist das tief sitzende Misstrauen der Leute hier wieder voll erwacht, und sie sind so weit gegangen, sämtliche von der Kirche geschickten Nachfolger abzulehnen. Nach ein paar Jahren haben einige Gemeindemitglieder die Rolle von Diakonen übernommen, und seitdem betreut die Gemeinde sich selbst.«

»Wie eine religiöse Sekte?«, fragte Vogel, plötzlich neugierig geworden.

»So ungefähr. In dieser Gegend hat man zwar lange vom Tourismus gelebt, aber Fremde waren hier nie wirklich wohlgelitten. Durch die Entdeckung des Fluoritvorkommens konnte man endlich auf sie verzichten und die Brücken zum Rest der Welt fast vollständig abbrechen.«

»Maria und Bruno Kastner müssen zu den eifrigsten Gläubigen gehören, wenn man bedenkt, wie viel Geld sie ihrer religiösen Sache gespendet haben.«

»Ist Ihnen aufgefallen, dass sie von ihrer Gemeinschaft reden wie von einem exklusiven Zirkel, einem Eliteclub? Nach dem Motto ›Hier wir, da die anderen‹, ich weiß nicht, ob ich mich verständlich ausdrücke.«

»Doch, durchaus.«

»Die Gemeindemitglieder waren auch die Ersten, die bei der Suche nach Anna Lou tatkräftig mitgeholfen haben. Sie kümmern sich um die Familie, wie ich höre, und heute Morgen sind sogar ein paar bei den Kastners eingezogen, um für sie zu kochen und ihnen beizustehen.«

Sie kamen zur Kirche von Avechot. Neben dem Pfarrhaus war ein moderneres Gebäude errichtet worden.

»Das da ist die Versammlungshalle. Sie nutzen sie viel mehr als die eigentliche Kirche, vor allem für gemeinschaftliche Gebete zu besonderen Anlässen. Anscheinend hat die Bruderschaft großen Einfluss im Tal, sogar auf die Entscheidungen der Bergwerksgesellschaft, die im Übrigen große Stücke auf sie hält. Der Bürgermeister, die Gemeinderäte und sämtliche Beamten gehören der Bruderschaft an. So konnten sie eine Reihe von Verboten erlassen, zum Beispiel, in der Öffentlichkeit zu rauchen oder sonntags und an kirchlichen Feiertagen vor achtzehn Uhr Alkohol auszuschenken. Die Bruderschaft ist außerdem gegen Abtreibung und Homosexualität und sieht auch unverheiratet zusammenlebende Paare nicht gern.«

Scheißfanatiker, dachte Vogel, der sich bereits ein genaues Bild gemacht hatte. Andererseits war er auch hochzufrieden.

Die Umstände im Vermisstenfall Anna Lou waren geradezu filmreif: das mysteriöse Verschwinden eines jungen Mädchens, das Eindringen des Bösen in eine streng gottgläubige Gemeinschaft, ein ganzes Städtchen, das entsetzt war angesichts des Unglücks, das über es hereinbrach.

Beziehungsweise schon hereingebrochen war.

Vogel hatte um ein Gespräch mit dem Bürgermeister und einem Waldhüter gebeten. Borghi war sofort aktiv geworden, wenn es ihn auch ziemlich verwirrte, dass das Treffen am Ufer des Flusses stattfinden sollte, der das Tal durchschnitt.

Als sie an der vereinbarten Stelle eintrafen, parkte Borghi auf einem weiten Kiesplatz, auf dem ein verlassener Holzkiosk stand. Einem verwitterten Schild zufolge waren dort einst Lebendköder verkauft und Angelruten vermietet worden. Der Bürgermeister und der Waldhüter waren mit einem Jeep von der Gemeindeverwaltung gekommen, der das Ortswappen trug.

Der Politiker war ein stämmiger Mann mit einem enormen Bauch, den der Gürtel seiner Hose kaum zu halten vermochte. Er trug einen offen stehenden Wanderanorak, ein hellblaues Baumwollhemd und eine Krawatte mit grässlichen roten Rauten. Die Krawattennadel war aus Gold und endete in einem kleinen Kreuz aus Amethysten. Vogel ließ sich nicht anmerken, wie sehr er diese Aufmachung verachtete, genauso wie das lächerliche Toupet auf dem birnenförmigen Kopf und den Schnurrbart über den dicken, fleischigen Lippen. Der Bürgermeister gehörte bestimmt zu den Leuten, denen immer warm war, auch im Winter, dachte er bei sich. Seine geröteten Wangen deuteten darauf hin. Als der Mann ihm mit leutseligem Lächeln entgegenkam, gab Vogel ihm die Hand, die energisch gedrückt wurde.

»Herr Sonderermittler, ich kenne die Kastners schon mein Leben lang, Sie glauben nicht, wie sehr es mich schmerzt, was diese Leute gerade durchmachen«, sagte der Bürgermeister und ließ sein Lächeln in eine betrübte Miene übergehen. »Wir sind froh, dass Sie sich um unsere Anna Lou kümmern. In Anbetracht Ihres Rufs ist unser Mädchen ja in besten Händen.«

Anna Lou war auf einmal zu jedermanns Tochter geworden, konstatierte Vogel. So geschah es häufig in Vermisstenfällen, zumindest rhetorisch. Doch sobald die Leute ihre Haustür hinter sich schlossen, waren sie froh und dankbar, dass es das Kind anderer getroffen hatte.

»Ihr Mädchen wird bevorzugt behandelt werden«, erwiderte er, ohne dass sein sarkastischer Unterton bemerkt wurde. »Können wir uns jetzt den Fluss ansehen?«

Geschmeidig wand er sich an der Masse seines Gegenübers vorbei und hielt auf das Kiesbett zu. Der Bürgermeister stand einen Moment verdutzt da, dann eilte er ihm nach. Der Waldhüter und Borghi folgten.

Zu seinem großen Erstaunen sah Borghi seinen Vorgesetzten die Kiesfläche überqueren und die schlammige Uferzone betreten, ohne darauf zu achten, dass er sich seinen schönen Anzug und die teuren Schuhe schmutzig machte.

Ihnen blieb nichts anderes übrig, als es ihm nachzutun.

Der Waldhüter hatte als Einziger Stiefel an, während die anderen bis zu den Knien im Matsch versanken. Borghi sagte sich, dass er am Abend im Hotel wieder Wäsche waschen musste und seinen einzigen Anzug vielleicht trotzdem nicht würde retten können.

»Der Wasserlauf ist im Durchschnitt acht bis zehn Meter breit, die Strömung normalerweise recht ruhig. Hier an dieser Stelle verlangsamt sie sich am meisten«, erklärte der Waldhüter.

Vogel hatte ihm bereits eine Reihe von detaillierten Fragen gestellt, und der Mann schien sich zu wundern, warum der Kriminalbeamte sich so sehr für den Fluss interessierte. »Welche Tiefe erreicht er?«, lautete die nächste Frage.

»Im Mittel etwa anderthalb Meter, an manchen Stellen auch zweieinhalb. Die Strömung schafft es daher nicht, das Flussbett von den ganzen Ablagerungen zu reinigen.«

»Also müssen Sie nachhelfen?«

»Ungefähr alle zwei bis drei Jahre. Im Herbst, bevor die Regenfälle einsetzen, errichten wir einen künstlichen Uferdamm, dann erledigen die Nassbagger die Arbeit innerhalb einer Woche.«

Borghi drehte sich zu der Brücke um, die den Fluss überspannte. Sie war etwa hundert Meter entfernt, und oben stand der schwarze Transporter, der ihm schon am Vortag vor dem Haus der Kastners aufgefallen war. Er vermutete, dass auch dieselben zwei Männer darin saßen. Vielleicht sollte er Vogel auf den Wagen aufmerksam machen.

»Seit die Bergbaugesellschaft den Flusslauf verlangsamt hat, um Wasser aus ihm abzupumpen, sammeln sich auf dem Grund Geröllmassen, Müll jeder Art und Tierkadaver an. Gott allein weiß, was da unten alles liegt«, fuhr der Waldhüter fort und schloss dann: »Der Fluss ist krank.«

Diese letzte Aussage rief den Bürgermeister auf den Plan, der sich beeilte, den städtischen Angestellten zu korrigieren. »Die Gemeindeverwaltung hat die Bergbaugesellschaft dazu gebracht, Mittel für ein Umweltschutzprogramm zur Verfügung zu stellen. Es werden enorme Summen für die Reinigung ausgegeben.«

Vogel ignorierte seinen Kommentar und wandte sich an Borghi. »Rufen Sie die Gesellschaft an. Wir brauchen eine Liste der Zulieferer und die Namen der pendelnden Arbeiter.«

Das schien dem Bürgermeister nicht zu gefallen. »Ach, ich bitte Sie, warum solche Umstände wegen etwas, das sich am Ende nur als Jungmädchenflausen herausstellt?«

Vogel sah ihn ernst an. »Jungmädchenflausen?«

Der Bürgermeister ruderte augenblicklich zurück. »Verstehen Sie mich nicht falsch, ich bin selbst Vater und weiß, was in den Eltern vorgeht ... Aber finden Sie das nicht etwas übereilt, so eine Panikmache? Die Gesellschaft gibt vielen Leuten hier im Tal Arbeit und wäre von dieser Art Publicity sicher nicht begeistert.«

Er machte einen auf aufrichtig, um Vogel auf seine Seite zu ziehen, merkte Borghi. Doch sein politischer Pragmatismus zog nicht bei dem Sonderermittler.

»Ich möchte Ihnen etwas sagen ...« Vogel trat näher an den beleibten Politiker heran und sprach mit gedämpfter Stimme, als wollte er ihm etwas anvertrauen. »Meiner Erfahrung nach hat man die Wahl zwischen zwei Zeitpunkten, um zu handeln. Dem Jetzt und dem Später. Etwas aufzuschieben mag bequem erscheinen, und manchmal muss man die Situation und die möglichen Folgen seines Handelns gründlich abwägen. Doch Abwarten erschwert die Lage meist nur, und allzu viel Nachdenken kann unter gewissen Umständen als Zögern oder, schlimmer noch, als Schwäche ausgelegt werden. Und es gibt keine schlimmere Publicity, glauben Sie mir.«

Kaum hatte er seinen kleinen Vortrag beendet, drehte Vogel sich zu dem Parkplatz um, von dem sie gekommen waren. Eine Stimme, die sich anstrengte, das Rauschen des Flusses zu übertönen, hatte seine Aufmerksamkeit erregt.

Am Rand des Kiesbetts, dort wo der Uferschlamm begann,

stand eine blonde Frau in einem dunkelblauen Kostüm und einem kurzen dunklen Mantel, die ihnen mit beiden Armen winkte.

Als sie die Frau erreichten, schloss Borghi aus ihren schmutzigen Schuhen, dass sie versucht hatte, den Schlamm zu durchqueren, ihre Absätze sie aber daran gehindert hatten.

»Ich bin Staatsanwältin Mayer«, stellte sie sich vor. Sie war noch jung, um die dreißig, nicht sehr groß, aber anmutig. Sie trug kein Make-up und machte einen sehr sachlichen Eindruck. Sofort bedeutete sie den beiden Polizisten, allein mit ihnen sprechen zu wollen, und wirkte ziemlich ungehalten dabei. »Ich habe gehört, dass es gestern ein Briefing gab. Warum hat man mich nicht informiert?«

»Ich wollte Sie nicht an Weihnachten von Ihrer Familie fortreißen«, antwortete Vogel scheinheilig.

Die Staatsanwältin ließ sich jedoch nicht so leicht besänftigen. »Haben Sie gestern tatsächlich von einer Entführung gesprochen, Sonderermittler Vogel?«

»Im Moment können wir nichts ausschließen.«

»Sicher, aber gibt es irgendwelche konkreten Hinweise darauf? Ein Gerücht, eine Zeugenaussage, ein Indiz?«

»Eigentlich nicht.« Vogel war verärgert, wollte es sich aber nicht anmerken lassen.

»Dann muss ich daraus folgern, dass es sich um reine ermittlerische Intuition handelt?«, spottete Mayer.

»Wenn Sie es so ausdrücken wollen.«

Borghi verfolgte den Schlagabtausch gebannt.

»Wir prüfen selbstverständlich verschiedene Ansätze«, fuhr der Sonderermittler fort. »Aus Erfahrung weiß ich allerdings, dass es besser ist, gleich mit dem Worst-Case-Szenario zu beginnen, deshalb habe ich die Kollegen für eine mögliche Entführung sensibilisiert.«

»Ich habe mir die Mühe gemacht, vor Ihrem Eintreffen hier ein paar Informationen über Anna Lou Kastner zu sammeln«, entgegnete die Staatsanwältin. »Ein unauffälliges junges Mädchen, das ein schlichtes Leben zwischen Armbändern, Kätzchen und Pfarrgemeinde führte. Vielleicht noch etwas sehr kindlich im Vergleich zu anderen Mädchen ihres Alters, aber das macht aus ihr noch kein prädestiniertes Entführungsopfer.«

Vogel amüsierte sich offenbar über das von der Staatsanwältin gezeichnete Profil. »Und welche Schlüsse haben Sie aus Ihren Informationen gezogen?«

»Strenge Erziehung, eine allzu dominante Mutter. Anna Lou durfte keinen Umgang mit Gleichaltrigen haben, die nicht ihrer Religionsgemeinschaft angehören, nicht einmal in der Schule. Sie durfte nicht mit Freunden ausgehen oder irgendetwas unternehmen, das nach einer strikten Auslegung christlicher Regeln als unangemessen erachtet wird. Mit anderen Worten, sie durfte nichts allein entscheiden, durfte nicht ihre eigenen Erfahrungen, ihre eigenen Fehler machen. Und mit sechzehn ist es quasi ein verbrieftes Recht, Fehler zu machen. Da kann es schon vorkommen, dass eine Jugendliche sich plötzlich gegen diese Vorschriften auflehnt.«

Vogel nickte nachdenklich. »Sie glauben also, dass sie aus freien Stücken von zu Hause fortgelaufen ist.«

»Wie oft kommt das vor. Sie wissen selbst, dass die Statistik für diese Annahme spricht. Umso mehr, als Anna Lou mit einem Rucksack aus dem Haus gegangen ist und ihre Eltern nicht wissen, was sich darin befand.«

Während der Sonderermittler die Schlussfolgerungen der Staatsanwältin sacken ließ, dachte Borghi an das Tagebuch, das Anna Lous Mutter ihnen am Vortag anvertraut hatte. In dem Büchlein gab es nicht das geringste Anzeichen für etwaige Fluchtpläne.

»Höchst interessant, Ihre These«, bemerkte Vogel.

Doch die Staatsanwältin gehörte nicht zu der Sorte, die sich mit billigen Schmeicheleien kaufen ließ, und attackierte ihn erneut. »Ich kenne Ihre Methoden, Vogel, ich weiß, dass Sie gern im Rampenlicht stehen, aber hier in Avechot werden Sie kein Monster für Ihre Show finden.«

Vogel versuchte, dem Gespräch eine andere Wendung zu geben. »Unsere Einsatzzentrale hier ist eine Turnhalle, mein Büro ein Umkleideraum. Das Personal, das mir zur Verfügung steht, hat keine Kompetenzen auf dem Gebiet und ist schlecht ausgerüstet. Ich möchte ein Spurensicherungsteam, das den Straßenabschnitt, auf dem das Mädchen verschwunden ist, Handbreit für Handbreit absucht. Eventuell bestätigt sich ja Ihre Vermutung, und wir können alles andere vergessen.«

Der Staatsanwältin entfuhr ein belustigtes Lachen, dann wurde sie wieder ernst. »Haben Sie eine Ahnung, was hier los sein wird, falls die Nachricht durchsickert, dass die Polizei von einer Entführung ausgeht?«

»Die muss ja nicht durchsickern«, beschwichtigte Vogel.

»Finden Sie es nicht etwas dreist, von mir ein Spurensicherungsteam zu verlangen, ohne irgendetwas in der Hand zu haben?«

»Es wird nichts durchsickern«, wiederholte der Sonderermittler fest.

Borghi sah eine dunkle Ader auf Vogels Stirn hervortreten. Bislang hatte er es noch nicht erlebt, dass der Ältere seinen Gleichmut verlor.

Die Mayer schien sich beruhigt zu haben, doch ehe sie ging, fixierte sie sie beide mit eindringlichem Blick. »Das ist immer noch ein Vermisstenfall, vergessen Sie das nicht, meine Herren.«

Als sie zur Turnhalle zurückfuhren, herrschte Schweigen im Auto. Borghi hätte gern etwas gesagt, fürchtete aber, Vogels offenbar mühsam unterdrückten Zorn auf sich zu ziehen.

Er sah in den Rückspiegel und bemerkte erneut den schwarzen Transporter. Der Wagen folgte ihnen.

Vogel entging sein Blick nicht. Er klappte die Sonnenblende herunter und bediente sich des kleinen Schminkspiegels, um die Straße hinter ihnen zu kontrollieren. Dann klappte er die Blende abrupt wieder hoch.

»Die hängen schon seit gestern an uns dran. Soll ich sie anhalten?«, fragte Borghi.

»Das sind Schakale«, erklärte Vogel. »Auf der Jagd nach Sensationen.«

Borghi verstand nicht ganz. »Sie meinen, Journalisten?«

»Nein«, antwortete Vogel, ohne ihn anzusehen. »Freiberufliche Kameraleute. Sobald sie eine möglichst schaurige Geschichte wittern, stürzen sie los, um irgendwelche Bilder einzufangen, die sie an die Fernsehredaktionen verkaufen können. Professionelle Journalisten halten sich nicht mit verschwundenen Teenagern auf, es sei denn, sie haben Grund zu der Annahme, dass Blut geflossen ist.«

Borghi kam sich dumm vor, weil ihm klar wurde, dass sein Vorgesetzter den Transporter längst bemerkt hatte. »Und was suchen diese Schakale dann?«

»Sie warten darauf, dass eine Bestie zum Vorschein kommt.«

Borghi begann zu verstehen. »Deshalb der Ausflug zum Fluss heute Morgen. Sie sollten denken, dass wir uns darauf einstellen, eine Leiche suchen zu müssen.«

Vogel schwieg.

»Aber gerade haben Sie doch noch zu der Staatsanwältin gesagt, dass keine Nachrichten durchsickern würden …«

»Niemand steht in der öffentlichen Meinung gern schlecht

da, Borghi«, fertigte Vogel ihn ab. »Nicht einmal unsere Frau Mayer, glauben Sie mir.« Er drehte sich kurz zu ihm um und sah ihn an. »Um Anna Lou zu finden, brauche ich die entsprechenden Mittel. Der Aufruf der Eltern allein genügt nicht.«

Damit war die Diskussion beendet, und es wurde nicht mehr über das Thema gesprochen, bis sie zur Einsatzzentrale kamen. Immerhin konnte Borghi sich auf der Fahrt eine klarere Vorstellung von Vogels Plan machen. Zuerst war ihm sein Verhalten zynisch vorgekommen, aber jetzt verstand er die Absicht dahinter. Wenn die Medien sich nicht für den Fall interessierten, wenn die Öffentlichkeit nicht bald Anna Lou »adoptierte«, würden die da oben nicht die nötigen Ressourcen für die optimale Durchführung der Ermittlungen bewilligen.

Während Vogel sich in sein Büro in den Umkleideräumen zurückzog, machte Borghi sich auf den Weg zu einem kleinen Baumarkt in der Nähe. Als er zurückkam, versammelte er die anwesenden Polizeibeamten an der Umgebungskarte und verteilte durchsichtige Plastikpackungen mit Maleroveralls darin.

»Und was sollen wir anstreichen?«, scherzte einer.

Borghi überhörte das. »Ziehen Sie die an und begeben Sie sich an die bezeichnete Stelle.«

»Und was sollen wir dort?«, fragte der Kollege verdutzt.

»Das erkläre ich Ihnen, wenn Sie vor Ort sind«, antwortete Borghi.

Am Abend begann es zu schneien. Kein dichter Schneefall, sondern eher ein dünnes, puderzuckerartiges Rieseln, das sich bei Kontakt mit dem Boden sofort auflöste.

Die Temperatur war um mehrere Grad gefallen, doch in der Raststätte an der Schnellstraße herrschte eine gemütliche

Wärme. Wie üblich gab es nicht viel Kundschaft. Zwei Lastwagenfahrer, die an separaten Tischen schweigend aßen, ein paar Billardspieler. Die Geräuschkulisse bestand aus der Stimme des alten Wirts, der in der Küche Anweisungen gab, dem Klacken der Billardkugeln und dem gedämpften Ton des Fernsehers überm Tresen, in dem ein von niemandem beachtetes Fußballspiel lief.

Borghi saß in einer Nische und aß eine Gemüsesuppe. Er zerbröckelte eine Scheibe Brot und ließ die Stückchen in den Teller fallen, um sie dann mit dem Löffel herauszufischen. Dabei sah er immer wieder auf seine Armbanduhr.

»Alles gut bei Ihnen?«, fragte die Kellnerin mit geschäftsmäßiger Freundlichkeit. Sie trug einen roten Schal und ein kleines Kreuz aus Amethysten über ihrer Kellnerinnenuniform. Borghi war das Gleiche an der Krawattennadel des Bürgermeisters aufgefallen. Wohl das Symbol der Religionsgemeinschaft.

»Die Suppe ist sehr gut«, antwortete er und deutete ein Lächeln an.

»Möchten Sie noch etwas anderes?«

»Nein, danke.«

»Soll ich Ihnen dann die Rechnung bringen?«

»Ich warte noch ein bisschen, danke.« Es war nicht mehr lange hin bis zu seinem Termin.

Die Frau insistierte nicht weiter und ging resigniert zum Tresen zurück. Wieder so ein flauer Abend mit kaum Aussicht auf Trinkgeld. Sie tat Borghi leid, bestimmt eine Familienmutter. Er sah deutliche Anzeichen von Erschöpfung in ihrem Gesicht, vielleicht war das nicht mal ihr einziger Job. Aber da war noch etwas anderes. Sie zupfte ständig den roten Schal um ihren Hals zurecht. Möchte wissen, wie die von der Bruderschaft zu gewalttätigen Ehemännern stehen, dachte er.

Er musste Caroline anrufen, bisher hatten sie nur SMS ausgetauscht heute. Sie war jetzt bei ihren Eltern, was ihn einigermaßen beruhigte, fragte aber trotzdem dauernd, wann er nach Hause käme. Er wusste es nun einmal nicht, merkte aber auch, dass er gar nicht besonders erpicht darauf war, wieder nach Hause zu fahren. Es gab einfach zu viel zu tun dort, das ganze Leben neu zu organisieren vor der Geburt der Kleinen. In den letzten Monaten hatten sie rasch hintereinander, geradezu atemlos, eine ganze Reihe von Entscheidungen treffen müssen. Eine größere Wohnung anmieten, sie renovieren, einrichten. Das Auto gegen ein anderes Modell eintauschen, das für eine Familie geeigneter war. Die Ausgaben hatten sich summiert, und manchmal überkam ihn ein Anfall von Panik, weil Caroline keine Anstellung mehr hatte und das Finanzielle allein auf seinen Schultern lastete. Trotzdem konnte er ihr einfach nicht die Stirn bieten, und wenn sie sich beklagte, dass er zu viel arbeite, schaffte er es nie, ihr entgegenzuhalten, dass ihm mit einem Kind unterwegs und nur einem Einkommen nichts anderes übrig blieb. Borghi griff zum Handy, schob den Anruf bei seiner Frau aber erneut auf und sah zum zigsten Mal nach der Uhrzeit. Er wollte sichergehen, dass sein Einfall Früchte trug.

Es war Punkt zwanzig Uhr. Sein Termin.

Auf einmal belebte sich das verschlafene Lokal, denn der Wirt hatte den Sender gewechselt und die Lautstärke höher gestellt. Die Billardspieler unterbrachen ihre Partie, und die beiden LKW-Fahrer drehten sich zum Bildschirm um. Eine kleine Zuschauerschar versammelte sich davor, zu der auch das Küchenpersonal gehörte.

Die überregionalen Nachrichten brachten einen Bericht zu ihrem Fall. Borghi sah das Kiesbett des Flusses, der das Tal von Avechot durchzog. Die Aufnahmen waren offensichtlich von der Brücke aus gemacht worden. Er sah seine Männer in den Maleroveralls, wie sie sich im Schlamm des Uferstreifens hin und her bewegten. Sie blickten konzentriert zu Boden und gaben vor, Beweismittel zu sammeln und in Plastiktüten zu stecken, die sie anschließend verschlossen – seine Anweisungen bis aufs i-Tüpfelchen befolgend.

»Im Fall der jungen Anna Lou ist es heute zu einer unvorhergesehenen Wendung gekommen«, sagte der Sprecher. »Die Polizei ermittelt zwar offiziell weiter in einem Vermisstenfall, doch heute Nachmittag haben einige Beamte von der Spurensicherung eine Begehung des Flussufers vorgenommen.«

Obwohl niemand zu ihm hinsah, versuchte Borghi, sich seine Befriedigung nicht anmerken zu lassen. Der Trick hatte funktioniert.

»Es wurde nicht verlautbart, wonach die Experten suchten«, fuhr der Sprecher fort. »Fest steht nur, dass einige Indizien sichergestellt wurden, die der Sonderermittler Vogel, bekannt für die Aufklärung spektakulärer Verbrechensfälle, als interessant bezeichnete, ohne näher darauf einzugehen.«

Borghi stand auf und ging zur Kasse, um zu bezahlen. Kümmerliches Polizistengehalt hin oder her, er würde der Kellnerin ein üppiges Trinkgeld geben.

27. DEZEMBER.

VIER TAGE NACH DEM VERSCHWINDEN.

Der Transporter beherbergte einen ausgewachsenen Regieraum und parkte auf dem Platz vor der Gemeindeverwaltung. Daneben wickelte ein Techniker mit einer Masse von im Nacken zusammengebundenen Dreadlocks irgendwelche Kabel auf. Um ihn herum standen Metallkisten voller Material sowie ein Regiestuhl, auf dessen Lehne der Name »Stella Honer« prangte.

Blond, elegant, von einer irgendwie aggressiven Schönheit und mit nur einem Hauch von Make-up, das ihre großen dunklen Augen betonte, saß Stella entspannt da und beobachtete mit zerstreutem Interesse die Arbeit des Technikers. Die Füße hatte sie auf eine Fernsehkamera mit dem Logo ihres Senders abgelegt. Ihre fantastischen Beine waren lang ausgestreckt und an den Knöcheln gekreuzt, bestens zur Geltung gebracht durch Schuhe mit schwindelerregend hohen Absätzen. Kaum zu glauben, dass sie auf dem Gymnasium der Kleinstadt, in der sie aufgewachsen war, zu den weniger begehrten Mädchen gehört hatte. Die Jungen hielten sich von ihr fern, obwohl sie hübscher war als die meisten ihrer Mitschülerinnen. Jahrelang hatte Stella sich nach dem Grund gefragt, bis sie irgendwann, sehr viel später, begriff, dass sie Männern Angst einjagte. Deshalb gab sie sich manchmal gern ein bisschen weggetreten und hilflos, allerdings nicht, um sie zu erobern. Meist ließ sie sie bloß nahe genug an sich herankommen, um ihnen die Zähne in die Kehle zu schlagen.

Es gab nur einen, den sie nie hatte täuschen können.

Sie sah ihn langsam durch den Morgendunst auf sich zukommen, die Hände in den Taschen seines Kaschmirmantels und ein rätselhaftes Lächeln im Gesicht.

»Da kommt der Mann, der uns verraten wird, was wir hier eigentlich sollen!«, rief sie dem Rasta-Techniker zu. »Dieses Kaff passt nicht zu meinen Schuhen.«

»Tut mir leid, dass du so weit fahren musstest, Stella«, begrüßte Vogel sie. »Du hattest bestimmt Wichtigeres zu tun. Ich glaube, ich habe neulich einen Beitrag von dir gesehen über einen Typ, der seine Frau ermordet hat. Oder war es die Freundin? Ich weiß nicht mehr ... Die sind sich ja alle so ähnlich, diese Eifersuchtsmorde.«

Stella lächelte wie jemand, der Sarkasmus ebenso einstecken wie austeilen kann. Sie wartete, bis Vogel vor ihr stand, um sich dann über seine Schulter hinweg erneut an den Kameramann zu wenden. »Weißt du, Frank, diesem genialen Ermittler ist es gelungen, alle schon jetzt von der Existenz eines Täters zu überzeugen, und das ohne den lumpigsten Beweis für ein Verbrechen.«

Vogel musterte sie amüsiert und sprach seinerseits den Kameramann an. »Siehst du, Frank? So machen es die Journalisten: Manipulieren die Wahrheit, bis man unmoralischer dasteht als sie selbst. Aber Stella Honer ist die Königin der Korrespondenten, bei Liveschaltungen schlägt sie niemand!« Dann drehte er sich wieder zu ihr um. »Sag, ist das nicht die falsche Jahreszeit, um draußen zu sitzen?«

»Allerdings! Ein verschwundener Teenager? Ich bitte dich! Wenn ich mir hier schon den Arsch abfrieren soll, dann bitte für eine echte Story. Aber hier sehe ich keine, also fahre ich wieder nach Hause.«

Der Techniker, der keinen Ton gesagt hatte und sich auch

nicht für ihr Geplänkel interessierte, kletterte in den Ü-Wagen und räumte dort weiter auf.

Stella stellte die bissige Rhetorik ein und ging zum offenen Angriff über. »Wo ist also dein Kinderdieb, Vogel? Ehrlich gesagt sieht es mir nicht danach aus, als gäbe es hier einen.«

Der Sonderermittler verzog keine Miene. Er wusste, dass es nicht einfach sein würde, die Honer zu überzeugen, und hatte sich gut vorbereitet. »Nur eine einzige Straße, die ins Tal hinein- und hinausführt. Am einen Ende eine Verkehrskamera, am anderen die Überwachungskamera einer Tankstelle. Wir überprüfen die Fahrzeuge aller Durchkommenden und nehmen ihre Lebensläufe unter die Lupe. Aber ich weiß jetzt schon, dass das vergeblich sein wird.«

Stella wirkte perplex. »Und warum dann die ganze Mühe?«

Vogel spielte seinen ersten Trumpf aus. »Um meine Grundthese zu stützen, nämlich dass das Mädchen den Ort nie verlassen hat.«

Stella schwieg einen Augenblick zu lang, ein Zeichen, dass die Sache sie zu interessieren begann. »Erzähl weiter.«

Er hatte es Borghi zu verdanken, dass die Starreporterin sich hierherbequemt hatte, das war Vogel bewusst. Die Idee mit den Maleroveralls war genial gewesen, das musste er zugeben. Der Junge hatte was drauf. Doch jetzt war es an ihm, dem Meister, sein Können einzusetzen. Eindringlich fuhr er fort. »Ein einsames, abgelegenes Tal. Eines Tages entdeckt man in den umliegenden Bergen ein seltenes Mineral namens Fluorit, und die einfachen Leute werden plötzlich reich. In einem Ort, in dem jeder jeden kennt und wo nie etwas passiert. Oder doch, aber niemand spricht darüber. Denn hier ist es Brauch, alles zu verbergen, sogar den Reichtum. Du kennst doch das Sprichwort? ›Kleine Gemeinde, große Geheimnisse.‹« Es hörte sich wie die Einleitung zu einer spannenden Geschichte an, und um seiner

Erzählung noch mehr Kraft zu verleihen, zog der Sonderermittler Anna Lous Tagebuch aus seiner Manteltasche. Er warf es der Journalistin zu, die es geschickt auffing.

Stella nahm es kurz in Augenschein, bevor sie darin blätterte.

»Fünfundzwanzigster März«, las sie laut vor. »Heute war ich mit meiner Freundin Priscilla beim Tierarzt, um ihre Katze untersuchen zu lassen. Der Doktor hat ihr die jährliche Impfung gegeben und gesagt, dass sie auf Diät gesetzt werden muss ...« Sie blätterte weiter. »Dreizehnter Juni. Wir Jugendlichen von der Gemeinde proben ein Singspiel über die Kindheit Jesu.« Und weiter. »Sechster November. Ich habe gelernt, Armbänder aus Glasperlen zu machen ...« Sie klappte das Büchlein mit einem Knall zu und sah Vogel schräg an. »Kätzchen und Armbänder?«

»Hast du etwas anderes erwartet?«

»So was hätte ich als Teenager geschrieben, wenn meine Mutter heimlich mein Tagebuch lesen würde.«

»Und?«

»Verarsch mich nicht. Wo ist das echte Tagebuch?«

Vogel wirkte zufrieden. »Siehst du? Religiöse Familie und eine kreuzbrave Tochter. Aber wenn man tief genug gräbt, findet man immer etwas.«

»Du glaubst, Anna Lou Kastner hatte etwas zu verbergen? Vielleicht eine Beziehung zu einem Jungen, oder sogar zu einem älteren Mann?«

»Du preschst zu schnell vor, Stella«, erwiderte Vogel lachend.

Sie schüttelte misstrauisch den Kopf. »Du hast mich das doch lesen lassen, damit ich genau das denke. Hast du keine Angst, ich könnte Andeutungen über eine dunkle Seite im Leben des Mädchens machen? Den Zuschauern würde das gefallen.«

»Das würdest du nicht tun«, sagte Vogel mit Überzeugung. »Oberste Regel in unserem Beruf: das Opfer zur Heiligen stilisieren. Die Monster sind weniger monströs, wenn die Leute sich sagen: ›Ach, die hat es aber auch herausgefordert‹, stimmt's?«

Stella Honer schien zu überlegen. »Ich dachte, du wärst mir noch böse wegen der Sache mit dem Verstümmler.«

Ja, es stimmte, er war böse auf sie wegen dieser Sache, die ihn viel Prestige und Glaubwürdigkeit gekostet hatte. Der Fall des »Verstümmlers« war ein strategisches Desaster gewesen. Vogel hatte zwar gute Gründe gehabt, um sich zu verhalten, wie er es getan hatte, aber sie waren nun mal zu kompliziert gewesen, um sie der Öffentlichkeit zu erklären. Die Leute hätten es nicht verstanden. »Ich bin nicht der nachtragende Typ«, versicherte er ihr. »Also, Friede?«

Stella war sich über den eigentlichen Zweck dieses Waffenstillstands durchaus im Klaren. »Du brauchst mich, weil du weißt, dass die anderen Sender nachziehen werden, wenn ich hier bin.« Sie tat, als würde sie noch überlegen, obwohl sie ihre Entscheidung längst getroffen hatte. »Okay, dafür bekomme ich die Exklusivinformationen über jede neue Entwicklung.«

Vogel hatte erwartet, dass sie verhandeln würde. Er schüttelte den Kopf. »Ich gestehe dir einen Vorsprung von fünfundzwanzig Minuten vor der Konkurrenz zu«, sagte er fest.

Stella schnaubte entrüstet. »Fünfundzwanzig Minuten sind nichts!«

»Das ist eine Ewigkeit für euch, und das weißt du genau.« Vogel sah auf seine Armbanduhr. »Zum Beispiel hast du ab jetzt fünfundzwanzig Minuten Zeit für das da, ehe ich es zu den Beweismitteln nehme.« Er zeigte auf das Tagebuch.

Stella hob an zu protestieren, doch in ihrem Kopf hatte der

Countdown schon eingesetzt. Sie holte ihr Handy heraus und begann, die Seiten von Anna Lou Kastners Tagebuch abzufotografieren.

Gegen elf hatte Stella Honer bereits den ersten Beitrag aus Avechot für die Nachrichtensendung am Mittag fertig. Wenige Schritte vom Haus der Kastners entfernt war eine feste TV-Übertragungsstelle eingerichtet worden, von der aus die Reporterin über den Fortgang der Ermittlungen berichten würde. Um kurz nach zwölf schaltete die Hauptsendung mit aktuellen Hintergrundberichten live zu Stella, damit sie über das Neueste im Fall informierte.

Wenig später versammelte Vogel die Polizisten seiner Einheit in der Schulturnhalle zu einem neuen Briefing.

»Ab jetzt ist alles anders«, verkündete er seinem aufmerksam lauschenden Publikum. »Was von jetzt an passiert, wird entscheidend für die Lösung des Rätsels um Anna Lou Kastners Verschwinden sein.«

Er verstand es, sein Team auf Trab zu bringen, stellte Borghi fest.

»Dieser Fall ist nicht mehr nur ein lokales Ereignis. Von jetzt an wird die ganze Nation auf Avechot und damit auf uns schauen. Und wir dürfen sie nicht enttäuschen.« Er sprach mit Nachdruck, betonte den letzten Satz und unterstrich die Tatsache, dass man allein ihnen die Schuld geben würde, falls kein Schuldiger gefunden wurde. »Viele von euch fragen sich wahrscheinlich, inwiefern das Medienecho uns von Nutzen sein kann. Nun, der Köder ist ausgelegt, und jetzt hoffen wir, dass der Entführer in die Falle tappt.«

An der Art und Weise, wie man ihm zuhörte, merkte Borghi, dass sich auch in anderer Hinsicht einiges geändert hatte.

Vor zwei Tagen noch hatten die Kollegen den Sonderermittler als einen Eindringling betrachtet, der hier hereinschneite, ihnen sagte, wie sie ihre Arbeit zu tun hatten, und seine Nase in ihre Angelegenheiten steckte. Als einen eitlen Machtmenschen, der sie benutzte, um allein die Lorbeeren einzuheimsen. Jetzt hingegen sahen sie ihn als eine Art Anführer an, als den Mann, der nicht nur in der Lage war, diesen Albtraum zu beenden, sondern auch bereit schien, seinen Ruhm mit ihnen zu teilen.

Bevor er seinen Plan darlegte, hielt Vogel eine kleine Vorrede. »Jeder ist gern berühmt, auch und gerade diejenigen, die es nicht zugeben wollen. Dabei passiert etwas Merkwürdiges mit uns. Ursprünglich glaubst du, so etwas nicht zu brauchen, sehr gut ohne auszukommen und trotzdem ein erfülltes Leben zu leben. Und damit hast du vollkommen recht.« Er machte eine Pause. »Doch kaum richten sich die Scheinwerfer auf dich, wird etwas in dir ausgelöst. Plötzlich stellst du fest, dass es dir gefällt, nicht mehr der Niemand zu sein, für den du dich hieltst. Zuvor hast du gar nichts von diesem Bedürfnis, dich aus der Masse hervorzuheben, geahnt, aber auf einmal findest du Geschmack daran. Du fühlst dich ›besonders‹ und möchtest, dass dieses Gefühl nicht aufhört, dass es lange anhält, möglichst für immer.« Vogel verschränkte die Arme und machte einen Schritt auf die Tafel zu, auf der immer noch groß und breit das Datum des dreiundzwanzigsten Dezembers stand. Er blickte kurz darauf und begann, vor seiner Zuhörerschaft auf und ab zu gehen. »In diesen Stunden erzählen alle die Geschichte von Anna Lou, einem jungen Mädchen mit roten Haaren und Sommersprossen, das wie vom Erdboden verschluckt ist. Doch der Entführer weiß, dass in Wirklichkeit von ihm die Rede ist, von dem, was er getan hat. Seine Tat ist gelungen, da wir ihn noch nicht identifizieren konnten. Er hat seine Sache gut gemacht und ist stolz darauf. Aber eben nur das, bisher hat er gute Arbeit geleistet, nichts weiter. Was fehlt ihm, damit daraus eine *Meisterleistung* wird? Eine Bühne. Deshalb können Sie gewiss sein, dass er nicht im Hintergrund bleiben und tatenlos zusehen wird, wie jemand ihm die Show stiehlt. Er will seinen Anteil am Ruhm, denn schließlich ist er der Hauptakteur in dem Stück. Wir sind hier, weil er es beschlossen hat, weil er es so gewollt hat. Weil er das Risiko eingegangen ist, gefasst zu werden, alles zu verlieren. Und deshalb wird er nun den Tribut verlangen, der ihm seiner Ansicht nach zusteht.« Vogel unterbrach sich und sah seine Zuhörer der Reihe nach an. »Unser Mann da draußen kostet gerade vom süßen Nektar der Berühmtheit, aber das genügt ihm nicht, er will mehr … Und so locken wir ihn aus der Reserve.«

Im Folgenden erläuterte Vogel unter den erstaunten Blicken der Kollegen, was er sich ausgedacht hatte. Er schickte zwei seiner Leute los, Kerzen und Grablichter zu besorgen, dazu ein Dutzend Plüschkatzen. Dann ließ er das alles von einigen Beamten in Zivil zu dem Mäuerchen vor dem Haus der Kastners bringen.

Jetzt brauchten sie nur noch zu warten.

Gegen zweiundzwanzig Uhr waren die wichtigsten Medienorgane des Landes mit ihren vor dem Haus der Kastners postierten Korrespondenten verbunden. Eine Folge des Stella-Honer-Effekts, aber nicht nur.

Als zur Abendessenszeit darüber berichtet worden war, dass unbekannte Mitbürger Zeichen ihrer Solidarität vor der Gartenmauer der Kastners abgelegt hatten, hatten viele Zuschauer und Zuhörer spontan beschlossen, diesem Beispiel zu folgen. Ein Pilgerstrom aus Bewohnern von Avechot, aber auch der benachbarten Täler, hatte sich in Bewegung gesetzt. Manche kamen von noch weiter her, sogar aus den Städten, um an dieser gemeinschaftlichen Bekundung von Mitgefühl und Unterstützung teilzunehmen.

Anna Lous Mutter hatte in ihrem bewegenden Aufruf ihrer Tochter bei ihrer Rückkehr die heiß ersehnte Katze versprochen, und darauf hatte Vogel seine Strategie aufgebaut. Nun umgab ein Meer von Katzenfiguren – aus Plüsch, aber auch aus Keramik oder Stoff – das Haus und bedeckte die Gartenmauer und selbst einen großen Teil des Bürgersteigs. Die überall dazwischen platzierten Kerzen und Grablichter erzeugten einen rötlichen Schein und vermittelten ein tröstliches Gefühl von Wärme in der beißenden Kälte des Winterabends. Viele der Gaben waren mit einer Karte oder einem Zettel versehen; manche richteten sich direkt an Anna Lou, andere an die Eltern, wieder andere enthielten ein schlichtes Gebet.

Es herrschte ein beständiges Kommen und Gehen. Der Bürgermeister sah sich gezwungen, die Sperrung der angrenzenden Straßen anzuordnen, um ein Verkehrschaos zu verhindern. Dennoch war das gesamte Viertel belagert, wenn auch alles sehr ruhig und gesittet ablief. Die Pilger blieben vor dem Haus stehen, hielten kurz schweigend Andacht und gingen dann wieder.

Vogel hatte seine Mitarbeiter angewiesen, sich unter die Menge zu mischen. Sie waren in Zivil und trugen gut getarnte Ohrhörer sowie im Kragen ihrer Winterjacken verborgene Mikrofone. Wohl wissend, dass die Reporter gern den Polizeifunk abhörten, hatte der Sonderermittler technisch hoch entwickelte Sendegeräte kommen lassen, über die der Sprechverkehr nicht mitgehört werden konnte.

»Vergessen Sie nicht, dass wir uns ausschließlich für männliche Verdächtige interessieren, insbesondere solche, die allein unterwegs sind«, erinnerte Borghi die Kollegen über Funk. Neben ihm beobachtete Vogel aufmerksam das Geschehen, an dessen Rand sie sich mit Bedacht hielten.

Der Einsatz dauerte nun schon gut zwei Stunden.

Sie gingen davon aus, dass es sich bei dem Entführer um eine männliche Person handelte, da die Kriminalstatistik nur verschwindend wenige Fälle von Entführungen Minderjähriger durch Frauen aufwies.

Man konnte sogar schon ein vorläufiges Profil des Täters skizzieren. Im Gegensatz zu manchen volkstümlichen Vorstellungen handelte es sich fast nie um eingefleischte Kriminelle oder psychotische Außenseiter. Meist waren es ganz normale Bürger mit mittlerer Bildung und unauffälligem Sozialverhalten, denen es gerade deshalb gelang, über ihr Tun hinwegzutäuschen und unbeobachtet ihrer Wege zu gehen. Ihr wahrer Kern war ein gut gehütetes Geheimnis, zumal sie meist geschickt und vorausschauend agierten. Umso schwerer war es, sie zu identifizieren.

Einer der Beamten meldete sich über Funk. »Bei mir hier alles ruhig, Ende.« Sie hatten Anweisung, alle zehn Minuten Bericht zu erstatten.

Vogel hielt es für angezeigt, eine kleine Motivationsansprache einzuschieben, damit sie nicht in ihrer Wachsamkeit nachließen. »Falls der Entführer heute Abend wirklich herkommt, rechnet er mit unserer Anwesenheit, aber er will den Kitzel spüren. Es reizt ihn, sich unbemerkt unter seinen Verfolgern zu bewegen.« Doch es gab eine Möglichkeit, ihn ausfindig zu machen. »Denken Sie daran, dass er hier ist, weil er das Spektakel genießen will. Und wenn wir Glück haben, gibt er sich nicht damit zufrieden, es sich anzuschauen, sondern nimmt ein Souvenir mit.«

Die Empfehlung lautete, sich nicht auf diejenigen zu konzentrieren, die etwas brachten, sondern zu schauen, ob jemand heimlich etwas mitnahm.

Kurz darauf bemerkten Vogel und Borghi eine merkwürdige Bewegung in der Menge. Es war, als hätte jemand ein stummes Kommando erteilt, denn alle drehten sich plötzlich in dieselbe Richtung. Die beiden Kriminalbeamten reckten die Hälse und sahen, dass Anna Lous Eltern in der geöffneten Haustür standen.

Kastner hatte den Arm um seine Frau gelegt, und sie waren von Mitgliedern ihrer Bruderschaft umgeben. Alle trugen ein kleines Amethystkreuz um den Hals und hatten sich im Halbkreis, wie zur Verteidigung, um das Ehepaar gruppiert. Sofort richteten sich auch sämtliche Kameras auf den Hauseingang.

Obwohl Maria Kastner sehr mitgenommen aussah, war sie es wieder, die sich an die Versammlung wandte. »Mein Mann und ich möchten euch danken. Wir machen gerade Schweres durch, aber eure Zuneigung und unser Glaube an den Herrn sind uns ein Trost.« Sie zeigte auf die Anhäufung von Katzen und Kerzen. »Anna Lou würde sich sehr darüber freuen.«

Von ihren Glaubensgenossen ertönte ein einstimmiges »Amen«.

Die Menge applaudierte.

Alle wirkten sehr ergriffen, aber Vogel nahm den Leuten ihr Mitgefühl nicht ab. Er war überzeugt, dass viele nur von den Fernsehkameras angelockt worden und von purer Neugier und Sensationslust getrieben waren.

Borghi dachte das Gleiche. Er neigte weniger zum Zynismus als Vogel, konnte aber nicht umhin zu bemerken, wie schnell sich alles in diesen wenigen Tagen verändert hatte. An dem Morgen, als sie den Kastners ihren Besuch abgestattet hatten, war keine Menschenseele vor ihrem Haus zu sehen gewesen, mit Ausnahme der Schakale. Er dachte wieder an Vogels Händeklatschen, das in der Stille des kleinen Einfamilienhausviertels widergehallt hatte.

Während Anna Lous Eltern sich von einigen Leuten die Hände schütteln ließen, stets unter den wachsamen Blicken ihrer Gemeindebrüder, ertönte eine Stimme über Funk. »Rechts von Ihnen, Herr Vogel, am Ende der Straße: Der Junge mit dem schwarzen Kapuzenshirt hat gerade etwas mitgehen lassen.«

Vogel und Borghi drehten sich gleichzeitig in die angegebene Richtung, brauchten aber einen Moment, um den Verdächtigen im Gedränge zu erspähen.

Der Junge trug eine Jeansjacke über seinem Sweatshirt, dessen Kapuze er über den Kopf gezogen hatte. Offenbar hatte er den Moment der kollektiven Ablenkung genutzt, um etwas an sich zu bringen, das er jetzt unter seiner Kleidung verbarg, während er sich aus dem Staub machte.

»Er hat eine rosa Plüschkatze mitgenommen, ich habe es genau gesehen«, sagte der Beamte.

Borghi machte einem anderen Polizisten ein Zeichen, der näher an dem von dem Jungen eingeschlagenen Weg stand. Der Mann holte sein Handy aus der Jacke und schoss eine Reihe von Fotos.

»Ich hab ihn«, meldete er per Funk. »Konnte sein Gesicht knipsen. Ich nehme ihn fest.«

»Nein«, widersprach Vogel entschieden. »Er soll nichts merken.«

Der Junge hatte sich inzwischen auf ein Skateboard gestellt und rollte unbehelligt davon.

Borghi sah seinen Vorgesetzten fragend an. »Warum folgen wir ihm nicht wenigstens?«

Ohne den Verdächtigen aus den Augen zu lassen, antwortete Vogel: »Was glauben Sie, was hier los wäre, falls einer der Reporter das mitbekäme?«

Er hatte recht, daran hatte Borghi nicht gedacht.

Vogel wandte sich zu ihm um. »Er ist ein Junge auf einem Skateboard, wie weit kann er schon kommen? Wir kennen sein Gesicht, wir finden ihn schon, keine Sorge.«

30. DEZEMBER.

SIEBEN TAGE NACH DEM VERSCHWINDEN.

Die Raststätte an der Schnellstraße war proppenvoll.

An dem großen Schaufenster mit Blick auf die Zapfsäule stand immer noch *Frohes Fest*. Der Wirt lief eifrig zwischen der Küche und den Tischen hin und her und vergewisserte sich, dass alle bedient wurden und zufrieden waren. Er hatte zusätzliches Personal einstellen müssen, um es mit dem unerwarteten Gästeansturm aufnehmen zu können. Journalisten, Fernsehtechniker, Fotoreporter, aber auch normale Besucher, die nach Avechot gekommen waren, um die Schauplätze der Geschichte zu besichtigen, die inzwischen das ganze Land in Atem hielt.

Vogel bezeichnete sie als »Schauertouristen«.

Es waren zahlreiche Kinder da, und im Lokal herrschte eine aufgekratzte Stimmung wie bei einem Gruppenausflug. Am Ende des Tages würden die Leute Erinnerungsfotos und den Eindruck mit nach Hause nehmen, bei einem Medienereignis dabei gewesen zu sein – und sei es nur am Rande –, das Millionen von Menschen bewegte. Es kümmerte sie wenig, dass wenige Hundert Meter weiter Hundestaffeln, Froschmänner und andere polizeiliche Suchtrupps sowie die Kriminaltechnik unermüdlich nach Spuren oder auch nur winzigen Hinweisen suchten, die Aufschluss über das Schicksal eines sechzehnjährigen Mädchens geben konnten. Vogels Rechnung war aufgegangen: Der Medienrummel hatte seine Vorgesetzten dazu bewogen, sich über Sparmaßnahmen und Budgetkürzungen hinwegzusetzen und ihm die Mittel zuzugestehen, die er brauchte. Sie würden alles tun, um in der Öffentlichkeit gut dazustehen.

Der Sonderermittler saß wieder an demselben Tisch wie am Weihnachtstag, als er der einzige Gast gewesen war. Wie immer machte er sich beim Essen Notizen in seinem schwarzen Büchlein, mit dem gewohnten silbernen Füller, gewohnt minutiös.

An diesem Morgen trug er einen graugrünen Tweedanzug mit einer dunkelblauen Krawatte. Seine Eleganz hob ihn von den übrigen Gästen ab, und so sollte es auch sein. Es gefiel ihm, sich von dieser lärmenden, aufdringlichen Masse zu unterscheiden. Je länger er die Leute beobachtete, desto mehr wurde ihm ein wichtiger Aspekt bewusst.

Sie hatten Anna Lou schon vergessen. Die stille Heldin war inzwischen in den Hintergrund ihrer eigenen Geschichte getreten. Ihr Schweigen stellte geradezu einen Vorwand dar, um sich in Gerede über sie zu ergehen und alles Mögliche über ihr kurzes Leben von sich zu geben. Die Medien taten es, aber auch Hinz und Kunz auf der Straße, im Supermarkt, im Café. Ohne Scham und Skrupel. Vogel hatte auch das vorhergesehen. Wenn dieses Stadium erreicht war, wurde eine Dynamik in Gang gesetzt, die aus realen Ereignissen eine Art Fortsetzungsdrama machte.

Alle sieben Sekunden geschah ein Verbrechen im Land. Doch nur einem winzigen Teil davon wurden Zeitungsberichte, Fernsehbeiträge oder gar ganze Talkshows gewidmet. Für diese kleine Minderheit von Fällen zog man kriminologische Experten und Psychiater zurate, bemühte Psychologen und Philosophen. Ströme von Druckerschwärze und Tinte wurden vergossen und Stunden um Stunden Sendezeit darauf verwendet. Das Ganze konnte sich wochen-, manchmal monatelang hinziehen. In Einzelfällen sogar Jahre.

Vor allem aber, auch wenn niemand gern darüber sprach,

führte ein Sensationsverbrechen oftmals zu einer regelrechten Geldschwemme.

Ein gut aufbereiteter Kriminalfall erzeugte hohe Einschaltquoten und brachte einem Sender Millionen an Sponsoren- und Werbegeldern ein, und das bei minimalem Aufwand: eine Reporterin, eine Fernsehkamera, ein Kameramann.

Ereignete sich ein aufsehenerregender Fall wie ein grausamer Mord oder ein unerklärliches Verschwinden in einer kleinen Gemeinde, erlebte diese Gemeinde in den Monaten der medialen Dauerberichterstattung ein enormes Anwachsen der Besucherzahlen und damit des eigenen Wohlstands.

Niemand konnte vollständig erklären, warum ein Verbrechen plötzlich größeres Interesse in der Bevölkerung erregte als ein anderes, aber Vogel hatte ein besonderes Gespür dafür, eine Art sechsten Sinn, dem er seinen Ruhm verdankte.

Außer im Fall des Verstümmlers.

Eine bittere Lektion, die er nicht vergessen durfte. Doch angesichts des Erfolgs, den er im Fall Anna Lou bereits erzielt hatte, schien sich ihm nun die Gelegenheit zu bieten, die Scharte auszuwetzen.

Natürlich konnte er nicht erwarten, dass alles genau nach dem Drehbuch in seinem Kopf ablief. In den Tagen nach der spontanen Wallfahrt zum Haus der Kastners war es denn auch zu mehreren unschönen Vorfällen gekommen.

Die Einwohnerschaft von Avechot, die anfangs sehr engagiert mitgewirkt hatte, war auf einmal auf Distanz gegangen. Das war eine normale Folge der Belagerung durch die Medien. Die Journalisten hatten sich in das Leben jedes Einzelnen gedrängt, und da es noch keine Ergebnisse zu vermelden gab, hatten sie begonnen anzudeuten, dass die Lösung des Rätsels sich hier im Ort, zwischen diesen Häusern, unter diesen Menschen verbarg.

Das war zwar kein konkreter Vorwurf, bedrängte die Einwohner aber doch sehr.

In Avechot war man von jeher zurückhaltend gegenüber Fremden gewesen, und dass man sich nun als Opfer einer indirekten Verleumdungskampagne sah, verstärkte das Misstrauen noch. Insbesondere die Bruderschaft hatte bereits zu verstehen gegeben, dass sie die Medienaufmerksamkeit keineswegs schätzte.

Zuerst waren die Bewohner den Fernsehkameras einfach nur aus dem Weg gegangen. Dann hatten sie immer schroffer, teilweise auch zornig, auf die Reporterfragen reagiert. In dieser aufgeladenen Atmosphäre war es geradezu unvermeidlich gewesen, dass sich ihr Unmut früher oder später auf jemanden entlud.

So war es nicht verwunderlich, welches Schicksal einen unbeteiligten jungen Fremden traf, der auf Arbeitssuche in die Stadt gekommen war. Sein einziger Fehler oder vielmehr Leichtsinn war es gewesen, in dieser allgemein angespannten Atmosphäre ein einheimisches Mädchen anzusprechen und sie um eine Information zu bitten. Die Stammgäste eines Cafés, die diese Szene lauernd beobachteten, wurden nach anfänglichen verbalen Drohungen handgreiflich und prügelten den Jungen windelweich.

Nach dem Mittagessen nutzte Vogel den erneut sonnigen Wintertag, um zu Fuß zurück zur Einsatzzentrale zu gehen. Schon von fern sah er, dass ihn Staatsanwältin Mayer auf dem Parkplatz vor der Turnhalle erwartete.

Ihre Miene verhieß nichts Gutes.

Sie ging entschiedenen Schrittes auf ihn zu, ihre Absätze klapperten auf dem Asphalt. »Sie können nicht hierherkommen, Verdacht unter den Leuten säen und denken, dass das ohne Folgen bleibt«, hielt sie ihm vor.

»Das haben sie ganz von sich aus gemacht«, erwiderte Vogel. Als er zum ersten Mal einen Fuß in das Tal gesetzt hatte, hatte er eine Gemeinschaft angetroffen, die eher verwirrt als verängstigt war. Hier inmitten der Berge glaubten die Leute, vor den Widerwärtigkeiten der Welt geschützt zu sein. Sie waren es nicht gewohnt, mit Ungewissheiten zu leben, und auch jetzt noch hielten sie daran fest, dass das Böse von außen gekommen war. Im Grunde ihres Herzens aber hegten sie den Verdacht, dass es schon immer unter ihnen existiert hatte, genährt und behütet durch ihr Schweigen. Und er wusste, dass sie das mehr erschreckte als alles andere.

»Es ist genau das eingetreten, was ich befürchtet hatte«, sagte die Mayer. »Sie haben ein Spektakel inszeniert.«

»Kennen Sie auch nur einen einzigen Fall von jugendlichem Fortlaufen, der sich nicht innerhalb von wenigen Tagen aufgeklärt hätte?«, entgegnete Vogel herausfordernd. »Sie wissen selbst, dass wir diese Möglichkeit inzwischen ausschließen und uns auf etwas anderes konzentrieren müssen. Hier handelt es sich nicht um eine jugendliche Ausreißerin, verstehen Sie das nicht?«

Auf seinen ausdrücklichen Wunsch hin war die Staatsanwältin nicht über den verdächtigen Jungen mit dem Skateboard informiert worden, der vor einigen Tagen vor dem Haus der Kastners beobachtet worden war.

»Selbst angenommen, wir haben es mit einer Straftat zu tun, gibt Ihnen das noch lange nicht das Recht, die Leute von Avechot in den Fall mithineinzuziehen, indem Sie Horden von Fotografen anlocken. Denn Sie waren es, der die Presse hierhergelockt hat, leugnen Sie es nicht.«

Vogel hatte keine Lust, sich ihre Beschwerden anzuhören.

Der Tag hatte gut begonnen, und der kleine Spaziergang vom Restaurant zur Schule hatte ihm neuen Schwung gegeben. Er kehrte der Staatsanwältin den Rücken zu und wollte sie einfach stehen lassen, überlegte es sich aber plötzlich anders.

»Kein Schrei«, sagte er.

Die Mayer sah ihn verständnislos an.

»Anna Lou hat nicht geschrien, als man sie entführte, die Nachbarn hätten es sonst gehört. Ich brauchte nur leicht in die Hände zu klatschen, um sie auf mich aufmerksam zu machen. Ein bisschen Klatschen vorm Haus, und sie hingen alle an den Fenstern.«

»Wollen Sie damit sagen, dass das Mädchen freiwillig mitgegangen ist?«

Vogel schwieg, um den Gedanken im Kopf der Staatsanwältin reifen zu lassen.

»Sie hat ihm vertraut«, sagte die Mayer. »Und wenn sie sein Gesicht gesehen hat …«

Vogel beendete den Satz für sie. »Dann ist Anna Lou bereits tot.«

Der Blick der Staatsanwältin hatte sich verändert, anstelle der Verärgerung war Bestürzung getreten.

»Wir können jetzt die Ereignisse abwarten oder verhindern, dass es wieder passiert«, fuhr Vogel fort. »Was ist Ihnen lieber?«

Damit ging er. Die Staatsanwältin blieb einen Moment wie angewurzelt stehen, dann veranlasste ein Husten in der Nähe sie, sich umzudrehen.

Hinter einer Ecke des Gebäudes stand Stella Honer, die verstohlen eine Zigarette rauchte und offenbar alles mitbekommen hatte. »Wenn das Publikum von meinem kleinen Laster erfährt, ist das mein Ende«, sagte sie lächelnd, warf die Kippe auf den Boden und drückte sie mit der Spitze ihres Pumps aus. »Ist auch so schon schwer genug, als Frau voranzukommen, finden Sie nicht?« Dann wurde sie ernst. »Er ist ein Mistkerl, aber er weiß genau, was er tut. Und Gelegenheiten wie diese gibt es auch im Alltag einer Staatsanwältin nicht oft.«

Rebecca Mayer sah sie im Vorübergehen forschend an, sagte aber nichts.

In der zur Einsatzzentrale umfunktionierten Turnhalle ging es hoch her. Die Anzahl der Polizisten hatte sich verfünffacht. Die Schulpulte waren durch echte Schreibtische ersetzt worden, mit Computern darauf und Telefonen, die unablässig klingelten. Anstelle der alten Schiefertafel gab es nun einen Beamer und eine große weiße Leinwand. Eine riesige Pinnwand war mit Berichten, Fotos und kriminaltechnischen Ergebnissen bestückt. Inmitten der Halle hatte man ein maßstabsgetreues Modell des Tals aufgestellt, auf dem nach und nach die Gebiete markiert wurden, die bereits durchkämmt worden waren. Dank spezieller Nachtsichtgeräte waren die Suchtrupps rund um die Uhr im Einsatz.

»Die von der Bergrettung haben gerade die Felsspalten im Norden fertig abgesucht«, erstattete ein Polizist in Hemdsärmeln und Krawatte Borghi Bericht, der die Suchaktivitäten koordinierte.

»Gut, dann sollen sie sich jetzt die östlichen Hänge vornehmen«, ordnete Borghi an. Dann wandte er sich an einen anderen Kollegen. »Was ist eigentlich aus dem Hubschrauber geworden, den wir angefordert haben?«

»Sie sagen, er soll gegen Mittag hier sein«, antwortete der Mann.

»Das haben sie gestern auch schon gesagt. Häng dich ans Telefon und lass dich nicht abwimmeln, bis sie dir eine genaue Uhrzeit sagen.«

»Wird gemacht.«

Der Hubschrauber war wichtig, hatte Vogel mehrfach betont. Er würde wesentlich mehr Eindruck machen als eine in der Gegend herumschnüffelnde Hundemeute. Außerdem wäre er von überall im Tal zu sehen. Die Kameraleute würden sich den ganzen Tag abzappeln, um an ihm dranzubleiben. Borghi hatte sich die Strategie des Sonderermittlers inzwischen voll und ganz zu eigen gemacht, aber als er nun zu dem Modell ging, um die Position der Einheiten im Gelände auf den neuesten Stand zu bringen, musste er sich eingestehen, dass sämtliche Anstrengungen bisher ergebnislos geblieben waren. Abgesehen von dem Skateboarder, den Vogel nicht hatte überprüfen lassen, weil er fand, er passe nicht ins Täterprofil, hatten sie keinen einzigen konkreten Anhaltspunkt. Und von Anna Lou fehlte nach wie vor jede Spur.

Kurz vor dem Tisch mit dem Modell stutzte er. Er hielt einen der vorbeikommenden Mitarbeiter an und zeigte diskret in Richtung der Feuertür. »Seit wann ist der schon da?«

Der Polizist drehte sich zu der Wand um, an der Bruno Kastner mit einem Umschlag in den Händen stand. Er blickte sich verloren um, als wartete er darauf, dass jemand ihn bemerkte.

»Keine Ahnung«, antwortete der Kollege.

Borghi ging zu ihm hin. »Guten Tag, Herr Kastner.«

Der Mann erwiderte seinen Gruß mit einem knappen Nicken.

»Was kann ich für Sie tun?«

Dieser Baum von einem Kerl wirkte vollkommen hilflos und verstört und schien keine Worte zu finden. Borghi legte ihm beruhigend eine Hand auf die Schulter. »Ist etwas passiert?«

»Es ist nur ... Ich würde gern mit dem Sonderermittler Vogel sprechen, wenn es geht.«

Borghi merkte, dass es dringend war, es hörte sich beinahe

wie ein Hilfeflehen an. Wieder musste er an Vogels Prophezeiung denken, dass dieser Mann darauf brannte, ihnen etwas anzuvertrauen. »Natürlich«, sagte er. »Kommen Sie, ich bringe Sie zu ihm.«

In seinem Umkleidekabinen-Büro hatte Vogel die Füße auf den Schreibtisch gelegt und las aufmerksam irgendwelche Unterlagen. Die Andeutung eines Lächelns spielte um seine Lippen.

Es handelte sich um eine Tabelle von Einschaltquoten.

Jeden Tag erhielt er einen Bericht, der ihn über die Beliebtheit der mit Anna Lous Fall befassten Talkshows und Nachrichtensendungen informierte, sowie eine Zusammenfassung der Reaktionen im Internet. Die von den Usern geteilten Beiträge hatten noch einmal um zwei Prozent zugelegt. Gut, sagte er sich, der Vermisstenfall würde es also weiterhin auf die Titelseiten der größten Tageszeitungen schaffen. Und ganz oben auf der Liste der Trendthemen der sozialen Netzwerke stehen und in zahlreichen Blogs aufgenommen und kommentiert werden.

Vogel wusste jedoch, dass er den Medien in Kürze etwas Neues zum Fraß vorwerfen musste, sonst würde das Interesse erlahmen und sich auf spannendere Tagesereignisse verlegen. Das Publikum war eine gnadenlose Bestie. Und immer hungrig.

Als es an der Tür der Umkleide klopfte, schwang Vogel seine Füße vom Schreibtisch und legte die Zettel in eine Schublade. »Herein«, rief er.

»Der Vater des Mädchens ist hier«, meldete Borghi.

Vogel bedeutete ihm, den Mann hereinzubitten. Kurz darauf betrat Bruno Kastner vor dem jungen Kommissar den Raum, den Umschlag immer noch in den Händen.

»Bitte, Herr Kastner.« Vogel ließ ihn auf einer der Bänke vor den Spinden Platz nehmen und setzte sich zu ihm. Borghi blieb mit verschränkten Armen an der Tür stehen.

»Verzeihen Sie die Störung«, begann Anna Lous Vater unsicher.

»Sie stören mich keineswegs.«

»Es ist … An dem Nachmittag, als sie verschwand, war ich nicht da. Ich war fort, bei einem Kunden. Und ich denke dauernd, wenn ich zu Hause gewesen wäre, hätte sich das alles vielleicht verhindern lassen. Als meine Frau mich anrief, um mir zu sagen, dass Anna Lou noch nicht zurück ist, hat mir gleich was Schlimmes geschwant.«

»Sie brauchen sich keine Vorwürfe zu machen«, versuchte Vogel, ihn aufzumuntern. Er sagte ihm nicht, dass sie sein Alibi überprüft und ihn aus dem Kreis der Verdächtigen ausgeschlossen hatten.

»Wir haben gehört, was sie im Fernsehen sagen«, fuhr der Mann fort. »Dass jemand meine Anna Lou entführt haben soll. Ist das wahr? Glauben Sie das?«

Vogel bedachte ihn mit einem milden Blick. »Sie dürfen nicht alles glauben, was die Journalisten behaupten.«

»Aber Sie suchen nach jemandem, stimmt's? Das können Sie mir doch sagen.«

Auch diesmal wich Vogel aus. »Herr Kastner. Aus Erfahrung wissen wir, dass es besser ist, wenn die Angehörigen nicht über alle Einzelheiten der Ermittlungen informiert sind. Auch weil wir immer mehreren Hinweisen nachgehen und nichts vernachlässigen, das kann Verwirrung stiften.« Oder falsche Hoffnungen wecken, hätte er am liebsten hinzugefügt.

Bruno Kastner insistierte nicht weiter, sondern begann, sich an dem Umschlag zu schaffen zu machen. Er brauchte eine Weile, um ihn aufzubekommen und den Inhalt herauszuholen. Vogel wechselte einen fragenden Blick mit Borghi.

Es war ein Foto, auf dem Anna Lou lächelnd neben einer Freundin posierte.

Kastner gab es Vogel, der ratlos darauf blickte.

»Seit Tagen quäle ich mich damit herum«, sagte Kastner, wobei er seine großen Pranken rang, dass die Knöchel weiß hervortraten. »Warum ausgerechnet sie? Ich meine, Anna Lou ist doch keine … Schönheit.«

Diese Feststellung musste ihn viel gekostet haben, dachte Borghi. Welcher Vater sagte schon gern so etwas über seine kleine Prinzessin? Dieser Mann musste wirklich verzweifelt nach einer Erklärung suchen.

Der Unterschied zwischen den beiden Mädchen war eklatant, sah Vogel. Die eine wirkte schon wie eine junge Frau, die andere noch wie ein Kind. Gerade deshalb hat er sie sich ausgesucht, hätte er dem Vater sagen können. Das unscheinbare Mädchen, das man problemlos von fern beobachten kann, ohne Verdacht zu erregen. Das man an einem Winterabend nur wenige Schritte von ihrem Haus entfernt verschleppen kann, ohne dass jemand etwas merkt. Doch dann erkannte er, dass der Mann noch etwas anderes auf dem Herzen hatte, denn seine mächtigen Schultern sackten ergeben herab.

»Ich habe etwas getan, wofür ich mich schäme«, gestand Kastner kaum hörbar. »Das andere Mädchen auf dem Bild da … Sie heißt Priscilla. Eines Tages habe ich ihre Nummer in Anna Lous Handy herausgesucht und … und habe sie angerufen. Als sie ranging, habe ich sofort wieder aufgelegt. Ich glaube nicht, dass sie weiß, dass ich es war. Ich weiß selbst nicht, warum ich das gemacht habe.«

Vogel und Borghi sahen sich besorgt an. Über Kastners erschöpftes Gesicht lief eine winzige Träne, die ihm schnell bis unters Kinn rollte. Auf beinahe kindliche Weise zog er die Nase hoch und wischte sie mit dem Handrücken ab.

Der Sonderermittler nahm seinen Arm, um ihm beim Aufstehen zu helfen. »Warum gehen Sie jetzt nicht nach Hause, und wir vergessen diesen kleinen Vorfall? Glauben Sie mir, es ist besser so.« Er machte Borghi ein Zeichen, damit er sich des Mannes annahm.

Borghi setzte sich in Bewegung, doch Bruno Kastner war noch nicht fertig. »Meine Frau hat ihren Glauben, die Gemeinschaft … Es ist nicht immer leicht, neben einem solchen Muster an Rechtschaffenheit ein guter Vater und Ehemann zu sein. Manchmal beneide ich sie, wissen Sie? Maria schwankt nie, ihr kommen nie Zweifel, nie. Nicht einmal jetzt, da uns dieser schwere Schlag getroffen hat. Im Gegenteil, sie denkt, dass er zu Gottes Plan gehört, dass Gott es für gut befunden hat, uns mit diesem Kummer zu prüfen. Aber was ist das denn für ein Kummer? Wir möchten weinen, aber worüber? Wenn uns jemand sagen würde, dass Anna Lou tot ist, wüssten wir wenigstens, woran wir sind. So aber … Ich bin ihr ein erbärmlicher Vater gewesen, ich hätte mich um sie kümmern müssen, sie beschützen müssen, und stattdessen … bin ich schwach gewesen. Ich habe mich in Versuchung führen lassen.«

»Ich bin sicher, dass Sie ein guter Vater sind«, tröstete ihn Vogel, aber nur, damit er endlich Ruhe gab. Falls die Medien etwas von dieser Sache witterten, würden sie ihn ans Kreuz nageln. Auch wenn er sich keines Vergehens schuldig gemacht hatte, wäre er plötzlich für alle der Vater, der junge Mädchen belästigte. Das würde dem Bild von der heilen Familie schaden, das Vogel so sorgsam aufgebaut hatte, und obendrein den Fokus von dem wahren Schuldigen, wer auch immer das war, ablenken.

»Da war ein Junge«, platzte Kastner auf dem Weg zur Tür plötzlich heraus.

Vogel horchte auf. »Was für ein Junge?«

Kastner hielt den Blick beim Sprechen gesenkt. »Ihre Mutter hätte ihr nie erlaubt, sich mit ihm zu treffen, er gehört nicht unserer Bruderschaft an. Aber Anna Lou mochte ihn ja vielleicht.«

»Was für ein Junge?«, wiederholte Vogel ungeduldig.

»Ich weiß nicht, wie er heißt, ich habe ihn nur öfters vor unserem Haus gesehen. Schwarzes Kapuzenshirt und ein Skateboard.«

Borghi riss alarmiert die Augen auf, während Vogel aufbrauste: »Warum sagen Sie mir das erst jetzt?«

Endlich sah der Mann ihn wieder an. »Weil es schwer ist, mit dem Finger auf jemand anderen zu zeigen, wenn man glaubt, dass Gott einen für die eigenen Sünden bestraft.«

31. DEZEMBER.

ACHT TAGE NACH DEM VERSCHWINDEN.

Der Junge mit dem Skateboard hieß Mattia.

Sein Name und was er an dem Abend getan hatte, sollten jedoch auf keinen Fall an die Medien durchsickern.

Vogel wusste, dass die Journalisten immer wieder versuchten, sich Informationen zu kaufen, und befürchtete, der eine oder andere von diesen Provinzpolizisten könnte bei der Aussicht, sein mickriges Gehalt mit einer kleinen Weihnachtszulage aufzubessern, schwach werden. Vorsichtshalber hatte er deshalb damit gedroht, dass jedes Zuspielen von Nachrichten an die Presse mit sofortiger Suspendierung vom Dienst geahndet würde.

Mattia war sechzehn Jahre alt, genau wie Anna Lou, und hatte einen problematischen Hintergrund.

»Ich habe mit dem Psychiater gesprochen, bei dem er in Behandlung ist«, unterrichtete Borghi ihn. »Der Arzt heißt Flores, er kennt Mattia, seit er mit seiner Mutter vor neun Monaten hierher nach Avechot gezogen ist. Anscheinend haben sie in den letzten Jahren häufiger den Wohnort gewechselt, und immer aus demselben Grund: Der Junge leidet an Verhaltensstörungen.«

»Führen Sie das aus«, forderte Vogel ihn auf.

Borghi hatte sich Notizen gemacht. »Mattia ist ein Einzelgänger, unfähig, sich zu integrieren und mit anderen zu kommunizieren. Außerdem neigt er zu Wutanfällen und Aggressionen. Überall, wo er mit seiner Mutter gewohnt hat, hat er etwas angestellt. Hat zum Beispiel einen anderen Jugendlichen angegriffen oder Kleinholz aus einem Laden gemacht, ohne erkennbaren Grund. Die Mutter hat sich jedes Mal gezwungen gesehen, die Zelte abzubrechen und woanders hinzuziehen.«

Das sah sie wohl als die beste Medizin für ihren Sohn an, dachte Vogel bei sich. Sie glaubte, ein radikaler Wechsel von Wohnort und Alltagsroutine würde alles wieder ins Lot bringen, hatte es aber dadurch nur noch schlimmer gemacht. Vielleicht schämte sie sich auch, vielleicht hegte sie Schuldgefühle ihrem Sohn gegenüber, der ohne Vaterfigur aufgewachsen war. Jedenfalls stellten Flucht und Neuanfang eine Konstante im Leben der beiden dar.

»Mattia war auch einmal eine Zeit lang in einer therapeutischen Institution«, fuhr der junge Kollege fort. »Das hat mir Flores gesagt, und dass er zurzeit ein ausgleichendes Medikament zur Wutkontrolle einnimmt.«

Die Mutter schlug sich mit schlecht bezahlten Gelegenheitsjobs durch, war derzeit bei einer Reinigungsfirma angestellt und wusch abends zusätzlich Teller in einem der wenigen noch geöffneten Restaurants von Avechot. Mutter und Sohn wohnten in einem bescheidenen Häuschen am Ortsrand, das Vogel bereits unauffällig überwachen ließ.

Sollte dieser gestörte Junge der Schlüssel zum Rätsel um Anna Lous Verschwinden sein?

Mattia hatte sich seit dem Vortag nicht mehr blicken lassen.

Er war spurlos verschwunden, genauso wie Anna Lou.

Die Mutter machte allerdings entgegen den Kastners mit ihrem Alltag weiter, als wäre nichts geschehen, ging morgens zur Arbeit und kehrte abends nach Hause zurück. Sie hatte es nicht für nötig befunden, ihren Sohn als vermisst zu melden, was darauf hindeutete, dass der Junge sich irgendwo versteckte und sie ihn schützte. Folglich wusste sie, dass er wieder etwas angestellt hatte, etwas Ernstes diesmal.

Mattia hielt sich nicht zu Hause auf, so viel stand fest, denn die rund ums Haus herum installierten Richtmikrofone hatten in Abwesenheit der Mutter keinerlei verdächtige Geräusche aufgefangen. Vogel hatte noch keine Hausdurchsuchung angeordnet, um die Frau nicht zu warnen, und ließ sie stattdessen beschatten, in der Hoffnung, dass sie die Polizei zu ihrem Sohn führte.

Was bisher allerdings nicht geschehen war.

Offenbar hatten die beiden jeglichen Kontakt zueinander eingestellt. Das Handy des Jungen erwies sich als dauerhaft ausgeschaltet.

Doch wo Mattia auch steckte, ohne Essen und in Anbetracht der Polizeitrupps, die die gesamte Gegend nach Anna Lou absuchten, würde er nicht lange untertauchen können. Vogel war sich sicher, dass sie nur abzuwarten brauchten, bis der Junge von alleine aus der Versenkung hervorkam.

Die Taucher suchten gerade ein Sammelbecken mit Grubenwasser in der Umgebung des Bergwerks ab. Den topografischen Karten zufolge, die Borghi in der Gemeindeverwaltung besorgt hatte, gab es rund dreißig davon, einige noch in Benutzung, andere nicht. Obendrein war das Tal von einer Vielzahl an Stollengängen durchzogen, die ein regelrechtes unterirdisches Labyrinth bildeten.

Alles bestens geeignet, um eine Leiche dort zu verstecken. Es würde eine Ewigkeit dauern, sie alle systematisch zu überprüfen.

Der Himmel hing als gusseiserner Block zwischen den Bergen. Es schien, als wollte er sich langsam auf alles herabsenken, um es zu zerquetschen. Borghi saß im Auto, nur wenige Meter von der Stelle entfernt, an der die Froschmänner ihrer Arbeit nachgingen, und sah ihnen durch die beschlagene Windschutzscheibe hindurch zu.

Die Stille im Wagen und der dünne Dunstschleier verliehen der Szene etwas Irreales. Wie aus einem Märchen, einem Schauermärchen, das nur ein trauriges Ende haben konnte.

Er beaufsichtigte die Sucharbeiten ohne große Erwartungen – die Taucher ließen sich abwechselnd in das schlammige Wasser hinab, um nach einer Viertelstunde kopfschüttelnd wieder aufzutauchen. Diese Geste, diese ganze Choreografie hatte sich nun schon unzählige Male wiederholt.

Die Limousine stand mitten in einem öden Landstrich, und die morgendliche Kälte war durchdringend. Borghi legte die Hände muschelförmig aneinander und pustete hinein, um sie zu wärmen. Es half nur vorübergehend. Zum ersten Mal seit Beginn der Ermittlungen fühlte er sich frustriert und entmutigt. Eine leise Stimme sagte ihm, dass sie der Sache nie auf den Grund gehen würden, dass Anna Lou Kastner nichts als ein Name auf einer Liste von Personen bleiben würde, die aus ungeklärten Gründen verschwunden waren.

Aber es gab noch etwas anderes, das an ihm nagte, ihm Kopfzerbrechen bereitete. Er musste immer wieder an einen Fakt denken, den Vogel bei der ersten Besprechung fast nebenbei erwähnt hatte, nämlich dass Anna Lou nur fünf Nummern im Kontaktverzeichnis ihres Handys hatte.

Mutter, Vater, eigener Hausanschluss, Großeltern und Pfarrgemeinde.

Sein Vorgesetzter hatte diese Tatsache erwähnt, um zu verdeutlichen, dass die Lebensführung des Mädchens über jeden Verdacht erhaben war. Diese wenigen Namen und Adressen stellten die Eckpfeiler ihres Lebens dar. Einfach und überschaubar, ohne Geheimnisse.

Anna Lous Welt bestand aus diesen Orten, diesen Menschen. Daneben gab es natürlich noch die Schule und die Eislaufbahn, aber was wirklich zählte, war in dieser kurzen Liste enthalten. Das waren die Nummern, die sie am häufigsten anrief, dort würde sie Hilfe oder Trost suchen, wenn es nötig war.

Doch Bruno Kastners Besuch am Vortag hatte Zweifel in ihm geweckt. Das Foto von Anna Lou neben ihrer besten Freundin Priscilla.

Die ganze Zeit hatten die Ermittlungen sich auf anderes gerichtet. Sie hatten Finten ersonnen, um die Medien für sich einzuspannen und mehr Mittel zu erhalten, mit denen die Suche anschließend intensiviert und ausgedehnt worden war. Es war ihnen gelungen, den Jungen mit dem Skateboard zu identifizieren.

Niemandem, nicht einmal den Reportern, war es in den Sinn gekommen, mit diesem Mädchen, dieser Priscilla, zu sprechen. Der Grund lag auf der Hand. Es handelte sich nicht einfach nur um ein Versäumnis.

Mutter, Vater, Hausanschluss, Großeltern, Pfarrgemeinde.

Wenn Priscilla nach Aussage des Vaters Anna Lous beste Freundin war, warum stand sie dann nicht in ihren Kontakten?

Borghi wischte mit dem Ärmel seines Mantels die Windschutzscheibe frei und ließ den Motor an. Es wurde Zeit, es herauszufinden.

Avechot stellte sich darauf ein, das neue Jahr sehr zurückhaltend zu empfangen. Die Leute würden den Jahreswechsel zu Hause begehen, da der Bürgermeister alle geplanten öffentlichen Veranstaltungen abgesagt hatte.

»Es kann keine Freude und Ausgelassenheit unter uns geben, wenn ein Mitglied unserer Gemeinschaft nicht mitfeiern kann«, hatte er vor der Presse erklärt und seinen Worten eine gefühlvolle Pause folgen lassen.

Der erste Bürger des Städtchens war in den vergangenen Tagen sehr aktiv gewesen und hatte sich bemüht, den Medien ein positives Bild von den Bewohnern des Tals zu vermitteln. Um die verleumderischen Stimmen zum Schweigen zu bringen, hatte er sogar Freiwillige für Suchtrupps rekrutiert, die nun Seite an Seite mit den Ordnungskräften die Wälder durchkämmten.

An diesem Vormittag hatte er eine Zusammenkunft in der Versammlungshalle der Religionsgemeinschaft geleitet. Die Gebetsstunde war wieder einmal Anna Lou und ihrer wohlbehaltenen Rückkehr gewidmet gewesen, und auch die Kastners hatten daran teilgenommen.

Borghi sah sie vom Auto aus den Gemeindesaal verlassen und nach Hause gehen, wie immer begleitet von einer kleinen Gruppe Mitbrüder und Mitschwestern, die sie von den aufdringlichen Reportern auf der Jagd nach einem O-Ton oder einem Bild ihres Grams abschirmten. Heute interessierte Borghi sich jedoch für jemand anderen.

Er sah sie als eine der Letzten herauskommen. Priscilla, in einem grünen Parka und Boots, hatte die Haare zurückgebunden und trotz des bedeckten Himmels eine Sonnenbrille aufgesetzt. Sie war hübsch, was auch in dieser wenig attraktiven Aufmachung deutlich wurde. Eine erwachsene Frau ging neben ihr, vermutlich die Mutter, nach der ausgeprägten Ähnlichkeit zu schließen. Die beiden ignorierten die Objektive und Mikrofone, die inzwischen auch auf die anderen Gemeindemitglieder gerichtet wurden. Während die Mutter sich mit ihren Glaubensbrüdern unterhielt, blieb Priscilla ein wenig zurück und sah sich um, als wollte sie die Lage sondieren. In einem geeigneten Moment nutzte sie dann das Gedränge, um sich von der Gruppe zu lösen und in die andere Richtung davonzugehen.

Borghi sah, wie sie um eine Ecke bog und in einen Sportwagen stieg, der schnell davonfuhr. Am Steuer saß ein Junge.

Wenig später holte er die beiden auf einem offenen Platz hinter dem kleinen Friedhof des Dorfes ein. Er hielt etwa hundert Meter hinter ihnen und sah, wie sie sich aus ihren Kleidern schälten und dabei so leidenschaftlich küssten, dass sie nicht merkten, dass sie beobachtet wurden. Als Borghi genug hatte, ließ er das Seitenfenster herunter und stellte das Blaulicht aufs Dach. Er schaltete es an und ließ auch kurz die Sirene aufheulen.

Die beiden Jugendlichen erstarrten vor Schreck.

Borghi fuhr langsam auf sie zu, um ihnen Zeit zu geben, sich wieder anzuziehen. Vor dem Sportwagen angekommen, stieg er aus und ging zur Fahrerseite. »Hallo, die Herrschaften.« Sein Lächeln war gewollt drohend.

»Guten Tag, gibt es ein Problem?« Der Junge tat ruhig und selbstbewusst, aber Borghi sah, dass er sich in die Hosen machte.

»Ich nehme mal an, du hast dir Papas Auto ausgeliehen, ohne zu fragen, mein Junge. Bist du überhaupt schon alt genug, um zu fahren?« Ein typischer Bullenspruch.

»Hören Sie, wir haben nichts Schlechtes getan, also lassen Sie uns in Ruhe«, erwiderte der Lümmel dreist, doch seine Stimme zitterte dabei.

»Willst du hier den harten Burschen markieren, oder was?« Borghis Ton war jetzt der eines Bullen, der langsam die Geduld verlor.

Um diesen Dummkopf von ihrem Freund daran zu hindern, die Situation eskalieren zu lassen, beugte Priscilla sich zum Fenster herüber. »Bitte, Herr Kommissar, sagen Sie meiner Mutter nichts davon.«

Borghi sah sie an und ließ ein paar Sekunden verstreichen, als müsste er darüber nachdenken. »Also gut, aber ich bringe dich jetzt selbst nach Hause. Und du bringst das Auto auf der Stelle zurück«, herrschte er den Jungen an.

Während sie zusammen durch die Straßen des Orts fuhren, nahm er Priscilla genauer in Augenschein. Sie war klein und zierlich und hatte fein geschnittene Gesichtszüge, wirkte durch ihre Aufmachung aber robuster. Im linken Ohr hatte sie drei Löcher mit bunten Steckern darin, um die Augen eine Spur von Kajal. Unter dem Parka trug sie einen schwarzen Rollkragenpullover, dazu Leggins mit Blumenmuster und einem Riss am Oberschenkel. Der süßliche Geruch eines Deos mit Erdbeeraroma mischte sich mit einem Hauch von Schweiß, Zigarettenrauch und Pfefferminzkaugummi.

Borghi wollte ihr ein paar Informationen entlocken und hatte ihr dazu erst mal einen ordentlichen Schreck eingejagt, um sie weichzuklopfen. Nun würde sie ihm ehrlich Auskunft geben, um ihre Lage nicht zu verschlimmern. »Was kannst du mir über Anna Lou sagen?«

»Was wollen Sie wissen?«

»Du bist doch ihre beste Freundin, richtig?«

»Ja. Sie war schwer in Ordnung, finde ich.« Das Mädchen sah geradeaus auf die Straße und knabberte an dem rosa Nagellack ihrer rechten Hand.

»Was willst du damit sagen?«

»Die Leute an unserer Schule reden viel, und jetzt behaupten manche, dass sie Geheimnisse hatte. Aber das ist totaler Quatsch.«

»Was für Geheimnisse?«

»Dass sie Affären hatte, es mit älteren Typen trieb. Alles Schwachsinn.«

»Seid ihr zusammen ausgegangen? Was hat sie gern gemacht?«

»Sie durfte sich nur nachmittags mit mir treffen, bei mir zu Hause, um Hausaufgaben zu machen.«

»Aber ihr wart doch nicht in derselben Klasse, oder?«, hakte Borghi nach.

»Nein, aber Anna Lou ist sehr gut in Mathe und hat mir Nachhilfe gegeben.«

»Weißt du, ob sie einen Freund hatte?«

Priscilla stieß ein kurzes Lachen aus. »Einen Freund? Nein, bestimmt nicht.«

»Gab es jemanden, den sie besonders mochte?«

»Ja, meine Katze.« Sie lachte erneut, aber als ihr Humor keine Erwiderung fand, hörte sie auf. »Anna Lou war anders, sie interessierte sich nicht dafür, den Jungs zu gefallen oder mit Freunden rumzualbern.«

»Also hatte sie nur zu dir Kontakt, abgesehen natürlich von ihren Klassenkameraden?«

»Genau.« Priscilla legte offenbar Wert darauf, als Anna Lous engste Vertraute zu gelten. Möglicherweise, um den Verdacht von sich abzulenken, dachte Borghi. »Was ist deiner Meinung nach mit ihr passiert?«

Priscilla schwieg einen Moment. »Ich weiß es nicht. Es wird alles Mögliche gemunkelt, dass sie von zu Hause abgehauen wäre oder so. Ich glaube das aber nicht.«

»Vielleicht ist ja etwas passiert, von dem sie dir nichts erzählt hat.«

»Bestimmt nicht. Wenn da was gewesen wäre, hätte sie's mir gesagt.«

Sie log, da war Borghi sicher. »Auch, nachdem ihr euch gestritten hattet?«

Sie drehte sich zu ihm um. »Woher wissen Sie das?«

Borghi antwortete nicht. Er fuhr an den Straßenrand und schaltete den Motor aus, weil er ihr ins Gesicht sehen wollte. »Es bleibt unter uns, versprochen, aber ich will jetzt die Wahrheit hören.«

Priscilla begann wieder, an ihren Nägeln zu kauen. »Ich hab niemandem was davon erzählt, weil ich schon genug Stress mit meiner Mutter habe«, verteidigte sie sich. »Seit mein letzter Stiefvater das Weite gesucht hat, ist sie voll von der Bruderschaft besessen. Es war der sechste oder siebte Arsch, der sie hat sitzen lassen. Sind meistens irgendwelche Loser, die irgendwie in der Scheiße steckten. Sie gabelt sie auf wie andere streunende Hunde, hilft ihnen wieder auf die Beine, und dann hauen sie ab, ohne auch nur Dankeschön zu sagen. Jetzt erzählt sie überall rum, dass die Bruderschaft sie gerettet hat, und mich will sie auch retten. Sie sagt, Jesus liebt sie, aber für mich ist das nur ein neuer Typ auf ihrer Liste. Ich gehe mit ihr zu den Versammlungen, damit sie Ruhe gibt, aber ich interessiere mich nicht für Religion.«

»Anna Lou war deine Tarnung, stimmt's? Solange du dich mit ihr treffen konntest, hatte deine Mutter keinen Grund, dich wegen deiner Freundschaften zu nerven. Deshalb hast du ihr nichts von dem Streit gesagt, damit sie kein Theater macht.«

Priscilla fühlte sich in ihrer Ehre getroffen. »Ich habe Anna Lou wirklich gern. Aber es stimmt, als sie verschwand, hatten wir seit mindestens zwei Wochen nicht miteinander gesprochen.«

Borghi fixierte sie. »Warum?«

»Ach, es war nichts Wichtiges. Ich habe ihr nur wegen einer Sache die Augen geöffnet. Aber sie war dann erst mal beleidigt.«

»Was für eine Sache?«

»Wegen dem Blödmann, der ihr dauernd hinterherlief.«

Mattia, dachte Borghi sofort. »Kennst du ihn?«

»Klar, er geht in meine Klasse. Er heißt Mattia und redet mit niemandem. Niemand will etwas mit ihm zu tun haben.«

»Warum ist er Anna Lou hinterhergelaufen?«

»Keine Ahnung. Vielleicht, weil er auf sie stand, vielleicht, weil sie die Einzige war, die überhaupt mit ihm gesprochen hat. Damit hat sie ihn aber nur ermutigt, ich habe ihr gesagt, dass das ein Fehler ist. Anna Lou wäre nie mit ihm gegangen, aber dieser Loser hat sich das wohl eingebildet, er schwänzelte ständig um sie herum.«

Borghi verstand langsam, aber Priscilla schien immer noch etwas zu verbergen. »Also hast du sie vor ihm gewarnt, und sie hat nicht auf dich gehört. Aber das scheint mir noch kein Grund zu sein, eine Freundschaft aufzukündigen.«

Sein strenger Blick bewog sie dazu, auch den Rest zu erzählen. »Na schön, es ist noch was anderes passiert. Der Typ ist uns eines Tages wieder nachgelaufen, so total unauffällig, er dachte wohl, wir merken nichts. Da ist mir der Kragen geplatzt, ich bin zu ihm hin und hab ihm die Meinung gesagt. Ich war darauf gefasst, dass er sich wehrt, einen Streit anfängt, aber er hat mich nur angeguckt wie ein geprügelter Hund und kein Wort gesagt. Und dann hat er sich in die Hose gemacht.«

»In die Hose gemacht?«, fragte Borghi.

»Ja, wortwörtlich. Ich hab den dunklen Fleck gesehen, der sich auf seiner Jeans ausgebreitet hat. Und dann wurde die Pisse zu einer richtigen Pfütze unter seinen Turnschuhen. Unglaublich, so ein Schlappschwanz.«

Borghi seufzte und schüttelte den Kopf. Jugendliche, dachte er, was für ein Schlamassel. »Und Anna Lou hat dir die Schuld daran gegeben?«

»Sie war stinksauer auf mich, sie hat gesagt, ich hätte ihn gedemütigt, und wollte nicht mehr mit mir reden.«

Borghi merkte, dass er Anna Lou unterschätzt hatte. Er hatte sie für die schwache, gefügige Sorte Mädchen gehalten, doch sie hatte offenbar durchaus eine eigene Meinung und auch ein gutes Gerechtigkeitsgefühl. Er würde Priscilla nicht direkt fragen, ob sie glaubte, dass Mattia etwas mit dem Verschwinden ihrer Freundin zu tun hatte. Es war offensichtlich, dass sie ihn nicht verdächtigte, zumal sie nicht wissen konnte, dass der Junge, der sich vor ihr in die Hose gemacht hatte, früher Probleme gehabt hatte, seine Wut in den Griff zu kriegen. Also sagte er: »Aber warum hätte Mattia deiner Meinung nach eine Gefahr für Anna Lou bedeuten sollen? Gut, er hat ihr nachgestellt, aber ich verstehe nicht ...«

Priscilla sah ihn abschätzig an. »Er hat ihr mit einer Videokamera nachgestellt.«

Ab zwanzig Uhr jagte in den Fernsehnachrichten ein Beitrag über die Silvesterfeiern in den Großstädten des Landes den nächsten. Doch der Moment für die Lokalereignisse würde kommen, und die Berichterstatter würden ein dunkles Haus in einem kleinen Alpenstädtchen zeigen, in dem ein Ehepaar noch immer um das Schicksal seines ältesten Kindes bangte.

Der Fernseher in Vogels Hotelzimmer lief, ohne dass er hinsah, aber der Ton war bis ins Bad zu hören. Er stand im Bademantel vor dem Spiegel und färbte sich mit einem schmalen Pinsel die Augenbrauen nach. Langsam und sorgfältig.

Der Schrank neben dem Bett stand offen und gab den Blick auf die Reihe hochwertiger Anzüge frei, die der Sonderermittler mitgebracht hatte, als müsste er sich monatelang in Avechot aufhalten. Jeder hing auf einem eigenen Holzbügel mit einem Lavendelsäckchen darum, das Motten fern- und den Stoff frisch halten sollte. An einer Stange auf der Innenseite einer der Schranktüren waren ordentlich nebeneinander die Krawatten aufgehängt, aus Seide, Wolle oder Kaschmir. Vogel hatte sie nach einer klaren Farbskala geordnet. Unten schließlich standen die Schuhe, einer stramm neben dem anderen, mindestens fünf Paar. Alles Schnürschuhe, englische und italienische, handgearbeitet und auf Hochglanz gewienert.

Diese Garderobe war nur eine Auswahl dessen, was Vogel zu Hause hatte. Das Ergebnis einer jahrelangen Leidenschaft und geduldigen Suche. Zu jedem Anzug gehörte ein anderes Eau de Cologne, das konsequent nur auf das Einstecktuch gesprüht wurde. Der Sonderermittler war pingelig in dieser Hinsicht, und seine Kollektion an Hemden und Manschettenknöpfen grenzte an Obsession.

Er verachtete Kollegen, die schlampig herumliefen. Eine gepflegte äußere Erscheinung war für ihn nicht nur eine Frage des Geschmacks oder gar ordinärer Eitelkeit. Für Vogel stellte die Kleidung eine Art Ritterrüstung dar, die Kraft, Disziplin und Selbstsicherheit ausdrückte.

An diesem Abend jedoch würden seine Anzüge im Schrank bleiben, denn Vogel hatte nicht die Absicht auszugehen. Draußen kündigte sich ein Gewitter an, und er würde schön in seinem Zimmer bleiben und das neue Jahr allein begrüßen, wie er es immer tat. Er hatte ein leichtes Abendessen bestellt und würde eine Flasche Cabernet aus seinem eigenen Keller dazu öffnen, die er extra vor der Abreise noch in den Koffer gepackt hatte.

Während er sich auf den gemütlichen Abend freute, rekapitulierte er vor dem Spiegel noch einmal die bisherigen Ergebnisse des Falls.

Anna Lou kannte ihren Entführer. Deshalb war sie widerstandslos mitgegangen.

Sie ist mit einiger Sicherheit tot. Die Bewachung und Versorgung einer Geisel war eine aufwendige Angelegenheit, weshalb ihr Entführer sie höchstwahrscheinlich nach der Verschleppung ermordet hatte. Vielleicht hatte sie noch einige wenige Stunden gelebt.

Das Mädchen hielt es für nötig, ein falsches Tagebuch zu führen, um seine Mutter zu täuschen. Aber was war aus dem echten geworden? Und was barg es für ein gefährliches Geheimnis?

Sein Handy klingelte. Vogel schnaubte ungehalten, aber da das verhasste Ding nicht aufhörte, unterbrach er die Färbeaktion und ging ran.

»Mattia hat Videos von Anna Lou gemacht«, fiel Borghi mit der Tür ins Haus.

»Was?«, fragte Vogel verdutzt.

»Er ist ihr überallhin gefolgt und hat sie gefilmt.«

»Woher wissen Sie das?«

»Ich habe die beste Freundin der Vermissten befragt und gerade eine Bestätigung ihrer Aussage bekommen. Offenbar hat eine Polizeistreife den Jungen vor einiger Zeit dabei ertappt, wie er die Pärchen filmte, die sich hinter dem Friedhof ein Stelldichein geben.«

Das war eine ausgezeichnete Neuigkeit, fand der Sonderermittler. Wie es aussah, war er nicht der Einzige mit einer Obsession, wenn Mattias auch deutlich beunruhigender zu sein schien als seine eigene harmlose Vorliebe für gewählte Kleidung. Er dachte kurz nach und traf im Licht dieser neuen Erkenntnis eine Entscheidung. »Die Wohnung des Jungen wird immer noch überwacht?«

»In vierstündigen Schichten, jeweils von zwei Beamten. Aber sie haben bisher nichts Auffälliges festgestellt.«

»Sagen Sie ihnen, dass sie sich zurückziehen sollen.«

Am anderen Ende herrschte zwei Sekunden lang Schweigen. »Sind Sie sicher, Chef? Ich dachte, da heute Silvester ist, könnte Mattia auf die Idee kommen, das Geknalle und Gefeiere auszunutzen, um sich nach Hause zu schleichen und mit Vorräten einzudecken.«

»Nein, so dumm ist er nicht«, entgegnete Vogel prompt. »Aber ich bin überzeugt, dass er versuchen wird, Kontakt zu seiner Mutter aufzunehmen. Sie arbeitet heute Abend im Restaurant.«

Borghi wirkte alles andere als einverstanden. »Entschuldigen Sie, Chef, das verstehe ich nicht. Was genau ist der Plan?«

Aber Vogel hatte nicht die Absicht, ihn in seine Strategie einzuweihen. »Tun Sie einfach, was ich Ihnen sage«, antwortete er ruhig. Dann fügte er hinzu: »Vertrauen Sie mir.«

Borghi stellte keine weiteren Fragen. »Ist gut«, sagte er, wenn auch etwas zögerlich.

Geht dich einen Scheißdreck an, mein Plan, dachte Vogel verdrossen und legte auf.

1. JANUAR.

NEUN TAGE NACH DEM VERSCHWINDEN.

Kurz nach Mitternacht fuhr Vogel mit einem Streifenwagen durchs Dorf.

Es waren nur noch ein paar Nachzügler unterwegs, die sich beeilten, zu einer der privaten Silvesterfeiern zu kommen. Er konnte die Leute in den erleuchteten Fenstern der Häuser sehen, wie sie lachend und sich umarmend das Ende des alten Jahres und den Beginn des neuen feierten. Lächerlicher Aberglaube. So etwas brauchte er nicht. Vergangenes hinter sich zu lassen diente doch nur dazu, sich das eigene Versagen nicht eingestehen zu müssen. Und die Zukunft, die sie alle so freudig willkommen hießen, würde in zwölf Monaten ebenfalls zu unnützem Leben geworden sein, das man vergessen konnte.

Vogel dagegen dachte wie die Medien: Nur die Gegenwart zählte, sonst nichts. Manche gestalteten sie, andere erduldeten sie bloß. Sich selbst zählte er zur ersten Kategorie, weil er aus jeder Situation einen Erfolg herauszuholen wusste. Die zweite bestand aus denen, die wie Anna Lou für die Opferrolle vorgesehen waren und den Preis für den Ruhm der anderen bezahlten.

Daher war ihm das neue Jahr im Moment herzlich egal, er hatte Wichtigeres zu tun. Während er auf sein Ziel zufuhr, holte er das Handy heraus und wählte eine Nummer, die er auswendig kannte.

Stella Honer ging schon nach zweimaligem Klingeln ran. »Ja?«, sagte sie nur.

»Fünfundzwanzig Minuten vor den anderen, du erinnerst dich?«

Da wusste Stella, dass sich in dieser Nacht etwas ereignen würde.

Etwa hundert Meter vor dem Haus, in dem Mattia und seine Mutter wohnten, hielt Vogel an. Das kleine Alpenchalet stand oben auf einem Hügel, umgeben von einer struppigen, kahlen Wiese und einem Bretterzaun, der dringend instand gesetzt werden musste. Alles war dunkel, abgesehen von einem rötlichen Schimmer hinter einem der Fenster.

Ihm war klar, dass es nicht genügte, die Überwachungsteams von hier abgezogen zu haben, denn rund ums Haus waren hochsensible Außenmikrofone versteckt, die jedes Geräusch im Innern auffangen würden. Deshalb musste er größte Vorsicht walten lassen; niemand durfte erfahren, dass er hier gewesen war. Doch auch dafür hatte er bereits eine Lösung.

Er sah zum Himmel und brauchte nur wenige Minuten zu warten. Dann begann es, wie vom Wetterbericht angekündigt, heftig zu regnen. Ein an- und abschwellendes Prasseln, das auf Erde und Häuser niederging und jedes andere Geräusch übertönte.

Vogel stieg aus und lief rasch über den ungepflasterten Gartenweg. Im Schutz des überdachten Eingangs angekommen, schüttelte er das Wasser von seinem Mantel und stieg die kleine Treppe hinauf. Vor der Haustür holte er ein Paar Latexhandschuhe und einen Schraubendreher aus der Tasche, mit dem er das Schloss aufschraubte. Es war nicht weiter schwer. Die Tür ging auf, und nachdem er sich vergewissert hatte, dass niemand in der Nähe war, schlüpfte er hinein.

Der erste Eindruck war der einer würdevollen Armut. Ein Geruch nach Kohl und Feuchtigkeit. Alte Möbel und Staub. Zwischen zwei Stühlen zum Trocknen aufgehängte Kleider und schmutziges Geschirr. Kälte. Inmitten dieser desolaten Unordnung war aber auch die Liebe einer Frau zu ihrem schwierigen Sohn zu spüren. Vogel nahm die Angst der Mutter um Mattia wahr, die Angst, es nicht zu schaffen, zu versagen, alles von einem Moment auf den anderen zusammenbrechen zu sehen. Weil sie wusste, dass der Junge, den sie zur Welt gebracht hatte, für sich und andere eine Gefahr bedeutete. Und wusste, dass all die Psychopharmaka und Psychiater nichts daran ändern würden.

Die alten Holzdielen knarrten unter Vogels Schritten, aber der aufs Dach trommelnde Regen schwächte das Geräusch ab, als er durch die wenigen Zimmer ging.

In einer Ecke der Küche, die auch als Wohnzimmer diente, stand ein Ofen. Von ihm ging der rote Schein aus, den er durchs Fenster wahrgenommen hatte, aber er gab nur eine schwache Wärme ab und konnte nicht einmal diesen Raum richtig beheizen. Vogel wich einem durchgesessenen Sofa aus und betrat ein anderes Zimmer. Dort stand ein Ehebett, über dem ein kleines Holzkreuz hing, daneben ein Regal, das als offener Kleiderschrank fungierte. Ansonsten waren die Wände kahl. Auf einem Stuhl lag ein Stapel Handtücher, und vor dem Nachttisch stand ein Paar ausgetretene Pantoffeln.

Das dritte Zimmer war das Bad. Angeschlagene Kacheln, Zeitungsstapel. Der Spülkasten gab eine Art unterdrücktes Seufzen von sich und schien reparaturbedürftig zu sein. Die Badewanne war klein und kalkverkrustet.

Vogel fragte sich, wo Mattia schlief. Vielleicht auf dem Sofa in der Wohnküche oder im selben Bett wie die Mutter, aber das bezweifelte er. Als er zurückging, um noch einmal nachzusehen, entdeckte er ein Rechteck an einer der Wände im Flur. Durch die Holztäfelung war es kaum zu erkennen.

Eine Tür.

Vogel drückte mit der flachen Hand dagegen. Sie ging auf, und er sah eine Ziegelsteintreppe, die zwischen rohen Natursteinwänden abwärtsführte.

Dort unten war es stockfinster.

Er klickte den Bildschirm seines Handys an, um sich damit zu leuchten, und stieg vorsichtig hinab. Die Stufen waren steil und an den Kanten abgetreten. Ein leicht dumpfer Geruch stieg ihm in die Nase. Am Fuß der Treppe angekommen, leuchtete er um sich herum.

Es war kein Keller, sondern eine Art Souterrain. Der Einrichtung nach zu schließen handelte es sich um das Zimmer von Mattia. Oder vielmehr seine Höhle.

Es gab weder Fenster noch Lüftungsklappen. Das Geräusch des Regens kam hier unten nur als ein ferner, dunkler Ton an, wie eine Klage.

An der rechten Wand stand ein Feldbett. Das Bettzeug war zerwühlt und obendrauf stapelte sich ein Berg von Decken. In diesem Raum war es noch kälter als im übrigen Haus, aber ein Jugendlicher passte sich der Temperatur wohl leichter an, vor allem, wenn er dadurch ein Stück Unabhängigkeit gewann.

Direkt vor sich sah Vogel einen Tisch. An der Wand darüber waren Fotos angebracht, vergrößerte Bildausschnitte, anscheinend aus Filmen.

Auf allen war Anna Lou zu sehen.

Er ging näher heran. Bestimmt zwei Dutzend Nahaufnahmen. Das Mädchen war in verschiedenen Situationen gefilmt worden und hatte immer einen unbefangenen, natürlichen Gesichtsausdruck. Sie lächelte auf fast keinem der Bilder, offenbarte aber eine ungeahnte, verborgene Schönheit, stellte er fest. Eine, die man mit bloßem Auge zuerst übersah. Als hätte Mattia es verstanden, bei seinem verrückten Filmprojekt etwas einzufangen, das kein anderer erkannt hatte. Nicht einmal Bruno Kastner, der seine Tochter nicht für hübsch genug hielt, um einem Entführer aufzufallen.

Auf dem Tisch stand ein nicht mehr ganz topmoderner Computer. Daneben lag eine Videokamera.

Vogel nahm sie, um sie sich genauer anzusehen. Offenbar hatte Mattia in der Eile seiner Flucht den einen Gegenstand, von dem er sich nie trennte, zu Hause vergessen. Dann fiel sein Blick auf etwas anderes.

Auf einem Regalbord stand eine rosa Plüschkatze. Er nahm sie herunter und drehte sie in den Händen herum. Auf einmal überlief den Sonderermittler ein Schauder, und im selben Moment hörte er ein Geräusch hinter sich.

Auf dem Bett hatte sich etwas bewegt.

Vogel setzte die Plüschkatze ab und drehte sich langsam um. Er sah Leben in den Deckenberg kommen und eine Gestalt darunter auftauchen. Mattia hatte die Kapuze seines Sweatshirts übergezogen, sodass sein Gesicht nicht zu erkennen war.

Der Junge erhob sich wie in Zeitlupe. Er war viel größer und kräftiger, als Vogel ihn in Erinnerung hatte. Auf einen Schlag verstand der Sonderermittler so manches. Zum Beispiel, dass Mattia überhaupt nicht geflohen war, sondern sich einfach im Haus versteckt hatte. Die Umgebungsmikrofone draußen hatten seine Anwesenheit in diesem Raum hier unten, gedämmt von wer weiß wie vielen Metern Erde und Fels, nicht registrieren können.

Vogel hatte beide Hände voll, in der einen die Videokamera des Jungen, in der anderen sein eigenes Handy, mit dem er sich Licht machte. Doch er hätte seine Pistole sowieso nicht ziehen können, da der Junge viel zu nahe war und die Gefahr bestand, dass er sich auf ihn stürzte und ihn entwaffnete. Also versuchte er es mit einem Trick, der ihm gewöhnlich sehr gut aus der Klemme half. »Das ist also dein Hobby?« Er deutete mit dem Kopf auf die Kamera und lächelte komplizenhaft. »Ich wette, du bist ziemlich gut.«

Der Junge antwortete nicht.

Vogel bemerkte seinen durchdringenden Blick unter der Kapuze. »Ich kann dich berühmt machen, weißt du? Deine Videos würden ins Fernsehen kommen, und du würdest endlich die Beachtung finden, die du verdienst. Ich habe viele Freunde unter den Journalisten, ihre Redaktionen zahlen viel Geld für so etwas. Du wärst in aller Munde.« Da noch immer keine Reaktion kam, erhöhte er die Dosis seiner Versprechungen. »Denk an deine Mutter, sie müsste nicht mehr arbeiten gehen. Sie könnte eine anständige Wohnung haben und alles, was sie sich jetzt nicht leisten kann. Und du wärst es, der ihr das ermöglicht … Dazu brauchst du nicht viel zu tun. Wir brauchen nur hier rauszugehen, und du führst mich zu Anna Lou. Oder wir gehen gleich mit dem Tross der Fernsehleute dorthin. Dann bist du der Hauptdarsteller, niemand wird mehr über dich lachen, alle werden Respekt vor dir haben …«

Er wusste nicht, ob seine Worte bei Mattia ankamen. Endlose Sekunden vergingen, in denen nichts geschah. Dann machte der Junge einen kleinen Schritt auf ihn zu. Unwillkürlich wich Vogel zurück. Mattia blieb stehen, machte einen zweiten Schritt. Vogel stieß mit der Hüfte gegen die Tischkante. Auch diesmal hielt Mattia inne.

Da verstand der Sonderermittler. Der Junge wollte ihn weder bedrohen noch angreifen – er bat ihn nur um Erlaubnis, sich nähern zu dürfen.

Aber nicht mir, sagte sich Vogel. Seinem Computer.

Er trat zur Seite, damit Mattia an den Tisch konnte. Der Junge ging hin und schaltete den PC an. Es dauerte einige Minuten, bis das Betriebssystem hochgefahren war, dann öffnete er einen Ordner, der schlicht »Sie« benannt war. Auf dem Bildschirm erschienen die Icons verschiedener Videos.

Mattia suchte mit der Maus nach einem bestimmten und ließ dann mit einem Klick das Video ablaufen.

Vogel stand hinter ihm und blickte gespannt auf den Bildschirm.

Man sah Anna Lou durch eine Straße gehen, mit einer Schlittschuhtasche und dem bunten Rucksack, den sie auch bei ihrem Verschwinden dabeigehabt hatte. Es war ein sonniger Tag, und sie ging allein, ohne zu merken, dass sie gefilmt wurde, passierte einen alten weißen Geländewagen. Dann ein Schnitt, und Vogel verstand, dass es sich um eine von Mattia zusammengestellte Montage handelte. Diesmal war Anna Lou in Begleitung ihrer Freundin Priscilla, sie unterhielten sich vor der Schule. Wieder ein Schnitt: Das Mädchen verkaufte zusammen mit anderen Gemeindemitgliedern Kuchen und Gebäck bei einem Wohltätigkeitsbasar vor der Versammlungshalle. Während er sich noch fragte, was der Sinn dieser Montage war, bemerkte Vogel erneut den weißen Geländewagen aus der ersten Szene. Vermutlich war er auch in der zweiten vorhanden gewesen, ohne dass er ihm aufgefallen war.

Die weiteren Sequenzen bestätigten seine Feststellung.

Anna Lou mit ihren Eltern bei einem Picknick in den Bergen – der weiße Geländewagen stand auf einem Parkplatz im Hintergrund zwischen anderen Autos. Anna Lou beim Verlassen des Hauses mit ihren kleinen Brüdern – der Geländewagen in einigen Metern Entfernung am Straßenrand.

Die Bilder liefen weiter. Vogel betrachtete den Jungen, dessen konzentriertes Gesicht vom Bildschirm beleuchtet wurde.

Beim Filmen von Anna Lou hatte er bemerkt, dass er nicht der Einzige war, der das Mädchen beobachtete.

Der betreffende Wagen war immer zu weit im Hintergrund, als dass man das Gesicht des Fahrers oder das Nummernschild erkennen konnte. Mit einer entsprechenden Software wäre es sicher möglich, die Einzelbilder zu vergrößern, aber etwas sagte Vogel, dass das nicht nötig sein würde.

»Du weißt, wer das ist, stimmt's?«, fragte er.

Mattia drehte sich zu dem Regalbord um, auf dem die rosa Plüschkatze stand. Dann nickte er schwach.

Er kannte ihn.

23. FEBRUAR.

ZWEIUNDSECHZIG TAGE NACH DEM VERSCHWINDEN.

In der Nacht, die alles veränderte, hing der Nebel mit seinem falschen Weiß, das nicht über das Dunkel der Nacht hinwegzutäuschen vermochte, unverändert draußen vorm Fenster.

Die Heizung in Flores' Büro gab ein Gurgeln von sich, einen gutturalen, lebendig anmutenden Laut, wie von einer entfernten menschlichen Stimme, die vergeblich versuchte, eine Botschaft zu übermitteln.

Vogel hatte seinen Bericht unterbrochen und blickte starr auf eine Stelle an der Wand, zwischen den Fotos und den gerahmten Auszeichnungen.

Flores merkte, dass die Aufmerksamkeit des Polizisten von einem der präparierten Fische angezogen wurde, silbrig und mit einem rosa Streifen quer über den Leib. »*Oncorhynchus mykiss*«, erklärte er. »Auch als Regenbogen- oder Lachsforelle bekannt. Sie stammt aus Nordamerika, einige Unterarten auch aus den nordasiatischen Pazifikgewässern. Vor vielen Jahren wurde sie in Europa eingeführt, hier bei uns findet man sie in manchen Bergseen. Sie braucht kaltes, sauerstoffreiches Wasser, um zu überleben.« Der Psychiater war bewusst vom Thema abgeschweift. Er wollte sein Gegenüber nicht unter Druck setzen – er musste in erster Linie ein Mediator sein und zwischen dem Patienten und dessen innerem Konflikt vermitteln. Seine Erfahrung sagte ihm, dass der Sonderermittler das Geschehen vor dem Unfall, die Ursache, weshalb er das Blut von jemand anderem an seiner Kleidung trug, verdrängt hatte oder jedenfalls verzweifelt versuchte, es vor sich selbst zu verbergen.

Vogel verlor jedoch rasch das Interesse an dem Fisch. »Die Medien legen die Rollen fest«, sagte er unvermittelt. »Hier das Monster, da das Opfer. Das Opfer wird vor jedem möglichen Angriff oder Verdacht in Schutz genommen, es muss ›rein‹ sein. Sonst läuft man Gefahr, demjenigen, der ihm geschadet hat, eine moralische Rechtfertigung zu liefern. Zuweilen aber, das lässt sich nicht leugnen, spielen die Opfer sehr wohl eine aktive Rolle bei dem, was ihnen zustößt. Ob durch eine schwere Schuld, ausgemachte Provokationen oder auch nur Kleinigkeiten, die sich mit der Zeit ansammeln und eine Kurzschlussreaktion auslösen. Ich erinnere mich an den Fall eines Büroleiters, der ständig den Nachnamen eines Mitarbeiters absichtlich verunstaltete, vor allen anderen, weil er es lustig fand. Eines Morgens kam der Angestellte pünktlich wie immer zur Arbeit, aber mit einer automatischen Pistole in der Hand.«

»War es bei Anna Lou Kastner auch so?«, fragte Flores.

»Nein«, sagte Vogel niedergeschlagen.

»Warum lassen wir diese Geschichte nicht für ein Weilchen beiseite und befassen uns stattdessen mit dem, was heute Abend passiert ist?«

»Ah, meine blutbefleckte Kleidung, richtig ...«, fiel es dem Sonderermittler wieder ein.

Flores konnte ihn nicht direkt danach fragen, von wem das Blut stammte, er musste nach und nach dorthin gelangen. »Es wäre wichtig zu wissen, wo Sie vor dem Verkehrsunfall waren und wo Sie hinwollten.«

Vogel riss sich zusammen. »Ich war unterwegs zum Haus der Kastners ... Ja, ich wollte zu ihnen, um ihnen ein Pfand zurückzugeben.« Er senkte den Blick auf das Armband um sein Handgelenk.

»Und warum zu so später Stunde?«

Vogel überlegte. »Ich wollte mit ihnen sprechen, ihnen etwas sagen …« Sein Gedächtnis schien ihn erneut im Stich zu lassen.

»Sie wollten den Kastners eine Nachricht überbringen?«

»Ja, aber …«

Flores wartete darauf, dass Vogels Erinnerung sich wieder einstellte. Er war sich nicht hundertprozentig sicher, glaubte aber nicht, dass der Beamte simulierte. Seiner Ansicht nach gab es da wirklich ein Hindernis, das es ihm verwehrte, auf etwas in seinem Bewusstsein zuzugreifen. Was hatte er den Kastners so Wichtiges mitzuteilen gehabt? Was es auch war, der Psychiater kam zu dem Schluss, dass Vogel sich nur daran erinnern würde, wenn er über das sprach, was Monate zuvor geschehen war. Also versuchte er, ihn wieder dahin zurückzulenken. »Haben Sie und Ihre Leute wirklich noch nach Anna Lou gesucht oder – da Sie sie schon für tot hielten – nur nach einer Leiche, mit der Sie einen mutmaßlichen Mörder zu überführen hofften?«

Vogel lächelte schwach. Es war ein klares Eingeständnis.

»Warum haben Sie es dann nicht sofort gesagt? Warum noch die Hoffnung nähren?«

Vogel nahm sich Zeit zum Nachdenken. »Bei einer kürzlich durchgeführten Umfrage darüber, was das Ziel polizeilicher Untersuchungen sein soll, hat die Mehrheit der Befragten geantwortet: ›den Schuldigen zu fassen‹. Nur ein kleiner Prozentsatz war der Meinung, das Ziel solle sein, ›die Wahrheit festzustellen‹.« Vogel beugte sich auf seinem Stuhl vor. »Verstehen Sie, was ich damit sagen will? Niemand interessiert sich für die Wahrheit.«

»Was glauben Sie, warum?«

Der Polizist überlegte wieder. »Weil die Festnahme des

Schuldigen uns eine Illusion von Sicherheit vermittelt, und das genügt uns im Grunde schon. Aber es gibt noch eine bessere Antwort: Weil die Wahrheit uns miteinbezieht, uns zu Mittätern macht.« Er merkte offenbar, dass eine Erklärung nötig war. »Ist Ihnen schon einmal aufgefallen, wie die Medien und die öffentliche Meinung, also eigentlich wir alle, dazu neigen, einem Straftäter die Menschlichkeit abzusprechen? Als gehörte er einer anderen Spezies an, die mit einer speziellen Fähigkeit ausgestattet ist: Böses zu tun. Wir sind uns dessen nicht bewusst, aber wir machen aus dem Täter ... einen Helden.« Er betonte das letzte Wort. »Dabei ist der Schuldige meist ein ganz gewöhnlicher Mensch, ohne schöpferisches Talent, unfähig, sich auf positive Weise aus der Masse hervorzuheben. Aber wenn wir ihn als solchen akzeptieren, müssen wir uns eingestehen, dass er uns im Grunde nicht unähnlich ist.«

Vogel hatte recht. Flores' Blick fiel flüchtig auf die zerknitterte Ecke einer alten Zeitung inmitten des Durcheinanders auf seinem Schreibtisch. Er wusste genau, wie lange das Blatt schon dort lag, und auch, warum er es nicht weggeworfen hatte.

Die Schlagzeile auf der Titelseite enthielt einen Namen und den Zusatz: *Das Monster im Fall Kastner.*

Im Laufe der Wochen und Monate hatten sich andere Papiere und Unterlagen auf der Zeitung angesammelt. Es war das Schicksal von Nachrichten, lebendig begraben zu werden. Im Grunde wollen wir alle vergessen, sagte sich der Psychiater. Er zum Beispiel wollte sich nicht gern an das herzzerreißende Weinen von Maria Kastner erinnern, aus dem mit der Zeit ein leises, kaum noch vernehmbares Wehklagen geworden war. Zu Anfang hatte er die Familie in ihrem Kummer begleitet und ihr geholfen, ihn zu akzeptieren. Er hatte mit dem Schweigen und der Verschlossenheit Bruno Kastners gerungen und versucht zu verhindern, dass Maria nach und nach an dem Unglück zerbrach. Er hatte getan, was er konnte, solange die Bruderschaft es ihm erlaubte. Dann war er immer mehr von der Familie ferngehalten worden.

»Herr Vogel, Sie haben vorhin gesagt, dass Sie heute Abend zu den Kastners wollten, um ihnen eine Nachricht zu überbringen, aber nicht mehr wissen, welche.«

»Genau.«

»Dann erinnern Sie sich offenbar auch nicht daran, dass in diesem Haus inzwischen niemand mehr wohnt.«

Diese Eröffnung schien Vogel zu treffen wie ein Schlag ins Gesicht.

»Es kann nicht sein, dass Sie es nicht wussten«, fuhr der Psychiater fort. »Haben Sie es vergessen?«

Vogel schwieg einen Moment, dann sagte er halblaut etwas, das sich wie eine Mahnung anhörte. »Etwas Böses geht hier um ...«

Flores überlief eine Gänsehaut, als sein Gegenüber ihm in die Augen sah.

»Etwas Unheilvolles hat sich in euer Leben hier eingeschlichen«, fuhr der Kriminalbeamte fort. »Anna Lou war sozusagen nur die Pforte, das Mittel, um hineinzugelangen. Ein unschuldiges, argloses Mädchen, das perfekte Opfer. Doch der Plan, der hinter ihrem Verschwinden steckt, ist noch viel perverser als gedacht.« Vogel schüttelte den Kopf. »Es ist zu spät für eine Rettung. Dieses Etwas ist nun hier und will nicht wieder gehen.«

In dem Moment bewirkte ein lauter Knall, dass sie beide zum Fenster herumfuhren. Noch mehr erschreckte sie allerdings die Tatsache, dass draußen nichts zu sehen war. Als hätten sie mit ihrem Gespräch ein Gespenst im Nebel geweckt, das sich zornig bemerkbar machte, um sie zum Schweigen zu bringen.

Flores stand von seinem Bürosessel auf und öffnete beide Fensterflügel. Er sah sich ratlos nach allen Seiten um, wobei der kalte Dunst sein Gesicht streichelte. Auf einmal entdeckte er einen dunklen Fleck neben der Regenrinne.

Es war eine Krähe.

Sie war anscheinend mitten in der Nacht aufgewacht, hatte das vom Nebel reflektierte Licht der Straßenlampen für Tageslicht gehalten und war losgeflogen. Dann musste sie die Orientierung verloren haben und gegen die Fensterscheibe geknallt sein.

Die Krähen waren oft die ersten Opfer solcher Nebelnächte, man fand sie zu Dutzenden am nächsten Morgen auf den Feldern und Straßen.

Flores sah, dass der Vogel sich noch bewegte, der Schnabel zuckte schwach. Als wollte er etwas sagen. Dann verstummte er für immer.

Der Psychiater schloss das Fenster und wandte sich zu seinem Patienten um. Eine Zeit lang sprach keiner von beiden ein Wort.

»Wie gesagt, nach allem, was passiert ist, hätte ich nicht gedacht, dass wir Sie hier oben noch einmal zu Gesicht bekämen«, bemerkte Flores dann.

»Ich auch nicht.«

»Der Fall war ein Fiasko, nicht wahr?«

»Das stimmt«, gestand Vogel. »Aber das kommt manchmal vor.«

Wenn Flores erfahren wollte, was Vogel in einer eisigen Nebelnacht in Avechot vorgehabt hatte, würde er ihn zwingen müssen, sich seinen eigenen Gespenstern zu stellen. »Fühlen Sie sich schuldig für das Scheitern der Ermittlungen?«

»Ich habe nur meine Arbeit getan.«

»Und die wäre?«, provozierte Flores ihn.

»Keine Frage: das Publikum glücklich zu machen«, antwortete der Sonderermittler mit einem schiefen Lächeln. Dann wurde er wieder ernst. »Wir alle sehnen uns nach einem Ungeheuer, Doktor. Wir haben alle das Bedürfnis, uns besser vorzukommen als andere. Ich habe den Leuten nur gegeben, was sie wollten.«

22. DEZEMBER.

DER TAG VOR DEM VERSCHWINDEN.

»Das oberste Gebot für jeden großen Romanschriftsteller, jede große Romanschriftstellerin lautet *abschreiben*. Niemand gibt es gern zu, aber alle lassen sich von einem vorherigen Werk oder einem anderen Autor inspirieren.« Loris Martini blickte in die Klasse, um festzustellen, ob ihm wenigstens der größte Teil zuhörte. Manche lachten oder tuschelten, und sobald er seinen Schülern den Rücken zukehrte, wurden Papierkügelchen durch die Gegend geschossen, weil sie dachten, er merke es nicht. Dabei zog er es vor, im Stehen zu unterrichten und zwischen den Tischen hin und her zu gehen. Seiner Ansicht nach förderte das die Konzentration.

Die Stimmung an diesem Morgen war jedoch ohnehin gelangweilt, wie immer am letzten Tag vor den Ferien. Die Schule würde für zwei Wochen ihre Pforten schließen, und die Schülerinnen und Schüler waren schon in Ferienlaune. Er musste sich etwas einfallen lassen, um sie zum Mitmachen zu animieren. »Noch etwas anderes«, sagte er. »Es sind nicht die Helden, die über den Erfolg eines Werks entscheiden. Vergesst für einen Augenblick die Literatur und denkt an eure Computerspiele … Was gefällt euch daran?«

Die Frage weckte immerhin einiges Interesse, und es war ausgerechnet einer der Kügelchenschützen, der sich meldete. »Sachen zerstören!«, antwortete er enthusiastisch. Alle lachten.

»Gut«, ermutigte Martini ihn. »Was noch?«

»Töten«, kam es von einem anderen Schüler.

»Ausgezeichnete Antwort. Aber warum macht es uns so viel Spaß, virtuell zu töten?«

Priscilla, die Hübscheste der Klasse, hob die Hand. Martini nickte ihr zu.

»Weil Töten in der Realität verboten ist.«

»Sehr gut, Priscilla«, lobte er sie. Das Mädchen senkte lächelnd die Augen, als hätte er ihr ein großes Kompliment gemacht. Ein Klassenkamerad äffte ihre kokette Reaktion nach, um sie aufzuziehen. Priscilla zeigte ihm den Mittelfinger.

Martini konnte zufrieden sein, jetzt hatte er die Klasse da, wo er sie haben wollte. »Seht ihr, das Böse ist der eigentliche Motor jeder Erzählung. Ein Roman oder ein Film oder ein Computerspiel, in dem alles gut ist, wäre todlangweilig. Also merkt euch: Es sind die Bösen, die eine Geschichte ausmachen.«

»Niemand mag die Guten«, meldete sich Lucas zu Wort, berüchtigt für seine schlechten Noten, besonders in Betragen, und das Totenschädel-Tattoo, das hinter einem Ohr hervorlugte. Offenbar fühlte er sich auf den Plan gerufen und, da die Guten bei dieser Gelegenheit schlecht wegkamen, endlich rehabilitiert.

Martini überkam jedes Mal eine Art Hochgefühl, wenn er einen kleinen Erfolg in dieser Klasse erzielte. Eine Art Befriedigung. Es war schwer zu erklären, was es bedeutete, ein Ziel zu erreichen, das jedem Außenstehenden als sehr bescheiden vorgekommen wäre. Doch für einen Lehrer war es das nicht, für Loris Martini war es das nicht. Denn in diesem Moment war ihm vollkommen bewusst, dass er einen Gedanken in ihre Köpfe eingepflanzt hatte. Einen Gedanken, der vielleicht Wurzeln schlagen würde. Wissen, Begriffe, all das konnte vergessen werden, aber die Entwicklung eines eigenen Gedankengangs blieb. Dieser Gedanke würde sie ein Leben lang begleiten, und sei es nur in einem hinteren Winkel ihres Gehirns kauernd, um dann bei Bedarf plötzlich wiederaufzutauchen.

Es sind die Bösen, die eine Geschichte ausmachen.

Das galt nicht nur für die Literatur. So war das Leben.

Kollegen, die in seiner Klasse unterrichteten, neigten dazu, sich über die Schüler zu beschweren und ihnen eine eiserne Disziplin aufzuerlegen, die meist mit schönster Leichtigkeit unterlaufen wurde. An seinem ersten Schultag hatten ihn mehrere von ihnen gewarnt und klipp und klar gesagt, dass es sinnlos sei, irgendwelche Erwartungen zu hegen, weil das Durchschnittsniveau der Klasse mehr als niedrig sei. Martini musste zugeben, dass er sich zu Anfang des Schuljahres tatsächlich keine großen Hoffnungen hinsichtlich der Leistungen seiner Schüler gemacht hatte. Doch mit der Zeit hatte er eine Methode gefunden, ihren Unmut zu durchbrechen und nach und nach ihr Vertrauen zu gewinnen.

In Avechot herrschten zwei Werte vor: der Glaube und das Geld. Auch wenn viele der Kinder von zu Hause aus der religiösen Gemeinschaft angehörten, verlachten sie doch den ersten und verehrten den zweiten.

Geld war ein ständiges Thema bei ihnen. Diejenigen Erwachsenen, die dank der Bergwerksgesellschaft reich geworden waren, stellten ihren Wohlstand mittels dicker Autos oder kostspieliger Armbanduhren zur Schau – Gegenstände der Bewunderung und des Respekts bei den Jüngeren, die umgekehrt dazu neigten, alle zu bedauern, die sich solchen Luxus nicht leisten konnten, einschließlich der eigenen Eltern.

Die Schule war der Ort, an dem die Unterschiede zwischen den beiden sozialen Gruppen, die Avechot trennten, am deutlichsten zutage traten. Die Kinder der Wohlhabenderen waren stets modisch gekleidet und prahlten mit neiderregenden technischen Spielzeugen, angefangen vom neuesten Smartphone-

Modell. Das gab oft Anlass zu Spannungen, die sich in Raufereien auf dem Schulhof entluden und auch zu dem einen oder anderen Fall von Diebstahl führten.

Als Martini sich der Klasse anfangs mit seinen an den Ellbogen abgescheuerten Cordsamtjacketts, schlabberigen Drillichhosen und ausgelatschten Clarks präsentiert hatte, war es denn auch zu Heiterkeitsausbrüchen gekommen. Er hatte keinen Respekt bei den Schülerinnen und Schülern genossen und sich eingestehen müssen, dass er sich unzulänglich vorkam, als hätte er in seinen dreiundvierzig Lebensjahren die falschen Ziele verfolgt.

»Ich gebe euch keine Hausaufgaben über die Weihnachtsferien auf.« Die Klasse brach in Jubelrufe aus. »Zumal ich weiß, dass ihr sie sowieso nicht macht«, fügte Martini hinzu, was zusätzlich Gelächter auslöste. »Aber ich möchte, dass ihr in den freien Minuten, wenn ihr gerade keine Schaufenster zertrümmert oder Banken ausraubt, wenigstens ein Buch von dieser Liste hier lest.« Er nahm ein Blatt vom Lehrerpult und hielt es in die Höhe. Allgemeines Gemurre.

Nur einer der Schüler blieb stumm. Er hatte während der ganzen Stunde mit gebeugtem Kopf auf seinem Platz in der letzten Reihe gesessen und irgendetwas in das große Heft gekritzelt, das er zusammen mit seiner Videokamera immer bei sich trug. Ganz in seine eigene Welt versunken, zu der niemand Zugang hatte, schon gar nicht seine Klassenkameraden, die ihn schnitten. Martini machte hin und wieder einen Versuch, ihn aus seinem Schneckenhaus hervorzulocken, wurde aber jedes Mal abgewiesen.

»Mattia, wäre es dir recht, wenigstens ein Buch in den kommenden zwei Wochen zu lesen?«, stachelte er ihn nun an.

Der Junge hob nur kurz den Blick von seinem Blatt, bevor er sich wortlos wieder in sich selbst zurückzog.

Kurz darauf läutete es zum Schluss der Stunde.

Mattia schnappte sich seinen Rucksack und sein Skateboard, das er immer unter der Bank aufbewahrte, und verließ als Erster das Klassenzimmer.

»Habt schöne Weihnachten«, rief Martini seinen Schülern nach. »Und versucht, nicht allzu viel Unfug anzustellen.«

In den Schulfluren herrschte ein wildes Getümmel, als alle sich beeilten, das Gebäude zu verlassen. Einige rannten regelrecht und mussten Martini ausweichen, der in normalem Tempo ging, die grüne Cordtasche umgehängt, die Miene gewohnt zerstreut. Plötzlich rief ihn jemand.

»Herr Martini! Herr Martini!«

Er drehte sich um und sah Priscilla mit strahlendem Lächeln auf sich zukommen. Obwohl sie sich wie ein Straßenjunge anzog mit diesem grünen, viel zu großen Parka und den Springerstiefeln, war sie doch sehr anmutig, fand Martini, während er auf sie wartete.

»Ich wollte Ihnen nur sagen, dass ich mich schon für ein Buch entschieden habe, das ich in den Ferien lesen will«, sagte sie etwas übereifrig.

»Ach ja? Und welches?«

»*Lolita*.«

»Warum gerade das?« Martini erwartete, dass sie sagte, weil die Titelfigur ihr irgendwie ähnlich sei.

»Weil ich weiß, dass meine Mutter nicht damit einverstanden sein wird«, antwortete das Mädchen grinsend.

Martini lächelte. Ja, im Grunde waren Bücher Rebellion. »Na dann, gute Lektüre.« Er wollte schnell weitergehen, zumal er längst bemerkt hatte, dass Priscilla sich ein wenig in ihn verknallt hatte und es natürlich auch den Klassenkameraden nicht entgangen war. Er vermied es, sich länger mit ihr aufzuhalten, damit niemand dachte, dass er sie ermutigte.

»Warten Sie, da ist noch etwas.« Sie wirkte auf einmal ein bisschen verlegen. »Wissen Sie, dass ich morgen im Fernsehen bin? Ich ziehe die Losnummern für die Wohltätigkeitstombola der Gemeinde … Es ist nur ein Lokalprogramm, aber irgendwo muss man schließlich anfangen, oder?«

Priscilla träumte davon, berühmt zu werden, das war bekannt. An einem Tag wollte sie an einer Realityshow teilnehmen, am nächsten in einer Band singen. In letzter Zeit hatte sie es sich in den Kopf gesetzt, Schauspielerin zu werden. Sie hatte keine klaren Vorstellungen davon, wie sie es zu Erfolg bringen wollte, aber vielleicht war das Ganze ja auch nur ein Hilferuf, ihre Art, allen zu verkünden, dass sie aus Avechot rauswollte. Aber wahrscheinlich würde sie bald einen Jungen kennenlernen, der den Kopf genauso in den Wolken hatte wie sie und sie vorzeitig schwängerte, sodass sie gezwungen war, den Rest ihres Lebens hier zu verbringen … Ihrer Mutter war es genauso ergangen. Martini hatte nur einmal an einem Elternabend kurz mit ihr gesprochen. Sie war eine gealterte Ausgabe ihrer Tochter, denn obwohl nur fünfzehn Jahre zwischen den beiden lagen, hatte die Mutter tiefe Falten um die Augen und eine unauslöschliche Traurigkeit im Blick. Martini wusste noch, dass er an eine Ballkönigin gedacht hatte, die mit ihrem Diadem und ihrem Zepter im Saal weitertanzt, wenn die Lichter längst gelöscht und alle anderen nach Hause gegangen sind. Priscilla sah ihr sehr ähnlich. Soweit er wusste, gehörte sie zu den begehrtesten Mädchen der Schule, aber es wurde auch viel über sie geklatscht. Er hatte die Sprüche über sie und ihre Mutter in der Jungentoilette gelesen.

»Aber sicher. Seine Träume muss man immer im Blick behalten.«

Priscilla zog eine Schnute. »Meine Mutter ist dagegen, weil die von der Bruderschaft ihr eingeredet haben, dass Schauspielerinnen lose Weiber sind, die nichts taugen. Dabei wollte sie früher mal Model werden. Es ist nicht gerecht, dass sie mich daran hindert, meinen Traum zu verfolgen, nur weil sie es nicht geschafft hat, ihren zu verwirklichen.«

In der Tat, total ungerecht. »Du solltest Schauspielunterricht nehmen, vielleicht kannst du sie so überzeugen.«

»Warum, meinen Sie, ich bin nicht hübsch genug, um den Durchbruch zu schaffen?«

Martini schüttelte mit gutmütigem Tadel den Kopf. »Ich habe selbst Theaterkurse an der Universität belegt.«

»Dann können Sie mir ja Unterricht geben! Oh ja, bitte! Bitte, bitte!«

Ihre Augen leuchteten vor Begeisterung. Unmöglich, es ihr abzuschlagen. »Na schön«, willigte Martini ein. »Aber du musst dich auch wirklich anstrengen, sonst ist es nur verschwendete Zeit.«

Priscilla nahm ihren Rucksack ab und stellte ihn auf den Boden. »Sie werden es nicht bereuen«, sagte sie, während sie ein Stück von einer Heftseite abriss und etwas darauf schrieb. »Hier ist meine Handynummer. Rufen Sie mich an?«

Martini nickte lächelnd. Dann sah er ihr nach, als sie glücklich davontänzelte wie ein Schmetterling.

»Schöne Weihnachten, Herr Lehrer!«

Er blickte auf die Nummer, die mit rosa Tinte geschrieben war. Priscilla hatte sogar ein Herzchen dazugemalt. Er steckte den Zettel ein und ging weiter zum Ausgang.

Auf dem Platz vor der Schule standen Jugendliche lachend und scherzend in Gruppen herum oder jagten sich mit ihren Rollern. Auf einem saß Lucas, sein Problemschüler. Als Martini in seiner Tasche nach dem Autoschlüssel kramte, kam der

Junge herbeigefahren und streifte ihn frech. »Wann schaffen Sie endlich diese Schrottkarre ab, Herr Lehrer?«

Seine Freunde johlten. Loris Martini aber hatte gelernt, auf Lucas' Provokationen nicht einzugehen. Sie hatten einmal einen heftigen Zusammenstoß gehabt, nach dem der Schüler Besserung gelobt hatte. »Sobald ich im Lotto gewinne«, erwiderte er gleichmütig.

Endlich fand er den Schlüssel ganz unten und schloss seinen alten weißen Geländewagen auf.

Es waren die kürzesten Tage des Jahres. Als Martini zu Hause ankam, dämmerte es bereits.

Er ging hinein und sah seine Frau in dem Korbstuhl am Fenster sitzen. Sie hatte eine karierte Wolldecke über den Knien und war mit einem Buch in der Hand eingeschlafen.

Clea war so schön im letzten Licht des Sonnenuntergangs, dass es ihm das Herz zusammenzog.

Ihre kastanienbraunen Haare fingen Feuer, während zugleich ein Schatten über ihre eine Gesichtshälfte fiel, wie auf einem Gemälde. Er wäre am liebsten zu ihr hingegangen und hätte sie auf die halb geöffneten Lippen geküsst, doch sie wirkte so friedlich und entspannt, dass er es nicht wagte, sie zu wecken.

Stattdessen stellte er seine Tasche auf dem Holzfußboden ab und setzte sich auf die unterste Stufe der Treppe, die ins Obergeschoss führte. Das Kinn auf die Hände gestützt, betrachtete er sie. Sie waren seit mehr als zwanzig Jahren zusammen, hatten sich schon auf der Universität kennengelernt. Sie hatte Jura studiert, er Literaturwissenschaft.

»Zukünftige Richterinnen und Anwältinnen verkehren eigentlich nicht mit Leuten, die in der Literatur die einzig wahre Möglichkeit sehen, die Welt zu beschreiben«, hatte sie bei einer ihrer ersten Begegnungen zu ihm gesagt. Sie hatte eine Lesebrille mit schwarzem, dickem Gestell getragen, ein bisschen zu groß für ihr schönes Gesicht, wie er fand. Eine Jeanslatzhose, ein rotes T-Shirt mit dem Emblem der Fakultät und abgetragene weiße Tennisschuhe. Sie hielt ein paar Bücher an die Brust gedrückt, und eine widerspenstige Haarsträhne fiel ihr immer wieder in die Stirn, um immer wieder von ihr weggepustet zu werden. Sie standen in dem Park, der den Universitätscampus umgab, es war ein strahlend schöner Frühlingstag. Loris trug einen alten grauen Jogginganzug, denn er kam gerade vom morgendlichen Basketballtraining und war völlig verschwitzt und zerzaust. Er hatte sie von fern erspäht und abgefangen, ehe sie im Studentinnenwohnheim verschwinden konnte. Etwas machohaft stützte er sich mit einer Hand an der Backsteinmauer des Gebäudes ab, doch obwohl er sie um ein ganzes Stück überragte, wirkte Clea kein bisschen eingeschüchtert. Sie sah ihn offen an und scheute sich nicht zu sagen, was sie dachte.

Zukünftige Richterinnen und Anwältinnen verkehren eigentlich nicht mit Leuten, die in der Literatur die einzig wahre Möglichkeit sehen, die Welt zu beschreiben.

»Sicher, aber das sollte zukünftige Richterinnen und Anwältinnen nicht daran hindern, sich regelmäßig zu ernähren«, entgegnete er grinsend.

Daraufhin taxierte sie ihn misstrauisch, und in ihrem Blick lag eine Warnung. Glaubst du wirklich, dass ich so leicht ins Bett zu kriegen bin? Loris hatte deutlich das unheilvolle Knirschen seines Egos gehört, das dabei war, in sich zusammenzufallen.

»Danke, aber ich ernähre mich regelmäßig, und zwar allein«, hatte sie geantwortet und ihn stehen lassen, um die Treppe zum Eingang hinaufzulaufen.

Er war wie erstarrt vor Verblüffung gewesen – und vor Enttäuschung. Für wen hielt diese eingebildete Pute sich eigentlich? Sie hatten sich ein paar Abende zuvor bei einer Fete der naturwissenschaftlichen Fakultät kennengelernt. Sie war ihm sofort aufgefallen mit ihrem schwarzen Pulli und den im Nacken zusammengebundenen Haaren, und er hatte die ganze Zeit nach einem Vorwand gesucht, um sie anzusprechen. Die Gelegenheit ergab sich, als er sie mit einem Typ reden sah, den er flüchtig kannte. Er ging hin, um ihn zu begrüßen, in der Hoffnung, dass er sie ihm vorstellte. Der Kerl hatte sich ziemlich viel Zeit gelassen, vielleicht hatte er es selbst auf sie abgesehen gehabt. Schlussendlich fragte er nur, ob sie sich kannten, um das Mädchen aus der unangenehmen Situation zu befreien, schweigend dabeistehen zu müssen.

»Hallo, ich bin Loris«, hatte er schnell gesagt und ihr die Hand gegeben, als hätte er Angst, dass sie ihm von einem Moment auf den anderen wieder entwischen könnte.

»Clea«, hatte sie geantwortet und die Stirn gerunzelt – ein Ausdruck, der ihm mit den Jahren sehr vertraut werden sollte. Neugier gemischt mit Skepsis. Etwa so fühlten sich wahrscheinlich die Primaten im Zoo gemustert, aber in dem Moment fand Loris es bezaubernd.

Er hatte keine Zeit verloren und gleich die wichtigsten Informationen mit ihr ausgetauscht, um das Gespräch in Gang zu bringen. Was studierst du, woher kommst du, was willst du nach der Uni machen. Dann hatte er nach gemeinsamen Interessen gesucht, irgendeinem dünnen Faden, aus dem man das Geflecht einer näheren Bekanntschaft weben konnte. Er stellte ein paar Betrachtungen über sie an: von einer natürlichen Schönheit, aber stolz genug, um nicht damit hausieren zu gehen, intelligent, aber ohne andere damit demütigen zu wollen, fortschrittlich und tolerant und nicht zuletzt selbstbewusst und unabhängig.

Daraus folgerte er, dass ihr gemeinsamer Nenner Basketball sein könnte.

Ganz selbstverständlich hatte er begonnen, über Spielkonzepte und Spieler zu sprechen, und tatsächlich, Clea kannte die Statistik und die Spielergebnisse. Die Meisterschaft der Universitäten barg keine Geheimnisse für sie.

So hatten sie den ganzen Abend geredet, und es war ihm sogar gelungen, sie ein paarmal zum Lachen zu bringen. Er war sicher, dass es kein Problem sein würde, sich mit ihr zu verabreden, aber er wollte nicht direkt aufs Ziel losschießen. Beim nächsten Mal, sagte er sich. Bei so einer Frau darf man nichts überstürzen.

Deshalb war die Abfuhr an jenem Morgen vor dem Studentinnenwohnheim vollkommen unerwartet gekommen. Sie hatte ihn eiskalt, ja beinahe genervt abserviert. Nein, eindeutig genervt. Loris hatte nicht lange gefackelt und sich beeilt, sie innerlich abzuhaken.

Doch die Zurückweisung war schwerer zu verdauen gewesen als geglaubt. In den Tagen darauf hatte er immer wieder an die Szene denken müssen, manchmal mit belustigtem Kopfschütteln, oft aber auch mit Wut. Ohne dass er es merkte, hatte sich ein kleiner Wurm in seinen Kopf genagt und ein Loch entstehen lassen, das danach verlangte, gefüllt zu werden.

Er schaffte es nicht, sie zu vergessen.

Also traf er die verrückteste Entscheidung seines Lebens. Er kaufte sich in einem großen Kaufhaus einen dunkelblauen Anzug und ein weißes Hemd, dazu eine unmögliche rote Fliege. Seine wirre Mähne kämmte er ordentlich zurück, und nachdem er auch noch in einen Strauß roter Rosen investiert und seine Finanzen endgültig überstrapaziert hatte, fand er sich um neun Uhr morgens vor dem Hörsaal ein, in dem eine Vorlesung über vergleichendes Privatrecht stattfand. Und wartete.

Als sich am Ende der Vorlesung ein reißender Strom von Studierenden in den Flur ergoss, wankte Loris nicht. Er blieb stoisch mittendrin stehen und wartete darauf, einem bestimmten Blick zu begegnen. Als es geschah, begriff Clea sofort, dass er ihretwegen da war, und ging ohne Zögern auf ihn zu.

Loris überreichte ihr ernst die Blumen. »Erlaubst du mir, dich zum Essen einzuladen?«

Sie betrachtete den Strauß, dann musterte sie ihn mit gerunzelter Stirn. Im Gegensatz zum ersten Mal, als er sie verschwitzt, aber siegesgewiss um eine Verabredung gebeten hatte, hatte er sich nun Mühe gegeben, ihr zu zeigen, wie sehr er sie respektierte und wie viel ihm daran lag, mit ihr auszugehen, auch um den Preis, sich zu blamieren. Ein Lächeln erhellte Cleas Gesicht. »Gern«, sagte sie.

Während er ihr nun beim Schlafen zusah und die winterliche Abendsonne ihr Gesicht streichelte, überlegte Loris Martini, dass es schon lange her war, seit er zuletzt ein solches Lächeln auf ihren Lippen gesehen hatte. Der Gedanke bedrückte ihn.

Sie waren vor sechs Monaten im Tal angekommen. Der Vorschlag, woanders hinzuziehen, war von ihr ausgegangen. Bald darauf hatte er eine Stelle in Avechot gefunden, und sie hatten ihre Siebensachen gepackt, ohne lange darüber nachzudenken. Er war nicht sicher gewesen, ob ein Bergdorf der richtige Ort für einen Neuanfang war, aber nun war es eben so. Clea war fest dazu entschlossen gewesen und hatte den Umzug vorangetrieben, doch inzwischen fürchtete Martini, dass seine Frau nicht glücklich war. Als er sie so mit einigem Abstand betrachtete, suchte er nach Anzeichen dafür, dass etwas nicht stimmte. Vielleicht war zu viel in zu kurzer Zeit passiert. Vielleicht waren sie letztendlich nur vor etwas davongelaufen.

Die Sache, dachte er. Ja, diese *Sache* war an allem schuld.

Clea begann aufzuwachen. Sie öffnete blinzelnd die Augen, dann ließ sie das Buch in ihrem Schoß los und streckte sich. Mitten in der Bewegung hielt sie inne. »Hallo«, begrüßte sie ihn mit einem angedeuteten Lächeln.

»Hallo«, antwortete er, blieb aber auf der Treppe sitzen.

»Seit wann bist du schon da?«

»Ich bin gerade gekommen«, log er. »Ich wollte dich nicht stören.«

Clea schob die Decke weg und sah auf die Uhr. »Oh, ich muss ganz schön lange geschlafen haben.« Dann rieb sie sich fröstelnd die Arme. »Es ist ein bisschen kalt hier drin, oder?«

»Vielleicht ist die Heizung noch nicht angesprungen.« Tatsächlich hatte er die Zeitschaltuhr am Morgen auf zwei Stunden später gestellt. Die letzte Rechnung war ziemlich gesalzen gewesen. »Ich kümmere mich gleich darum und mache auch den Kamin an«, sagte er und stand auf. »Monica hat sich noch nicht blicken lassen?«

»Ich glaube, sie ist oben in ihrem Zimmer«, antwortete Clea mit besorgter Miene. »In ihrem Alter ist es nicht gut, sich immer so zu isolieren.«

»Wie warst du denn in ihrem Alter?«, versuchte er zu entdramatisieren.

»Ich hatte Freunde«, sagte sie pikiert.

»Ich dagegen war das reinste Pickelgesicht und habe die ganze Zeit auf der Gitarre rumgeklimpert. Ob du es glaubst oder nicht, ich dachte, wenn ich Gitarre spielen lerne, akzeptieren mich die anderen eher.«

Clea biss nicht an. Sie machte sich ernsthafte Sorgen um die Tochter und fand ihr Verhalten nicht gesund. »Meinst du, sie verheimlicht uns etwas?«

»Ja, aber ich glaube nicht, dass es etwas Ernstes ist«, sagte Loris. »Mit sechzehn ist es normal, Geheimnisse zu haben.«

23. DEZEMBER.

DER TAG DES VERSCHWINDENS.

Um sechs Uhr morgens war es noch dunkel.

Martini war früh aufgestanden. Während Frau und Tochter noch schliefen, hatte er sich einen Kaffee gemacht und ihn im Stehen in der Küche getrunken, hatte die Wärme des Getränks im blassgelben Licht der Hängelampe über dem Esstisch genossen, in aller Ruhe, gedankenverloren. Er trug Wanderkleidung und Bergstiefel und hatte Clea am Abend zuvor verkündet, dass er einen Ausflug ins Hochgebirge machen wolle.

Gegen sieben ging er aus dem Haus. Draußen war es kalt, aber klar. Die Luft prickelte, und die Düfte des Waldes waren bis hinunter ins Tal geweht und hatten für eine Weile die unangenehmen Gerüche der Mine verdrängt. Als er den Rucksack in den Geländewagen lud, rief ihn jemand.

»He, Martini!«

Von der anderen Straßenseite winkte ihm sein Nachbar zu. Loris erwiderte den Gruß. Die Odevis hatten ihnen gleich zu Anfang einen herzlichen Empfang bereitet. Sie waren im selben Alter wie Clea und er, nur die Kinder waren um einiges jünger als Monica. So weit Martini es verstanden hatte, machte der Mann irgendetwas im Baugewerbe – er hatte allerdings gerüchteweise gehört, dass das Vermögen der Familie vom Verkauf eines Grundstücks an die Bergwerksgesellschaft stammte. Es ging ihnen gut. Odevis war ein kleines bisschen überheblich, aber im Grunde harmlos. Seine Frau schien einer Hausfrauenreklame aus den Fünfzigerjahren zu entstammen.

»Wo willst du denn Schönes hin?«, fragte Odevis munter.

»Rauf zum Pass und dann zur Ostwand. Die habe ich noch nie erkundet.«

»Donnerwetter, das nächste Mal komme ich vielleicht mit. Ich müsste mal ein paar Kilo abspecken.« Er lachte und klopfte sich auf den Bauch. »Stattdessen fahre ich heute das Schnurrkätzchen spazieren«, sagte er und zeigte auf die offene Garage und den dunkelblauen Porsche, der darin stand. Das war das neueste seiner kostspieligen Spielzeuge, denn Odevis liebte es, Geld auszugeben und das auch zu zeigen.

»Dann komme ich das nächste Mal vielleicht lieber mit dir mit«, entgegnete Martini.

Der Nachbar lachte wieder. »Und, bleibt es bei Weihnachten?«

»Sicher.«

»Wir freuen uns schon auf euch«, betonte Odevis.

Clea hatte die Einladung angenommen, ohne sich mit Martini zu besprechen, aber er machte ihr keinen Vorwurf daraus. Seine Frau verbrachte die meiste Zeit zu Hause, da war es nur verständlich, dass sie ein bisschen unter Leute wollte. Außerdem hatte er den Eindruck, dass auch die Odevis auf der Suche nach neuen Freunden waren, vielleicht weil die Beziehungen zu ihren alten Bekannten sich aufgrund ihres neuen Lebensstandards abgekühlt hatten.

»Na dann, schöne Wanderung«, sagte Odevis und ging auf seinen Porsche zu.

Martini dankte ihm und stieg rasch in seinen Wagen, der inzwischen zu viele Kilometer auf dem Buckel hatte und anfing, untrügliche Ermüdungserscheinungen in Form von geräuschvollem Klappern und dichten Abgaswolken zu zeigen. Er ließ den Motor an und fuhr auf die Berge zu, während der Nachthimmel sich allmählich zu lichten begann.

Als er zurückkam, war es längst wieder dunkel. Er schloss die Haustür auf und wurde von dem unverwechselbaren Duft von Suppe und Gebratenem empfangen. Es war fast acht, und diese Aromen versprachen die verdiente Belohnung nach einem anstrengenden Tag.

»Ich bin's«, kündigte er sich an, aber niemand antwortete. Der Flur wurde nur durch das Licht aus der Küche erhellt, und im Lärm der Dunstabzugshaube hörte Clea ihn wahrscheinlich nicht. Martini stellte seinen Rucksack ab und zog die Wanderstiefel aus, um den Fußboden nicht schmutzig zu machen. Seine Kleidung war voll Schlamm, und seine linke Hand war notdürftig verbunden, blutete aber immer noch. Sie hinterm Rücken verbergend, ging er auf Socken in die Küche.

Wie er vermutet hatte, war Clea vollauf mit Kochen beschäftigt und warf dabei hin und wieder einen Blick auf den kleinen Fernseher auf der Anrichte. Beim Hereinkommen sagte er laut »Hallo«, um sie nicht zu erschrecken.

Clea drehte sich kurz zu ihm um. »Hallo«, antwortete sie, bevor sie wieder zum Fernseher hinsah. »Du kommst spät.« Sie sagte es eher beiläufig, ohne Vorwurf, und schien überhaupt mit den Gedanken woanders zu sein. »Ich habe den ganzen Nachmittag versucht, dich auf dem Handy zu erreichen«, fügte sie hinzu.

Martini tastete in seiner Jackentasche und zog das Gerät heraus. Das Display war schwarz. »Es muss sich in den Bergen entladen haben, ohne dass ich es gemerkt habe. Entschuldige.«

Clea hörte ihm kaum zu. Schon an ihrem Tonfall merkte er immer sofort, wenn sie etwas bedrückte. Er schmiegte sich an ihren Rücken und streifte ihren Hals mit einem zärtlichen Kuss. Clea hob den Arm, um ihn zu streicheln, ließ aber den Fernseher nicht aus den Augen. »Es ist ein junges Mädchen verschwunden, hier in Avechot«, sagte sie, auf die Lokalnachrichten deutend. Das Dröhnen des Dunstabzugs übertönte die Sprecherstimme.

Martini beugte sich über ihre Schulter, um besser sehen zu können. »Wann ist das passiert?«

»Vor ein paar Stunden, heute Nachmittag.«

»Na ja, dann ist es vielleicht noch ein bisschen früh, um von Verschwinden zu reden«, sagte er, um sie zu beruhigen.

Clea drehte sich zu ihm um. »Aber sie suchen schon nach ihr.«

»Wahrscheinlich wollte sie nur für eine Weile weg von zu Hause. Hat sich mit ihren Eltern gestritten.«

»Nein, offenbar nicht«, widersprach seine Frau.

»Jugendliche in dem Alter hauen dauernd ab. Wirst sehen, sie kommt zurück, sobald ihr das Geld ausgegangen ist. Du nimmst dir alles immer zu sehr zu Herzen.«

»Sie ist so alt wie unsere Tochter.«

Da verstand er, woher ihre Besorgnis kam. Er zog sie an sich und sprach sanft auf sie ein. »Hör mal, das ist nur eine Meldung eines Lokalsenders. Wenn es wirklich etwas Ernstes wäre, käme es in allen überregionalen Nachrichten.«

Das schien Clea etwas zu beruhigen. »Vielleicht hast du recht«, sagte sie. »Sie geht übrigens auf deine Schule.«

In dem Moment erschien das Foto einer Heranwachsenden mit roten Haaren und Sommersprossen auf dem Bildschirm. Martini schüttelte den Kopf. »Ist keine Schülerin von mir.«

»Was hast du denn da gemacht?«

Loris hatte seine verbundene Hand ganz vergessen. »Ach, nichts Schlimmes«, spielte er die Verletzung herunter.

Clea untersuchte die Wunde an der Handfläche. »Aber es scheint stark zu bluten.«

»Ich bin auf einem Grat ausgerutscht und habe mich an einem Zweig festgehalten, der aus dem Boden ragte. Dabei muss ich mich geschnitten haben. Aber es ist nur oberflächlich, keine große Sache.«

»Geh doch lieber zur Notaufnahme, vielleicht muss es genäht werden.«

Martini zog seine Hand weg. »Ach was, das ist nicht nötig, keine Sorge. Ich werde die Wunde gleich mal reinigen und den Verband wechseln, dann heilt es ganz von allein, wirst sehen.«

Clea verschränkte die Arme vor der Brust und sah ihn finster an. »Du bist so ein Dickkopf, nie machst du, was man dir sagt.«

Martini zuckte die Achseln. »Weil du dich dann aufregst und noch schöner bist.«

Clea schüttelte den Kopf, musste aber lächeln. »Geh lieber und wasch dich, du stinkst wie ein Ziegenbock.«

Er legte die verletzte Hand an die Stirn. »Zu Befehl!«

»Und beeil dich, wir essen gleich«, ermahnte sie ihn noch, als er hinausging.

Sie sahen sich schweigend an, während das Essen auf dem Tisch langsam kalt wurde.

»Ich gehe jetzt rauf, und dann kriegt sie was zu hören«, drohte Clea schließlich.

Loris streichelte ihre Hand. »Lass gut sein, sie kommt bestimmt gleich.«

»Vor zwanzig Minuten habe ich sie gerufen, und du bist raufgegangen und hast an ihre Tür geklopft. Ich habe es satt zu warten.«

Er hätte gern gesagt, dass sie mit Schimpfen alles nur noch schlimmer machte, aber er scheute sich stets, in das heikle Verhältnis zwischen Mutter und Tochter einzugreifen. Clea und Monica hatten ihre ganze eigene Form der Verständigung gefunden. Sie gerieten oft aneinander, auch wegen Nichtigkeiten, gelangten aber in den meisten Fällen bald zu einer Art stillschweigendem Waffenstillstand. Beide waren sie auf ihre Art stolz und eigensinnig, aber man musste schließlich weiter unter einem Dach miteinander leben.

Sie hörten die Tür oben auf- und zugehen und dann die Schritte ihrer Tochter auf der Treppe. Monica erschien eingehüllt in eine zu große schwarze Strickjacke und war überhaupt ganz in Schwarz, einschließlich des Augenkonturenstifts, der ihren sonst so liebenswürdigen Blick finster machte. Gerade deshalb schminkte sie sich so, dachte Martini. Er hatte versucht, seiner Frau zu erklären, dass die Tochter gerade ihre Dark-Phase durchmachte, doch Clea fand, dass diese Phase jetzt schon zu lange andauere. »Sie sieht aus wie eine Witwe, ich ertrage das nicht mehr.« Sie waren sich sehr ähnlich, nicht nur äußerlich. Martini erkannte in der einen das jugendliche Temperament der anderen wieder, die gleiche Art und Weise, auf das Leben zuzugehen.

Monica setzte sich an den Tisch, ohne ihre Eltern anzusehen. Mit gesenktem Kopf, sodass ihr Pony ihr über die Augen fiel wie ein Schutzschirm. Ihr Schweigen hatte etwas Herausforderndes.

Martini schnitt den Braten auf und verteilte die Portionen, gab sich selbst als Letztem. Dabei versuchte er, Cleas Blick aufzufangen, damit sie nicht mit einer Standpauke loslegte, aber er sah ihr an, dass sie kurz vorm Explodieren war. »Na, wie war es heute?«, fragte er seine Tochter, bevor ein Streit ausbrach.

»Wie immer«, lautete die lakonische Antwort.

»Ich habe gehört, dass es heute einen unangekündigten mündlichen Mathetest gab.«

»Ja.« Monica schob das Essen mit der Gabel auf dem Teller herum und nur winzige Bissen in ihren Mund.

»Bist du auch drangekommen?«

»Ja.«

»Und welche Note hast du bekommen?«

»'ne Drei.« Ihr Ton war gelangweilt-provozierend, wie auch ihre einsilbigen Antworten.

Martini brachte es nicht über sich, sie zu tadeln. Schließlich hatte sie bei der Entscheidung für den Umzug nach Avechot nicht mitreden dürfen, und sie hatten ihr nicht einmal ausreichende Erklärungen hinsichtlich des Warum gegeben. Ihr war nichts anderes übrig geblieben, als die unverständliche, irrwitzige Entscheidung ihrer Eltern hinzunehmen, aber sie war clever genug, um zu erkennen, dass von ihr verlangt wurde, den Preis für eine Flucht zu bezahlen.

Die Sache, dachte Martini.

»Weißt du, du musst dir irgendeine Beschäftigung suchen, Monica«, ging Clea auf sie los. »Du kannst nicht immer den ganzen Nachmittag bloß auf deinem Zimmer hocken.«

Die Tochter antwortete nicht, aber seine Frau dachte nicht daran, lockerzulassen.

»Unternimm irgendwas, egal was. Geh Schlittschuh laufen, melde dich im Fitnessstudio an, lern ein Musikinstrument.«

»Ach ja, und wer bezahlt mir die Stunden?« Monica hob endlich den Blick vom Teller und durchbohrte ihre Mutter damit. Aber Martini wusste, dass der Vorwurf eigentlich ihm galt.

»Das kriegen wir schon hin, stimmt's, Loris?«

»Ja, sicher.« Seine Antwort klang jedoch nicht besonders ermutigend. Monica hatte recht, bei seinem Gehalt waren keine Extras drin.

»Du kannst nicht dauernd allein bleiben.«

»Ich kann ja zu denen von der Bruderschaft gehen. Da ist die Teilnahme gratis«, erwiderte die Tochter mit schneidendem Sarkasmus.

»Ich meine ja nur, dass du Freunde brauchst.«

Monica schlug mit der Faust auf den Tisch, dass das Geschirr klapperte. »Ich hatte Freunde, aber rate mal, was passiert ist? Ich musste wegziehen und sie zurücklassen.«

»Ich weiß, aber du wirst bald wieder neue finden«, wich Clea aus. Martini bemerkte ein leichtes Nachgeben bei ihr, als hätte sie dem nichts mehr entgegenzusetzen.

»Ich will aber keine neuen! Ich will wieder zurück nach Hause, zu meinen alten Freunden!«, schrie Monica.

»Das hier ist jetzt unser Zuhause, ob es dir passt oder nicht.« Clea gab sich immer noch streng, doch ihr Tonfall verriet Schwäche.

Monica sprang vom Tisch auf, lief die Treppe hinauf und knallte ihre Zimmertür hinter sich zu. Unten herrschte betretenes Schweigen.

»Sie hat noch nicht mal richtig gegessen«, sagte Clea mit unglücklichem Blick auf den Teller ihrer Tochter.

»Später geh ich zu ihr rauf und bringe ihr was.«

»Ich verstehe nicht, warum sie sich so feindselig verhält.«

Doch sie verstand es sehr gut, da war Martini sicher. Genauso, wie er überzeugt war, dass seine Tochter aus Trotz das Essen zurückweisen würde, das er ihr nachher hinaufbringen würde. Früher war es nicht so gewesen. Früher war es ihm meistens gelungen, zwischen Mutter und Tochter zu vermitteln. Auch wenn er sich oft als der komische hagere Kerl gefühlt hatte, der zufällig mit ihnen zusammenlebte, der sich das Gesicht und nicht die Beine rasierte, der nicht Monat für Monat eine Woche lang wegen jeder Kleinigkeit in die Luft ging und der gelegentlich versuchte, seine Meinung geltend zu machen. Bei Monica war die Rolle des schweigsamen, aber verständnisvollen Vaters immer gut angekommen. Bis etwas in ihrer Familie zerbrochen war.

Doch er war sicher, das wieder in Ordnung bringen zu können.

Auf einmal merkte er, dass Clea kurz vorm Weinen war. Er kannte den Unterschied, ob sie aus nervlicher Anspannung oder Kummer weinte. Diesmal waren es Tränen des Kummers.

Es ist wegen des vermissten Mädchens, sagte er sich. Sie denkt, dass so etwas auch mit unserer Tochter passieren könnte, weil sie Monica nicht mehr gut genug kennt.

Martini fühlte sich schuldig. Weil er nur ein Mittelschullehrer war, weil er ein klägliches Gehalt bezog, weil er den beiden Frauen, die er liebte, kein besseres Leben bieten konnte und schlussendlich, weil er seine kleine Familie hier in diesem Bergkaff isoliert hatte.

Clea aß weiter, aber die Tränen liefen ihr über die Wangen. Martini konnte es nicht mehr ertragen, sie in diesem Zustand zu sehen.

Ja, er würde alles wieder einrenken, das schwor er sich. Er würde alles in Ordnung bringen.

25. DEZEMBER.

ZWEI TAGE NACH DEM VERSCHWINDEN.

Am Weihnachtsmorgen war das Zentrum von Avechot voller Leute. Es schien, als hätten in diesem Jahr alle einhellig beschlossen, ihre Geschenke in letzter Minute zu kaufen.

Martini ging zwischen den Regalen der Buchhandlung herum und musterte die Rücken der Romane auf der Suche nach einer Lektüre für die Ferien. Er hatte zwar Hausaufgaben zu korrigieren und war mit den Beurteilungen für das Trimester im Rückstand, aber er wollte nicht auf ein bisschen Zeit für sich selbst verzichten. Allerdings gab es auch im Haus noch viel zu tun. Kleinere Heimwerkerarbeiten, die er immer wieder aufgeschoben hatte und an die Clea ihn gewiss erinnern würde. Wie zum Beispiel die Gartenlaube. Ein Grund, weshalb sie sich für das Haus entschieden hatten, war, dass seine Frau sich in den kleinen Garten dahinter verliebt hatte. Sie dachte daran, Gemüsebeete anzulegen oder Rosen zu pflanzen. Die Laube war ziemlich heruntergekommen, aber Loris hatte ihr vorgeschlagen, ein Gewächshaus daraus zu machen. Zu seinem Pech hatte sie den Vorschlag mit solcher Begeisterung aufgenommen, dass sie nicht bis zum Frühjahr mit dem Umbau warten, sondern es schon in diesem Winter in Betrieb nehmen wollte. Also würde er wohl einige Stunden dort draußen in der Kälte zubringen müssen, aber das war es wert, wenn er dafür ein glückliches Lächeln von ihr bekam.

Just in dem Moment sah er Clea in den Laden kommen und sich suchend nach ihm umblicken. Er winkte ihr. Sie hatte eine mit einer Schleife verschlossene Tüte dabei, und ihre Augen leuchteten.

»Und, hast du sie bekommen?«, fragte er, als sie bei ihm war.

Sie nickte froh. »Genau die, die sie wollte.«

»Gut«, lobte er. »Dann hört sie vielleicht auf, uns zu hassen. Wenigstens für eine Weile.« Sie lachten. »Und du, was wünschst du dir?«

Sie legte beide Arme um ihn. »Ich habe mein Geschenk schon bekommen.«

»Na los, es wird doch etwas geben.«

»›Auf keine Lust bedacht, von keinem Glück gestillt, das nicht von dir kommt oder zu dir trachtet‹«, erwiderte sie.

»Hör auf, unangebracht Shakespeare zu zitieren, und sag mir, was du möchtest.« Doch das Lächeln auf dem Gesicht seiner Frau war erloschen, denn sie hatte irgendetwas hinter ihm bemerkt. Martini drehte sich um.

Die Inhaberin der Buchhandlung hängte gerade ein Flugblatt mit einem Bild des verschwundenen Mädchens hinter der Kasse auf.

»Ich kann mir gar nicht vorstellen, wie es den Kastners geht«, sagte sie dabei zu einer Kundin. »All diese angstvollen Stunden, nicht zu wissen, was aus dem eigenen Kind geworden ist.«

»Eine Tragödie«, pflichtete die Kundin bei.

Martini fasste seine Frau sanft am Kinn, damit sie ihn wieder ansah. »Sollen wir gehen?«

Sie nickte und biss sich auf die Unterlippe.

Wenig später wartete der Lehrer vor dem Supermarkt neben einem randvollen Einkaufswagen. Sie hatten die Weihnachts-Sonderangebote genutzt, um für den ganzen Monat einzukaufen, und nach viel gutem Zureden hatte Clea sich entschieden, einen Blick in ein Bekleidungsgeschäft nebenan zu werfen und sich ein Geschenk auszusuchen. Er hoffte, dass sie etwas finden würde, und besah sich derweil seine verbundene Hand. Sie hatte ihm die ganze Nacht wehgetan, und er hatte ein Schmerzmittel nehmen müssen, das aber nicht genug geholfen hatte, um schlafen zu können. Am Morgen hatte er den Verband erneut gewechselt, doch er hätte eigentlich ein Antibiotikum gebraucht, es bestand die Gefahr einer Infektion.

Dann vergaß er seine Hand, weil er am Rande des Parkplatzes ein bekanntes Gesicht entdeckte.

Priscilla hockte auf der Lehne einer Bank neben einem Hotdog-Stand, lungerte dort zusammen mit einigen Freunden herum. Sie flachsten und lachten, wirkten dabei aber gelangweilt. Martini betrachtete seine hübscheste Schülerin. Sie kaute Kaugummi und nagte zwischendurch an ihren Fingernägeln. Ein Junge flüsterte ihr etwas ins Ohr, woraufhin sie verschmitzt lächelte.

»So, ich habe meine ganze Fantasie aufgeboten, um in diesem Laden etwas zu finden, das mir gefällt.« Clea stand plötzlich neben ihm und zeigte ihm ein rotes Tütchen. »Ta-daaah!«, rief sie.

»Was ist das?«

»Ein Schal aus hochfeinem Acrylgarn.«

Martini küsste sie auf den Mund. »War mir klar, dass du sogar an einem Geschenk, das du dir selbst ausgesucht hast, etwas zu mäkeln findest.«

Clea nahm seine gesunde Hand und schob den Einkaufswagen weiter. Sie wirkte glücklich.

»Also, ich sag immer, im Geschäftsleben muss man die Gelegenheit beim Schopf zu packen wissen.« Odevis fachte das Feuer in dem großen, steingemauerten Kamin mit einem Schürhaken an.

Loris und Clea saßen auf einem der cremeweißen Sofas im Wohnzimmer. Vor ihnen ein Fellteppich von der gleichen Farbe und ein Couchtisch aus Glas. Hinter ihnen bog sich der festlich geschmückte Tisch von Schüsseln mit Überresten des Weihnachtsessens, und rote Kerzen in Silberleuchtern brannten langsam herab. Natürlich gab es auch einen großen, üppig geschmückten Weihnachtsbaum, der fast bis zur Decke reichte. Alles in diesem Haus machte einen opulenten, aber auch ziemlich protzigen Eindruck.

»Bei aller Bescheidenheit, ich habe schon immer kapiert, wie das Geld fließt«, behauptete der Nachbar. »Das ist eine Frage des Instinkts. Manche haben ihn, andere eben nicht.«

Martini und seine Frau nickten nur, weil sie nicht wussten, was sie dazu sagen sollten.

»So, hier kommt der Kaffee«, verkündete eine strahlende Frau Odevis, die ein Silbertablett mit Espressotässchen hereinbrachte.

Martini konnte nicht umhin zu bemerken, dass sie immer noch das Goldcollier mit den Brillanten trug, das ihr Mann ihr geschenkt hatte, ohne auf die Idee zu kommen, dass es unangebracht war, es in dieser Situation zur Schau zu stellen. Die Bescherung hatte in ihrem Beisein stattgefunden, bevor man zu Tisch ging, und es hatte die Odevis wenig gekümmert, dass sie ihre Gäste damit möglicherweise in Verlegenheit brachten. Sie wollten einfach mit ihren teuren Sachen angeben. Martini hatte längst die Nase gestrichen voll, aber Clea hatte noch kein Signal zum Aufbruch gegeben. Seltsam, dachte er. Vielleicht lag ihr wirklich etwas an der Freundschaft mit diesen neureichen Hinterwäldlern.

Während die Erwachsenen sich unterhielten, spielten die Kinder der Gastgeber, ein Junge von zehn und ein Mädchen von zwölf Jahren, mit ihrer neuen Spielkonsole, die an den großen Plasmabildschirm angeschlossen war. Die Lautstärke ihres Kampfspiels war viel zu hoch, aber niemand bat sie, es leiser zu stellen.

Monica lümmelte in einem Sessel, die Beine über die Armlehne gelegt, ihre neuen roten Doc Martens aufs Beste zur Geltung gebracht. Das Weihnachtsgeschenk ihrer Eltern hatte dem Panzer ihrer Abwehrhaltung jedoch keinen Riss beigebracht – sie beschäftigte sich nur mit ihrem Handy und hatte seit mindestens drei Stunden kein Wort gesagt.

»Es gibt Leute, die meinen, das Bergwerk hätte die Wirtschaft im Tal zerstört, aber das ist totaler Blödsinn«, fuhr Odevis fort. »Meiner Meinung nach waren die einfach nicht schlau genug, um ihren Vorteil daraus zu ziehen.« Dann wandte er sich an Clea. »Apropos, ich habe gehört, dass du vor eurem Umzug nach Avechot als Rechtsanwältin gearbeitet hast.«

»Das stimmt«, bestätigte Clea widerstrebend. »Ich war bei einer Kanzlei in der Stadt angestellt.«

»Und du hast nicht daran gedacht, hier wieder anzufangen?«

Clea wich dem Blick ihres Mannes aus. »Es ist schwierig an einem Ort, den man noch nicht gut genug kennt.« In Wahrheit wäre es einfach viel zu kostspielig, ein Anwaltsbüro zu eröffnen.

»Dann will ich dir einen Vorschlag machen.« Odevis lächelte seine Frau an, die ihn ermutigte weiterzusprechen. »Arbeite doch für mich, wir brauchen immer jemanden, der einen Blick auf den juristischen Kram wirft. Du wärst die perfekte Sekretärin.«

Clea, völlig überrascht, zögerte mit der Antwort. Sie war im Konflikt. Es hatte bereits kleine Auseinandersetzungen mit ihrem Mann gegeben, weil sie darauf bestand, sich wieder eine Arbeit zu suchen. Martini wollte nicht, dass sie sich mit einem

Verkäuferinnenjob zufriedengab, und ein Sekretärinnenposten wäre auch nicht viel besser. »Vielen Dank«, sagte sie schließlich mit einem unverbindlichen Lächeln, »aber fürs Erste widme ich mich lieber dem Haus, es gibt immer noch viel zu tun, so ein Umzug nimmt irgendwie kein Ende.«

Martini bemerkte, dass seine Tochter plötzlich das Interesse an ihrem Handy verloren hatte, die Augen verdrehte und ihn vorwurfsvoll anstarrte.

Das Angebot und dessen Ablehnung hatte eine gewisse Befangenheit zwischen den Ehepaaren hervorgerufen, die glücklicherweise vom Klingeln des Telefons aufgehoben wurde. Odevis ging ran, und nachdem er ein paar Worte mit dem Anrufer gewechselt hatte, legte er auf und brachte die Fernbedienung des Fernsehers an sich. »Das war der Bürgermeister«, verkündete er. »Er meinte, ich soll mir die Nachrichten ansehen.« Damit wechselte er den Kanal, ohne auf das Protestgeschrei seiner Kinder zu achten, die noch ganz von ihrem Videospiel eingenommen waren.

Auf dem Bildschirm erschienen die erschöpften Gesichter von Maria und Bruno Kastner.

Der Vater hielt ein Foto seiner Tochter in den Händen, das sie in weißer Kutte mit einem Holzkreuz zeigte. Die Mutter blickte direkt in die Kamera. »Unsere Anna Lou ist ein liebes Mädchen …«

Im Wohnzimmer der Odevis, wie wohl auch in vielen anderen Häusern von Avechot, verflog die Feststimmung auf einen Schlag. Martini drehte sich halb zu seiner Frau um, die mit angstvoll aufgerissenen Augen auf diese Mutter im Fernsehen starrte, als blickte sie in einen Spiegel.

Als Maria Kastner sich direkt an ihre Tochter wandte, wurde die weihnachtliche Wärme in den Herzen ihrer Zuhörer vollends durch eine frostkalte Vorahnung vertrieben. »Anna

Lou ... Mama, Papa und deine Brüder haben dich lieb ... Der Herr beschütze dich, mein Kind.«

Odevis machte den Fernseher aus und schenkte sich einen Whisky aus der Schrankbar ein. »Der Bürgermeister sagt, dass schon ein hohes Tier von der Kriminalpolizei eingetroffen ist, um die Ermittlungen zu koordinieren. Einer von denen, die man öfters im Fernsehen sieht.«

»Wenigstens passiert jetzt etwas«, bemerkte seine Frau. »Mir kam es nicht so vor, dass unsere Polizei sich bei der Suche bisher sehr angestrengt hat.«

»Ach, die sind nur gut darin, Strafzettel zu verteilen.« Odevis musste es wissen, da er schon mehrere wegen Geschwindigkeitsübertretung mit seinem Porsche kassiert hatte.

Martini hörte zu und trank seinen Kaffee, ohne sich einzumischen.

»Ich jedenfalls«, fuhr der Nachbar fort, »glaube nicht an das Bild von der kleinen Heiligen, die nur trautes Heim und Kirche kennt, das da verbreitet wird. Meiner Meinung nach hatte diese Anna Lou es faustdick hinter den Ohren.«

»Wie kannst du so etwas sagen?« Clea war sichtlich empört.

»Weil es immer so ist. Vielleicht ist sie weggelaufen, weil einer sie geschwängert hat. Das kommt vor in dem Alter, sie wollen Sex haben, und dann bereuen sie es, wenn es zu spät ist.«

»Und was glaubst du, wo sie jetzt ist?«, fragte Clea herausfordernd, um dieses für sie abwegige Szenario zu entkräften.

»Was weiß denn ich.« Odevis breitete zum Zeichen der Ahnungslosigkeit die Arme aus. »Sie wird schon wieder zurückkommen, und dann werden die Eltern und die von der Kirchengemeinde versuchen, alles zu vertuschen.«

Clea griff nach der Hand ihres Mannes, der mit dem Verband, und drückte sie, ohne an die Wunde zu denken. Martini ertrug den Schmerz stumm, weil er nicht wollte, dass sie sich auf einen Streit einließ. Es gab immer viel zu lernen von derart beschränkten Leuten. Und tatsächlich ließ ihr Nachbar gleich darauf ein wahres Bravourstück logischer Argumentation vom Stapel.

»Ich sag mal, dass einer von diesen Migranten dahintersteckt, die immer mal wieder auf der Suche nach Arbeit bei mir anklopfen. Damit wir uns recht verstehen, ich bin kein Rassist. Aber ich finde, man muss die Zuwanderung von Leuten aus Ländern, in denen Sex ein Tabu ist, begrenzen. Ist doch klar, dass die dann ihre Bedürfnisse an unseren Töchtern abreagieren wollen.«

Warum müssen Rassisten ihrem Gerede bloß immer vorausschicken, dass sie keine sind, dachte Martini. Clea war kurz davor, in die Luft zu gehen, doch zum Glück wandte Odevis sich schon an ihn.

»Was meinst du denn, Loris?«

Er überlegte einen Moment, bevor er antwortete. »Vorgestern, als Clea und ich über die Sache gesprochen haben, habe ich gesagt, dass Anna Lou wahrscheinlich von zu Hause weggelaufen ist und sich alles bestimmt bald aufklären wird. Aber inzwischen denke ich, dass zu viel Zeit vergangen ist ... Kurzum, man kann nicht ausschließen, dass dem Mädchen etwas zugestoßen ist.«

»Ja, aber was?«, beharrte Odevis.

Martini war bewusst, dass das, was er zu sagen beabsichtigte, Clea nicht gefallen würde. »Ich bin selbst Vater, und Eltern geben auch in ihrer Verzweiflung die Hoffnung nicht auf, aber ... aber ich denke, die Kastners sollten sich auf das Schlimmste gefasst machen.«

Das brachte alle zum Verstummen. Es lag weniger an seiner Äußerung selbst als an dem Tonfall, mit dem er sie vorgebracht hatte. Voller Überzeugung, ohne jeden Zweifel.

»Und, nächstes Jahr wieder?«, schlug der Nachbar an der Tür seines protzigen Hauses vor, den Arm um seine Frau gelegt.

»Gern«, sagte Martini höflich, nur um wegzukommen. Monica war schon vorgegangen, während Clea und er noch beim Verabschieden waren.

»Gut«, sagte Odevis. »Dann ist das abgemacht.«

Sie gingen Arm in Arm davon. Während sie die Straße überquerten, hörten sie die Haustür hinter sich zugehen, und sofort rückte Clea brüsk von ihrem Mann ab.

»Was ist denn? Was habe ich dir getan?«

Wütend fuhr sie zu ihm herum. »Das war nur, weil er mir eine Stelle als Sekretärin angeboten hat, stimmt's?«

»Was denn? Ich verstehe nicht ...«

»Was du vorhin über Anna Lous Eltern gesagt hast«, erwiderte sie ungeduldig, als stellte er sich absichtlich dumm. »Dass die Kastners sich auf das Schlimmste gefasst machen müssten.«

»Ja, und? Das denke ich eben.«

»Nein, das hast du gesagt, weil du mich dafür bestrafen wolltest, dass ich Odevis' Angebot nicht entschieden genug abgelehnt habe.«

»Ich bitte dich, Clea, fang jetzt nicht damit an«, versuchte er sie zu besänftigen.

»Verbiete mir nicht den Mund! Du weißt genau, wie sehr mich diese Geschichte mitnimmt. Oder hast du vergessen, dass wir eine sechzehnjährige Tochter haben und das Ganze an einem Ort passiert, an den wir sie gegen ihren Willen gebracht haben?«

Clea hatte die Arme verschränkt und zitterte, mehr vor innerem Aufruhr als vor Kälte, wie Martini wusste. »Okay, du hast recht. Das war falsch von mir.«

Seine Frau sah ihm ins Gesicht und merkte, dass er es aufrichtig meinte. Sie kam zu ihm und legte den Kopf an seine Brust. Martini nahm sie in die Arme, um sie zu wärmen. Dann hob sie das Kinn und suchte seinen Blick. »Bitte sag mir, dass du das nicht wirklich denkst.«

»Nein, tue ich nicht«, log er.

27. DEZEMBER.

VIER TAGE NACH DEM VERSCHWINDEN.

Clea hatte die Bilder von der spontanen Wallfahrt zum Haus der Kastners in den Nachrichten gesehen und ihren Mann gebeten, mit ihr dorthin zu fahren. Monica war zu Hause geblieben, hatte aber eins von ihren Lieblingskuscheltieren geopfert, damit die Mutter es für das vermisste Mädchen hinlegte.

Ein rosa Plüschkätzchen.

Clea und ihre Tochter hatten sich in den letzten Tagen wieder einander angenähert. Das war die Macht des Unglücks, das anderen zustieß, dachte Martini. Es erzeugte eine heilsame Wirkung im Leben der Nichtbetroffenen, die sich auf das besannen, was ihnen wirklich wichtig war. Aus Angst, es zu verlieren, beeilten sie sich, es zu behüten, bevor jemand oder etwas es ihnen raubte. Den Kastners war die undankbare Aufgabe zugefallen, den Anfang der Kette zu bilden und die Botschaft an die anderen weiterzugeben.

Der Lehrer wartete etwa hundert Meter vor Anna Lous Elternhaus im Auto. Eine Polizeisperre verhinderte, dass motorisierte Fahrzeuge näher herankamen. Die Leute strömten zu Fuß herbei, und Clea hatte sich der Pilgerschar angeschlossen.

Die verbundene Hand auf das Lenkrad gestützt, beobachtete Martini das Geschehen durch die Windschutzscheibe.

Da waren die Ü-Wagen der Fernsehsender samt ihren Berichterstattern, jeweils vom Lichtbündel eines kleinen Scheinwerfers beleuchtet. Sie erzählten die Vergangenheit und die

Gegenwart, ohne irgendetwas über die Zukunft zu wissen. Doch das war der Trick, um hohe Einschaltquoten zu erreichen: Über jeder Story musste ein Geheimnis schweben. Reporter, Fotografen und Korrespondentinnen waren in Massen herbeigeeilt, angezogen vom Geruch des Grams, der stärker war als der des Blutes, zumal in Avechot noch keines geflossen war. Das Leid anderer Leute verströmte eine seltsame Ausdünstung, stark und beißend, aber auch verlockend.

Dann waren da die normalen Bürger. Darunter viele Schaulustige, aber auch einige, die gekommen waren, um zu beten. Martini war nie ein gläubiger Mensch gewesen und wunderte sich stets, dass Leute in Momenten wie diesem blind auf Gott vertrauten. Ein sechzehnjähriges Mädchen war verschwunden, und ihre Familie lebte seit Tagen in Angst und Sorge. Ein gütiger Gott hätte das nicht zugelassen, und doch war es passiert. Warum sollte dieser selbe Gott dann dafür sorgen, dass alles wieder in Ordnung kam? Selbst wenn es ihn gäbe, würde er es nicht tun, sondern den Dingen ihren Lauf lassen. Und weil die Natur vorsah, dass die Schöpfung mit Zerstörung einherging, konnte Anna Lou Kastner in den Augen des Herrn geopfert werden. Das war vielleicht überhaupt der Schlüssel: das Opfer. Ohne Opfer gab es keinen Glauben, gab es keine Märtyrer. Im Grunde hatten sie dort drüben schon begonnen, Anna Lou zu einer Heiligen zu machen.

In diesem Moment kam eine Gruppe Schüler an seinem Wagen vorbei. Martini erkannte Priscilla. Sie folgte den anderen, die Hände in den Taschen ihres Parkas vergraben, die Schultern gebeugt. Sie wirkte traurig.

Er überlegte einen Moment, dann zog er sein Portemonnaie aus der Gesäßtasche seiner Hose. In einem Fach steckte der Zettel, auf den Priscilla ihm am letzten Schultag ihre Handynummer geschrieben hatte. Er starrte darauf, dann nahm er sein Telefon und begann etwas zu tippen. Als er fertig war, sah er wieder zu dem Mädchen hin.

Priscilla sprach gerade mit einer Freundin, als sie abgelenkt wurde. Martini sah, wie sie eine Hand aus dem Parka zog und lange auf das Display ihres Handys blickte. Während sie die SMS las, zeichnete sich ein erstaunter, aber auch leicht verstörter Ausdruck auf ihrem Gesicht ab. Dann steckte sie das Gerät wieder in die Tasche, ohne etwas zu den anderen zu sagen.

Hinter dem Fenster der Beifahrerseite tauchte Clea auf. Martini beugte sich vor, um ihr die Tür zu öffnen, und sie stieg ein. »Es ist erschütternd«, sagte sie. »Gerade sind die Eltern herausgekommen, um den Leuten zu danken. Alle sind sehr bewegt, du hättest mitkommen sollen.«

»Besser nicht.«

»Du hast recht«, stimmte sie ihm zu. »So etwas liegt dir nicht. Aber ... du könntest dich trotzdem nützlich machen.«

Martini kannte diesen Ausdruck in den Augen seiner Frau. »Was hast du im Sinn?«

»Ich habe gehört, dass sie Suchtrupps für die Berge zusammenstellen. Du bist doch im letzten halben Jahr die ganze Gegend abgewandert, oder? Also könntest du vielleicht ...«

»Einverstanden«, unterbrach er sie lächelnd.

Clea warf ihm die Arme um den Hals und drückte ihm einen Kuss auf die Wange. »Du bist ein Schatz!«

Martini startete den Wagen. Während er ihn aus der Parklücke herausmanövrierte, warf er noch einen verstohlenen Blick auf Priscilla.

Das Mädchen redete wieder mit seinen Freunden, als wäre nichts gewesen.

Sie hatte nicht auf seine SMS geantwortet.

31. DEZEMBER.

ACHT TAGE NACH DEM VERSCHWINDEN.

Die Suchtrupps arbeiteten streng methodisch.

Die freiwilligen Helfer rückten in Reihen zu maximal zwanzig langsam über das Gelände vor, jeweils drei Meter Abstand zwischen ihnen, genau wie die Rettungsteams, die nach Lawinenopfern suchen. Nur dass sie nicht mit einem langen Stock in den Schnee stachen, sondern instruiert worden waren, mit dem Blick die imaginären Linien eines Rechtecks über ihren Bodenabschnitt zu ziehen, das Teil eines Rasters war.

Der eigentliche Zweck des Ganzen war nicht, eine vergrabene Leiche zu finden, dafür gab es schon die Leichenspürhunde, sondern irgendeine Spur, irgendein Indiz, das zum aktuellen Aufenthaltsort des Opfers führen konnte.

Dabei war Anna Lou offiziell noch kein Opfer, dachte Martini, während er zusammen mit den anderen einen Hang in einem dichten Waldstück hinunterstieg. Man hatte sie dazu gemacht, es war sozusagen eine im Feld erworbene Beförderung. Inzwischen glaubte niemand mehr an einen glücklichen Ausgang – und zynischerweise hofften die Leute auch nicht mehr darauf. Ein dramatisches Ende war es, was das Publikum erwartete. Alle wollten mitgerissen werden.

Der Lehrer nahm jetzt schon seit ein paar Tagen an den Suchaktionen teil. Die Trupps wurden stets von einem Polizeibeamten angeführt, und damit das Konzentrationsniveau nicht abfiel, wurde sich alle halbe Stunde abgewechselt. Insgesamt dauerten die Einsätze jeweils vier Stunden.

Am letzten Tag des Jahres war Martini für die Nachmittagsschicht eingeteilt. Das war die kürzeste, da die Sonne schon gegen drei hinter den Bergen versank und das Ende jeder Suchaktivität für die Freiwilligentrupps, die nicht mit Nachtsichtgeräten ausgestattet waren, ankündigte.

Die ersten Einsätze waren in fast völligem Schweigen vonstattengegangen, jedermann strikt darauf bedacht, sich nichts entgehen zu lassen. Bald jedoch hatte sich eine gefährliche Kameraderie breitgemacht, sodass einige keine Hemmungen mehr hatten, sich zu unterhalten oder gar Essen und Bier mitzubringen, als handelte es sich um einen Picknickausflug. Doch keiner brachte den Mut auf, es ihnen zu verbieten.

Selbstredend gab es von Anna Lou immer noch keine Spur, ebenso wenig von ihrem phantomhaften Entführer.

Um das seiner Frau gegebene Versprechen zu halten und seine Sache möglichst gut zu machen, hatte Martini sich mit niemandem verbündet. Er blieb für sich und tauschte noch nicht einmal Meinungen mit den anderen aus, zumal das oft an Klatsch grenzte. An diesem Tag aber herrschte eine andere Stimmung als sonst, stellte er fest. Alle ergingen sich in einem bemerkenswerten Eifer, und der Grund war die Anwesenheit Bruno Kastners. Der Vater des vermissten Mädchens hatte zwar schon häufiger an der Suche teilgenommen, doch Martinis Wege hatten sich bisher noch nicht mit denen Kastners gekreuzt. Offenbar war Kastner vorher bei einer Gebetsstunde in der Versammlungshalle der Bruderschaft gewesen und hatte sich dann der letzten Gruppe angeschlossen. Als er ihn beobachtete, bemerkte Martini, dass er trotz Erschöpfung und nervlicher Anspannung von einer unglaublichen inneren Kraft getrieben wurde. Er schien sich nicht davor zu fürchten, etwas zu finden, das das Ende aller Hoffnungen für sein Kind besiegelte. Möglicherweise wäre es ja sogar eine Erleichterung für ihn. Der Lehrer fragte sich, wie er sich an seiner Stelle verhalten würde, doch darauf gab es keine Antwort. Man musste den Schmerz des Verlusts am eigenen Leib erfahren haben.

Am Ende des Einsatzes kehrten die Freiwilligen zum Basislager zurück. Auf der Waldlichtung war ein Zelt errichtet worden, in dem die jeweiligen Gruppenleiter Bericht erstatteten. Die bereits durchkämmten Abschnitte wurden auf einer großen Karte markiert. Anschließend wurde der Einsatzplan für den nächsten Tag ausgearbeitet.

Die freiwilligen Helfer hatten ihre Fahrzeuge in der Nähe geparkt und machten sich nun auf den Heimweg. Martini lehnte am Kofferraum seines Geländewagens und zog seine schmutzstarrenden Bergstiefel aus.

»Okay, hört mal alle her«, rief der Gruppenführer auf einmal, woraufhin sich alle rasch um ihn versammelten. »Ich habe gerade mit der Einsatzzentrale im Tal gesprochen, und es heißt, dass die Wetteraussichten für die nächsten Tage sehr schlecht sind. Von heute Abend an soll es mindestens achtundvierzig Stunden lang regnen, sodass wir die Suche bis zum zweiten Januar aussetzen müssen.«

Das wurde nicht gut aufgenommen. Manche von den Helfern hatten viele Kilometer zurückgelegt, um hier dabei zu sein, hatten ihre Familien allein gelassen und die Ausgaben aus eigener Tasche bestritten. Die Nachricht war ein Tiefschlag für die allgemeine Moral.

Der Gruppenleiter bemühte sich, die Missstimmung aufzufangen. »Ich weiß, dass ihr euch vom Wetter nicht abhalten lassen würdet, aber die Bodenverhältnisse werden sich in den nächsten Stunden rapide verschlechtern.«

»Der Schlamm wird eventuelle Spuren zudecken«, bemerkte jemand.

»Oder welche aufdecken«, erwiderte der Gruppenführer.

»Wie auch immer, unter diesen Bedingungen können wir unsere Arbeit nicht richtig tun, und es wäre sinnlos oder sogar schädlich weiterzumachen, glaubt mir.«

Martini sah die Leute geknickt zu ihren Autos gehen, aber unterwegs noch einmal kurz stehen bleiben und eine kleine Ansammlung bilden.

In der Mitte stand Bruno Kastner.

Sie gingen nacheinander zu ihm, um ihm die Hand zu drücken oder schweigend auf die Schulter zu klopfen. Martini hätte sich unter sie mischen und diesem Vater seine Solidarität bekunden können, blieb aber neben seinem Wagen stehen. Dann, ohne dass jemand auf ihn achtete, stieg er ein und fuhr als Erster davon.

Er stand in Bademantel und Hausschuhen im Flur und klopfte seit mindestens zehn Minuten immer wieder an die Badezimmertür. Von drinnen war verzerrt Rockmusik zu hören, aber keine Antwort. Martini verlor langsam die Geduld. »Sag mal, wie lange brauchst du denn noch?« Er sah Clea mit einem Stapel sauberer Wäsche auf den Armen die Treppe hinaufkommen. »Sie hat sich seit einer Stunde da drin eingeschlossen«, beschwerte er sich. »Was zum Teufel kann man bloß so lange im Bad machen?«

Seine Frau lächelte. »Sich schön machen, Dummkopf.« Mit gesenkter Stimme fügte sie hinzu: »Sie ist heute Abend auf eine Party eingeladen.«

Martini sah sie überrascht an. »Von wem denn?«

»Was kümmert's dich, ist doch ein gutes Zeichen, oder? Sie scheint langsam Freundschaften zu schließen.«

»Soll das etwa heißen, dass wir Silvester allein verbringen werden?«

»Haben Sie denn etwas Bestimmtes im Sinn, Herr Lehrer?«, fragte Clea augenzwinkernd auf dem Weg zum Schlafzimmer.

»Ach, eine Pizza und ein Fläschchen Wein könnten wir uns vielleicht erlauben.«

Und als sie mit vollen Händen an ihm vorbeiging, kniff er ihr neckisch in den Hintern.

Monica verließ gegen acht das Haus. Sie war wie immer ganz in Schwarz, aber wenigstens hatte sie sich an diesem Abend mal einen Rock gegönnt. Als er sie so sah, wurde Loris Martini plötzlich bewusst, dass seine Tochter bald eine erwachsene Frau sein würde. Es würde von einem Tag auf den anderen passieren, ohne Vorwarnung. Das kleine Mädchen, das sich bei Gewitter angstvoll in seine Arme geflüchtet hatte, würde nicht mehr Schutz bei ihm suchen. Dabei wusste er, dass sie ihn immer brauchen würde. Er musste nur einen Weg finden, um sie zu beschützen, ohne dass sie es merkte.

Während Clea unter der Dusche stand, lief er zu der Pizzeria an der Ecke und bestellte zwei Capricciosa zum Mitnehmen. Als er zurückkam, fand er seine Frau auf dem Sofa vor, in einem weichen Flanellpyjama und mit einer Wolldecke über den Beinen. »Ich dachte, das sollte eine wilde Nacht werden«, protestierte er.

Da knöpfte Clea das Oberteil ihres Schlafanzugs auf und ließ die schwarze Spitzenunterwäsche hervorblitzen, die sie darunter trug. »Gehe nie nach dem äußeren Anschein!«, lachte sie.

Er legte die Pizzen auf dem Couchtisch ab und küsste sie, indem er ihr Gesicht zärtlich zwischen beide Hände nahm. Dann, nach einem langen Austausch von Aromen und Pheromonen, führte sie ihn wortlos hinauf ins Schlafzimmer.

Wie lange hatten sie sich nicht mehr auf diese Art geliebt?

Das fragte sich Martini hinterher, während er nackt neben ihr lag und an die Decke starrte. Sicher, sie hatten schon öfter nach jener Sache Sex gehabt, aber das war das erste Mal, dass er dabei nicht daran gedacht hatte. Es war schwierig gewesen, wieder zueinanderzufinden oder überhaupt wieder Lust daran zu finden. Anfangs hatten sie es geradezu wütend getrieben, wie aus Rache. Es war zu einem Mittel geworden, sich das Geschehene vorzuhalten, ohne miteinander streiten zu müssen. Danach waren sie immer völlig erschöpft gewesen.

An diesem Abend aber war alles ganz anders.

»Meinst du, dass unsere Tochter glücklich ist?«, fragte Clea unvermittelt.

»Monica ist ein Teenager. Du weißt doch, himmelhoch jauchzend, zu Tode betrübt.«

»Mit so einem Spruch gebe ich mich nicht zufrieden. Hast du gesehen, wie gut gelaunt sie war, als sie vorhin ging?«

Sie hatte recht, es war eine Euphorie im Haus zu spüren gewesen wie schon lange nicht mehr. »Ich glaube, ich habe etwas begriffen, seit diese Sache mit Anna Lou passiert ist.« Er merkte, dass Clea ihn aufmerksam ansah. »Nämlich, dass man wenig Zeit zur Verfügung hat, um seine eigenen Kinder kennenzulernen. Die Eltern, die Kastners, fragen sich jetzt bestimmt, was sie falsch gemacht haben, welcher Irrtum ihnen diesen Kummer eingetragen hat, in welchem Moment in der Vergangenheit es zu der kleinen Abweichung gekommen ist, die sie an diesen Punkt geführt hat … Die Wahrheit ist, dass wir keine Zeit haben, uns zu fragen, ob unsere Kinder glücklich sind, weil wir Wichtigeres zu tun haben: dafür zu sorgen, dass wir selber glücklich sind, um ihretwillen, und dass unsere Fehler nicht auf sie zurückfallen.«

Falls Clea sich angesprochen fühlte, ließ sie sich nichts davon anmerken, sondern küsste ihn dankbar.

Kurz darauf saßen sie halb nackt am Küchentisch, aßen kalte Pizza und tranken aus unterschiedlichen Gläsern einen guten Rotwein, den Loris für eine Gelegenheit wie diese aufgespart hatte. Er erzählte Clea Anekdoten über seine Lehrerkollegen und die Schüler, um sie zum Lachen zu bringen. Es war wieder wie zu ihrer Studentenzeit, als am Ende des Monats das Geld alle war und sie in ihrer Einzimmerwohnung hockten und sich eine Büchse Thunfisch teilten.

Gott, wie sehr er seine Frau liebte, er würde alles für sie tun. *Alles.*

Sie waren so einträchtig an diesem Abend, dass sie es gar nicht mitbekamen, als es Mitternacht wurde und das neue Jahr begann. Erst der prasselnde Regen draußen holte sie in die Wirklichkeit zurück.

»Ich rufe besser mal Monica an«, sagte Clea, stand auf und nahm das Handy. »Bei diesem Platzregen musst du sie vielleicht abholen.«

So wurde aus der jungen Studentin wieder die Ehefrau und Mutter, zu der die Jahre sie gemacht hatten. Martini beobachtete die Verwandlung, während Clea schweigend darauf wartete, dass sich am anderen Ende jemand meldete. Nervös zog sie die alte Strickjacke enger um sich, die sie ihm abspenstig gemacht hatte und nur im Haus trug.

»Ich kriege keine Verbindung«, sagte sie.

»Es ist kurz nach Mitternacht, bestimmt telefonieren gerade alle, um sich ein frohes neues Jahr zu wünschen. Das Netz wird überlastet sein, das ist normal.«

Doch Clea hörte nicht auf ihn und probierte es immer wieder, ohne Erfolg. »Und wenn ihr etwas passiert ist?«

»Jetzt übertreib mal nicht.«

»Ich rufe bei den Leuten an, wo die Party stattfindet.«

Martini ließ sie gewähren. Sie fand die Telefonnummer

und wählte. »Was soll das heißen, ihr habt sie nicht gesehen?« Sie klang panisch. In ihrer Vorstellung spielte sich schon eine Reihe von Katastrophenszenarien ab, und ihre Miene spiegelte eine Abfolge von sich steigernden negativen Emotionen wider.

»Sie sagen, sie ist gar nicht mehr dort.«

»Jetzt beruhige dich erst mal, dann überlegen wir, wo sie hingegangen sein kann«, sagte Martini, aber als er sie in den Arm nehmen wollte, wurde er mit einer herrischen Geste zurückgewiesen.

»Du musst sie finden, Loris. Versprich mir, dass du sie findest.«

Er setzte sich ins Auto und fuhr durch Avechot, ohne zu wissen, wohin. Aufgrund des Gewitters, das über dem Tal tobte, waren die Straßen menschenleer, doch er konnte trotzdem kaum etwas sehen, weil die Scheibenwischer nicht gegen die Wassermassen ankamen, die vom Himmel stürzten.

Bald wurde ihm bewusst, dass Clea ihn mit ihrer Unruhe angesteckt hatte. Auch er brachte Monica nun ebenso unwillkürlich wie makaber in einen Zusammenhang mit Anna Lou.

Nein, unmöglich, sagte er sich und versuchte, den Gedanken zu verscheuchen.

Es waren erst zwanzig Minuten vergangen, seit er von zu Hause losgefahren war, aber sie kamen ihm wie eine Ewigkeit vor. Seine Frau würde in Kürze anrufen, um zu hören, ob es etwas Neues gab, da war er sicher. Und er hatte ihr nichts zu sagen.

Monica wie vom Erdboden verschluckt. Die Polizei, die eine Suchmeldung herausgab. Die Meldung in allen Nachrichten. Suchtrupps in den Wäldern.

Nein, das würde nicht passieren. Nicht mit ihr.

Er dachte wieder an den Vater von Anna Lou, sah ihn vor sich, wie er die aufmunternden Schulterschläge entgegennahm. Sah seinen wissenden Blick. Denn die Eltern kennen immer die Wahrheit, auch wenn sie sich das selbst noch nicht eingestehen können. Am Nachmittag hatte er vergeblich versucht, sich in ihn hineinzuversetzen. Und jetzt?

Ich muss sie finden. Ich habe es versprochen. Ich kann Clea nicht verlieren. *Nicht noch einmal.*

Er musste seine fünf Sinne beisammenhalten, doch es fiel ihm furchtbar schwer. Dann kam ihm die Idee, an den Ausgangspunkt zurückzukehren. Die Party.

Fünf Minuten später stand er vor einem Privathaus, aus dem gedämpft stampfende, rhythmische Musik drang. Er lehnte sich gegen die Türklingel und klopfte mehrmals laut, während der eisige Regen seine Haare und Kleider durchnässte. Als ihm endlich jemand öffnete, stürmte er ungeduldig hinein.

In dem großen Wohnzimmer drängten sich mindestens sechzig Jugendliche. Einige tanzten, andere lümmelten auf den Sofas herum. Die Musik war viel zu laut, um sich zu unterhalten, aber der Alkohol hatte sie alle entspannt gemacht. Im Halbdunkel und dichten Zigarettenqualm konnte er zuerst kein bekanntes Gesicht entdecken, bis er ein paar von seinen Schülern erkannte. Einer davon war Lucas, der Aufmüpfige mit dem Totenkopf-Tattoo hinterm Ohr.

»Herr Martini, frohes neues Jahr!«, begrüßte er ihn und blies ihm seine Alkoholfahne ins Gesicht.

»Hast du meine Tochter gesehen?«

Lucas tat, als dächte er nach. »Hm, wie sieht sie aus? Können Sie sie mir beschreiben?«

Martini zog ein Foto von Monica aus seinem Portemonnaie. »Das ist sie, kennst du sie?«

Der Junge nahm das Foto und betrachtete es eingehend. »Hübsch«, sagte er provozierend. »Kann sein, dass sie heute Abend hier war.«

Martini war nicht nach Blödelei zumute. Er packte den Jungen an seinem verschwitzten T-Shirt und stieß ihn gewaltsam gegen die nächste Wand. So hatte er noch nie reagiert, zumindest nicht in der Öffentlichkeit. Ein paar der Feiernden drehten sich zu ihnen um.

»Leute, hier gibt's 'ne Klopperei!«, rief jemand, woraufhin sich eine kleine Schar um sie herum versammelte. Martini bohrte seinen Blick in Lucas' Augen. »Also, hast du sie nun gesehen oder nicht?«

Der Junge war es nicht gewohnt, so behandelt zu werden, und man sah ihm an, dass er nicht übel Lust hatte, sich handgreiflich zu wehren. Doch er sagte nur mit einem drohenden Lächeln: »Dafür könnte ich Sie anzeigen.«

Martini ließ sich nicht einschüchtern. »Ich frage dich nicht noch einmal.«

Mit einer knappen Geste schlug Lucas die Hände seines Lehrers von sich weg. »Ja, ich weiß, wo sie ist«, gestand er endlich, nur um triumphierend hinzuzufügen: »Aber es wird Ihnen nicht gefallen.«

Es hatte aufgehört zu regnen, als Martini bei dem Haus ankam. Drinnen brannten keine Lichter, und die Türklingel hallte in totaler Stille wider. Nach einer Weile machte jemand im Flur das Licht an.

Er sah die Gestalt durch die Milchglasscheibe der Tür, ähnlich einem Trugbild oder einem Albtraum.

Ein Junge mit nacktem Oberkörper und vollkommen glatter Brust machte ihm auf. Er war barfuß und nur mit einer Jogginghose bekleidet. Hinter ihm tauchte Monica aus einem der Zimmer auf. Sie war angezogen, aber ihre zerzausten Haare sprachen Bände.

Auf der Heimfahrt sprachen sie lange kein Wort. Martini hatte sich darauf beschränkt, seiner Frau per SMS mitzuteilen, dass alles in Ordnung war und er mit Monica nach Hause kam.

»Die Party war öde, deshalb sind wir gegangen«, rechtfertigte sich Monica. Ihr Vater schwieg. »Wir sind eingeschlafen und haben die Zeit vergessen. Es tut mir leid.«

Martini umklammerte wütend das Lenkrad, ohne sich um den Schmerz in seiner verletzten Hand zu kümmern. »Hast du geraucht?«, fragte er streng.

»Was meinst du?«

»Das weißt du genau. Gras?«

Sie schüttelte den Kopf, wusste aber, dass lügen zwecklos war. »Ich weiß nicht, was es war, aber ich schwöre, dass sonst nichts passiert ist.«

Martini versuchte, ruhig zu bleiben. »Jedenfalls kannst du das alles jetzt deiner Mutter erklären.«

Als er den weißen Geländewagen in der Einfahrt parkte, stand Clea schon an der Tür, eingewickelt in ihre Strickjacke. Monica stieg als Erste aus, und er sah ihr nach, wie sie zum Haus lief. Ihre Mutter breitete die Arme aus und drückte sie an sich. Es war eine befreiende Umarmung. Er beobachtete die beiden vom Wagen aus und traute sich nicht, den Moment mit seiner Anwesenheit zu stören. Wieder dachte er an das, was vor knapp einem halben Jahr mit seiner Familie passiert war, als er kurz davor war, alles zu verlieren.

Nein, dazu würde es nicht mehr kommen. Nie wieder.

3. JANUAR.

ELF TAGE NACH DEM VERSCHWINDEN.

Die Wetterprognosen waren zutreffend gewesen, es hatte zwei Tage lang ununterbrochen geregnet.

Am dritten Morgen endlich schien wieder eine blasse Sonne, die sich noch hinter eine dünne, weißlich graue Wolkendecke duckte.

Martini hatte beschlossen, dass heute der richtige Tag war, um sich der Gartenlaube zu widmen. Er wollte Clea von der Sache mit dem vermissten Mädchen ablenken, und die Idee des Gemüsegartens samt Gewächshaus wiederzubeleben schien ihm die beste Methode zu sein. Seine Frau hatte nichts zu tun und sah den ganzen Tag wie besessen irgendwelche Sendungen, die sich mit dem Fall Anna Lou Kastner befassten. In Ermangelung offiziell bestätigter, gesicherter Tatsachen fühlte jeder sich ermächtigt, seine eigene Version zum Besten zu geben. Im Lokalfernsehen war von nichts anderem mehr die Rede, und auch in den überregionalen Programmen äußerten sich längst nicht mehr nur Experten, sondern auch Stars und Sternchen aus dem Showbusiness. Es war geradezu obszön. Die abwegigsten und fantastischsten Behauptungen wurden aufgestellt, die unbedeutendsten Aspekte von Anna Lous Geschichte herausgeschält, analysiert und diskutiert, als könnte daraus von einem Moment auf den anderen des Rätsels Lösung hervorgehen.

Der Sensationszirkus nahm kein Ende.

Im Haus des Lehrers lief der Fernseher nahezu permanent,

und deshalb war er an diesem Morgen ins Auto gestiegen und zum Baumarkt gefahren. Er hatte eine Rolle Zeltplane und eine Rolle Formblech gekauft, dazu eine Menge Schrauben und Muttern und Stahlklemmen, um die Zugstangen zu befestigen. Als er alles in den geräumigen Kofferraum des Geländewagens lud, wurde Martini plötzlich von einem Geräusch abgelenkt.

Das Kratzen eines Skateboards auf dem Asphalt.

Er drehte sich um und sah Mattia in der Nähe vorbeirollen. »Mattia!« Grüßend hob er den Arm.

Der Schüler hatte ihn nicht bemerkt, aber als er ihn nun sah, reagierte er seltsam. Zuerst bremste er abrupt ab, dann beschleunigte er plötzlich und sauste davon.

Martini seufzte, er verstand den Jungen einfach nicht. Dann stieg er ins Auto, um nach Hause zu fahren.

Wie gewöhnlich nahm er die Umgehungsstraße um den Ort, sodass er nicht durchs Zentrum musste. Der Verkehr floss hier normalerweise zügig, doch an diesem Vormittag hatte er auf einmal eine Autokolonne vor sich, die nur stockend vorankam. Vielleicht hatte es einen Unfall gegeben, das passierte öfter an der Kreuzung vorn. Tatsächlich sah er nach einer Weile das Blaulicht eines Streifenwagens, konnte aber nirgends ein beschädigtes Fahrzeug entdecken, auch nicht, als er noch weiter vorgerückt war.

Es war kein Unfall, sondern eine Polizeikontrolle.

Das kam in diesen Tagen häufiger vor in Avechot, alles wegen des vermissten Mädchens, aber abgesehen davon, dass diese Kontrollen zunehmend Unmut in der Bevölkerung hervorriefen, verstand Martini nicht, was sie bezwecken sollten. Es war ein bisschen, wie den Brunnen abzudecken, wenn das Kind schon hineingefallen war. Der Verdacht drängte sich auf, dass die Polizei angesichts des mit jedem Tag rätselhafter werdenden Falls und des steigenden Drucks durch die Medien irgendwie zeigen musste, dass sie etwas unternahm.

Es gab keine Nebenstraßen, über die man die Sperre umfahren konnte, und einfach kehrtzumachen hätte sicher verdächtig gewirkt, also fügte sich Martini wie alle anderen in sein Schicksal und wartete geduldig, bis er an der Reihe war. Trotzdem wurde er zunehmend nervös, je weiter er vorankam. Ein Kribbeln in den Fingerspitzen und ein merkwürdig hohles Gefühl im Bauch.

»Guten Tag, Ihre Fahrzeugpapiere bitte«, sagte der uniformierte Beamte, während er sich zum offenen Fahrerfenster herunterbeugte.

Martini hielt das Verlangte schon bereit und reichte ihm Führer- und Fahrzeugschein.

»Danke«, sagte der Polizist und ging damit zu dem Streifenwagen.

Martini beobachtete das Geschehen vom Auto aus. Die Polizisten waren nur zu zweit. Der zweite stand mit einer Kelle mitten auf der Fahrbahn und winkte die Fahrzeuge heraus, während sein Kollege dabei war, seine Daten per Funk durchzugeben. Er konnte ihn deutlich durch die Heckscheibe sehen. Nach einer Weile fragte er sich, warum er so lange brauchte. Vielleicht war es nur Einbildung, vielleicht ging es allen anderen, die angehalten wurden, genauso, aber er bekam langsam das Gefühl, dass irgendetwas nicht stimmte.

Endlich kam der Beamte zurück. »Herr Martini, würden Sie uns bitte folgen?«

»Was ist denn los?«, fragte er, vielleicht etwas zu beunruhigt.

»Nur eine Formalität, es dauert nicht lange«, antwortete der andere freundlich.

Man hatte ihn zu der kleinen Polizeiwache von Avechot gebracht, wo man ihn in einer Art Archiv hatte Platz nehmen lassen. Neben Karteikästen und Aktenbündeln war in dem Raum alles Mögliche gelagert: alte, aussortierte Computer, Schreibtischlampen, Büromaterial, sogar ein ausgestopfter Raubvogel.

In der Mitte standen ein Tisch und zwei Stühle. Der Lehrer starrte auf den leeren Stuhl vor ihm und überlegte, wer sich dort wohl niederlassen würde. Er war schon seit vierzig Minuten hier, und immer noch hatte sich niemand blicken lassen. Die Stille und der Staubgeruch waren zermürbend.

Plötzlich ging die Tür auf, und herein kam ein Mann um die dreißig mit Jackett und Krawatte. Er hatte den Fahrzeugbrief des Geländewagens und Martinis Führerschein in der Hand und wirkte harmlos. »Entschuldigen Sie, dass ich Sie so lange habe warten lassen«, sagte er lächelnd. »Ich bin Kommissar Borghi.«

Martini schüttelte die dargebotene Hand und entspannte sich ein wenig angesichts seiner Freundlichkeit. »Kein Problem.«

Der Polizist setzte sich und legte die Papiere auf den Tisch, die er rasch überflog, als hätte er noch keine Zeit gehabt, sie sich anzusehen. »So, Herr … Martini«, sagte er, seinen Namen ablesend.

Der Lehrer fragte sich, ob das gespielt war, um ihm zu zeigen, dass er nichts zu befürchten hatte.

»Sie möchten bestimmt wissen, warum wir Sie angehalten haben. Wir führen stichprobenartige Personenkontrollen durch, dauert nur ein paar Minuten.«

»Ist es wegen des vermissten Mädchens?«

»Kennen Sie sie?«

»Sie ist im gleichen Alter wie meine Tochter und geht auf

die Schule, an der ich unterrichte, aber ehrlich gesagt kann ich mich nicht an sie erinnern.«

Der junge Kommissar sagte nichts darauf, und Martini hatte den Eindruck, dass er ihn verstohlen musterte. Sein Ton blieb jedoch unvermindert freundlich. »Ich stelle Ihnen jetzt eine echte Polizistenfrage«, sagte er lächelnd. »Wo waren Sie am dreiundzwanzigsten Dezember gegen siebzehn Uhr?«

»In den Bergen«, antwortete er prompt. »Ich hatte einen mehrstündigen Ausflug gemacht und war auf dem Heimweg.«

»Bergsteiger?«

»Nein, nur begeisterter Bergwanderer.«

Borghi machte eine anerkennende Miene. »Respekt. Und in welcher Gegend waren Sie an diesem Tag?«

»Ich bin zum Pass rauf und dann weiter auf einem Pfad am Osthang.«

»War jemand bei Ihnen? Ein Freund, ein Bekannter?«

»Nein, niemand. Ich wandere gern allein.«

»Hat Sie vielleicht jemand gesehen, ein anderer Wanderer, ein Pilzsammler oder sonst irgendwer, der bestätigen kann, wo Sie waren?«

Martini überlegte. »Nein, ich glaube, ich bin niemandem begegnet am Dreiundzwanzigsten.«

Borghi legte wieder eine Pause ein. Dann: »Was ist mit Ihrer Hand passiert?«

Martini blickte auf den Verband herab, als hätte er ihn ganz vergessen. »Ich bin ausgerutscht an dem Tag. Ein dummer Fehltritt, und dann habe ich mich beim Fallen instinktiv an einem Ast festgehalten, der aus dem Boden ragte. Es heilt ein bisschen schwer.«

Borghi taxierte ihn erneut. Martini fühlte sich unbehaglich. Dann lächelte der Kommissar wieder. »Gut, wir sind fertig«, sagte er und gab ihm seine Papiere zurück.

Martini war überrascht. »Das ist alles?«

»Ich habe Ihnen doch gesagt, dass es nur ein paar Minuten dauert, oder?«

Der Kriminalbeamte stand auf und Martini ebenso. Sie gaben sich die Hand.

»Vielen Dank für Ihre Zeit, Herr Martini.«

An diesem Abend hatte Clea Hähnchen mit Pommes frites gemacht, das Lieblingsgericht der Familie. Wenn es Probleme gab oder sie sich belohnen wollten, versammelten sich die Martinis um ein schönes Hähnchen.

Loris wusste nicht, was diesmal der Anlass war – vielleicht wollte Clea das endlich wieder entspanntere Verhältnis zu Monica zu feiern. Martini hatte seiner Frau nichts von dem Zwischenfall in der Silvesternacht erzählt und darauf gehofft, dass die Tochter es selbst tat. Monica hatte zwar nicht den Mut dazu gehabt, aber ihr schlechtes Gewissen hatte immerhin zu einer Aussöhnung mit der Mutter geführt.

Beim Essen herrschte denn auch eine ganz andere Stimmung, endlich wurde wieder einmal fröhlich gealbert und geschwatzt. Thema waren die Nachbarn. Clea und Monica spotteten vergnügt über die Odevis und konnten gar nicht mehr aufhören zu lachen. Zum Glück, dachte Martini, denn so merkten sie nicht, wie ungewöhnlich still er selbst war.

Nachdem er die Polizeiwache verlassen hatte, war er eigentlich ganz ruhig nach Hause gefahren. Doch je mehr Stunden vergingen, desto mehr seltsame Fragen waren ihm in den Kopf gekommen. Warum hatte man ihn so schnell wieder gehen lassen? Sollte er die Freundlichkeit dieses Kommissars Borghi für echt halten? Hatte der Umstand, dass er kein »Alibi« für den Tag des Verschwindens vorweisen konnte, ihn verdächtig gemacht?

Nach dem Abendessen versuchte er, Klassenarbeiten zu korrigieren, aber seine Gedanken schweiften immer wieder ab. Um kurz nach elf ging er ins Bett, obwohl er wusste, dass er nicht so bald in den Schlaf finden würde.

Es wird alles gut, sagte er sich, als er unter die Decke schlüpfte. Doch, es wird alles gut.

»Bergsteiger?«

»Nein, nur begeisterter Bergwanderer.«

»Respekt. Und in welcher Gegend waren Sie an diesem Tag?«

»Ich bin zum Pass rauf und dann weiter auf einem Pfad am Osthang.«

»War jemand bei Ihnen? Ein Freund, ein Bekannter?«

»Nein, niemand. Ich wandere gern allein.«

»Hat Sie vielleicht jemand gesehen, ein anderer Wanderer, ein Pilzsammler oder sonst irgendwer, der bestätigen kann, wo Sie waren?«

»Nein, ich glaube, ich bin niemandem begegnet am Dreiundzwanzigsten.«

»Was ist mit Ihrer Hand passiert?«

Vogel hielt das Video von der Vernehmung an. Eine Nahaufnahme des Lehrers blieb als Still auf dem Bildschirm. Er drehte sich zu Borghi und der Mayer um. »Kein Alibi und eine verletzte Hand«, sagte er triumphierend.

»Aber dieser Mann hat eine weiße Weste, keinerlei Vorstrafen, die darauf hindeuten, dass er zu einer Gewalttat fähig wäre«, wandte die Staatsanwältin ein.

Nachdem Vogel sich Mattias sämtliche Aufnahmen angesehen hatte, war er zu dem Schluss gekommen, dass der Junge sie tatsächlich auf die gesuchte heiße Spur gebracht hatte. Er war sein Hauptzeuge und deshalb zusammen mit seiner Mutter an einen sicheren Ort gebracht worden.

Anschließend hatten sie sich dem Lehrer an die Fersen geheftet und ihn in den vergangenen zweiundsiebzig Stunden praktisch nicht mehr aus den Augen gelassen. Die Kollegen hatten ihn aus der Distanz observiert, ihn heimlich gefilmt und jede seiner Bewegungen notiert. Es war nichts Ungewöhnliches dabei herausgekommen, aber Vogel erwartete auch nicht, sofort einen ausreichenden Beweis für eine Festnahme zu erhalten. Im Übrigen war es in solchen Fällen oft nötig, ein wenig nachzuhelfen, weshalb er die vorgetäuschte Straßenkontrolle am Vormittag organisiert hatte. Davor hatte er Mattia aus seinem Unterschlupf herausgeholt und ihm genau erklärt, wie er sich verhalten sollte, wenn er seinem Lehrer auf der Straße begegnete.

Während Martini sich vor dem Baumarkt darüber gewundert hatte, dass der Junge bei seinem Anblick die Flucht ergriff, hatte Vogel von einem Zivilfahrzeug aus jede Regung seiner Miene beobachtet.

Ihn auf die Polizeiwache zu bringen und vierzig Minuten lang allein in einem verstaubten Archiv schmoren zu lassen war einfach nur eine Methode gewesen, ihn unter Druck zu setzen. Borghi hatte seine Rolle gut gespielt, er war freundlich zu ihm gewesen und hatte sich mit seinen Antworten zufriedengegeben. Die Fragen sollten den Verdächtigen schließlich nicht in Widersprüche verwickeln, sondern ihn nur verunsichern.

All das würde in den kommenden Stunden Früchte tragen, davon war Vogel überzeugt.

Die Mayer dagegen weniger. »Wissen Sie, wie viele von den Personen, die wir in den letzten Tagen formlos befragt haben, kein glaubwürdiges Alibi für den dreiundzwanzigsten Dezember haben? Zwölf. Vier davon sind obendrein vorbestraft.«

Vogel hatte mit der Skepsis der Staatsanwältin gerechnet. Für ihn entsprach der Lehrer Martini jedoch genau dem Täterprofil. »Unsichtbarkeit ist ein Talent«, dozierte er. »Sie erfordert Selbstbeherrschung und Disziplin. Ich bin sicher, dass Martini in Gedanken schon öfter unaussprechliche Handlungen begangen und sich dabei gefragt hat, ob er wirklich dazu fähig wäre. Man wird nicht als Monster geboren. Es ist wie mit der Liebe – es muss erst die richtige Person daherkommen. Als er Anna Lou begegnet ist, hat er endlich erkannt, was seine wahre Natur ist.«

Borghi wohnte dem Wortwechsel schweigend bei. Seinem Bauchgefühl nach hätte er geschworen, dass der Lehrer bei der Befragung dafür viel zu ruhig gewesen war.

»Sie haben vor einiger Zeit selbst gesagt, dass Anna Lou ihren Entführer höchstwahrscheinlich gekannt hat und deshalb ohne Weiteres mit ihm gegangen ist«, gab Mayer zu bedenken. »Und wir haben hier noch nicht einmal die Gewissheit, dass die beiden sich kannten.«

»Martini unterrichtet in der Schule des Mädchens. Mit Sicherheit kannte sie ihn vom Sehen.«

»Vielleicht wusste sie, wer er ist, aber hätte sie ihm deshalb gleich vertraut? Es ist schon mehr nötig als eine oberflächliche Bekanntschaft, damit ein junges Mädchen bei Dunkelheit in ein fremdes Auto steigt. Besonders, wenn das fragliche Mädchen dazu erzogen wurde, die Kontakte mit Leuten, die nicht ihrer Religionsgemeinschaft angehören, auf ein Minimum zu beschränken – und soweit ich weiß, gehört dieser Martini nicht zur Gemeinde.«

»Und die Videoaufnahmen von Mattia, wie erklären Sie sich die?«

»Diese Aufnahmen sind noch kein Beweis, das wissen Sie genau.«

Noch nicht, dachte Vogel und warf einen letzten Blick auf das Standbild mit dem Gesicht des Mannes. Aber bald.

Ja, dieser Lehrer Martini passte perfekt.

5. JANUAR.

DREIZEHN TAGE NACH DEM VERSCHWINDEN.

Das letzte blassgelbe Licht der Abenddämmerung umgab die Bergkette mit einer Art blauer Aura.

Martini fuhr über die Schnellstraße, seine Frau saß neben ihm. Die Heizung war an und brummte ein wenig, machte es aber angenehm warm im Innenraum. Clea hatte schon seit ein paar Minuten nichts mehr gesagt und schien die entspannte Trägheit nach ihrem Ausflug zu genießen. Martini sah gelegentlich zu ihr hin, und sie erwiderte seinen Blick lächelnd.

»Das war eine gute Idee von dir«, meinte sie schließlich. »Wir waren schon lange nicht mehr am See.«

»Seit letztem Sommer«, bekräftigte er. »Aber ich finde ihn im Winter noch faszinierender.«

»Ganz deiner Meinung.«

Sie hatten den Tag an einem kleinen, hoch gelegenen Bergsee verbracht. Um dorthin zu gelangen, musste man etwa zwei Stunden zu Fuß gehen. Es war keine anspruchsvolle Strecke, nicht so wie die, mit denen Martini es gewöhnlich aufnahm, und er hatte sie extra ausgesucht, weil Clea nicht sehr trainiert war. Im Wald kreuzten Wildbäche und Rinnsale den Weg, der regelmäßig von Bruchholz und Geröll gesäubert wurde, damit die Wanderer ohne Beschwerden ihr Ziel erreichen konnten. Das zu dieser Jahreszeit ungewöhnliche Fehlen von Schnee erleichterte den Aufstieg zusätzlich. Oben angekommen, wurde man durch den Anblick eines kleinen Hochtals belohnt, das von felsigen Gipfeln umgeben war und an einem Ende von einem enormen Gletscher begrenzt wurde. Am Fuß desselben lag ein Spiegel aus glasklarem Wasser, durchzogen von goldfarbenen Lichtreflexen. Um ihn herum wuchs ein Buschland aus Alpenrosen, die im Sommer leuchtend rot blühten, und nahe beim Ufer gab es eine Hütte, in der man typische Gerichte der Region bekam. Die Speisekarte war klein und immer dieselbe, aber Martini und seine Frau kehrten ohnehin vor allem wegen der Gemüsesuppe und des Bauernbrots dort ein. Die Zeit war schnell vergangen, und als sie wieder unten beim Auto angekommen waren, dämmerte es schon.

»Woran denkst du?«, fragte Clea. Ihre Frage klang vollkommen harmlos.

»An nichts.« Das stimmte. Die angstvollen Grübeleien, die ihn auch am Vortag noch geplagt hatten, hatten sich verflüchtigt, und er war nun wieder ruhig. Allerdings hatte er Clea nichts von der Polizeikontrolle und dieser Art von Verhör, der man ihn unterzogen hatte, erzählt.

»Du musst dir mal wieder die Haare schneiden lassen«, sagte sie und wuschelte ihm durch die dichten, kastanienbraunen Locken.

Martini mochte diese kleinen Fürsorglichkeiten seiner Frau. Sie sagten ihm, dass er ihr immer noch viel bedeutete. »Du hast recht, morgen gehe ich zum Friseur.«

Sie waren glücklich und müde und freuten sich auf ihr gemütliches Zuhause und eine schöne heiße Dusche. Bei einem Blick aufs Armaturenbrett sah Martini jedoch, dass die Benzinanzeige leuchtete. »Ich muss noch tanken.«

»Hat das nicht bis morgen Zeit?«, fragte Clea, die absolut keine Lust hatte, noch irgendwo haltzumachen.

»Leider nicht.«

Nach ein paar Kilometern kam eine Tankstelle in Sicht. Als Martini zu ihr abbog, sah er, dass sie voller Autos und Wohnmobile von Ausflüglern war. Merkwürdig, normalerweise herrschte dort gähnende Leere. Das verschwundene Mädchen, fiel ihm ein. Das sind alles Schaulustige.

Es herrschte eine aufgekratzte Stimmung, manche waren sogar in Gruppen angereist, und das Geschrei der Leute und Kinder war beinahe unerträglich. Als sie an der Reihe waren, tankte Martini rasch an einer Selbstbedienungszapfsäule und ging dann in die Tankstelle hinein, um zu bezahlen. Vor der Kasse stand eine Schlange. Eine junge, aufgeweckte Angestellte gab sich Mühe, den Vorgang zu beschleunigen. In einer Ecke hing ein Fernseher, dessen Ton durch das Stimmengewirr nicht zu hören war, aber die Bilder ließen erkennen, dass gerade der zigste Bericht über den Fall Anna Lou Kastner lief. Martini schnaubte entnervt und sah weg.

Endlich war er mit Bezahlen dran. »Säule acht«, teilte er der Kassiererin mit.

»Sie sind bestimmt auch aus der Gegend«, sagte die Frau seufzend, während sie den Betrag auf ihrem Computermonitor kontrollierte.

»Woran haben Sie das gemerkt?«

»Ich habe gesehen, wie Sie gerade geschnaubt haben.« Dann fügte sie mit gesenkter Stimme hinzu: »Mein Chef freut sich ja über die Invasion, das Geschäft läuft jetzt viel besser, aber ich komme abends mit brennenden Füßen und Kopfschmerzen nach Hause, das glauben Sie nicht.«

Martini lächelte über ihre Vertraulichkeit. »Vielleicht hält das Ganze ja nicht lange an«, versuchte er, sie aufzumuntern.

»Hoffen wir's, aber heute war es wirklich der Gipfel, die vom Fernsehen sind alle durchgedreht und zeigen ständig die gleichen Bilder.«

»Was für Bilder?«

Doch die Kassiererin hatte bemerkt, dass die Schlange noch

länger geworden war, weil sie sich hatte ablenken lassen. »Entschuldigung, haben Sie gesagt, Nummer acht?«

»Ja, genau.«

Sie drehte sich zu der großen Fensterfront um, durch die sein weißer Geländewagen zu erkennen war. Dann sah sie Martini befremdet an.

»Gibt es ein Problem?«

Die Kassiererin hob wortlos den Blick zum Fernseher. Martini tat es ihr nach.

Über den Bildschirm flackerten die Bilder eines Amateurvideos, das Anna Lou in verschiedenen Alltagssituationen zeigte. Dann wurden die Bilder Szene für Szene angehalten und ein weißer Geländewagen, der immer in einiger Entfernung im Hintergrund sichtbar war, näher herangeholt.

Da verstand Martini, worin die sensationelle Neuigkeit bestand, die offenbar schon den ganzen Tag über verbreitet worden war – und die all diese Leute nach Avechot gelockt hatte. Es gab endlich eine Spur. Ein weißer Geländewagen.

Die eingeblendete Schlagzeile lautete: WENDE IM FALL ANNA LOU: WER IST DER STALKER MIT DEM WEISSEN WAGEN?

Martini legte einen Fünfziger auf die Theke und eilte, ohne auf sein Wechselgeld zu warten oder auf das verdutzte Gesicht der Kassiererin zu achten, an der Schlange vorbei. Er war noch nicht aus der Tankstelle heraus, als er sah, wie jemand durch die Glastür nach draußen zeigte.

»He, das ist doch dieses Auto!«

Derweil hatte sich draußen schon eine kleine Menschenansammlung hinter seinem Wagen gebildet, und manche guckten prüfend auf das Nummernschild. Zum Glück war Clea ganz mit ihrem Handy beschäftigt und hatte noch nichts gemerkt. Martini beschleunigte seine Schritte, während die Blicke der Umstehenden sich auf ihn hefteten. Beim Auto angekommen, stieg er schnell ein.

»Was ist los?«, fragte Clea, als sie ihn so erregt sah.

»Erkläre ich dir später«, antwortete er knapp und steckte den Zündschlüssel ins Schloss. Der Motor sprang nicht an, weil ihm die Hände zitterten. Inzwischen rückten die Leute immer näher und umringten sie. In den Gesichtern der Männer, Frauen und Kinder war das gleiche Erstaunen gemischt mit Furcht zu lesen, das er auch in den Augen der Kassiererin gesehen hatte. Wenn jetzt einer aggressiv wird, machen die anderen mit, dachte er furchtsam. Endlich schaffte er es, den Wagen anzulassen, gab Gas und fuhr los. Er fädelte sich rasch auf der Schnellstraße ein und warf dann einen Blick in den Rückspiegel. Sie standen immer noch da und starrten ihm drohend hinterher.

»Willst du mir jetzt mal verraten, was los ist?«, fragte Clea beunruhigt.

Er hatte nicht den Mut, sie anzusehen. »Fahren wir erst mal nach Hause.«

Während der Fahrt konnte er sich dem Sperrfeuer von Fragen, das seine Frau auf ihn losließ, jedoch nicht entziehen. Also versuchte er, eine Situation zu erklären, die er selbst kaum begriff.

»Was soll das heißen, man hat dich angehalten?«

»Vor zwei Tagen, bei einer Polizeikontrolle.«

»Und warum hast du mir nichts davon erzählt?«

»Weil es mir nicht wichtig vorkam. Sie haben jede Menge Leute angehalten, nicht nur mich«, sagte er.

Als sie endlich zu Hause ankamen, rechnete Martini damit, dass die Polizei schon auf ihn wartete. Doch die Straße vor ihrem Haus war seltsam verlassen, keine Menschenseele war unterwegs. Trotzdem drängte er seine Frau zur Eile. »Schnell ins Haus, los.«

Als sie hereinkamen, stand ihre Tochter mitten im Wohnzimmer und starrte auf den Fernsehbildschirm. »Mama, was ist da los? Im Fernsehen sagen sie, dass das vermisste Mädchen … dass ihr jemand gefolgt ist … und dann zeigen sie dauernd ein Auto, das aussieht wie unseres.«

Clea nahm sie in die Arme, ohne zu wissen, was sie sagen sollte, und sah ihren Mann auffordernd an. Doch Martini war wie festgewachsen im Flur stehen geblieben.

»Ich verstehe das auch nicht. Das muss ein Missverständnis sein«, murmelte er.

Auf dem Bildschirm erschien der weiße Geländewagen.

»Aber das ist doch unser Auto!« Clea war fassungslos.

»Ich weiß, es ist verrückt.« Er sah, dass seine Tochter angefangen hatte zu weinen. »Wie ich dir gerade gesagt habe: Ich war auf der Polizeiwache, sie haben mir ein paar Fragen gestellt und mich dann nach Hause geschickt. Ich war überzeugt, dass es keine Probleme geben würde.«

»Du warst überzeugt?« In Cleas Ton lag ein Vorwurf.

Martini wurde immer nervöser. »Ja, sie haben mich gefragt, wo ich war, als das Mädchen verschwand. Solche Sachen …«

Clea sah nachdenklich drein, als versuchte sie, sich zu erinnern. »Du warst wandern an dem Tag. Du bist erst abends zurückgekommen«, sagte sie ruhig, aber im selben Moment schien ihr bewusst zu werden, dass ihr Mann deshalb kein Alibi hatte. »Sie müssen irgendeinen Fehler gemacht haben«, stimmte sie ihm zu, da ihr keine andere Erklärung einfiel. »Du rufst jetzt bei der Polizei an und verlangst eine Erklärung.«

Martini schaffte es endlich bis ins Wohnzimmer, wo er zum Telefon ging und die Nummer wählte. »Ja, hier ist Loris Martini, ich möchte mit dem Kommissar verbunden werden, mit dem ich neulich gesprochen habe, ich glaube, er heißt Borghi.«

Während er darauf wartete, dass man ihn durchstellte, blickte er zu seiner Frau und seiner Tochter hinüber. Sie wirkten verstört, verängstigt. Es schmerzte ihn, sie so zu sehen. Doch das Schlimmste war, dass die Umarmung, in die sie sich geflüchtet hatten, ihn nicht miteinbezog, als hätten sie sich schon von ihm distanziert.

Es vergingen ein paar Minuten, dann meldete sich eine Stimme. »Ja, hier Borghi?«

»Können Sie mir sagen, was das soll? Warum wird mein Auto ständig im Fernsehen gezeigt?« Martini war jetzt außer sich.

»Es tut mir leid, Herr Martini«, sagte der Kommissar tonlos. »Es sind Informationen durchgesickert. Das hätte nicht passieren dürfen.«

»Informationen durchgesickert? Wird mir denn etwas vorgeworfen?«

Am anderen Ende entstand ein kurzes Schweigen. Dann: »Ich kann Ihnen im Moment nicht mehr sagen. Wir rufen Sie wieder an, aber ich rate Ihnen, sich einen Anwalt zu nehmen. Guten Abend.«

Borghi hatte aufgelegt. Martini stand noch mit dem Hörer am Ohr da, ratlos, was er tun sollte, während Clea und Monica ihn mit Blicken um eine Antwort anflehten.

In diesem Moment erhellte ein Blitz das Zimmer.

Es war keine Einbildung, denn sie sahen sich alle drei verständnislos um. Der Lichtschein zuckte erneut auf und nach ein paar Sekunden wieder. Wie bei einem Gewitter, nur dass auf keinen der Blitze ein Donner folgte.

Martini ging zum Fenster und sah hinaus, seine Frau stellte sich hinter ihn.

Ein paar Gestalten, schattendunkel, huschten ums Haus und gaben hin und wieder ein Blitzen von sich. Sie wirkten wie Marsianer, neugierig und bedrohlich.

Fotoreporter.

6. JANUAR.

VIERZEHN TAGE NACH DEM VERSCHWINDEN.

Schon in der Nacht hatten einige Fernsehreporter samt Ü-Wagen die Straße vorm Haus der Martinis in Beschlag genommen. Die Ersten hatten sich die beste Position gesichert und machten rund um die Uhr Aufnahmen von dem ruhigen kleinen Haus, die immer wieder in den Nachrichten gezeigt wurden.

Neben den Fernsehtrupps, den Fotografen und Zeitungsreportern drängten sich Gruppen von Schaulustigen hinter der Absperrung, die von der örtlichen Polizei zur Schaffung einer Sicherheitszone errichtet worden war. Diese Maßnahme würde allerdings weder ihn noch seine Familie schützen, falls die Menge darauf aus war, kurzen Prozess zu machen, dachte Martini, als er gegen neun Uhr morgens aus dem Fenster spähte.

Es war eine schwere Nacht gewesen, niemand von ihnen hatte ein Auge zugetan. Monica war kurz vor dem Morgengrauen weinend zusammengebrochen, und Clea hatte sich in ein leidvolles Schweigen zurückgezogen. Martini konnte das alles nicht mehr aushalten, er musste etwas tun. »Borghi hat gesagt, dass sie sich melden, aber ich denke nicht daran, noch länger zu warten«, verkündete er seiner Frau. »Ich habe mir nichts zuschulden kommen lassen, und sie haben nichts vorliegen, das das Gegenteil beweisen würde, sonst hätten sie mich schon festgenommen, meinst du nicht?«

Clea dachte über das Argument nach und schien wieder ein wenig Mut zu fassen. »Ja, du musst zur Polizei gehen und deine Position klären.«

Martini rasierte sich und zog seinen besten Anzug und sogar eine Krawatte an, um sich als das zu präsentieren, was er für alle, die ihn kannten, von jeher gewesen war: ein anständiger Mensch. Als er zur Tür hinaustrat, wurde er von einem neuen Blitzlichtgewitter getroffen. Er schirmte sein Gesicht mit einer Hand ab, um nicht geblendet zu werden, und ging auf den Geländewagen zu, überlegte es sich dann jedoch anders. Nach dieser Videogeschichte war es nicht gut, weiter mit dem Fahrzeug in Verbindung gebracht zu werden, und außerdem wäre es schwierig, bei dieser Belagerung aus der Einfahrt herauszufahren. Also beschloss er, zu Fuß zu gehen.

Einer der anwesenden Polizisten sah ihn und rief: »Herr Martini, vielleicht sollten Sie besser wieder ins Haus gehen.« Es war keine Anordnung, er riet ihm nur, sich nicht in die Menge und in Gefahr zu begeben.

Martini hörte nicht auf ihn, sondern stieg über die Absperrung hinweg. Sogleich bestürmten ihn Kameraleute und mit Mikrofonen bewaffnete Reporter.

»Warum ist Ihr Auto immer in der Nähe des Mädchens zu sehen?«

»Kannten Sie Anna Lou gut? Haben Sie ihr nachgestellt?«

»Hat die Polizei Sie schon zur Vernehmung vorgeladen?«

»Lebt das Mädchen noch?«

Martini schwieg und versuchte, stur weiterzugehen, aber sie versperrten ihm den Weg. Derweil begann es, unter den Neugierigen zu rumoren. Er verstand die Beschimpfungen nicht richtig, die auf ihn losgelassen wurden, aber in seiner näheren Umgebung sah er mehrere aufgebrachte Gesichter. Noch blieben sie auf Distanz, obwohl ihre Absichten nur allzu deutlich waren. Als jemand den ersten Gegenstand nach ihm warf, erkannte er nicht einmal, was es war, sondern hörte nur einen dumpfen Aufschlag hinter sich auf dem Pflaster. Gleich darauf ahmten andere den in der Masse verborgenen Angreifer nach, und es flogen weitere Dinge, darunter Bierdosen und Geldmünzen. Die Reporter wichen aus Angst, getroffen zu werden, ein paar Schritte zurück, sodass ein freier Raum um ihn herum entstand, der ihn zu einer leichten Zielscheibe machte.

Martini hob schützend die Arme über den Kopf, was aber wenig nützte. Die Polizeibeamten schafften es nicht, die wütende Menge im Zaum zu halten. Auf einmal hörte er Reifenquietschen. Er hatte sich unter dem Geschosshagel geduckt und richtete sich gerade so weit auf, um einen Mercedes mit dunkel getönten Scheiben zu erblicken, der wenige Meter vor ihm am Straßenrand hielt. Die hintere Tür ging auf, und ein Mann in einem eleganten Nadelstreifenanzug reichte ihm die Hand. »Schnell!«, rief er.

Martini blieb nichts anderes übrig, als die Einladung des Unbekannten anzunehmen. Er stieg ein, und der Wagen brauste los, ihn dem sicheren Lynchmord entreißend.

Als Erstes reichte der gut gekleidete Mann ihm eine Schachtel Papiertaschentücher. »Hier, machen Sie sich sauber, Herr Martini.« Dann wandte er sich an seinen Chauffeur. »Bring uns irgendwohin, wo wir in Ruhe reden können.«

Martini stellte fest, dass er mit einer gelblichen Paste beschmutzt war, die nach Senf aussah und auch so roch.

»Sie hätten dem Mob nicht einfach so entgegentreten dürfen. Das provoziert ihn nur, begreifen Sie das nicht?«

»Was hätte ich denn sonst tun sollen?«, fragte Loris erzürnt.

»Sich an mich wenden zum Beispiel.« Der Mann lachte und gab ihm die Hand. »Giorgio Levi, Rechtsanwalt.«

Martini beäugte ihn misstrauisch. »Sie sind nicht von hier.«

Er lachte wieder. »Nein, gewiss nicht.« Sein Lachen klang

volltönend und offen. »Verdächtigungen breiten sich innerhalb einer Gemeinschaft mit der gleichen Dynamik aus wie eine Epidemie, wussten Sie das? Es gehört nicht viel dazu, und die Ansteckung ist unaufhaltsam. Die Leute wollen keine Gerechtigkeit, sie wollen nur einen Schuldigen. Um der Angst einen Namen zu geben, um sich sicher zu fühlen. Um sich weiter der Illusion hingeben zu können, dass alles unter Kontrolle ist, dass es immer eine Lösung gibt.«

»Dann sollte ich vielleicht die Medien und die Polizei verklagen«, echauffierte sich Martini.

»Dazu würde ich Ihnen nicht raten«, sagte der Anwalt ernst.

»Was kann ich dann tun?«

»Nichts«, lautete die nüchterne Antwort.

»Sie meinen, ich soll tatenlos zusehen, wie die mich vernichten?«, fragte Martini empört.

»Das ist ein Krieg, den man nicht gewinnen kann, also hat es keinen Zweck, ihn zu führen. Je eher Ihnen das klar wird, desto besser. Vielmehr sollten wir uns auf Ihr Image als aufrechter Bürger, als guter Ehemann und Familienvater konzentrieren.«

»Aber im Fernsehen sagen sie, ich hätte das Mädchen verfolgt, fast einen Monat lang, bevor es verschwand. Das ist doch absurd!«

»Nicht Sie sind ihr gefolgt, sondern Ihr Auto«, präzisierte der Anwalt. »Achten Sie von jetzt an genau darauf, was Sie sagen, Herr Martini. Auf den Videos ist immer nur Ihr Geländewagen zu sehen. Die Person hinter dem Steuer ist nicht auszumachen.«

»Die Journalisten behaupten, einer von meinen Schülern hätte die Aufnahmen gemacht.«

»Er heißt Mattia«, eröffnete ihm Levi.

Martini sah ihn verblüfft an.

»Gehen wir mal davon aus, dass diese Bilder nur auf einem seltsamen Zufall beruhen«, fuhr der Anwalt fort. »Sie und Anna Lou wohnen im selben Ort, das ist durchaus plausibel. Aber es gibt da noch etwas anderes, vor dem ich Sie warnen muss …«

Der Mercedes hielt an. Durchs Fenster erkannte Martini den kleinen Platz hinter dem Friedhof, zu dem die Jugendlichen gern fuhren, um Sex zu haben oder Marihuana zu rauchen.

»Der Kriminalbeamte, der hinter Ihnen her ist, heißt Vogel.« Er sprach den Namen mit einem besorgten Unterton aus. »Ich würde ihn nicht gerade als erstklassigen Ermittler oder gar Spürhund bezeichnen. Er hat keine große kriminologische Befähigung, und Dinge wie kriminaltechnische Beweismittel, DNA und so weiter, interessieren ihn nicht. Er ist einer, der sich der Medien bedient, um ans Ziel zu gelangen.«

»Verstehe ich nicht …«

»Vogel weiß, dass die Videos in seinem Besitz keinen Beweis darstellen. Obendrein sind sie von einem Jungen gedreht worden, der von Anna Lou besessen ist, bereits durch aggressives Verhalten auffällig wurde, Psychopharmaka nimmt und beim hiesigen Psychiater, einem gewissen Doktor Flores, in Behandlung ist. Kurzum, eine unzuverlässigere Quelle als diesen Mattia kann man sich kaum vorstellen. Rein juristisch nützt er Vogel gar nichts. Nur aus diesem Grund sind Sie noch frei, Herr Martini.«

»Hat er keine Angst, ich könnte türmen?«

Levi lachte wieder. »Wo sollten Sie denn hin? Sie waren in den überregionalen Nachrichten. Das ganze Land kennt inzwischen Ihr Gesicht.«

Martini nahm sein Gegenüber näher in Augenschein. Levi war älter als er selbst, hatte aber die Ausstrahlung eines jüngeren Mannes. Vielleicht lag es an seinen vollen Haaren, die noch ihre ursprüngliche Farbe hatten. Auf Frauen wirkte er bestimmt attraktiv. Er roch nach einem teuren Eau de Cologne, und seine ruhige, selbstgewisse Art war vertrauenerweckend. »Und Sie, was wollen Sie hier?«

»Ich bin hier, um Sie zu verteidigen, was sonst!«, antwortete der Anwalt lächelnd.

»Und was würde mich das kosten, Sie zu engagieren?«

»Keinen Cent«, antwortete Levi und warf die Arme hoch. »Ich werde mich mit der Werbung schadlos halten, die der Fall für mich bedeutet. Aber es wird natürlich andere Ausgaben geben.« Er begann, sie an den Fingern abzuzählen. »Zum Beispiel für einen Privatdetektiv, der parallele Ermittlungen zu denen der Polizei durchführt. Dann, falls es zum Prozess kommt, für Gutachter, diverse Sachverständige, jemanden, der zusätzliche Recherchen auf juristischem Gebiet anstellt.«

Martini versuchte vergeblich, die anfallenden Kosten zu überschlagen. »Ich muss zuerst mit meiner Frau darüber sprechen.«

»Selbstverständlich.« Der Anwalt griff in die lederne Aktentasche zu seinen Füßen und zog eine weiße Schachtel heraus. Es war ein brandneues Mobiltelefon, noch originalverpackt. »Verwenden Sie das hier, um mich zu kontaktieren, denn es ist anzunehmen, dass Sie polizeilich abgehört werden. Und gehen Sie nicht aus dem Haus, wenn Sie sich nicht sicher fortbewegen können.«

Vogel rückte die neue Kaschmirkrawatte vor dem Spiegel in seinem Hotelzimmer zurecht. Er hatte sie kurz vor der Abreise nach Avechot gekauft und sich schon darauf gefreut, sie zu tragen – und auch auf die Gelegenheit, zu der er sie tragen würde.

Unten wartete eine kleine Schar von Reportern auf ihn, und es gefiel ihm, sie warten zu lassen. Schließlich hatten sie ihm in den letzten Monaten ganz schön zugesetzt.

Beim Fall des Verstümmlers hatte er versagt, das musste er zugeben, aber so etwas würde nicht wieder vorkommen. Er hatte bitter für seine Fehler bezahlt, aber jetzt war er wieder obenauf, und diese Arschlöcher krochen wie eh und je zu seinen Füßen und hofften darauf, dass er ihnen das eine oder andere Informationsbröckchen zuwarf, mit dem sie ihren unersättlichen Appetit vorübergehend stillen konnten.

Seine Reputation war wiederhergestellt und jetzt war er nur einen Schritt davon entfernt, seine frühere Macht zurückzugewinnen. Deshalb musste er mit Bedacht vorgehen.

Stella hatte Mattias Videos klug ausgeschlachtet, die Montage mit dem Zoom auf den Geländewagen des Lehrers war ein medienwirksames Meisterstück gewesen. Darüber hinaus hatte sich der junge Kollege Borghi als eine wertvolle Stütze erwiesen, was Vogel nie erwartet hätte. Vielleicht hatte der Junge tatsächlich eine Zukunft, er würde ihn bei den nächsten Fällen wieder mitnehmen. Ein Problem stellte allerdings die Mayer dar, diese besserwisserische Schlampe. Es gab nichts Schlimmeres als eine übermotivierte, idealistische Staatsanwältin. Doch er würde sie schon handzahm machen, dazu brauchte er nur ihr Ego ein wenig zu streicheln, sie die köstliche Hitze des Scheinwerferlichts spüren lassen. Dem konnte niemand widerstehen, selbst um den Preis, sich zu verbrennen.

Bei dem Verstümmler war er selbst dieses Risiko eingegangen, aber das Schlimmste war nun vorbei.

Es klopfte an der Tür. »Herr Vogel, Sie müssen runterkommen, die lassen sich nicht länger hinhalten«, sagte Borghi.

Kurz darauf präsentierte sich der Sonderermittler einer lärmenden, wissbegierigen Versammlung im Frühstücksraum des

Hotels. Alle Stühle waren besetzt, zahlreiche weitere Presseleute mussten stehen. Im hinteren Teil des Raums ragten die Stative mit den Fernsehkameras auf.

»Leider habe ich Ihnen nicht viel zu sagen«, begann er vor einem Wald aus Mikrofonen. »Wir werden nur wenige Minuten brauchen, denke ich.« Irgendwer protestierte, aber Vogel war viel zu erfahren, um sich in ein ungeordnetes Kollektivinterview hineinziehen zu lassen. Er würde nur das von sich geben, was ihm passte.

»Warum haben Sie den Lehrer Martini noch nicht festgenommen?«, fragte ein Printreporter, dem er das Wort erteilt hatte.

»Weil wir ihm den gleichen Schutz des Gesetzes zusichern wie jedermann. Bis jetzt besteht lediglich ein Verdacht gegen ihn.«

»Haben Sie außer dem weißen Geländewagen noch andere Hinweise gefunden, die ihn mit Anna Lou Kastner in Verbindung bringen?«, erkundigte sich eine Korrespondentin in einem hellblauen Kostüm.

»Das sind ermittlungsrelevante und daher vertrauliche Informationen«, antwortete Vogel knapp. Das war einer seiner Lieblingssätze, keine Bestätigung, aber auch kein Dementi. Sollten alle ruhig denken, dass die Polizei noch ein Ass im Ärmel hatte.

»Wir wissen, dass Herr Martini erst vor Kurzem mit seiner Familie hier ins Tal gezogen ist.« Diesmal hatte sich Stella Honer zu Wort gemeldet. »Seine Frau hat ihre Anstellung als Rechtsanwältin aufgegeben und ist ihrem Mann nach Avechot gefolgt. Denken Sie, die Martinis sind möglicherweise vor etwas geflohen?«

Vogel freute sich über die Frage. Stella war immer gut darin, die ungewöhnlichen Aspekte einer Geschichte herauszupicken. »Wir durchleuchten natürlich auch die Vergangenheit des Verdächtigen, aber bisher kann ich Ihnen nur sagen, dass er ein untadeliger Mann zu sein scheint.« Diese Inschutznahme Martinis war wohlkalkuliert und diente dazu, die Empörung der Öffentlichkeit anzustacheln, die ihre Entscheidung längst getroffen hatte und nicht gern eines Besseren belehrt wurde. »So, das wäre alles für heute.«

»Warum haben Sie uns überhaupt hierherbestellt?«, beklagte sich jemand.

»Um Sie zu warnen«, antwortete Vogel entschieden. »Wir können Sie nicht daran hindern, Nachrichten zu verbreiten, aber Sie sollten wissen, dass jede Information, die ohne Zustimmung der Polizei herausgegeben wird, den Ermittlungen und damit der jungen Anna Lou Kastner schaden kann. Der Umstand, dass sie nicht hier vor uns steht, bedeutet nicht, dass wir sie einfach außer Acht lassen dürfen.« Den letzten Satz sprach er bewusst in die auf ihn gerichteten Kameras. Danach trat er von den Mikrofonen zurück und strebte dem Ausgang zu, verfolgt von weiteren Fragen, die er überhörte. Sein Handy vibrierte in seiner Jackentasche. Er holte es heraus und las die SMS auf dem Bildschirm:

»Ich muss mit Ihnen reden. Rufen Sie mich unter dieser Nummer an.«

Bestimmt noch so ein Reporter auf der Suche nach einer Exklusivstory. Achselzuckend löschte er die Nachricht.

»Eigentlich hatten wir nie viel mit ihnen zu tun. Die Frau und die Tochter schienen ganz nett zu sein, aber er hat mir nie so richtig gefallen.« Odevis' Gesicht sprengte fast den kleinen Bildschirm in der Küche der Martinis. »Wenn ich ehrlich sein soll, ist mir hin und wieder auch ein, hm, sagen wir, seltsames

Verhalten an ihm aufgefallen. Zum Beispiel sind wir uns an dem Morgen, an dem die arme Anna Lou verschwand, zufällig begegnet, als er gerade aus dem Haus ging. Ich habe ihn gegrüßt, aber er hat mich nicht mal angesehen. Er hat einen Rucksack in den Kofferraum seiner Rostlaube von Geländewagen geladen und … Ja, er hatte es sehr eilig, also, so wie einer, der was zu verbergen hat.«

Als er dieses unglaublich verlogene Gerede seines Nachbarn hörte, war Martini versucht, die Faust in einen der Hängeschränke zu rammen, bremste sich aber gerade noch, da es die verbundene Hand war.

Clea, die am Küchentisch saß, schaltete den Fernseher aus. »Diese üble Wunde ist immer noch nicht verheilt, ich habe dir gleich gesagt, dass du damit zum Arzt gehen sollst«, sagte sie mit resignierter Ruhe.

Martini kochte immer noch vor Wut. »Dieses Arschloch.«

»Was hast du denn erwartet?«

Er bemühte sich um Selbstbeherrschung und setzte sich zu seiner Frau. Es war nach elf Uhr abends, und im Haus war es still. Der Küchentisch, der nur von der Deckenlampe beleuchtet wurde, wirkte wie eine Zuflucht aus Licht inmitten der Dunkelheit. Vor dem Ehepaar lagen Rechnungen und Quittungen, daneben eine Kopie der letzten Einkommensteuererklärung. Clea hatte die Zahlen schon mindestens zehnmal in den Taschenrechner eingegeben, aber das Ergebnis war immer dasselbe.

»Wir haben nicht genug Geld für die von Levi veranschlagten Ausgaben«, musste Martini niedergeschlagen feststellen.

»Dann werden wir eben die Mietzahlungen eine Zeit lang aussetzen.«

»Ja, klar, und wo sollen wir wohnen, wenn man uns vor die Tür setzt?«

»Darüber machen wir uns Gedanken, wenn es so weit ist. In der Zwischenzeit könnte ich meine Eltern bitten, uns was zu leihen.«

Martini schüttelte den Kopf über die surreale Situation, in der sie sich befanden und in der sich alles zu überstürzen schien. »Wir müssen ohne Levi auskommen, es gibt keine andere Möglichkeit.«

»Unsere Lebensmittelvorräte sind fast aufgebraucht.«

»Was hat das damit zu tun?«

»Ich bin heute zum Supermarkt gegangen, um einzukaufen. Jemand hat mich erkannt, und da habe ich Angst bekommen und bin wieder gegangen, ohne etwas zu kaufen.« Als sie neue Wut im Gesicht ihres Mannes aufflammen sah, nahm Clea seine Hand. Sie sprach gedämpft weiter und klang bedrückt. »Monica ist im Internet gemobbt worden. Sie war gezwungen, ihr Facebookprofil zu löschen.«

»Das sind nur Schwachköpfe und Frustrierte, die sich wichtigmachen wollen.«

»Ja, ich weiß, aber in ein paar Tagen fängt die Schule wieder an.«

Sie hatte recht, daran hatte er bei dem ganzen Durcheinander noch gar nicht gedacht.

»Du darfst nicht zulassen, dass sie einfach so den Stab über dich brechen, nicht, ohne dich zu wehren. Jede Anschuldigung gegen dich fällt auch auf uns zurück.«

Martini atmete tief durch. »Also gut, ich sage Levi, dass er weitermachen soll.«

Es läutete an der Haustür. Das Ehepaar sah sich an und fragte sich schweigend, wer das um diese Zeit sein konnte. Dann stand Loris auf und öffnete.

»Guten Abend, Herr Martini«, sagte Borghi. Hinter ihm waren mindestens fünf Streifenwagen mit eingeschaltetem

Blaulicht zu sehen, dazu ein Kleinbus der Polizei und ein Abschleppwagen. Ein gefundenes Fressen für die Medien. Kameraleute und Fotografen hielten die Szene fest. »Ich habe hier einen Durchsuchungsbeschluss und die Anordnung einer Beschlagnahme.« Borghi hielt ihm die Dokumente hin.

Clea kam hinzu und erstarrte, als sie das Polizeiaufgebot vorm Haus sah.

»Wir müssen auch Ihre Fingerabdrücke abnehmen und einen DNA-Abstrich machen«, fuhr der Kriminalbeamte fort. »Sind Sie damit einverstanden, das hier zu erledigen, oder möchten Sie, dass wir uns dazu in eine polizeiliche Dienststelle begeben?«

Martini war wie vor den Kopf geschlagen. »Nein, schon gut, wir können es hier machen.«

Borghi drehte sich zu den wartenden uniformierten Polizisten um und machte ihnen ein Zeichen, ins Haus zu kommen.

Der Lehrer saß mitten in seinem Wohnzimmer, während drei Techniker vom Erkennungsdienst in weißen Kitteln und Latexhandschuhen sich an ihm zu schaffen machten. Einer nahm mit einem Wattestäbchen eine Speichelprobe, ein anderer schabte auf der Suche nach organischen Spuren unter den Fingernägeln seiner rechten Hand herum. Der dritte widmete sich seiner linken Hand. Er wickelte den Verband ab und nahm anschließend eine Gewebeprobe von der noch nicht verheilten Wunde. Schließlich fotografierte er den Schnitt mit einer speziellen Spiegelreflexkamera für extreme Nahaufnahmen.

Martini ließ das alles wie betäubt über sich ergehen.

Ringsherum durchwühlten Polizeibeamte seine Sachen, die Andenken eines Lebens. Es herrschte ein ständiges Kommen und Gehen, bei dem durchsichtige Plastiktüten mit den verschiedensten Gegenständen herausgetragen wurden: Küchenmesser, Schuhe, sogar Gartengeräte. In der Einfahrt des Hauses wurde der Geländewagen auf das Abschleppfahrzeug geladen, unter den aufmerksamen Blicken der gesamten Nachbarschaft, die von dem ungewohnten Getümmel in der Straße geweckt worden war. Die Leute trugen Winterjacken über ihren Schlafanzügen und kommentierten die Szene mit abfälligen Mienen.

Aus einer Ecke des Wohnzimmers verfolgte Clea das Geschehen und hielt dabei ihre Tochter in den Armen, die sie aus dem Bett hatte holen müssen. Beide sahen sie sehr verstört aus, und Martini fühlte sich wieder einmal schuldig.

9. JANUAR.

SIEBZEHN TAGE NACH DEM VERSCHWINDEN.

Man hatte den besten verfügbaren Spurensicherungsfachmann der Region zur Untersuchung von Martinis Auto hinzugezogen.

Es handelte sich um einen kleinen Mann mittleren Alters von merkwürdigem Aussehen. Obwohl er fast kahl war, hatte er seine noch vorhandenen Haare lang wachsen lassen und zu einem Pferdeschwanz zusammengebunden. Außerdem war jedes Stückchen Haut, das aus seinem weißen Overall herausragte, tätowiert. Er hieß Kropp.

»Wir haben alle infrage kommenden Tests durchgeführt, deshalb hat es ein bisschen gedauert«, rechtfertigte er sich nun vor Vogel und Mayer.

Die Polizei hatte eine Autowerkstatt in Avechot angemietet, damit das Team von der Kriminaltechnik unter den besten Bedingungen arbeiten konnte. Der Werkstattraum war vollkommen mit Plastikplanen abgehängt, der Boden mit Wachstuch abgedeckt und das Auto auf eine Hebebühne gestellt worden. Die Techniker setzten ihre Arbeit während der Besprechung fort und nahmen den Geländewagen Stück für Stück auseinander. Die Einzelteile wurden zu verschiedenen Gruppen angeordnet und mit hoch entwickelten Apparaturen durchleuchtet.

»Also, gibt es nun etwas Neues oder nicht?«, fragte Vogel ungeduldig.

Kropp schien es nicht eilig zu haben und erstattete mit schönstem Phlegma Bericht. »Das erste Ergebnis ist, dass das

Fahrzeug vor Kurzem gereinigt wurde, allerdings nur von innen.«

Das hörte der Sonderermittler schon mal gern.

»Es gibt Rückstände von Reinigungs- und Lösungsmitteln, woraus man schließen könnte, dass jemand Spuren beseitigen wollte«, fuhr der Experte fort.

»Außerdem, warum sollte jemand nur den Innenraum sauber machen? Es sei denn, er hat etwas zu vertuschen«, kommentierte Vogel, an Mayer gewandt.

»Blut oder andere Körperflüssigkeiten?«, fragte die Staatsanwältin, die sich offenbar nicht mit dem Resultat zufriedengeben wollte.

Kropp schüttelte den Kopf, und der Pferdeschwanz zwischen seinen Schultern wedelte.

»Kurzum, es gibt keinerlei Beweise dafür, dass Anna Lou in dieses Auto eingestiegen ist«, stellte die Mayer fest.

»Hatten Sie wirklich gehofft, dass wir Blut finden?«, spottete Vogel.

»DNA«, korrigierte ihn die Staatsanwältin. »Ich hatte erwartet, dass DNA-Spuren des Mädchens nachzuweisen wären.«

Vogel hätte sie am liebsten gefragt, woher sie diese beharrliche Naivität nahm. War das ihr Ernst oder wollte sie ihn nur auf die Palme bringen?

»Verstehen Sie nicht, dass es eine gute Nachricht ist, wenn nichts gefunden wurde?«, setzte er neu an.

»Und inwiefern, bitte schön?«

»Indizien sind nicht immer mit Händen greifbar. Die Leere, zum Beispiel, ist auch ein Indiz – sie bedeutet, dass es in diesem Innenraum einmal etwas gab, das jetzt nicht mehr da ist. Die Frage an Herrn Martini sollte daher lauten, was ihn dazu bewogen hat, nur das Innere seines Wagens zu reinigen.«

»Dieses Indiz, wie Sie es nennen, Herr Sonderermittler, beruht lediglich auf einer Vermutung, nicht auf Tatsachen. Es gibt genug vernünftige Gründe, aus denen jemand im Winter beschließen kann, die Karosserie seines Wagens nicht zu waschen, besonders wenn diese Person in den Bergen lebt und oft Fahrten in die Umgebung macht. Schlamm, Schneematsch, Regen – das Fahrzeug wäre innerhalb weniger Tage wieder schmutzig. Dagegen ist es sinnvoller, den Innenraum sauber zu halten, in dem sich schließlich Personen aufhalten.«

Die Mayer setzte wirklich alles daran, ihm auf die Nerven zu gehen, aber Vogel musste ihre Hartnäckigkeit bewundern. Was er nicht verstand, war, warum sie es ständig darauf anlegte, klare Anhaltspunkte zu zerpflücken, da das letztlich doch ihren eigenen Interessen zuwiderlief. Sie hatten nicht mehr vorzuweisen als diesen mickrigen Lehrer als Verdächtigen. Die Untersuchung hatte den Steuerzahler schon viel Geld gekostet, und bald würde man von der Staatsanwältin Rechenschaft über die ausgegebenen Mittel verlangen.

»Der Mechanismus, den wir in Gang gesetzt haben, wird zwangsläufig zu Ergebnissen führen«, versuchte er, ihr ruhig zu erklären. »Wir sind bei diesem Stand der Ermittlungen verpflichtet, Material für eine Anklageerhebung vor Gericht zusammenzustellen, das müssten auch Sie inzwischen einsehen. Unsere Aufgabe ist es nicht, Beweise und Indizien zu beurteilen, sondern sie einem Richter vorzulegen.«

»Richtig, unsere Aufgabe ist es nicht, Beweise zu beurteilen, sondern sie zu *finden*«, erwiderte Mayer. »Wie gesagt, wir brauchen DNA.«

Kropp, der ihrer Debatte bis dahin ziemlich gleichgültig zugehört hatte, mischte sich nun wieder ein. »Wir haben übrigens auch DNA gefunden.«

Die beiden starrten ihn an.

»Ist aber ein bisschen merkwürdig«, fuhr Kropp fort. »Es ist die DNA einer Katze. Genauer gesagt, *Katzenhaare.*«

»Katzenhaare?«, wiederholte Vogel.

»Von einem gefleckten Exemplar, rot und braun. Wir haben welche auf den Sitzen und Fußmatten gefunden.«

»Die Martinis haben keine Katze«, sagte Mayer.

Aber Anna Lou liebte Katzen, wollte Vogel einwerfen, unterließ es jedoch, weil Borghi am Eingang der Werkstatt aufgetaucht war. Er telefonierte und suchte seinen Blick. Irgendetwas war da los.

»Entschuldigen Sie mich«, sagte Vogel und ging zu ihm.

Borghi beendete sein Gespräch. »Wir haben ein Problem«, sagte er leise.

Anna Lous Mutter, barfuß und im Nachthemd, war dabei, die Karten und verwelkten Blumen von den Bergen von Katzenfiguren vor ihrem Haus einzusammeln. Die Wallfahrten hatten aufgehört, sobald sich die Nachricht verbreitet hatte, dass es einen Verdächtigen gab. Anstelle des Mitgefühls war eine morbide Neugier getreten, und niemand interessierte sich mehr wirklich für das Schicksal des vermissten Mädchens. Nicht einmal die Medien, die dieses Set längst verlassen hatten. Als Vogel und Borghi mit ihrer Dienstlimousine dort ankamen, waren nur noch ein paar Fotografen da, die das Tun der Mutter erbarmungslos ablichteten.

»Schicken Sie sie weg«, befahl der Sonderermittler seinem Untergebenen und ging auf die Frau zu. »Frau Kastner, ich bin Kommissar Vogel, erinnern Sie sich?«

Sie drehte sich um und sah ihn verstört an. Ein feiner Regen fiel, der ihr Nachthemd bereits durchweicht hatte und auf unschickliche Weise ihre Körperkonturen darunter abzeichnete.

Vogel zog seinen Mantel aus und legte ihn ihr um. »Es ist kalt hier draußen, gehen wir doch ins Haus.«

»Ich muss hier erst noch fertig aufräumen«, sagte die Frau, als sei das die wichtigste Aufgabe der Welt.

Vogel zeigte ihr das Perlenarmband von Anna Lou, das sie ihm bei seinem ersten Besuch am Weihnachtstag über die Hand gestreift hatte. »Erinnern Sie sich an das Versprechen, das Sie mir abgenommen haben? Nun, es gibt Neuigkeiten ... Aber wir sollten drinnen darüber sprechen, einverstanden?«

Maria Kastner schien zu überlegen. »Dieser Mann, dieser Lehrer ... Denken Sie wirklich, dass er es war? Ich meine, er sieht gar nicht so aus. Und wenn er Anna Lou gefangen halten würde, müssten Sie doch schon herausgefunden haben, wo mein Mädchen ist, oder?«

Vogel suchte nach einer Antwort. »Wir überwachen ihn ständig«, versicherte er ihr.

»Aber die Tage vergehen, und Anna Lou hat bestimmt Hunger. Wenn dieser Mann ständig überwacht wird, wer soll ihr dann etwas zu essen bringen?«

Zum ersten Mal in seiner Laufbahn, oder überhaupt in seinem Leben, war Vogel sprachlos. Zum Glück kam in diesem Moment Bruno Kastner herbei, der darüber benachrichtigt worden war, was sich vor seinem Haus abspielte. »Entschuldigen Sie, ich war auf der Arbeit«, sagte er, bevor er seine Frau unterhakte und zur Haustür führte. »Das sind die Schlafmittel, die ihr der Psychiater verschrieben hat.«

»Herr Kastner, es wäre wichtig für mich, dass Ihre Frau bei klarem Verstand ist. Vielleicht sollte die Dosis herabgesetzt werden.« Vogel befürchtete, dass die Medien den verwirrten Zustand der Frau ausnutzen könnten, um ihr irgendwelche haltlosen Behauptungen in den Mund zu legen.

»Ich rede mit Doktor Flores darüber«, versprach Bruno Kastner, der dem Ermittler schon den Rücken zugewandt hatte.

Vogel sah dem Mann nach, der sich so zärtlich um seine Frau kümmerte. Dann blickte er wieder auf das Perlenarmband um sein Handgelenk.

Stella Honer schaute sich im Wohnzimmer eines bescheidenen, aber ordentlichen Hauses um. Das Sofa, auf dem sie saß, war mit einem zerknitterten Überwurf bedeckt, entweder, um eine zerschlissene Polsterung darunter zu verbergen, oder, um dieselbe vor Abnutzung zu schützen. Die Journalistin war wie immer tadellos gekleidet, graues Kostüm mit einem locker um den Hals geknoteten roten Seidenschal. In der Hand hielt sie ein Mikrofon.

Die Fernsehkamera erweiterte die Einstellung, sodass nun auch die Person, die in diesem Haus wohnte und neben ihr saß, ins Bild kam.

Priscilla trug nicht ihre gewohnte Revoluzzer-Aufmachung, sondern wirkte geradezu brav in ihrer gebügelten Jeans ohne Risse und einer weißen Bluse. Die drei Stecker im Ohr waren verschwunden, ebenso das schwarze Kajal, das ihren Blick härter machte. Sie war völlig ungeschminkt und sah aus wie ein kleines Mädchen. In den Händen zerknüllte sie ein Taschentuch.

»Also, Priscilla, kannst du uns erzählen, was du erlebt hast?«, fragte die Journalistin sanft.

Das Mädchen nickte, wie um sich Mut zu machen. »Ich war bei der Mahnwache vor dem Haus der Kastners und hatte eine Stoffkatze für Anna Lou dabei. Ein paar Freunde waren mitgekommen, wir waren alle total erschüttert über ihr Verschwinden. Auf einmal kriege ich eine SMS … von Herrn

Martini, meinem Lehrer.« Sie unterbrach sich, als fiele es ihr schwer weiterzusprechen.

Stella Honer half ihr auf die Sprünge. »Warum hat dich das so überrascht?«

»Ich … ich habe immer viel von Herrn Martini gehalten, er war ein guter Lehrer, fand ich … aber nach dem, was passiert ist …«

Diesmal ließ Stella Honer das Schweigen andauern, damit die Worte des Mädchens ihre Wirkung auf die Zuschauer taten. Sie war gut darin, Spannung zu erzeugen. »Und was stand in der Nachricht?«

Wie vor Beginn der Livesendung angewiesen, zog Priscilla an dieser Stelle ihr Handy aus der Jeanstasche und las mit zitternder Hand und ebenso zitternder Stimme den Text. »Hast du Lust, morgen Nachmittag zu mir nach Hause zu kommen?«

Wieder eine von Honer inszenierte Pause, diesmal, weil sie eine Träne im linken Augenwinkel des Mädchens gesehen hatte und nicht wollte, dass sie weinte. *Noch nicht.* Um ihr Zeit zu geben, sich wieder zu fangen, nahm sie ihr sachte das Handy ab und hielt es in die Kamera. »Uns Fernsehleuten wird ja oft vorgeworfen, wir würden nur Halbwahrheiten erzählen oder Informationen zurechtbiegen. Doch das hier ist keine journalistische Erfindung, sehen Sie selbst.« Sie ließ genug Zeit verstreichen, damit die Zuschauer die herangezoomte SMS auf dem Handydisplay lesen konnten, und wandte sich dann wieder an ihre Interviewpartnerin. »Was hast du gedacht, Priscilla, als du das gelesen hast?«

»Zuerst gar nichts, es war nur irgendwie ein bisschen komisch. Aber dann, als es im Fernsehen hieß, dass die Polizei den Lehrer verdächtigt, habe ich an Anna Lou gedacht und dass mit mir dasselbe hätte passieren können …«

Stella Honer nickte ernst und tätschelte Priscillas Hand. Die Geste löste die erwartete Reaktion aus: Das Mädchen begann zu weinen. Honer fragte sie nichts mehr, sondern ließ die Kamera einfach auf ihrem Gesicht verweilen.

»Das sind doch nur die Hirngespinste einer Halbwüchsigen, die unbedingt ins Fernsehen will!« Martinis Stimme klang brüchig vor Verzweiflung.

Seine Frau dagegen war vor allem wütend. »Ja, und diese *Halbwüchsige* hat dich deinen Job gekostet! Kannst du mir sagen, was wir jetzt machen sollen?«

Zwei Tage vor dem Ende der Weihnachtsferien hatte der Schuldirektor Martini angerufen, um ihm mitzuteilen, dass er von seinen Lehrverpflichtungen suspendiert war, und zwar, was ihn noch schlimmer traf, ohne Gehaltsfortzahlung.

»Wie sollen wir jetzt die Ausgaben für deine Verteidigung bestreiten? Wir stecken schon bis zum Hals in Schulden, und du spielst den Trottel bei einer Schülerin? Einem Kind?«

»Ich kenne Priscilla. Dieses schüchterne Benehmen, diese brave Aufmachung, das ist alles nur Show!«

Sonderermittler Vogel genoss dieses kleine Hörspiel bequem von seinem improvisierten Büro in der Schulturnhalle aus. Er hatte Kopfhörer auf, die Füße auf den Tisch gelegt und schaukelte mit im Schoß verschränkten Händen auf dem Schreibtischstuhl herum. Die Idee, bei der Durchsuchung das Haus der Martinis zu verwanzen, hatte bisher noch keine nennenswerten Ergebnisse gebracht, aber vielleicht würde sich das jetzt ändern. Vogel amüsierte sich über den Streit des Ehepaars, zumal er es war, der dem Schuldirektor nahegelegt hatte, den Lehrer vom Unterricht freizustellen, bevor das Fernsehinterview mit Priscilla wütende Empörung bei den Eltern auslöste.

Eine Empörung, die sich letztlich auch gegen den Schulleiter richten würde. Der Mann, ein Bürokrat ohne Rückgrat, hatte sich nur allzu leicht überzeugen lassen.

»Warum hast du ihr diese Nachricht geschickt?«, stellte die Frau ihren Mann nun direkt zur Rede.

»Sie hatte mich gebeten, ihr Schauspielunterricht zu geben. Also ehrlich, wenn ich vorgehabt hätte, sie in irgendeiner Form zu belästigen, hätte ich sie ja wohl nicht zu uns nach Hause bestellt, oder?«

Clea Martini sagte eine Weile nichts, schien zu schwanken. Als sie wieder zu hören war, sprach sie leiser, mit beinahe leidender Stimme. »Ich kenne dich schon fast mein ganzes Leben lang und weiß, dass du ein guter Mensch bist ... Aber ich weiß nicht, ob du unschuldig bist.« Das schien Bestürzung hervorzurufen, denn es folgte eine weitere kurze Pause. »Du bist intelligent genug, um den Unterschied zu verstehen – auch gute Menschen machen manchmal Fehler ... Aber da draußen begegnen mir nur noch feindselige Blicke. Ich lebe in ständiger Angst, dass jemand dir oder uns etwas antun könnte. Monica geht nicht mehr aus dem Haus, sie hat inzwischen selbst die wenigen Freunde verloren, die sie hier hatte, und sie hält den Druck nicht mehr aus.«

Vogel wusste, was jetzt kommen würde, er hatte es selbst so eingefädelt.

»Egal, ob deine Fehler groß oder klein waren – ich bleibe für den Rest meiner Tage an deiner Seite, wie ich es gelobt habe. Aber deine Tochter ist durch kein Gelöbnis gebunden, und deshalb werde ich sie jetzt von hier fortbringen.«

Vogel hätte am liebsten frohlockt, doch er beherrschte sich.

»Du meinst, fort von mir.« Das war keine Frage Martinis, sondern eine bittere Feststellung.

Seine Frau erwiderte nichts darauf. Wenig später war das Geräusch einer sich öffnenden und wieder schließenden Tür zu hören. Vogel nahm die Füße vom Tisch, beugte sich vor und drückte die Kopfhörer fest auf die Ohren, um sich besser auf die Stille konzentrieren zu können.

Martini hielt sich noch im Zimmer auf. Vogel hörte seinen Atem, tief und rhythmisch. Es war der Atem eines gehetzten Mannes, den er zwar noch nicht hinter Gitter bringen konnte, der aber bereits Gefangener seiner eigenen Existenz war.

Vogel hatte ein Vakuum um ihn herum geschaffen. Jetzt, da auch seine Frau und seine Tochter ihn verlassen, wird er zusammenbrechen, sagte er sich. Er ist am Ende.

Doch da geschah etwas Unvorhergesehenes, Verrücktes, das keinen Sinn ergab.

Der Lehrer fing an zu singen.

Er sang vor sich hin, nur halblaut, aber seine Heiterkeit stand in krassem Gegensatz zu dem, was gerade passiert war. Vogel lauschte perplex diesem verrückten Geträller. Es war ein Kinderlied, von dem er nur ein paar Worte auffing.

Es handelte von kleinen Mädchen und Kätzchen.

10. JANUAR.

ACHTZEHN TAGE NACH DEM VERSCHWINDEN.

Levi hatte ihn auf dem »sicheren« Handy angerufen und um ein Treffen gebeten. Anschließend hatte er ihm seinen Chauffeur geschickt und ihn von zu Hause abholen lassen. Die Reporter hatten sich sofort an den Mercedes geheftet, aber aufgeben müssen, als Martini ausgestiegen und durch das Gartentor eines Privathauses verschwunden war.

Der Anwalt hatte es angemietet, um für diesen Fall vor Ort zu sein.

Als Martini hereinkam, sah er sich einem unerwarteten Anblick gegenüber. Das Wohnzimmer war zu einem Großraumbüro umgewandelt worden, in dem eine kleine Schar junger Menschen konzentriert arbeitete. Einer studierte juristische Texte und Akten, ein anderer telefonierte, wieder andere besprachen Verteidigungsstrategien. Sie hatten sogar eine Schautafel mit ersten Arbeitsergebnissen aufgestellt und waren so vertieft, dass sie Martinis Anwesenheit gar nicht bemerkten.

Levi erwartete ihn in der Küche zu einem Gespräch unter vier Augen.

»Haben Sie gesehen, was ich da auf die Beine gestellt habe? Alles nur für Sie«, brüstete sich der Anwalt.

Martini dachte daran, was ihn das alles kosten würde und dass er nicht einmal mehr eine Arbeit hatte. »Ehrlich gesagt verliere ich langsam die Hoffnung.«

»Das dürfen Sie nicht«, tadelte Levi und bedeutete ihm, auf einem Stuhl Platz zu nehmen, während er selbst stehen blieb.

»Ich habe gehört, dass Ihre Frau und Ihre Tochter gestern abgereist sind.«

»Sie sind bei meinen Schwiegereltern.«

»Offen gesagt ist das besser so, glauben Sie mir. Die Stimmung hier ist sehr angespannt, und es wird noch schlimmer werden in den kommenden Wochen.«

Martini entrang sich ein bitteres Lächeln. »Und Sie haben die Kühnheit, mir zu sagen, ich soll den Mut nicht verlieren?«

»Aber ja, denn damit habe ich gerechnet.«

»Es ist dieser Vogel, nicht wahr? Er steckt hinter alledem …«

»Sicher, aber das macht ihn auch berechenbar. Er hält sich immer an das gleiche Drehbuch, dem Mann mangelt es an Fantasie.«

»Aber alle hören auf ihn.«

Der Anwalt ging zum Kühlschrank und holte eine kleine Flasche Mineralwasser heraus. Er drehte den Deckel ab und reichte sie Martini. »Sie können sich nur retten, indem Sie Nerven und Geistesgegenwart bewahren. Also, ruhig Blut, lassen Sie mich nur machen.«

»Dieser Polizist hat mein Leben zerstört.«

»Aber Sie sind unschuldig, oder?«, betonte der Anwalt.

Martini senkte den Blick auf die Wasserflasche. »Ich zweifele bald selbst daran.«

Levi lachte, obwohl es nicht witzig gemeint gewesen war. Dann legte er ihm eine Hand auf die Schulter. »Auch Vogel hat seine schwache Seite, und genau da werden wir ihn angreifen … Und es wird ihm wehtun, sehr sogar.«

Martini sah zu ihm auf, einen Funken von Hoffnung im Blick.

»Haben Sie schon einmal vom Fall Derg gehört?«, fragte Levi.

»Nein, ich glaube nicht.«

»Er hat bis vor ungefähr einem Jahr viel Staub aufgewirbelt. Vielleicht erinnern Sie sich ja an den Beinamen, den die Boulevardblätter diesem Derg verpasst haben: *der Verstümmler.*«

»Ja, davon habe ich gehört. Aber normalerweise interessiere ich mich nicht für solche Schauergeschichten.«

»Also, die Polizei war lange hinter einem Serienattentäter her, der kleine Sprengsätze in Supermarktprodukten versteckte und diese dann wieder in die Regale stellte. Cornflakespackungen, Mayonnaisetuben, Konservengläser. Durch die Explosionen wurden mehrere Personen verletzt, denen Finger, einzelne Glieder oder in einem Fall auch eine ganze Hand abgerissen wurden.«

»Oh Gott. Aber er hat niemanden getötet?«

»Nein, obwohl es früher oder später dazu gekommen wäre. Dem Täter wäre langweilig geworden, und er hätte einen Überraschungscoup zu landen versucht. Alle rechneten im Grunde damit, und es machte sich Panik breit, wie Sie sich vielleicht erinnern. Bis Vogel einem unscheinbaren Buchhalter mit einer Passion für Modellbau und Elektronik auf die Spur kam: diesem Herrn Derg. Der Mann hatte als Kind seinen rechten Zeigefinger verloren. Damals war lediglich von einem banalen Haushaltsunfall die Rede gewesen, doch wie sich später herausstellte, hatte ihn seine eigene Mutter mit einer Geflügelschere verstümmelt, um ihn zu bestrafen. Die Frau war psychisch gestört und quälte ihren Sohn.«

»Oh mein Gott …«, sagte Martini.

Levi zeigte mit dem Finger auf ihn. »Sehen Sie, Sie denken das Gleiche wie alle damals, nämlich dass Derg den klassischen traumatisierten Täter abgab.«

»Das stimmt«, räumte der Lehrer ein. »Das, was ihm als Kind widerfahren ist, würde ein gewalttätiges Verhalten als Erwachsener erklären.«

»Ja, so werden Monster geschaffen. Aber der springende Punkt ist ein anderer. Auch im Fall Derg gab es keine handfesten Beweise, nur Indizien. Vogel hat eine Riesenshow für die Medien inszeniert und einen Staatsanwalt dazu gebracht, Derg anzuklagen. Doch am Ende wurde der Buchhalter wegen erwiesener Unschuld freigesprochen.«

»Wie das?«

»Der von dem Verstümmler verwendete Sprengstoff war ziemlich primitiv. Jeder Laie hätte ihn mit im Baumarkt leicht erhältlichen Substanzen zusammenmixen können. Allerdings hatte er einen Nachteil – er hinterließ chemische Spuren bei dem, der ihn handhabte. Und an Derg waren keine Spuren zu finden gewesen.«

»Und das genügte, um ihn zu entlasten?«

»Natürlich nicht. Aber hören Sie sich das an: Das belastendste Indiz war bei einer polizeilichen Wohnungsdurchsuchung gefunden worden. Derg hatte bei sich zu Hause eine Kekspackung von der gleichen Sorte, in der einer der Sprengkörper versteckt gewesen war, und obendrein ging aus der Chargennummer hervor, dass sie im selben Laden, in dem der Täter zugeschlagen hatte, gekauft worden war. Dabei hatte Derg stets geleugnet, je dort gewesen zu sein.«

»Und wie …?«

»Jetzt kommt das Beste: Wer auch immer diese Packung in seine Wohnung geschmuggelt hat, um ihm die Sache anzuhängen, hat nicht auf das Herstellungsdatum der Kekse geachtet. Sie waren nämlich zu einer Zeit produziert worden, als Derg schon in Untersuchungshaft saß, folglich konnte er sie nicht gekauft haben. Das Ergebnis? Er wurde sofort freigesprochen und aus dem Gefängnis entlassen.«

Martini nickte. »Okay. Und Vogel?«

»Vogel gelang es, sein Gesicht zu wahren, indem er die Verantwortung auf einen seiner Untergebenen abwälzte, einen jungen Polizisten, der dann auch kurz darauf aus dem Dienst entlassen wurde. So macht er es immer, er lässt sich einen unerfahrenen Assistenten zuteilen, den er dann nötigenfalls als Sündenbock opfern kann. Aber nach dem Derg-Fall begannen die Medien, den Tipps zu misstrauen, die Vogel ihnen zuspielte, und verbannten ihn nach und nach in ein Schattendasein.«

»Bis jetzt«, konstatierte Martini trocken. »Ich bin seine Chance, sich das Rampenlicht zurückzuerobern.«

»Ja, aber wenn es so weit ist, werden wir ihn als das entlarven, was er ist: einen Trickbetrüger.«

Martini blickte ein bisschen zuversichtlicher drein. »Also komme ich da raus ...«

»Sicher, nur um welchen Preis?« Der Anwalt schlug wieder einen ernsten Ton an. »Derg hat insgesamt vier Jahre im Gefängnis verbracht. Er hatte einen Schlaganfall und verlor seine Arbeitsstelle, seine Freunde und seine Familie.«

Martini merkte, dass Levi mit seiner Rede einen bestimmten Zweck verfolgte. »Und was kann ich tun, um dem zu entgehen?«

»Vergessen Sie, dass Sie unschuldig sind.«

Der Lehrer verstand nicht, was das heißen sollte, doch der Anwalt verabschiedete ihn schon ohne weitere Erklärung mit einem Händedruck.

»Ich melde mich«, versprach er.

Borghi hatte in der Nacht zuvor nicht einschlafen können. Er hatte sich im Bett herumgewälzt und immer wieder an die Szene vor dem Haus der Kastners gedacht, an diese kummervolle, verwirrte Mutter, die im Nachthemd zwischen den Katzenfiguren herumgegangen war. Maria versuchte, ihrem Schmerz einen Sinn zu geben.

Die Katzen sind des Rätsels Lösung, hatte er sich gesagt.

Die Haare des rot-braun geschecken Exemplars, die im Geländewagen des Lehrers gefunden worden waren, ergaben keinen Sinn. Als er davon erfahren hatte, war sein Gedankengang der gleiche gewesen wie Vogels: *Die Martinis haben keine Katze. Anna Lou hätte so gern eine gehabt.*

In seiner Schlaflosigkeit war Borghi zu dem Ergebnis gekommen, dass der Schlüssel zur Lösung des Falls nur das Mädchen selbst sein konnte. Aber niemand fragte sich mehr, was aus ihr geworden war. Die Medien, die Öffentlichkeit und sogar die Polizei waren zu ganz anderen Fragen übergegangen. Wie hatte der Lehrer sie getötet? Hatte er sie vorher vergewaltigt? Alle gingen ganz selbstverständlich davon aus, dass sie ermordet worden war, und waren insgeheim vor allem darauf erpicht, ihre wollüstige Neugier mit anstößigen Einzelheiten zu befriedigen.

Aber niemand fragte sich: *Warum* hat er sie umgebracht? Das Motiv, aus dem ein harmlos wirkender Dorflehrer ein unscheinbares Mädchen wie Anna Lou getötet haben sollte, blieb unerforscht. Dabei musste es doch von entscheidender Bedeutung sein.

Warum hat er sie umgebracht?

Bei Morgengrauen hatte Borghi begriffen, dass man wirklich noch einmal bei dem Opfer selbst anfangen musste, bei Anna Lou Kastner. Was wussten sie denn im Grunde über sie? Nur das, was Eltern und Bekannte ausgesagt hatten. Aber genügte das? Auf der Polizeischule hatte er etwas gelernt, das er sich gemerkt hatte.

Auch die Opfer haben eine Stimme.

Man fand sich immer allzu schnell damit ab, dass sie ihre

Version nicht mehr kundtun konnten. Doch das konnten sie. Häufig genug sprach die Vergangenheit für sie, aber es musste auch jemand da sein, der zuhörte.

So hatte Borghi sich, nachdem er herausgefunden hatte, dass Anna Lous Schule über eine alte Videoüberwachungsanlage verfügte, die abschreckend wirken und Raufereien und Vandalismus verhindern sollte, in ein Kabuff voller antiquierter Videorekorder zurückgezogen und sah nun schon seit Stunden Aufnahmen durch. Sie zeigten das Mädchen in verschiedenen alltäglichen Situationen, in denen ihre ganze Jugend und Unschuld zutage trat. Die Klassenräume wurden nicht überwacht, aber in der Mensa, der Turnhalle und den Fluren war sie immer dieselbe. Schüchtern, reserviert und trotzdem bereit, allen, die das Wort an sie richteten, ein Lächeln zu schenken. Nichts Auffälliges oder Anormales an ihrem Verhalten.

Das Videoüberwachungssystem wurde alle vierzehn Tage zurückgesetzt, die Bänder wurden neu überspielt und die alten Aufnahmen gelöscht. Zum Glück war der Zyklus durch die Weihnachtsferien unterbrochen und der Inhalt länger als zwei Wochen gespeichert worden.

Er umfasste genau die zwei Wochen vor Anna Lous Verschwinden.

Stunden um Stunden von Aufnahmen, weshalb Borghi ein sprunghaftes Verfahren anwandte und willkürlich Momente auswählte, auf die er sich konzentrierte, um die grobkörnigen Bilder nach dem Mädchen abzusuchen. Er saß auf einem Klappstuhl vor einem Schwarz-Weiß-Monitor und einer Thermoskanne mit Kaffee, der längst kalt geworden war. Nach mehreren Bändern hatte er Anna Lou noch kein einziges Mal mit dem Lehrer zusammen gesehen. Als er gerade den letzten Tag vor den Ferien durchging, der zugleich der Tag vor ihrem Verschwinden war, klingelte sein Handy.

»Warum hast du mich gestern Abend nicht angerufen?« Caroline klang verärgert.

»Entschuldige, du hast ja recht. Aber die Arbeit nimmt mich im Moment sehr in Anspruch.«

»Deine Arbeit ist dir wichtiger als deine schwangere Frau?«

»Natürlich nicht«, versuchte er, sie zu beschwichtigen. »Ich wollte mich damit nicht rechtfertigen, es ist einfach so. Wenn ich mitten bei der Arbeit bin, kann ich dich nicht anrufen, aber ich denke ständig an dich.«

Caroline seufzte. Anscheinend hatte sie einen ihrer »guten« Tage, an denen die Hormone sie nicht halb wahnsinnig machten. Doch Borghi hütete sich, das laut zu sagen, sonst wäre sie wie eine Furie über ihn hergefallen.

»Hast du die Sachen bekommen, die ich dir geschickt habe?«

»Ja, danke übrigens. Ich brauchte wirklich dringend ein paar Klamotten zum Wechseln.«

»Mein Vater hat dich gestern Abend im Fernsehen gesehen«, sagte sie.

Borghi hörte ein Lächeln in ihrer Stimme. Deshalb war sie nicht böse – sie war stolz auf ihn. »Ach ja? Und, habe ich mich gut gemacht?«

»Ich sage nur so viel: Er hofft, dass unsere Tochter nach mir schlägt.« Sie lachten. »Übrigens. Meine Mutter möchte, dass wir nach der Geburt noch eine Weile hierbleiben.«

Darüber hatten sie schon lang und breit diskutiert. Caroline argumentierte, dass ihre Mutter ihr in der ersten Zeit unter die Arme greifen könnte, aber das würde bedeuten, dass auch er zu den Schwiegereltern ziehen müsste. Und so gut er sich mit ihnen verstand, wollte er ein Zusammenleben unter einem Dach doch lieber nicht riskieren, aus Angst, dass es sich auf unbestimmte Zeit in die Länge ziehen würde. »Können wir darüber reden, wenn ich zurück bin? Es ist ja noch ein paar Monate hin bis zum Geburtstermin.«

Caroline ging nicht darauf ein. »Papa hat schon ein Zimmer am Ende des Flurs für uns zurechtgemacht. Es war das meines Bruders, bevor er auszog, und es liegt separat genug, dass wir unsere Privatsphäre haben werden.«

Wie es klang, hatte sie bereits für sie beide entschieden. Borghi wollte gerade etwas erwidern, als er sich ruckartig auf seinem Klappstuhl aufrichtete. Er hatte etwas auf dem Monitor gesehen. »Entschuldige, Caroline, ich rufe dich später zurück.«

»Musst du mich die wenigen Male, die wir miteinander sprechen, auch noch so abservieren?«

»Ich weiß, bitte verzeih.« Er legte auf, ohne ihre Antwort abzuwarten, und konzentrierte sich auf das Video.

Zum ersten Mal waren Anna Lou und der Lehrer zusammen im Bild.

Der Schulkorridor war leer bis auf das Mädchen, das einen Stapel Bücher in den Händen hielt. Aus der anderen Richtung kam ihr Martini entgegen.

Die beiden gingen dicht aneinander vorbei, streiften sich fast.

Borghi spulte die Aufnahmen zurück, um sie sich noch einmal anzusehen. Eine Sache vor allem sprang ins Auge, und wenn die Medien dahinterkamen, würde der Teufel los sein. Er musste Vogel informieren.

Um elf Uhr abends saß Martini im Dunkeln auf dem Sofa im Wohnzimmer. Von der Straße drangen die Stimmen der vor dem Haus kampierenden Fernsehteams zu ihm herein. Er verstand nicht, was sie sagten, hörte sie aber hin und wieder lachen.

Es ist seltsam, wenn dein Leben stillsteht, während das der anderen weitergeht, dachte er. So fühlte er sich, im eigenen Leben isoliert.

Er hatte die Lichter ausgemacht, damit die dort draußen nicht hereinspähen konnten, um zu sehen, was das Monster machte. Doch es gab noch einen anderen Grund. Er wollte die Blicke von Clea und Monica vermeiden, die ihm von den gerahmten Fotos aus durchs Haus folgten. Sie waren vor ihm geflohen, und jetzt wollte er ihnen entkommen. Er war wütend und gekränkt, verstand ihre Haltung aber zugleich. Letztlich war es wirklich besser so.

Ein Brummen riss ihn aus seinen Gedanken, und auf einer Ablage leuchtete etwas. Er stand auf und sah nach. Das Handy, das er von Levi bekommen hatte, zeigte eine Nachricht an.

»Auf dem Friedhof, in einer halben Stunde.«

Martini fragte sich, warum der Anwalt sich an einem so ungewöhnlichen Ort mit ihm treffen wollte, statt in dem extra angemieteten Haus, das er zu seinem Hauptquartier gemacht hatte. Levis Worte vom Vormittag spukten ihm noch im Kopf herum.

Vergessen Sie, dass Sie unschuldig sind.

Vielleicht würde er jetzt eine Erklärung bekommen. Er arbeitete rasch einen Plan aus, wie er ungesehen das Haus verlassen konnte, und ging nach oben, um eine alte Winterjacke und eine Schirmkappe zu holen. So getarnt würde es ihm hoffentlich gelingen, unbehelligt den Ort zu durchqueren. Die Reportermeute würde er abhängen, indem er den Hinterausgang nahm und über eine Gartenhecke stieg.

Er brauchte gut eine halbe Stunde bis zum Friedhof, weil er sichergehen wollte, dass ihm niemand folgte. Das Eingangstor war nur angelehnt. Er drückte es auf und betrat einen Pfad zwischen den Grabsteinen.

Am Himmel hing ein grauer Vollmond. Martini ging eine Weile herum und rechnete damit, Levi von einem Moment auf den anderen irgendwo hervorkommen zu sehen. Doch dann entdeckte er einen kleinen roten Punkt in der Ferne, der aufleuchtete und wieder erlosch. Er hielt darauf zu wie auf einen Leuchtturm, der ihm den Weg wies. Als er sich dem Lichtpunkt näherte, stellte er fest, dass es eine Zigarette war, die jedes Mal aufglomm, wenn Stella Honer daran zog.

»Ganz ruhig, ich komme in freundschaftlicher Absicht«, sagte sie belustigt. Sie saß mit übereinandergeschlagenen Beinen auf einem Grabstein, als handele es sich um einen Barhocker.

»Was wollen Sie?«, fragte er brüsk.

»Dir helfen.«

Dass sie ihn duzte, reizte ihn noch mehr. »Ich brauche Ihre Hilfe nicht.«

»Das sehe ich allerdings anders. Deine Frau hätte dich vor einem halben Jahr beinahe für einen anderen Mann verlassen. Ihr seid hierhergezogen, um einen Neuanfang zu versuchen.«

Die Sache, dachte Martini. Woher wusste sie davon?

»Siehst du? Ich kenne dein Geheimnis«, triumphierte die Honer, als sie merkte, dass er eher verblüfft als sauer war. »Ich hätte dieses Wissen ausschlachten können, habe es aber nicht getan. Was ich außerdem noch weiß, ist, dass Clea mit deiner Tochter weggefahren ist und dass du dir schleunigst etwas einfallen lassen musst, wenn du die beiden zurückhaben willst.«

»Sobald der Verdacht gegen mich ausgeräumt ist, kommen sie zurück, und dann nehmen wir unser altes Leben wieder auf.«

Die Journalistin legte den Kopf schräg und sah ihn mitleidig an. »Armes Herzchen, glaubst du das wirklich?«

»Ich bin unschuldig.«

»Also hast du einen Scheißdreck kapiert!« Es klang richtig drohend, wie sie es sagte. »Es interessiert doch kein Schwein mehr, ob du unschuldig bist. Die Leute haben dich längst verurteilt, und die Polizei wird dich auch nicht mehr in Ruhe lassen. Sie haben schon haufenweise Geld ausgegeben, um diesen Fall aufzuklären, und bei den knappen Mitteln können sie sich keine neue Untersuchung und vor allem keinen neuen Schuldigen leisten.«

Martini schluckte schwer, wollte sich aber nichts anmerken lassen. »Dann heißt es also, ich oder keiner.«

»Ganz genau. Du bist bloß noch in Freiheit, weil sie bisher keine Leiche gefunden haben. Ohne Leiche können sie keine Mordanklage erheben. Aber früher oder später wird sich irgendetwas ergeben, das ist immer so.«

»Schön, aber wenn ich sowieso geliefert bin, wozu brauche ich dann Sie?« Er siezte sie weiterhin beharrlich, um Distanz zu wahren.

Die Reporterin lächelte, ihre dunklen Augen schimmerten im Mondlicht. »Du brauchst mich, um den größtmöglichen Vorteil aus dieser Geschichte zu ziehen. Du könntest nämlich an den Medien, die dir jetzt so feindlich gesinnt sind, ganz hübsch verdienen. Ein Interview mit dir ist derzeit Gold wert – und ich möchte es kaufen … Das Angebot gilt natürlich nur, solange du auf freiem Fuß bist. Im Gefängnis bist du nichts mehr wert.«

»Hat Levi diese Begegnung eingefädelt?« Martini zog eine abfällige Grimasse.

»Dein Anwalt ist ein pragmatischer Mann. Wenn du aus der Sache rauskommen willst, brauchst du genügend Geld, um eine fundierte Gegenuntersuchung zu finanzieren, mit Sachverständigen, Privatdetektiven et cetera.«

»Ja, ja, das hat er mir auch schon gesagt.«

»Und woher willst du das Geld dafür nehmen? Hast du dir mal überlegt, was aus deiner Familie wird, wenn du ins Gefängnis kommst? Wie soll sie dann weitermachen?«

Statt erneut aufzubrausen, fing Martini auf einmal an zu lachen. Was die Journalistin nicht wenig verblüffte, zumal er nicht damit aufhören konnte. »Entschuldigen Sie«, keuchte er schließlich, sich mühsam fassend. »Es ist einfach zu absurd … Für alle bin ich jetzt das Monster, selbst ohne irgendeinen Beweis. Sogar meine Frau hat gewisse Zweifel. Aber soll ich Ihnen was sagen?« Er schöpfte Atem und wurde wieder ernst. »Ich selbst weiß *genau*, wer ich bin. Und deshalb kommt es nicht infrage, dass ich das Unglück eines vermissten Mädchens und den Kummer ihrer Eltern ausnutze, um meinen Hals oder meine Familie zu retten. Sagen Sie das auch meinem Anwalt.« Damit drehte Martini sich um und ging.

»Sie sind ein Dummkopf, wissen Sie das?«, rief Stella ihm nach. Zur Antwort musste sie sich mit dem Anblick seines Rückens zufriedengeben, der in der Dunkelheit verschwand.

Vogel hatte ein leichtes Abendessen auf dem Zimmer zu sich genommen und notierte sich nun vor dem Schlafengehen noch etwas in sein schwarzes Notizbuch. Dabei saß er im Morgenmantel in einem Sessel und lächelte in sich hinein. Er war sicher, dass dieser alte Fuchs von Levi bereits begonnen hatte, seine Fäden zu ziehen.

Als er von der Ankunft des Rechtsanwalts im Ort erfahren hatte, hatte ihn das kaum gewundert. Levi reiste schon so lange mit dem juristischen Staatszirkus mit, dass sein Auftritt in der Manege geradezu unvermeidlich war. Seine Nummer war allerdings immer für eine Überraschung gut. Er konnte den Zauberer geben, der die Zuschauer verblüffte, oder den Clown, der hereinsprang, um das Publikum abzulenken, während der Löwe den Dompteur zerfleischte. Gewiss hatte er schon Stella Honer kontaktiert, damit sie den Lehrer dazu überredete, sich den wilden Bestien zum Fraß vorzuwerfen.

Martini würde sich darauf einlassen. Das taten sie am Ende alle – auch Derg hatte für eine Weile die Maske des Monsters getragen. Lange genug, um ein bisschen Geld zu kassieren, bevor man wieder dazu überging, die eigene Unschuld zu beteuern.

Sollte Martini wirklich im Fernsehen auftreten, würde ihm das die Arbeit bloß erleichtern. Der Trottel würde bestimmt versuchen, das Mitgefühl des Publikums zu erregen, letztlich aber nur erreichen, dass es ihn noch mehr verdammte. Dann würden alle Martinis Kopf verlangen, nicht nur das gemeine Volk, sondern auch die Polizeioberen bis hin zum Minister. Und die Mayer könnte sich nicht mehr länger querstellen.

Als sein Handy vibrierte und er auf das Display blickte, runzelte Vogel die Stirn. Es war dieselbe SMS von demselben unbekannten Absender, die er vor vier Tagen, am Ende der Pressekonferenz, schon einmal erhalten hatte. »Ich muss mit Ihnen reden. Rufen Sie mich unter dieser Nummer an.«

Auch diesmal löschte er sie, ohne groß darüber nachzudenken. Gleich darauf klopfte es an der Tür. Vogel vermutete einen Zusammenhang zwischen den beiden Ereignissen, und riss in der Gewissheit, die anonyme Nervensäge vor sich zu sehen, die Tür auf.

Doch es war Borghi, ganz zerknittert und mit dunklen Augenringen. Er hatte seine Laptoptasche dabei. »Kann ich mit Ihnen sprechen?«

»Hat das nicht bis morgen Zeit?«, fragte Vogel ungehalten. »Ich wollte gerade schlafen gehen.«

»Ich muss Ihnen etwas zeigen, das Sie lieber gleich sehen sollten«, beharrte sein Assistent und klopfte mit der flachen Hand auf die Tasche.

Kurz darauf stand der Laptop aufgeklappt auf dem kleinen Sekretär, während die beiden Ermittler davorstanden.

»Diese Aufnahme habe ich auf den Überwachungsvideos der Schule gefunden«, erklärte Borghi. »Sehen Sie, was passiert ...«

Er hatte sich die Szene inzwischen mindestens zwanzigmal angesehen und wartete gespannt auf Vogels Reaktion. Anna Lou ging ruhig durch den verlassenen Schulkorridor, dann kam ihr Martini aus der anderen Richtung entgegen. Die beiden gingen dicht aneinander vorbei und verschwanden anschließend an entgegengesetzten Enden aus dem Bildausschnitt.

Borghi hielt das Video an. »Haben Sie's gemerkt?«

»Was gemerkt?«, fragte der Sonderermittler gereizt.

»Sie haben sich noch nicht einmal angesehen. Wenn Sie möchten, spule ich es noch mal zurück ...«

Borghi streckte den Arm aus, um die Sequenz zu wiederholen, aber Vogel hielt ihn am Handgelenk fest. »Nicht nötig.«

»Wieso?« Der junge Kommissar sah ihn groß an. »Eine der Kernthesen der Ermittlung ist doch, dass Anna Lou ihren Entführer kannte, oder? Deshalb hat sie ihm vertraut und ist mitgegangen, und niemand aus der Nachbarschaft hat etwas gesehen oder gehört. Sie haben es selbst gesagt ...«

Vogel musste unwillkürlich lächeln. Die Naivität des Jungen war beinahe rührend. »Und das hier beweist Ihrer Meinung nach, dass Anna Lou Martini *nicht* kannte?«

Borghi dachte einen Augenblick nach. »Tatsächlich ...«

»Tatsächlich kann sie genau gewusst haben, wer er ist, und hat ihn nur aus Schüchternheit nicht angesehen.«

Borghi schüttelte den Kopf. »Es ist trotzdem ein Risiko.«

»Für wen? Für uns? Haben Sie Angst, die Medien könnten

Kenntnis von diesem Video erlangen und ihre Haltung gegenüber dem Lehrer radikal ändern?«

Ein lächerlicher Gedanke offenbar, erkannte Borghi. Es war bereits alles entschieden. Falls es nicht noch eine überraschende Wendung gab, würde niemand seine Meinung über Martini ändern, einfach, weil es niemandem in den Kram passte.

»Waren Sie deshalb den ganzen Tag verschwunden?«, fragte Vogel im Tonfall gutmütigen Tadels. »Während Sie Ihre Zeit damit verplempert haben, habe ich selbst ebenfalls ein paar Videos unter die Lupe genommen.«

»Was denn für Videos?«, fragte Borghi erstaunt.

»Die von den privaten Überwachungskameras in der Nachbarschaft der Kastners.«

»Aber Sie meinten doch, die interessieren Sie nicht, weil sie nur auf die Privatgrundstücke gerichtet sind und nicht auf die Straße.« Keiner guckt über den eigenen Gartenzaun, hatte Vogel bei der ersten Einsatzbesprechung gesagt. Was verheimlichte er ihm jetzt wieder?

Der Sonderermittler hatte in der Tat nicht die Absicht, seine Entdeckung mit Borghi zu teilen. Er legte ihm die Hand auf die Schulter und schob ihn sachte zur Tür. »Gehen Sie schlafen, Kommissar Borghi. Und lassen Sie mich meine Arbeit tun.«

11. JANUAR.

NEUNZEHN TAGE NACH DEM VERSCHWINDEN.

»Ich denke nicht daran, eine Festnahme anzuordnen«, erklärte die Mayer.

Wieder einmal biss Vogel bei ihr auf Granit. »Sie werfen alles über den Haufen«, erwiderte er entnervt. »Die Festnahme des Lehrers ist notwendig, andernfalls wird es bald heißen, dass wir grundlos einen unschuldigen Bürger schikanieren.«

»Und ist es nicht so?«

Vogel hatte ihr ein entscheidendes Indiz vorgelegt: einige vergrößerte Standbilder aus dem Videomaterial, das die Nachbarn der Kastners zur Verfügung gestellt hatten. Er hatte gehofft, es würde ausreichen, um die Staatsanwältin umzustimmen, doch dem war offenbar nicht so.

»Ich brauche einen eindeutigen Beweis. Wie oft soll ich Ihnen das noch sagen?«

»Beweise dienen dazu, ein Urteil zu fällen, Indizien, einen Verdächtigen festzunehmen«, beharrte der Sonderermittler. »Wenn wir ihn jetzt in Untersuchungshaft nehmen, ist die Chance groß, dass er sich dazu durchringt zu kooperieren.«

»Sie wollen ein Geständnis von ihm erpressen!«

So ging das schon seit mindestens zwanzig Minuten in Vogels Umkleideraum-Büro. »Sobald ihm bewusst wird, dass alles verloren ist und es keinen Ausweg mehr gibt, wird Martini reden, um sein Gewissen zu erleichtern.«

Sie standen vor den Spinden, und die Mayer tappte ungeduldig mit der Spitze ihres Pumps auf den Betonboden. »Ich durchschaue Ihr Spiel, Vogel, ich bin nicht blöd. Sie wollen mich in die Ecke drängen und mir eine Entscheidung abringen, hinter der ich nicht stehe – indem Sie mir damit drohen, mich vor der Öffentlichkeit lächerlich zu machen.«

»Ich brauche Ihnen nicht zu drohen, um meine Ziele zu erreichen«, widersprach er. »Mein Dienstalter und meine Erfahrung allein sollten genügen, um meinen Thesen Gewicht zu verleihen.«

»So wie im Fall Derg?«

Jetzt kam sie ihm natürlich damit. Vogel hatte sich schon gefragt, wann sie diese Karte ausspielen würde. »Sie wissen nichts über den Fall Derg.«

»Was gibt es denn da noch zu wissen, bitte schön? Ein Mann wurde aufgrund einer auf Lug und Trug beruhenden Anklage ins Gefängnis gesteckt. Er hat vier Jahre seines Lebens in einer kleinen Zelle verbracht, in Einzelhaft. Er hat alles verloren, einschließlich der Zuneigung seiner Familie und seiner Gesundheit. Und warum? Weil jemand die Ermittlungen manipuliert und uns ein falsches Indiz untergeschoben hat«, sagte die Staatsanwältin verächtlich. »Wer garantiert mir, dass so etwas hier nicht vorkommt?«

Vogel weigerte sich, darauf zu antworten. Er sammelte die Fotos zusammen, die er für seinen entscheidenden Trumpf gehalten hatte, und ging zur Tür.

»Erinnern Sie sich wenigstens noch an den Tag, an dem Sie Ihre Integrität verloren haben, Sonderermittler Vogel?«

Mayers Worte erreichten ihn auf der Schwelle, und er blieb abrupt stehen. Etwas hinderte ihn daran weiterzugehen. Er drehte sich noch einmal zu ihr um und sah ihr herausfordernd ins Gesicht. »Derg wurde aus Mangel an Beweisen freigelassen und hat eine großzügige Entschädigung für die Jahre seiner angeblich unverdienten Haft erhalten. Aber verraten Sie mir eins.

Wenn er nicht der Verstümmler war, wieso hörten die Anschläge nach seiner Verhaftung dann plötzlich auf?« Damit ging er, ohne eine Antwort abzuwarten.

Draußen in der Turnhalle empfing ihn ein gespanntes Schweigen. Seine Mitarbeiter, die den Wortwechsel zweifellos mitgehört hatten, sahen ihn an und versuchten herauszufinden, ob all die Einsatzbereitschaft und Mühe der vergangenen zwanzig Tage umsonst gewesen waren.

Vogel jedoch wandte sich nur an Borghi. »Der Zeitpunkt ist gekommen, unseren Lehrer zur Rede zu stellen.«

Es war ein sonniger Morgen, ganz untypisch für den Januar. Kaum zu glauben, dass es noch mitten im Winter war. Loris Martini war früh aufgewacht – vielmehr hatten ihn seine Sorgen geweckt.

Bald ist es so weit. Bald werden sie dich verhaften.

Doch er dachte nicht daran, den schönen und ungewöhnlich warmen Tag mit Grübeleien zu verschwenden. Er hatte Clea etwas versprochen und würde sein Versprechen halten. Also nahm er den Werkzeugkoffer und ging nach hinten in den Garten, wo Reporter und Neugierige ihn nicht belästigen konnten. Dort, im Schutz hoher Hecken, hatte er begonnen, die baufällige Laube in ein Gewächshaus zu verwandeln.

Während er eifrig mit Hammer und Nägeln zugange war, spürte er das Streicheln der Sonne im Nacken. Spürte, wie der Schweiß ihm in kleinen Tröpfchen von der Stirn rann und die Anstrengung nicht nur seine Muskeln, sondern auch sein Herz stählte. Es war regelrecht belebend. Dennoch suchte die Traurigkeit ihn immer wieder heim. Sie senkte sich still auf ihn herab und erinnerte ihn daran, weshalb es so weit mit ihm gekommen war, weshalb er alles verloren hatte.

Es hatte bereits vor Avechot angefangen. Das Bergdorf war ihnen als der richtige Ort für einen Neuanfang erschienen, doch stattdessen verkörperte es nun den Epilog zu einer hässlichen Geschichte.

Die Sache. Er hatte sich gefragt, wie Stella Honer davon erfahren hatte, war aber lange nicht auf die einfachste, offensichtlichste Erklärung gekommen. So erging es arglosen Männern, besonders solchen, die sich von einem anderen die Frau ausspannen ließen, ohne es zu merken.

Cleas Exgeliebter hatte die Information verkauft. Ganz simpel.

Wenn er daran dachte, dass er diesen Mann bis dahin beinahe geschätzt hatte ... Vielleicht, weil es Clea war, die ihn sich ausgesucht hatte, und er dem Urteil seiner Frau vertraute. Ein verrückter Gedanke, das wusste er. Aber auch eine Methode, um sie in seinen Augen wieder aufzuwerten, weil er nicht glauben konnte, dass sie einfach nur flatterhaft gewesen war.

Wenn wir versuchen, jemand anderen zu retten, dann stets, um uns selbst zu retten, dachte er. Und die Rolle des verständnisvollen Ehemanns zu spielen hatte ihm womöglich geholfen, sich vor der Pflicht zu drücken, der Wahrheit ins Gesicht zu sehen.

Er war mit schuld daran, dass Clea ihn betrogen hatte.

An jenem weit zurückliegenden Morgen Anfang Juni hatte ein dummer Schülerstreich zum vorzeitigen Ende des Unterrichts geführt. Ein anonymer Anruf mit Bombendrohung, typisch für das Ende des Schuljahres, wenn manche Schüler versuchten, sich irgendwie vor den letzten Prüfungen zu drücken, um nicht sitzen zu bleiben. Auch wenn niemand mehr darauf hereinfiel, war die Schulleitung per Gesetz verpflichtet, die entsprechenden Sicherheitsmaßnahmen einzuleiten und das Gebäude zu räumen. So hatten alle früher gehen können.

Zu Hause war Martini von einer ungewohnten Stille empfangen worden. Normalerweise waren Clea und Monica schon da, wenn er zurückkam, und machten sich durch den laufenden Fernseher oder die Stereoanlage oder einfach ihren Geruch bemerkbar.

Auf der Busfahrt hatte er sich überlegt, wie er die geschenkte Zeit nutzen sollte. Er musste noch die schriftlichen Tests für die Abschlussprüfungen vorbereiten und nahm sich das auch vor, aber in der Wohnung angekommen, merkte er, dass er keine Lust dazu hatte. Er ging zum Kühlschrank, machte sich ein Brötchen mit Salami und Käse und schaltete zur Entspannung den Fernseher an, auf niedriger Lautstärke. Auf einem Kanal gab es ein altes Basketballspiel, und er ließ sich davor nieder und konnte es kaum fassen, einmal Zeit ganz für sich allein zu haben.

Er wusste nicht mehr genau, wann er etwas gemerkt hatte. Ob er sein Brötchen schon aufgegessen hatte oder wie der Spielstand in dem Moment war, er erinnerte sich nur noch an das Geräusch, das zwischen der Stimme des Kommentators und dem Aufprallen der Bälle kaum hörbar an sein Ohr gedrungen war.

Wie ein Flügelschlagen, eine Art leises Rauschen.

Zuerst hatte er sich bloß kurz umgesehen, um festzustellen, woher es kam. Dann aber hatte ihn ein komisches Gefühl dazu bewogen, aufzustehen und hinaus in den Flur zu gehen, obwohl das Geräusch sich nicht wiederholt hatte. Vier geschlossene Türen, zwei auf jeder Seite. Er hatte die Schlafzimmertür gewählt, warum auch immer, sie vorsichtig aufgemacht und es gesehen.

Sie hatten ihn nicht bemerkt, genauso wie er sie zuvor auch nicht. Ihre Leben waren in dieser Stadtwohnung minutenlang nebeneinanderher gelaufen, ohne dass sie etwas voneinander geahnt hatten. Und so hätte es weitergehen können, wenn nicht irgendetwas dieses Zusammentreffen herbeigeführt hätte.

Clea war nackt, nur ihre Beine und das Becken waren vom Laken bedeckt. Sie hatte die Augen geschlossen, in einer Stellung, die ihrem Mann sehr vertraut war. Er hatte auf den Mann unter ihr gestarrt, in der wirren Überzeugung, sich selbst zu sehen, aber es war ein anderer, und diese Szene hatte rein gar nichts mit ihm zu tun.

An mehr konnte er sich nicht erinnern.

Clea hatte ihm später berichtet, dass sie die Tür zuschlagen gehört und erst da gemerkt hatte, was passiert war.

Als er viele Stunden später wieder nach Hause gekommen war, hatte sie einen weiten weißen Pullover und eine Jogginghose angehabt, die ihr zu groß war. Vielleicht, weil sie ihren Körper und damit ihre Schuld verstecken wollte. Sie saß in demselben Sessel, in dem er sich am Vormittag das Spiel angesehen hatte. Die Knie an die Brust gezogen, vor und zurück schaukelnd. Sie sah ihn mit geistesabwesendem Blick an, die Haare zerzaust, das Gesicht blass, und machte keine Ausflüchte. »Lass uns fortgehen«, sagte sie. »Gleich morgen.«

Und er, der bei seinem ziellosen Herumstreifen durch die Stadt nach Worten gesucht hatte, die er ihr sagen wollte, und keine gefunden hatte, sagte bloß zwei: »Ist gut.«

Seitdem hatten sie nie wieder darüber gesprochen. Ein paar Wochen später waren sie nach Avechot gezogen. Sie hatte ihren geliebten Beruf aufgegeben und auch alles andere, nur damit ihr schweigend verziehen wurde. Da hatte Loris begriffen, wie sehr sie der Gedanke ängstigte, ihn zu verlieren. Wenn sie gewusst hätte, dass er noch viel mehr Angst hatte …

Der schlimmste Moment war, als er herausfand, wer der Mann war, mit dem seine Frau ihn betrogen hatte. Ein Rechtsanwalt, ein Kollege von ihr, der ihr alles bieten konnte, der ihr einen Ausweg aus dem armseligen Leben mit ihrem Mann ermöglicht hätte.

Loris hatte sich einer schmerzlichen Wahrheit stellen müssen: Clea hatte etwas Besseres verdient. Und dennoch hatte sie sich für das Leben mit ihm entschieden.

Und so hatten sie stillschweigend Zuflucht in den Bergen gesucht, um nicht mehr daran denken zu müssen. Doch ein Rest von Bitterkeit über den Betrug war geblieben, und dieser Rest zehrte nach und nach die immer noch vorhandene Liebe auf. Loris spürte das und konnte nicht hinnehmen, dagegen machtlos zu sein.

Denn er wollte Clea nicht verlieren. Nichts bedeutete ihm so viel wie ihre Liebe.

Als im Haus das Telefon klingelte, ließ er den Hammer auf den winterdürren Rasen fallen und lief in die Küche, um ranzugehen. »Gut, ich werde da sein«, sagte er nur.

Dann machte er den Kühlschrank auf. Darin gab es nichts als einen runzligen Apfel und ein Sixpack Bier. Er nahm sich eine Flasche und ging zurück in den Garten, öffnete sie mit dem Schraubendreher. Dann setzte er sich auf das tote Gras, den Rücken an eine Strebe der Laube gelehnt. Er schlürfte sein Bier in aller Ruhe und schloss halb die Augen.

Als er ausgetrunken hatte, blickte er auf seine seit dem Tag von Anna Lou Kastners Verschwinden verbundene Hand. Er wickelte die Binde ab und untersuchte die Wunde. Sie war fast verheilt.

Dann nahm er den Schraubendreher, mit dem er das Bier geöffnet hatte, und tat das Gleiche mit der Narbe: Er öffnete sie. Er schob die Spitze ins Fleisch und dehnte die Ränder, wobei kein Klagelaut über seine Lippen kam. Er war feige gewesen in der Vergangenheit und wusste, dass er diesen Schmerz verdiente.

Das Blut quoll heraus, befleckte seine Kleidung und tropfte langsam auf die nackte Erde.

Der sonnige Tag war nur noch eine Erinnerung. Gegen Abend waren dicke, dunkle Wolken ins Tal gezogen und hatten einen schweren Regen über alles ergossen.

Am Fenster der Raststätte an der Schnellstraße hing immer noch die blinkende Leuchtschrift, die den Vorbeifahrenden ein *Frohes Fest* wünschte. Weihnachten und Neujahr waren längst vorbei, aber niemand war bisher dazu gekommen, sie abzunehmen. Zu viel zu tun in letzter Zeit.

Um zehn Uhr an diesem Abend aber war das Lokal leer.

Sonderermittler Vogel hatte den alten Wirt gebeten, ihm den Saal für eine besondere Zusammenkunft zur Verfügung zu stellen. Zwar hatte er nie ein Verdienst am kräftigen Aufleben des Geschäfts in den letzten Wochen für sich beansprucht, doch der Mann spürte von allein, dass er ihm etwas schuldig war.

Die gläserne Eingangstür ging auf und ließ dabei einen Summer ertönen. Der Lehrer stampfte ein paarmal mit den Füßen, um den Regen von seinem Anorak zu schütteln, nahm seine Schirmmütze ab und sah sich um.

Es war dunkel im Raum bis auf eine der Nischen an der Wand, die von einer Hängelampe beleuchtet wurde. Vogel saß bereits dort und wartete auf ihn. Martini ging auf ihn zu, wobei seine nassen Clarks auf dem Linoleumboden quietschten. Er nahm auf der anderen Seite des pastellblauen Resopaltischs Platz, Vogel direkt gegenüber.

Der Polizist war wie immer tadellos gekleidet. Er hatte seinen Kaschmirmantel nicht abgelegt und eine dünne Aktenmappe vor sich liegen, auf die er mit den Fingern trommelte.

Es war das erste Mal, dass sie sich persönlich begegneten.

»Glauben Sie an Sprichwörter?«, fragte der Sonderermittler ohne jede Begrüßung.

»Wie meinen Sie das?«, entgegnete der Lehrer.

»Mich hat diese schlichte Art, zwischen Richtig und Falsch zu unterscheiden, immer fasziniert … Unsere Gesetze dagegen sind so kompliziert, sie sollten wie Sprichwörter formuliert sein.«

»Sie denken, dass Gut und Böse etwas Einfaches sind?«

»Nein, aber ich finde den Gedanken tröstlich, dass manche es so sehen.«

»Ich persönlich glaube, dass die Wahrheit nie einfach ist.«

Vogel nickte. »Ja, kann sein.«

Martini stützte beide Arme auf den Tisch. Er war ganz ruhig. »Warum wollten Sie sich hier mit mir treffen?«

»Keine Kameras, keine Mikrofone. Keine lästigen Reporter. Keine Spielchen. Nur Sie und ich … Ich will Ihnen die Gelegenheit geben, mich davon zu überzeugen, dass ich unrecht habe, dass Ihre Verwicklung in diese Sache auf nichts als einem großen Missverständnis beruht.«

Martini gab sich selbstsicher. »Kein Problem«, sagte er. »Wo fangen wir an?«

»Sie haben kein Alibi für den Tag des Verschwindens von Anna Lou und überdies eine verletzte Hand.« Er deutete auf den blutdurchtränkten Verband. »Wie ich sehe, ist sie immer noch nicht geheilt. Vielleicht muss sie genäht werden.«

»Das sagt meine Frau auch«, bemerkte Martini, um ihm zu verstehen zu geben, dass er nichts von seiner falschen Fürsorge hielt. »Es war ein Unfall«, bekräftigte er. »Wie ich Ihrem Kollegen schon sagte. Ich bin ausgerutscht und habe mich reflexartig an einen spitzen Ast geklammert, um nicht abzustürzen.«

Vogel senkte den Blick auf die Aktenmappe, ohne sie aufzuschlagen. »Merkwürdig, denn der Rechtsmediziner hat festgestellt, dass die Wundränder glatt sind … wie von einer Messerklinge verursacht.«

Martini sagte nichts darauf.

Vogel beharrte nicht auf dem Punkt, sondern ging zu etwas anderem über. »Die Videoaufnahmen von Mattia, auf denen Ihr Auto zu sehen ist. Sie werden jetzt sagen, dass es sich um einen Zufall handelt und der Fahrer ohnehin nicht zu erkennen ist. Apropos, hat Ihre Frau einen Führerschein?«

»Ich fahre immer damit, lassen Sie meine Frau aus dem Spiel.« Damit verstieß er zwar gegen Levis Anweisungen, aber das war ihm im Moment egal. Er wollte nicht, dass Clea da mithineingezogen wurde, selbst wenn es ihn entlastete.

»Wir haben den Innenraum des Wagens kriminaltechnisch untersucht«, fuhr Vogel fort. »Es wurden keine DNA-Spuren von Anna Lou gefunden, dafür aber seltsamerweise Katzenhaare.«

»Wir haben keine Katze«, verteidigte sich der Lehrer etwas unbedarft.

Der Sonderermittler beugte sich zu ihm vor und fragte honigsüß: »Was würden Sie sagen, wenn ich behaupte, dass ich Sie gerade dank dieses Tieres mit dem Ort, an dem das Mädchen verschwunden ist, in Verbindung bringen kann?«

Martini machte eine verständnislose Miene, aber aus seinem Blick sprach eine Mischung aus Neugier und Angst.

Vogel seufzte. »Etwas hat mich von Anfang an stutzig gemacht ... Warum hat Anna Lou sich bei ihrer Entführung nicht gewehrt? Warum hat sie nicht geschrien? Niemand in der Nachbarschaft hat etwas gehört. Also bin ich zu dem Schluss gekommen, dass sie freiwillig mitgegangen ist. Weil sie ihrem Entführer vertraut hat.«

»Dann kannte sie ihn gut, was mich ausschließt. Sie ist zwar auf meine Schule gegangen, aber Sie werden niemanden finden, der bezeugen kann, dass wir Umgang miteinander hatten oder auch nur miteinander gesprochen haben.«

»In der Tat«, sagte Vogel gelassen. »Nein, Anna Lou kannte ihren Entführer nicht ... aber sie kannte seine Katze.« Er öffnete endlich die Mappe und schob das vergrößerte Einzelbild über den Tisch, das er am Vormittag der Staatsanwältin gezeigt hatte, um sie dazu zu bewegen, Martini verhaften zu lassen. »Wir haben uns die Aufnahmen der Videoüberwachungssysteme auf den Nachbargrundstücken der Kastners angesehen. Leider ist keine der Kameras auf die Straße gerichtet. Dafür hat sich herausgestellt, dass in den Tagen vor dem Verschwinden eine herrenlose Katze in der Gegend herumgestreunt ist.«

Martini betrachtete das Foto. Darauf war eine große, rotbraun gefleckte Katze zu sehen, die über einen englischen Rasen stromerte.

Vogel tippte mit dem Finger auf eine Stelle. »Sehen Sie, was sie um den Hals trägt?«

Der Lehrer sah genauer hin und entdeckte ein Armband aus bunten Perlen.

Vogel streifte das Armband ab, das Maria Kastner ihm gegeben hatte, und legte es neben das Foto. »Anna Lou hat sie gebastelt und allen geschenkt, die sie gernhatte.«

Martini war wie erstarrt, unfähig zu reagieren.

Vogel entschied, dass der Moment gekommen war, ihm den entscheidenden Schlag zu versetzen. »Der Entführer hat die Katze als Köder benutzt. Er hat sie ein paar Tage vorher dorthin gebracht, damit sie frei durch das Viertel streift, in der Gewissheit, dass Anna Lou, die Katzen liebte und keine eigene haben durfte, sie früher oder später bemerken würde. Aber sie hat sie nicht nur bemerkt, sondern geradezu adoptiert und ihr dieses Armband um den Hals gelegt. Sobald ich diese Katze finde, sind Sie erledigt.«

Es vergingen ein paar Augenblicke mit Schweigen. Vogel wusste, dass er ihn in der Hand hatte. Er taxierte ihn und wartete auf eine Reaktion, irgendetwas, das ihm sagte, dass er sich nicht irrte. Doch der Lehrer gab kein Wort von sich.

Irgendwann fragte er ruhig: »Ist das alles?«

Als Vogel nickte, stand Martini auf und ging, und erst, als er schon an der Tür war, drehte er sich noch einmal um. »Apropos Sprichwörter«, sagte er ruhig, »irgendwo habe ich einmal das hier gehört: Die dümmste Sünde des Teufels ist die Eitelkeit.« Damit verließ er das Lokal, wobei er wieder den Summer über der Tür auslöste.

Vogel blieb noch sitzen und genoss die Ruhe dieses Augenblicks. Er war überzeugt, einen wichtigen Punkt erzielt zu haben. Nur die Mayer stellte immer noch ein Problem dar. Er musste einen Weg finden, sie auszuschalten.

Die dümmste Sünde des Teufels ist die Eitelkeit.

Was Martini wohl damit sagen wollte? Es konnte als Beleidigung ausgelegt werden, doch Vogel war nicht übelnehmerisch. Im Leben musste man austeilen und einstecken können, und die Stunden des Lehrers waren so oder so gezählt.

Er schickte sich an zu gehen. Als er den Inhalt der Aktenmappe ordnete, hielt er plötzlich inne, weil er etwas auf dem Tisch bemerkt hatte. Er beugte sich vor, um es genauer in Augenschein zu nehmen.

Von der hellblauen Resopalplatte, dort, wo Martini seine verbundene Hand abgelegt hatte, hob sich ein frischer, roter Blutfleck ab.

16. JANUAR.

VIERUNDZWANZIG TAGE NACH DEM VERSCHWINDEN.

Der kleine Leo Blanc war gerade fünf Jahre alt geworden, als er plötzlich spurlos verschwand.

Zur damaligen Zeit gab es noch nicht die ausgefeilten technischen Hilfsmittel, die der Polizei heutzutage zur Verfügung stehen. Man musste sich damit begnügen, »das Gelände zu durchkämmen«, wie es hieß. Der Fall wurde erfahrenen Beamten anvertraut, welche die Örtlichkeiten und betroffenen Personen seit Langem kannten, wussten, wie man Informationen sammelte, und keine DNA oder Kriminaltechniker brauchten. Es war eine mühsame, unspektakuläre Arbeit der kleinen Schritte und bescheidenen Ergebnisse, die zusammengenommen am Ende das Gerüst der Untersuchung bildeten. Was man dafür mitbringen musste, war vor allem Geduld.

Eine Gabe, die mit dem zunehmenden Einfluss der Medien immer mehr an Bedeutung verlor. Das Publikum verlangte schnelle Antworten, sonst wurde der Sender gewechselt, also übten die großen Fernsehgesellschaften Druck auf die Ermittler aus und zwangen sie zuweilen, ihre Arbeit mit ungebotener Hast zu verrichten. Dabei kam es natürlich leicht zu Fehlern, aber Hauptsache, die Show ging weiter.

Leo Blanc verkörperte mit seiner tragischen Geschichte und seinem kurzen Leben eine wichtige Zäsur in dieser Entwicklung.

Seine Mutter, Laura Blanc, eine fünfundzwanzigjährige Witwe, die ihren Mann, den Vater ihres Sohns, bei einem Verkehrsunfall verloren hatte, kam eines Morgens auf die Polizeiwache des kleinen Orts in der Ebene, in dem sie wohnte. Sie war völlig verzweifelt und gab an, dass jemand sich in ihr Haus eingeschlichen und ihren Leonard entführt habe.

Vogel war damals noch ein einfacher Polizist, frisch von der Polizeiakademie, und wurde vorwiegend mit anspruchslosen und öden Aufgaben wie Berichte-Ablegen und Strafanzeigen-Tippen betraut. Ansonsten sollte er vor allem den älteren Kolleginnen und Kollegen bei der Arbeit zusehen und von ihnen lernen. Trotzdem ergab es sich irgendwie, dass er Laura Blancs Aussage aufnahm.

Die Frau erklärte, erst am Morgen gemerkt zu haben, dass sie einen am Abend zuvor gekauften Karton Milch im Auto vergessen hatte. Also sei sie hinausgegangen, um die Milch zu holen, bevor ihr Sohn aufwachte und sein Frühstück verlangte. Das Fahrzeug habe an der Straße gestanden, nur rund fünfzig Meter vom Haus entfernt. Vielleicht aus Zerstreutheit, vielleicht auch, weil sich in der Gegend alle kannten und es gewohnt waren, das Haus auch nachts nicht abzuschließen, habe sie die Tür nur angelehnt gelassen. Was sie sich jetzt nicht verzeihen könne.

Wie es gängige Praxis war, hatte Vogel die Vermisstenanzeige sofort an den Kollegen weitergeleitet, dem er zur Ausbildung unterstand. Gemeinsam waren sie zum Haus der Frau gefahren, wo sie zwar keine Einbruchspuren festgestellt, das Zimmer des kleinen Leo jedoch in einem ziemlichen Durcheinander vorgefunden hatten. Die Schlussfolgerung lautete, dass der Junge aufgewacht war und, erschrocken über die Anwesenheit eines Fremden, entweder versucht hatte zu fliehen oder sich gegen die Entführung zu wehren, bevor man ihn überwältigt hatte.

Laura Blanc stand unter Schock, schaffte es aber mithilfe der Polizei, den Ablauf der Ereignisse Schritt für Schritt zu rekonstruieren. Es gab ein Zeitfenster von knapp acht Minuten zwischen dem Moment, als sie hinaus auf die Straße gegangen war, und dem ihrer Rückkehr ins Haus, wobei sie am Zaun noch kurz mit einer Nachbarin geplaudert hatte. Diese Spanne hatte dem Entführer offenbar genügt, um ins Haus einzudringen und das Kind mitzunehmen.

Man hatte sofort die Fahndung eingeleitet, und alles wäre seinen normalen Gang gegangen, hätte sich in jenen Tagen nicht ein Fernsehteam in der Nähe aufgehalten, das einen Beitrag über Zugvögel in den umliegenden Sumpfgebieten drehen wollte. Ein Leutnant von der Militärpolizei hatte die Idee gehabt, und so hatte man die Journalisten gebeten, einen Appell der Mutter aufzunehmen, mit dem sie alle, die etwas über den Verbleib ihres Kindes wussten, aufforderte, sich zu melden.

Nach der Übertragung dieses Aufrufs standen die Telefone bei der Polizei nicht mehr still. Viele Anrufer waren überzeugt, den kleinen Leo gesehen zu haben, und machten sogar genaue Angaben über Ort und Umstände. Manche behaupteten, ihn in Begleitung eines Mannes beobachtet zu haben, der ihm ein Eis kaufte, andere, zusammen mit einem jungen Paar im Zug, und es gab sogar welche, die Vor- und Nachnamen von verdächtigen Personen nannten. Der größte Teil der Hinweise erwies sich schnell als gegenstandslos, und es war ohnehin unmöglich, allen nachzugehen. Das Ausmaß der auf die Ermittler einstürmenden Informationen behinderte sie nur in ihrer Arbeit, wobei das eigentlich Verblüffende die vielen Leute waren, die nur anriefen, um sich nach Fortschritten in dem Fall zu erkundigen. Anrufe von der gleichen Art gingen massenhaft auch bei den Telefonzentralen sämtlicher Fernsehsender ein, sodass man in den Redaktionen beschloss, »die Story zu covern«, wie es im Jargon hieß, und Kamerateams und Berichterstatter vor Ort schickte.

Vogel sah das alles innerhalb kürzester Zeit passieren, doch als junger und unerfahrener Polizist hatte er noch nicht den Überblick, um zu verstehen, was sich da Umwälzendes vor seinen Augen abspielte. Sogar die Wahrheit schien durch die Medien eine Verwandlung zu erfahren. Laura Blanc wurde zu einer tragischen Heldin. Vogel hatte sie als eine einfache, nicht besonders anziehende junge Frau kennengelernt, aber mit professionellem Make-up und der richtigen Beleuchtung änderte sich das, und sie erhielt jede Menge Briefe von Verehrern, die sie gern trösten wollten. Ihr Sohn Leo wurde in Gedanken von allen Müttern des Landes adoptiert. Ein fünfjähriges Kind wurde zu einer Ikone, die Leute hatten sein Foto zu Hause, und viele frischgebackene Eltern benannten ihren Nachwuchs nach ihm.

Als die Aufklärung des Falls immer mehr die Form einer Schimäre anzunehmen begann, trat bei der zigsten Durchsuchung im Hause Blanc plötzlich ein Fingerabdruck zutage. Der von Hand vorgenommene Abgleich mit Abdrücken in den Archiven dauerte zwei Wochen, doch am Ende gab es einen Treffer.

Der Mann hieß Thomas Berninsky. Ein vierzigjähriger Hilfsarbeiter, der wegen sexuellen Missbrauchs von Kindern vorbestraft war und für eine Firma arbeitete, die gerade Lagerhallen in der Gegend baute.

Die Fahndung nach Berninsky dauerte nicht lange. Er wurde festgenommen und der blutverschmierte Schlafanzug des kleinen Leo in seinem Besitz gefunden. Der pädophile Mörder gestand, den Jungen schon länger im Blick gehabt zu haben, und führte die Ermittler zu einer aufgegebenen Müllkippe, wo er die kleine Leiche vergraben hatte.

Die Aufdeckung eines so furchtbaren Endes erschütterte die Öffentlichkeit. Doch in den oberen Etagen der Polizei und der

Fernsehanstalten spürte man, dass sich etwas unwiderruflich verändert hatte.

Eine neue Ära hatte begonnen.

Die Rechtsprechung war nicht länger eine den Gerichten vorbehaltene Aufgabe, sondern etwas, bei dem alle mitmischten, ohne Unterschied. Und angesichts dieser neuen Sichtweise waren Informationen eine wichtige Ressource – Informationen waren Gold wert.

Das Geschäft damit war nach dem Tod eines armen unschuldigen Kindes erst richtig aufgelebt.

Vogel hatte sich damals als junger, idealistischer Polizist noch nicht vorstellen können, dass er einmal Teil dieses perversen Zusammenspiels werden und seine glänzende Karriere auf dem Unglück anderer aufbauen würde. Dafür war er zu einem anderen erschütternden Schluss gekommen. Laura Blanc hatte ausgesagt, dass sie hinausgegangen war, um die am Vorabend gekaufte Milch aus dem Auto zu holen. Ihr Haus war ein Dutzend Mal von Polizeiteams auf den Kopf gestellt worden, bis man endlich Berninskys Fingerabdruck fand – warum also war dann keiner je auf die besagte Milchpackung gestoßen?

Der reife Vogel von heute, mit vielen Jahren Erfahrung auf dem Buckel, fragte sich das noch immer. Und die naheliegende Antwort verursachte ihm immer noch eine Gänsehaut. Laura Blanc hatte sich bald nach den Ereignissen ein neues Leben aufgebaut, mit einem Mann, den sie schon zuvor kennengelernt hatte und der möglicherweise nicht die Verantwortung für den Sohn eines anderen hatte übernehmen wollen. Die These, dass diese Frau schon länger etwas von den Absichten des geistig minderbemittelten Berninsky geahnt und die Tat begünstigt hatte, wäre den Medien schwer zu verkaufen gewesen. Sie hatte an diesem Morgen die Haustür mit Absicht offen stehen lassen, davon war Vogel überzeugt, doch er hatte schon damals gewusst, dass es Geheimnisse gab, die Geheimnisse bleiben mussten, und deshalb niemandem etwas von seinem Verdacht erzählt. Jedes Mal aber, wenn sich in einem Fall etwas eklatant Neues ergab, musste er daran denken.

Auch an diesem Morgen kam ihm der kleine Leo wieder in den Sinn, als er im Dienstwagen neben Borghi saß, der ihn bei Tagesanbruch geweckt hatte. Wie es schien, hatten die Taucher in einem Abwasserkanal Anna Lous bunt gemusterten Rucksack gefunden.

Manchmal bekam er Platzangst im Haus, und dann musste er das Weite suchen. Martini war gut darin geworden, die draußen lagernden Journalisten abzuhängen. Zum Beispiel hatte er herausgefunden, dass zwischen fünf und sieben Uhr morgens, wenn die Fernsehteams sich auf die ersten Ausgaben ihrer Nachrichtensendungen vorbereiteten, die beste Zeit war, um durch die Hintertür hinauszuschlüpfen.

Und er hatte ein Labyrinth aus »sicheren« Gassen entdeckt, durch das er Avechot hinter sich lassen konnte. Er ging dann in den Wald und überließ sich der Einsamkeit der Natur, überzeugt, dass er das Privileg der Freiheit bald verlieren würde. Seit dem Treffen mit Vogel in dem Schnellrestaurant waren fünf Tage vergangen. Die Vorstellung, dass der Sonderermittler sich jetzt der Jagd nach einer rot-braun gefleckten Katze widmete, ließ ihn in seinen Augen ausgesprochen lächerlich erscheinen, aber er hatte ohnehin keine Angst mehr vor ihm, keine Angst davor, was weiter passieren würde. Auch wenn sein vernachlässigtes Äußeres etwas anderes vermuten ließ, übte Loris Martini sich in innerer Stärke. Sein langer, ungepflegter Bart und sein Körpergeruch waren sogar zu so etwas wie einer Rüstung geworden, mit der er sich die Leute vom Leib hielt, zumindest bildete er sich das ein. Clea hätte gewiss etwas dagegen einzuwenden gehabt. Ihr entging nichts, und sie gab ihm ständig Ratschläge, was sein Aussehen anging. So war es im Grunde seit dem Tag, an dem er in einem dunkelblauen Anzug und mit alberner Fliege auf dem Campus erschienen war, um sie zum Abendessen einzuladen. Die äußere Erscheinung, die Form, war seiner Frau sehr wichtig.

Martini vermisste Clea und Monica, aber er wusste, dass er auch für sie stark sein musste. Seit ihrem Weggang hatte es keinerlei Kontakt gegeben, nicht einmal einen Anruf. Um ehrlich zu sein, hatte er selbst ebenfalls keinen Versuch unternommen, sich zu melden. Er wollte sie beschützen – vor sich beschützen.

Der Morgennebel trieb langsam von den Nadelbäumen herab, und Martini mochte es, die Äste im Vorbeigehen zu streifen und die kühle Nässe in der Handfläche zu spüren. Er breitete die Arme aus und schloss die Augen, um diese kurze Seligkeit zu genießen. Dann atmete er mit voller Lunge die würzige Luft ein. Sein Geist füllte sich mit Grün, während die Nacht sich allmählich zurückzog, um dem Tag Platz zu machen. Die Tiere des Waldes kamen aus ihren Verstecken, und die Vögel sangen vor Glück, weil sie der Finsternis wieder einmal entronnen waren.

Als seine Quarz-Armbanduhr anfing zu piepen, wusste Martini, dass seine zwei Stunden Ruhe und Frieden zu Ende gingen und es Zeit wurde umzukehren. Sich in sein Schicksal fügend, nahm er den kürzesten Weg zurück. Als er die Straße nach Avechot erreicht hatte, bemerkte er von fern eine Gestalt, die auf ihn zukam. Er wäre ihr gern ausgewichen, doch es gab nirgends einen Seitenweg und ringsum nur Wiesen und Felder. Da er sich gezwungen sah weiterzugehen, senkte er den Blick und zog seine Schirmmütze tiefer ins Gesicht. Die Hände in den Taschen vergraben und ein wenig vorgebeugt, folgte er einer imaginären Linie, entschlossen, sich stur an sie zu halten. Doch die Versuchung, zu dem mysteriösen Wanderer hinzuschielen, war stärker, und als er ihn erkannte, stockte ihm der Atem.

Bruno Kastner bemerkte ihn mit ein paar Sekunden Verzögerung, dann erschrak er offenbar ebenfalls, denn er ging plötzlich langsamer.

Beide waren sie kurz davor, stehen zu bleiben, schienen aber darauf zu warten, dass der andere es als Erster tat. Der Vater des vermissten Mädchens hatte einen undurchdringlichen, aber jedenfalls gefasst wirkenden Gesichtsausdruck. Martini fragte sich, was er an Kastners Stelle tun würde, und das machte ihm Angst.

Ihre Schritte auf dem Asphalt nahmen einen Gleichklang an, verschluckten sich gegenseitig. Das restliche Stück Weg zwischen ihnen erschien endlos. Als sie endlich auf gleicher Höhe waren, betrug der Abstand zwischen ihren Schultern nur wenige Meter, aber keiner drehte sich zum anderen um. Martini hielt schließlich an, erwartete irgendetwas.

Doch der andere blieb nicht stehen, sondern beschleunigte sein Tempo wieder und ging ohne ein Wort an ihm vorbei.

Martini konnte sich für einen Moment nicht vom Fleck rühren. Er hörte sein Herz in seiner Brust klopfen, und beim Weitergehen spürte er Bruno Kastner immer noch hinter sich und wünschte für einen Moment, er würde kehrtmachen und auf ihn losgehen. Doch dazu kam es nicht. Als er sich umdrehte, war der große kräftige Mann nur noch ein kleiner Punkt am Waldrand.

Martini würde die Begegnung nicht vergessen und traf im selben Moment eine Entscheidung.

Anna Lou Kastners bunter Rucksack lag auf dem Seziertisch des kleinen Leichenschauhauses von Avechot. Man hatte ihn in Ermangelung einer Leiche dort platziert, aber der Sonderermittler glaubte dennoch, das Mädchen mit den roten Haaren und den Sommersprossen vor sich liegen zu sehen. Lang ausgestreckt, nackt, kalt und reglos unter einer OP-Leuchte, die sie von oben bestrahlte und den übrigen Raum im Halbdunkeln ließ.

Manchmal gab es tatsächlich auch Glücksfälle, dachte Vogel. Wer auch immer den Rucksack in den Kanal geworfen hatte, hatte ihn zuvor entleert und mit Steinen beschwert, was letztlich jedoch nichts genutzt hatte. Diese bedachte Vorgehensweise stellte einen entscheidenden Beweis dar. Die Existenz eines Täters war jetzt nicht mehr nur eine Ermittlungshypothese, sie war real.

Der Rucksack *war* in diesem Moment Anna Lou. Als würde das junge Mädchen die Augen öffnen und Vogel ansehen, der schon seit mindestens einer halben Stunde allein dort stand und die möglichen Schlussfolgerungen aus diesem Fund abwog. Eine rote Locke fiel ihr in die Stirn, und ihre Lippen bewegten sich und sagten lautlos etwas. Eine Botschaft nur an ihn.

Ich bin noch hier.

Vogel dachte wieder an seinen ersten Besuch bei den Kastners am Weihnachtstag. An den geschmückten Lichterbaum, der nach Absicht der Mutter brennen sollte, bis die Tochter wieder zu Hause war – wie ein Leuchtturm in der Nacht. An das Geschenk mit der roten Schleife, das nur darauf wartete, ausgepackt zu werden. Nun würde dieses Päckchen die Stelle eines weißen Sargs einnehmen.

»Wir werden dich nie finden«, sagte er leise und merkte, wie die Überzeugung sich sogleich tief in ihm festsetzte.

Die dümmste Sünde des Teufels ist die Eitelkeit.

Deshalb wurde es nun Zeit zu handeln. Und zu verhindern, dass es wieder passierte.

Gegen neun stieg Loris Martini unter die Dusche. Das warme Wasser vertrieb die angestaute Müdigkeit. Wenig später stand er nackt vor dem Spiegel. Er sah sich selbst ins Gesicht, was er in den letzten Tagen sorgsam vermieden hatte, und begann sich zu rasieren.

Anschließend suchte er vor dem offenen Kleiderschrank unter seinen wenigen Sachen diejenigen aus, die seinen Gemütszustand am besten wiedergaben. Eine beige Cordsamtjacke, eine Hose aus dunkelbraunem Baumwollflanell und ein dunkelblau-braun kariertes Hemd, das er mit einer taubengrauen Krawatte kombinierte. Nachdem er seine Clarks zugebunden hatte, zog er seine Winterjacke über, nahm die Cordumhängetasche und verließ das Haus.

Als sie ihn zur Vordertür herauskommen sahen, konnten die Reporter es kaum fassen. Alle Objektive richteten sich auf ihn, während er in aller Seelenruhe den Vorgarten bis zur Straße durchquerte, über die Absperrung hinwegstieg und seines Weges ging.

Er nahm die Hauptstraße durch den Ort, wo die Leute ungläubig stehen blieben und auf ihn zeigten. Kunden kamen aus den Geschäften heraus, um zu sehen, was los war, aber niemand sagte oder tat etwas. Der Lehrer mied die Blicke der Menschen, obwohl er sie schwer auf sich lasten fühlte.

Als er bei der Schule ankam, hatte sich bereits eine kleine Menschenmenge hinter ihm versammelt. Er sah, dass sich nichts verändert hatte, abgesehen von der zum Polizeihauptquartier umgewandelten Turnhalle.

In der Gewissheit, dass die Journalisten, die ihn verfolgten, an dieser Grenze haltmachen würden, stieg er die Treppe zum Eingang hinauf. Drinnen ertönte das vertraute Geräusch der Schulglocke. Laut Stundenplan war um zehn Literaturunterricht, also steuerte er auf seine Klasse zu, während die Lehrerkollegen und Schüler, die sich in den Fluren aufhielten, ihm nachstarrten.

Zwischen den Tischen herrschte der übliche Tumult nach jeder Stunde. Bald würde der Vertretungslehrer eintreffen, den der Schuldirektor der Klasse zugeteilt hatte, aber da er sich verspätete, nutzten die Schülerinnen und Schüler das, um laut herumzualbern.

Priscilla trug wieder ihre gewohnte Aufmachung, inklusive der stark geschminkten Augen und der Metallstecker im Ohr. »Ich mache demnächst Probeaufnahmen für eine Realityshow«, erzählte sie gerade aufgeregt ihren Freundinnen.

»Und deine Mutter erlaubt das? Hat sie nichts dagegen?«, fragte eine Klassenkameradin.

»Und wenn schon, ist mir doch egal. Das ist schließlich mein Leben. Endlich passiert etwas, und sie wird damit klarkommen müssen«, sagte Priscilla achselzuckend. »Vielleicht sollte ich mir schon mal einen Agenten suchen.«

Lucas, der Unruhestifter mit dem tätowierten Totenschädel, krakeelte in Richtung der hinteren Bänke: »Und du, Loser, hat man dir noch kein Angebot gemacht?«

Allgemeines Gelächter, aber Mattia tat, als hätte er nichts gehört, und kritzelte weiter in sein Heft.

Als die Tür aufging, drehten sich nicht sofort alle um. Doch wer es tat, verstummte. Beim Lehrerpult angekommen, legte Martini seine Tasche ab, und dann war es auf einmal totenstill.

»Guten Morgen allerseits«, begrüßte er seine Klasse mit einem Lächeln.

Niemand antwortete, alle waren sie wie vom Donner gerührt, vor allem Mattia, der geradezu entsetzt dreinsah. Es vergingen ein paar angespannte Sekunden, in denen der Lehrer sie im Stehen nacheinander musterte. Dann, als wäre nichts gewesen, begann er seinen Unterricht. »In der letzten Stunde haben wir über Erzähltechniken in Romanen gesprochen. Ich habe euch erklärt, dass alle Autoren, auch die größten, sich von dem inspirieren lassen, was vor ihnen geschrieben wurde. Das oberste Prinzip lautet abschreiben, erinnert ihr euch?«

Niemand reagierte. Es lief gut, sagte sich Martini, sie waren noch nie so aufmerksam gewesen.

Die Tür des Klassenzimmers ging erneut auf, und diesmal drehten sich alle um. Sonderermittler Vogel kam herein, erfasste die Situation und hob abwiegelnd, beinahe entschuldigend die Hand. Er setzte sich auf einen freien Platz und forderte den Lehrer nickend auf, fortzufahren.

Martini tat es ungerührt. »Wir haben gehört, dass das Böse die eigentliche Triebfeder jeder Erzählung ist. Die Helden und die Opfer sind nichts als schmückendes Beiwerk, denn das Alltägliche interessiert die Leser nicht, Alltag haben sie selbst genug. Sie wollen Konflikte, nur so können sie ihre eigene Mittelmäßigkeit vergessen.« Jetzt sah er den Sonderermittler gezielt an. »Denkt daran: Es ist der Schurke, der die Mittelmäßigkeit annehmbarer macht, er ist es, der die Geschichte *ausmacht.*«

Vogel begann zu applaudieren. Er tat es mit Nachdruck, klatschte energisch in die Hände und nickte zufrieden. Dann richtete er den Blick auffordernd auf die Klasse, damit sie miteinstimmte. Zuerst sahen sich die Schüler ratlos an, bis schließlich der eine oder andere zögerlich mitmachte. Immer weiter applaudierend stand der Sonderermittler auf und ging zum Lehrerpult. Erst als er vor Martini stand, hörte er auf.

»Gute Lektion«, sagte er. Dann beugte er sich an sein Ohr und flüsterte: »Wir haben Anna Lous Rucksack gefunden. Noch keine Leiche, aber die brauchen wir auch nicht … An dem Rucksack klebt Blut von Ihnen, Herr Martini.«

Martini sagte nichts dazu.

Vogel zog ein Paar Handschellen aus der Tasche seines Kaschmirmantels. »Und jetzt müssen wir die Stunde leider beenden.«

23. FEBRUAR.

ZWEIUNDSECHZIG TAGE NACH DEM VERSCHWINDEN.

In der Nacht, die alles veränderte, war nur das Bergwerk von Avechot von Dr. Flores' Sprechzimmer aus sichtbar. Auf den Belüftungstürmen der Mine blinkten rote Warnlichter wie kleine, aufmerksame Augen. Wächter im Nebel.

»Haben Sie Familie, Herr Sonderermittler?«

Vogel betrachtete eingehend die Fingernägel seiner rechten Hand und schien wieder in Gedanken versunken zu sein. »Familie?«, wiederholte er zerstreut. »Nie Zeit dafür gehabt.«

»Ich dagegen bin seit vierzig Jahren verheiratet«, erzählte Flores unaufgefordert. »Sophia hat unsere drei prächtigen Kinder großgezogen und widmet sich jetzt ganz den Enkeln. Sie ist eine großartige Frau, ich wüsste nicht, was ich ohne sie tun sollte.«

»Was macht man eigentlich als Psychiater in Avechot?«, fragte Vogel, plötzlich neugierig geworden. »In einem so kleinen Ort erwartet man nicht, auf einen zu treffen.«

»Die Suizide«, antwortete Flores ernst. »In dieser Gegend ist die Selbstmordrate landesweit am höchsten. Fast jede Familie hat da ihre Geschichte – Väter, Mütter, Brüder, Schwestern. Manchmal sogar ein Kind.«

»Die Gründe?«

»Es gibt keine. Wer von außen kommt, beneidet uns oft – die Leute denken, dass an einem abgelegenen Ort wie diesem, geborgen inmitten der Berge, das Leben immer heiter und friedlich verläuft. Aber vielleicht ist gerade das Zuviel an Ruhe und

Frieden die Ursache. Das allein macht nämlich nicht glücklich, im Gegenteil, es kann zu einem Gefängnis werden. Und um ihm zu entfliehen, nehmen die Menschen sich das Leben, noch dazu auf möglichst brutale Weise. Sie geben sich nicht damit zufrieden, ein Röhrchen Tabletten zu schlucken oder sich die Pulsadern aufzuschneiden, nein, sie müssen sich richtig wehtun, als wollten sie sich bestrafen.«

»Und haben Sie viele gerettet?«

Flores lachte kurz auf. »Mehr als Medikamente brauchen meine Patienten wahrscheinlich jemanden, bei dem sie sich aussprechen können.«

»Ich wette, Sie schaffen es, sie zum Sprechen zu bringen.«

Da hatte der Sonderermittler recht. Flores war gut darin, auf Menschen einzugehen, er konnte zuhören und drängte sich nicht auf. Er verlor nie die Geduld und wurde nie laut bei Diskussionen, auch nicht zu Hause, schon gar nicht gegenüber seinen Kindern. Er gefiel sich darin, als ausgeglichener Mensch zu gelten, und bezeichnete sich gern als Bergdoktor in der Tradition der Ärzte von einst, die in erster Linie die Seele ihrer Patienten behandelten und sie so von allen Beschwerden heilten.

»Vielleicht sind sie nicht einfach nur unglücklich«, fuhr Vogel fort. »Vielleicht nimmt einem zu viel Friedlichkeit auch die Angst vorm Sterben, meinen Sie nicht?«

»Mag sein«, räumte der Arzt ein. »Haben Sie Angst vor dem Tod, Sonderermittler Vogel?« Die Frage enthielt eine verdeckte Absicht. Er wollte ihn in die Gegenwart zurückholen, zur Realität seiner blutbespritzten Kleidung und zu dem Grund, aus dem er noch einmal hier heraufgekommen war.

»Wenn man ständig vom Tod anderer umgeben ist, kommt man nicht dazu, an den eigenen zu denken«, antwortete Vogel bitter. »Und Sie, denken Sie oft daran?«

»Jeden Tag seit dreißig Jahren.« Flores deutete auf seine Brust. »Drei Bypässe.«

»Ein Infarkt? In so jungen Jahren?«

»Ich war damals schon Familienvater. Das muss nichts heißen, ich weiß, aber die eigene Jugend wird zur Nebensache, wenn man große Verantwortung trägt. Gott sei Dank habe ich die komplizierte, zwölfstündige Operation überlebt und muss seitdem nur daran denken, meine Tabletten zu nehmen und mich hin und wieder einer kleinen Kontrolle zu unterziehen.« Flores neigte dazu, diesen Zwischenfall in seiner Vergangenheit herabzuspielen, möglicherweise, weil er sich nicht eingestehen wollte, wie tief er ihn gezeichnet hatte.

Es klopfte an der Tür, aber der Psychiater rief nicht »Herein!«, sondern stand auf und ging hinaus. Es war ein verabredetes Signal. Vogel schien sich nichts dabei zu denken.

Staatsanwältin Mayer lief draußen im Flur auf und ab. »Und?«, fragte sie, sobald er herauskam.

»Er schwankt zwischen Momenten klaren Bewusstseins und solchen völliger Geistesabwesenheit«, antwortete Flores.

»Aber simuliert er nun oder nicht?«

»So einfach ist das nicht«, sagte der Arzt. »Er hat mit einem langen Bericht über den Fall begonnen, und ich lasse ihn reden, weil ich denke, dass wir am Ende zu dem Autounfall von heute Nacht kommen werden.« Es schien sich eher um ein Geständnis als um einen Bericht zu handeln, doch das behielt der Psychiater für sich.

»Seien Sie vorsichtig, Vogel ist ein geschickter Manipulator.«

»Er braucht mich nicht zu manipulieren, solange er die Wahrheit sagt, und bis jetzt hat er meiner Einschätzung nach nicht gelogen.«

Mayer blieb skeptisch. »Weiß Vogel, dass Maria Kastner sich vor drei Tagen das Leben genommen hat?«

»Bisher hat er nichts davon erwähnt, ich kann es Ihnen nicht sagen.«

»Sie sollten es ihm unter die Nase reiben, schließlich ist er zum großen Teil mit schuld daran.«

Flores hatte sehr bald erkannt, dass Anna Lous Mutter die Sache nicht verkraften würde, aber man hatte ihn daran gehindert, etwas für sie zu tun. Nach ihrer Selbsttötung hatte sich die Bruderschaft von Maria distanziert und sie wegen ihrer schweren Sünde verurteilt. Man hatte ihr sogar ein christliches Begräbnis verweigert. »Ich glaube nicht, dass es hilfreich wäre, das jetzt anzusprechen«, widersprach er. »Im Gegenteil, es könnte sich schädlich auswirken.«

Mayer baute sich vor dem Arzt auf, um ihm ins Gesicht zu sehen. »Lassen Sie sich nicht auch noch von ihm einwickeln, ich bitte Sie. Ich habe diesen Fehler gemacht und kann es mir immer noch nicht verzeihen.«

Flores nickte. »Keine Sorge, sollte das alles nur gespielt sein, werden wir ihn entlarven.«

Als er mit zwei dampfenden Tassen Kaffee ins Zimmer zurückkehrte, saß Vogel nicht mehr auf dem Besucherstuhl. Er stand vor der Wand und betrachtete die Regenbogenforelle, die vor einer Weile sein Interesse erregt hatte.

»Ich habe uns Genussmittel mitgebracht«, sagte Flores scherzend und stellte eine der Tassen auf dem Schreibtisch ab.

Vogel drehte sich nicht einmal um. »Wissen Sie, warum wir uns nie an die Namen der Opfer erinnern?«

»Wie bitte?«

»Ted Bundy, Jeffrey Dahmer, Andrei Tschikatilo … Wir erinnern uns an die Namen der Täter, aber kaum jemand weiß noch die der Opfer. Haben Sie sich einmal gefragt, warum? Es sollte doch eigentlich umgekehrt sein. Wir behaupten, Mitleid mit den Ermordeten zu empfinden, Mitgefühl, doch dann vergessen wir sie schnell. Achten Sie mal darauf …«

»Kennen Sie den Grund dafür?«

»Es heißt, dass letztlich die Medien daran schuld sind, weil sie uns bis zum Gehtnichtmehr mit dem Namen der Bestie bombardieren. Die Medien sind des Teufels, wussten Sie das nicht?«, sagte Vogel mit einem sarkastischen Grinsen. »Dabei könnten wir sie jederzeit mit einem Tastendruck ausschalten oder einfach weglegen – aber das tun wir nicht, wir sind alle viel zu neugierig.«

»Vielleicht ist es ja die Gerechtigkeit, die uns in Wahrheit am Herzen liegt, nicht die Bestie.«

»Ach was«, winkte der Sonderermittler ab. »Die Gerechtigkeit bringt keine Einschaltquoten, mein Freund. Die Gerechtigkeit interessiert niemanden.«

»Sie auch nicht?«

Vogel schwieg einen Moment, als hätte ihn die Frage getroffen. »Ich wusste, dass der Lehrer schuldig ist … Es gibt Dinge, die ein Polizist nicht erklären kann. Eine Art Instinkt, nehme ich an.«

»Und deshalb haben Sie ihn schikaniert und ihm das Leben zur Hölle gemacht?« Flores spürte, dass sie an einem vorläufigen Wendepunkt angelangt waren.

»Als ich Anna Lous bunten Rucksack dort auf dem Autopsietisch liegen sah, löste das etwas in mir aus … Die Staatsanwältin hätte die Anklage fallen lassen.« Wieder eine Pause. Dann, mit leiser Stimme: »Das konnte ich nicht zulassen.«

»Was wollen Sie mir damit sagen, Sonderermittler Vogel?«

Vogel hob den Kopf und sah ihn an. »Es durfte keinen neuen

Fall Derg geben. Der Verstümmler kam am Ende ungestraft davon. Alle entschuldigten sich bei ihm, und obendrein kassierte er noch eine millionenschwere Prämie, auch wenn sich das offiziell ›Entschädigung wegen ungerechtfertigten Freiheitsentzuges‹ nannte.«

Flores konnte kaum an sich halten vor Spannung, wollte ihn aber nicht drängen.

»Am Abend unserer ersten persönlichen Begegnung, in diesem Schnellrestaurant an der Straße, hatte Martini die Hand verbunden. Der Dummkopf wollte die Wunde nicht nähen lassen, sodass sie immer noch blutete. Ein roter Fleck auf dem hellblauen Tisch ...«

»Das Blut auf dem Rucksack«, sagte Flores fassungslos. »Dann stimmt es also ... Sie haben den Beweis gefälscht!«

17. JANUAR.

FÜNFUNDZWANZIG TAGE NACH DEM VERSCHWINDEN.

Kurz nach Mitternacht fuhr ein dunkler Wagen ohne Polizeikennzeichen durch das Sicherheitstor des Gefängnisses. Er hielt in einem kleinen, sechseckigen Innenhof, der von hohen grauen Mauern umgeben war, sodass er wie der Grund eines Brunnens anmutete.

Zwei Beamte in Zivil stiegen hinten zu beiden Seiten aus und halfen anschließend dem Lehrer, der durch die Handschellen in seinen Bewegungen behindert war. Als er die Füße auf das Pflaster setzte, blickte er als Erstes nach oben.

Der Sternenhimmel war auf engstem Raum eingeschlossen.

Borghi hatte vorne gesessen, wenn auch diesmal nicht am Steuer. Er hielt eine dünne Mappe in der Hand, in der sich der von Mayer unterschriebene Haftbefehl sowie das Protokoll der Vernehmung des Lehrers am Nachmittag im Beisein der Staatsanwältin befanden. Martini hatte alle Beschuldigungen zurückgewiesen, doch die Beweise und Indizien gegen ihn wogen schwer.

Borghi ging dem Lehrer und den beiden eskortierenden Beamten in Block C voraus. Dort legte er die Unterlagen dem leitenden Justizvollzugsbeamten vor, damit dieser den Gefangenen übernahm. »Loris Martini«, stellte er ihn vor. »Die Anklage lautet auf Entführung und Ermordung einer Minderjährigen mit dem erschwerenden Umstand des Verbergens der Leiche.«

Natürlich wusste der Gefängnisaufseher, um wen es sich handelte und warum er eingeliefert wurde, aber so war nun mal das Protokoll. Er nickte und beschränkte sich darauf, den Kommissar die Überstellungsformulare unterschreiben zu lassen.

Nachdem die schriftlichen Formalitäten erledigt waren, drehte sich Borghi noch einmal zu Martini um, der verwirrt und benommen wirkte. Der Lehrer sah ihn mit dem flehenden Blick eines Menschen an, der zu verstehen versucht, was mit ihm passiert. Borghi wandte sich an die beiden Polizisten, die ihn begleitet hatten. »Gehen wir«, sagte er nur.

Martini sah ihnen nach, als sie davongingen. Dann wurde er von zwei Händen an den Ellbogen gepackt und weggezogen. Die Wärter führten ihn in einen angrenzenden Raum mit von Feuchtigkeit fleckigen Wänden. Darin gab es nichts als einen niedrigen Stahlhocker und in dem zur Mitte hin abfallenden Fußboden den Gitterdeckel eines Abflusses.

»Ziehen Sie sich aus«, wiesen die Männer ihn an, nachdem sie ihm die Handschellen abgenommen hatten.

Er gehorchte. Sobald er vollständig nackt war, befahlen sie ihm, sich auf den Hocker zu setzen, drehten die Dusche auf, die senkrecht über ihm angebracht war und die er nicht bemerkt hatte, und gaben ihm ein Stück Seife. Als er aufstehen wollte, um sich besser waschen zu können, hinderten sie ihn daran. Die Vorschriften untersagten es. Das Wasser war lauwarm und roch nach Chlor. Anschließend reichte man ihm ein zu kleines weißes Handtuch, das sofort vollgesogen war.

»Stehen Sie auf und stützen Sie beide Hände an die Wand, beugen Sie sich dann so weit vor wie möglich«, befahl einer der Wärter.

Martini zitterte vor Kälte und Angst. Er konnte nicht sehen, was hinter seinem Rücken vorging, ahnte aber, was folgen würde, als er das Schnalzen eines Latexhandschuhs hörte. Während der wenige Sekunden dauernden Leibesvisitation hielt er die Augen geschlossen, um die Demütigung auszublenden. Nachdem man sich davon überzeugt hatte, dass er nichts in seinem Rektum verbarg, forderte man ihn auf, sich wieder auf den Hocker zu setzen.

Es vergingen einige Minuten in vollkommenem Schweigen. Niemand erklärte ihm etwas, sodass er sich gezwungen sah abzuwarten, was weiter passieren würde. Das Geräusch von Schritten ging der Ankunft eines Arztes im weißen Kittel und mit einem Klemmbrett voraus.

»Leiden Sie an irgendwelchen chronischen Krankheiten?«, fragte er, ohne sich vorzustellen.

»Nein«, antwortete Martini kaum hörbar.

»Müssen Sie irgendwelche Medikamente einnehmen?«

»Nein.«

»Sind Sie oder waren Sie schon einmal von einer Geschlechtskrankheit betroffen?«

»Nein.«

»Nehmen Sie Drogen?«

»Nein.«

Der Gefängnisarzt notierte auch diese letzte Antwort auf seinem Klemmbrett und ging wieder, ohne etwas hinzuzufügen. Die Wärter packten Martini erneut an den Armen, damit er aufstand. Einer gab ihm die Gefängniskleidung aus grober, verwaschen blauer Baumwolle und ein Paar Plastiklatschen, die zwei Nummern zu klein waren. »Ziehen Sie sich an«, sagte er. Dann führten sie ihn in Handschellen durch einen endlos scheinenden Gang. Eine Reihe von Gittertüren öffnete sich vor ihnen und schloss sich hinter ihnen wieder.

Es war Nacht, doch das Gefängnis schlief nie.

Aus einer der Zellen ertönte ein dumpfes, metallisches Schlagen, das sich gleich darauf ringsherum fortsetzte. Das rhythmische Klappern begleitete Martini wie ein Trommelwirbel einen zum Tode Verurteilten. Von hinter den verriegelten Türen drang ein unheilvolles Wispern an seine Ohren.

»Du Dreckschwein.«

»Deine Tage sind gezählt, wir machen dich fertig.«

»Willkommen in der Hölle.«

Dieser Empfang war ausschließlich Kinderschändern und -mördern vorbehalten. Nach dem Ehrenkodex der Gefängnisinsassen waren diese Typen sogar unwürdig, hinter Gittern zu sitzen, und keiner ertrug das Zusammensein mit ihnen. Deshalb war für sie eine zusätzliche Bestrafung vorgesehen, eine Strafe innerhalb der Strafe sozusagen: als lebende Tote gebrandmarkt zu sein.

Martini ging mit gesenktem Kopf. Die Uniform war ihm zu groß, und die Hose rutschte ihm von den Hüften, doch mit gefesselten Händen war es schwierig, sie hochzuziehen.

Sie kamen vor einer schweren Eisentür an. Einer der Wärter schloss sie auf und schob ihn hinein, dann stellten sich beide innen an die Tür. Die Zelle war schon für eine Person sehr eng, ganz zu schweigen von dreien. Es gab eine Pritsche und in einer Ecke ein Edelstahl-WC sowie ein Waschbecken. Durch ein kleines Fenster drang das Mondlicht zusammen mit einem eisigen Luftzug herein.

Eine vierte Person betrat die Zelle. Ein kräftiger Mann um die fünfzig, dessen Oberarmmuskeln den Uniformstoff spannten. »Mein Name ist Alvis, leitender Vollzugsbeamter«, stellte er sich vor. »Mir untersteht die Isolationsabteilung.«

Martini vermutete, dass er ihm jetzt einen strengen Vortrag darüber halten würde, wie die Dinge hier drin abliefen, doch er drückte ihm nur eine braune Wolldecke, einen Blechnapf und einen Löffel aus Silikon in die Arme.

»Diese Gegenstände sind, ebenso wie die Matratze auf der Pritsche, Eigentum des Gefängnisses. Sie werden Ihnen in einwandfreiem Zustand übergeben, Verlust oder Beschädigung werden Ihnen in Rechnung gestellt«, leierte Alvis herunter. »Unterschreiben Sie hier.«

Er reichte ihm ein Klemmbrett mit einem Formular, und Martini setzte seinen Namen unter die kurze Liste, wobei er sich fragte, welchen Wert die paar armseligen Sachen schon haben konnten, um einen solchen Verwaltungsaufwand zu rechtfertigen. Im selben Moment ahnte er, dass genau diese übertriebene, pedantische Bürokratie das Schlimmste am Gefängnis war. Das Leben hinter Gittern wurde in allen Einzelheiten durch Formulare, Vorschriften und Zusätze geregelt. Jede Entscheidung war bereits von jemand anderem getroffen worden, und um persönlichen Kontakt auf ein Minimum zu beschränken, wurde jede Handlung standardisiert und vorgegeben. Entmenschlicht. Auf diese Weise gab es keinen Spielraum für Emotionalität, Mitgefühl oder Verständnis.

Man war allein mit sich selbst und seiner Schuld.

Als die Wärter und ihr Vorgesetzter die Zelle verließen, blieb Martini mit der braunen Decke und dem Blechnapf samt Löffel mitten darin stehen. Die schwere Tür schloss sich hinter ihm.

Gebrandmarkt als lebender Toter, dachte er, während Stille sich in der Zelle ausbreitete.

Vogel hatte vierundzwanzig Stunden abgewartet, bevor er eine Mitteilung an die Presse herausgab. Der Wirbel um die Verhaftung am Vortag sollte sich erst einmal legen, damit er die Bühne ganz für sich allein hatte.

Er, der Ermittler, dem es gelungen war, einen Mörder sogar ohne die Leiche des Opfers dingfest zu machen.

Nun genoss er die Aufmerksamkeit der Medien vor einem

Wald aus Mikrofonen und Kameras. Die Konferenz fand in der Schulturnhalle statt, die nur noch für kurze Zeit als Einsatzzentrale fungieren würde. Für den Anlass hatte er extra eine neue Kombination gewählt: eine dunkle Samtjacke zu einer grauen Hose und eine Krawatte im englischen Militärstil. Die Manschetten seines weißen Hemdes wurden von sternförmigen Weißgoldknöpfen zusammengehalten. Dazu trug er das Perlenarmband von Anna Lou, das er wie eine Trophäe zur Schau zu stellen beabsichtigte.

»Die gewissenhafte und besonnene Arbeit der Polizei hat letztlich zu dem Ergebnis geführt, das wir alle erhofft hatten. Wie Sie sehen, wurden Beharrlichkeit und Geduld wieder einmal belohnt. Wir haben uns vom Druck der Medien und von der öffentlichen Meinung nicht beirren lassen, sondern in aller Stille, abseits des Scheinwerferlichts, weiter auf das Ziel hingearbeitet, das wir uns von Anfang an gesetzt hatten: der Wahrheit im Fall der vermissten Anna Lou Kastner auf den Grund zu gehen.«

Es war schon bemerkenswert, wie er die Fakten verdrehte, ohne eine Spur von Verlegenheit erkennen zu lassen, dachte Borghi, der dem Auftritt im Hintergrund beiwohnte. Und obwohl die Wahrheit, von der Vogel sprach, immer noch keine Antwort auf die Frage enthielt, was aus dem Mädchen mit den roten Haaren und den Sommersprossen geworden war, schaffte der Sonderermittler es, alle von seiner Leistung zu überzeugen. Weil er in erster Linie selbst davon überzeugt war.

»Unser Einsatz in Avechot ist nun beendet. Wir überlassen der Justiz das Feld in der Gewissheit, dass Staatsanwältin Mayer guten Gebrauch von unseren wertvollen und eindeutigen Ermittlungsergebnissen machen wird.«

Mayer, die neben ihm stand, wandte den Blick leicht von den auf sie gerichteten Objektiven ab. Eine kaum merkliche, aber sprechende Reaktion, fand Borghi. Im Gegensatz zu Vogel konnte sie sich nicht selbst belügen.

»Wie haben die Kastners die Nachricht von der Verhaftung des Verdächtigen aufgenommen?«, fragte ein Reporter.

»Soweit ich weiß, haben sie gestern aus dem Fernsehen davon erfahren«, antwortete der Sonderermittler. »Ich wollte sie nicht in ihrem nur zu verständlichen Kummer dieser schweren Stunden stören. Aber ich werde sie so bald wie möglich aufsuchen, um ihnen zu erklären, was vorgefallen ist und wie es nun weitergeht.«

»Stellen Sie die Suche nach Anna Lou jetzt ein?« Das kam von Stella Honer.

Vogel, der mit dieser Frage gerechnet hatte, vermied es, ihr direkt zu antworten, und wandte sich an alle. »Selbstverständlich nicht«, beschwichtigte er rasch. »Wir werden keine Ruhe geben, bis auch das letzte fehlende Element dem Gesamtbild hinzugefügt wurde. Das Schicksal des armen Mädchens ist stets unsere Priorität gewesen.«

Doch damit, besonders mit dem Ausdruck »armes Mädchen«, hatte er jeder Hoffnung, sie noch zu finden, offiziell ein Ende gesetzt, erkannte Borghi. Das waren kleine rhetorische Kniffe, mit denen er sich im Fall eines Scheiterns aus der Affäre ziehen konnte. Außerdem würden die für die Suche zur Verfügung gestellten Mittel mit dem Erlöschen der Scheinwerfer merkliche Einschnitte erfahren. Keine Spurensicherungsteams mehr, keine Hunde- oder Taucherstaffeln. Kein Hubschrauber würde mehr zwischen den Bergen kreisen. Die Freiwilligen würden allmählich nach Hause zurückkehren. Aber die Ersten, die Avechot verließen, würden die Reporter sein. In wenigen Tagen würde der Zirkus seine Zelte abbrechen und eine kahle Fläche voller Papiermüll zurücklassen. Das Tal und seine Bewohner würden erneut in unabwendbarer Lethargie versinken. Das alte Leben würde wiederaufgenommen werden, die sozialen Unterschiede zwischen denen, die das Glück gehabt hatten, ein Grundstück mit einer Fluoritader zu besitzen, und denen, die durch das Bergwerk verarmt waren, wieder aufbrechen. Die Pensionen und Restaurants, die zeitweilig wieder aufgemacht hatten, würden ihre Kundschaft nach und nach verlieren; die Sensationstouristen würden sich andere Ziele, andere blutrünstige Verbrechen für ihre Sonntagsausflüge suchen. Das Imbisslokal am Ortseingang würde vielleicht noch ein Jahr lang durchhalten, bis der Besitzer schließlich ebenfalls einsah, dass es das Beste war, den Laden dichtzumachen.

Für Avechot würde eine kurze Saison unverhoffter, zuweilen auch lästiger Popularität zu Ende gehen. Doch niemand würde diesen Winter je vergessen.

Vogel war drauf und dran, die Pressekonferenz zu beenden, weil er schnellstmöglich in die Stadt zurückkehren musste, um an einer beliebten abendlichen Talkshow teilzunehmen, als Stella Honer erneut die Hand hob. »Sonderermittler Vogel, eine letzte Frage«, sagte sie, ohne dass er ihr das Wort erteilt hätte. »Kann man nach diesem Erfolg davon ausgehen, dass der Fall Derg nur eine unglückliche Ausnahme in Ihrer Laufbahn darstellte?«

Vogel hasste Stellas geradezu raubtierhafte Fähigkeit, ihre Krallen in offene Wunden zu schlagen. »Sehen Sie, Frau Honer, für Sie und Ihre Kollegen ist es immer leicht, zwischen Erfolg und Misserfolg zu unterscheiden, wohingegen für uns Polizisten auch Zwischenstufen existieren. Fakt ist, dass der Verstümmler, wie Sie von den Medien ihn getauft haben, nicht mehr zugeschlagen hat. Vielleicht wird er eines Tages wieder aktiv, vielleicht auch nicht. Mir gefällt der Gedanke, dass wir ihm einen solchen Schrecken eingejagt haben, dass er es sich zweimal überlegen wird, ehe er noch einmal irgendwo einen Sprengsatz versteckt.« Dieser Punkt ging an ihn, und nun wurde es Zeit, sich davonzumachen. Vogel trat von den Mikrofonen zurück, bevor ihn noch jemand anders mit einer unbequemen Frage aufhalten konnte.

Während Blitzlichtgewitter den Abgang des Hauptdarstellers in diesem Drama begleitete, löste Borghi sich von der hinteren Saalwand und schickte sich an, ihm zu folgen. Einerseits war er froh, dass es endlich zu Ende war, andererseits gab es da eine leise, aber beharrliche Stimme in ihm, die sich nicht mit diesem Abschluss zufriedengeben wollte. Eine Zeit lang hatte er wirklich geglaubt, Mitstreiter einer heroischen Aktion zu sein, einer Art Kampf zwischen Gut und Böse, aber bei der Verhaftung des Lehrers hatte er keinerlei Befriedigung empfunden. Im Grunde war der Fall durch einen Glückstreffer aufgeklärt worden. Das Gute war, dass er jetzt zu Caroline zurückkehren und mit ihr gemeinsam in Ruhe die Ankunft ihrer Tochter erwarten konnte. Aber die Arbeit hier würde ihm fehlen. Avechot würde ihm fehlen.

Er holte Vogel draußen vor der Turnhalle ein. »Soll ich Sie zum Hotel fahren?«, fragte er.

Vogel sah zum Himmel. »Nein, danke. Ich werde den schönen Tag nutzen und mir ein bisschen die Beine vertreten.« Damit zog er sein schwarzes Notizbuch aus dem Mantel.

Borghi hätte gern gewusst, was er sich da immer so eifrig notierte. Bestimmt gab es einiges daraus zu lernen.

»Also, mein lieber Borghi, jetzt müssen wir uns verabschieden.« Vogel legte ihm doch tatsächlich die Hand auf die Schulter, eine väterliche Geste, die gar nicht zu ihm passte. »Beim nächsten Fall werde ich Sie wieder in mein Team holen.«

Diesmal war alles bestens gelaufen, dachte er, aber Borghi konnte ihm bestimmt ein anderes Mal nützlich werden. Der

Junge war noch so unreif, dass er alles glaubte, was man ihm erzählte.

»Es war wirklich eine Ehre, für Sie zu arbeiten, Sonderermittler Vogel«, sagte der junge Polizist aufrichtig. »Ich habe viel von Ihnen gelernt.«

Vogel bezweifelte das. Seine Ermittlungstechnik war ein Zusammenspiel aus Taktik und Opportunismus. So etwas lernte sich nicht leicht, und er dachte nicht daran, andere in seine Geheimnisse einzuweihen. »Gut, schön für Sie«, sagte er lächelnd und wandte sich zum Gehen, als Borghi ihn noch einmal zurückhielt.

»Entschuldigen Sie, da ist noch etwas, das mich beschäftigt …«

»Nur heraus damit, Borghi.«

»Haben Sie sich nie gefragt, warum Martini das Mädchen entführt, es getötet und seine Leiche versteckt haben soll? Also, ich meine … Was, glauben Sie, ist sein Motiv?«

Vogel gab sich nachdenklich. »Menschen hassen, Kommissar Borghi. Hass ist etwas Ungreifbares, schwer Fassbares, er bringt keine konkreten Beweise hervor, die man einem Gericht vorlegen könnte. Dennoch existiert er leider.«

»Verzeihen Sie, aber das verstehe ich nicht. Warum sollte der Lehrer Anna Lou hassen?«

»Nicht sie persönlich, sondern die Welt im Ganzen. Er lebte im Grunde ein recht freudloses Leben, ohne Erfolg und Anerkennung. Seine Frau hatte ihn mit einem anderen betrogen, er lief Gefahr, seine Familie zu verlieren und allein dazustehen, was letztlich ja auch eingetreten ist. Mit der Zeit hat sich viel Wut bei ihm angestaut, die irgendwann herausmusste. Ich denke, dass Martini Rachegefühle gegen Gott und die Welt hegte. Und die junge Anna Lou mit ihrer Reinheit und Unschuld stellte das perfekte Opfer dar, um alle zu bestrafen.«

Borghi war immer noch nicht ganz überzeugt. »Komisch, denn auf der Polizeiakademie hat man uns beigebracht, dass Hass nicht das wichtigste Motiv bei Kapitalverbrechen ist …«

Vogel lächelte. »Borghi. Ich gebe Ihnen jetzt einen Rat, den Sie von keinem anderen Kriminalpolizisten hören werden … Versuchen Sie, jeden Fall für sich zu betrachten, und vergessen Sie alles, was Sie gelernt haben, sonst entwickeln Sie nie einen Jagdinstinkt.«

Borghi sah dem sich entfernenden Kaschmirmantel nach. Jagdinstinkt, dachte er. Als wäre das etwas ganz anderes als Tötungsinstinkt.

Hass ist nicht das wichtigste Motiv bei Kapitalverbrechen, äffte Vogel seinen Assistenten in Gedanken nach, während er sein Hotelzimmer betrat. Was wusste dieser Rotzbengel schon über Verbrecher? Wie konnte er es wagen, seine Worte in Zweifel zu ziehen? Aber er würde sich von diesem kleinen Ärgernis nicht das Wohlbehagen trüben lassen, das ihn schon den ganzen Tag über begleitete. Borghi hatte keine Zukunft als Ermittler, so viel stand fest.

Auf dem Doppelbett lagen schon seine Anzüge bereit, die all die Tage hier im Schrank gehangen hatten, jeder in einer extra Schutzhülle. Ebenso die Schuhe, die paarweise in Baumwollbeuteln steckten. Dazu die Krawatten, Hemden und die Unterwäsche. Seine Garderobe bedeckte das gesamte Bett und bildete ein hübsches Mosaik farblich aufeinander abgestimmter Teile. Es wurde Zeit, den Koffer zu packen, doch als er sich dem Bett näherte, bemerkte er etwas, das zuvor nicht da gewesen war.

Auf dem Nachttisch, neben dem Telefon, lag ein Paket.

Misstrauisch nahm er es in Augenschein. Jemand vom Hotelpersonal musste es während seiner Abwesenheit dorthin gelegt haben. Keine Karte dabei, was merkwürdig war. Nach einigen Sekunden des Zögerns beschloss er trotzdem, es auszupacken.

Als er den Karton öffnete, starrte er auf ein altes, verschrammtes Notebook.

Was war das denn für ein dummer Scherz? Er klappte es auf und fand eine kleine Karte auf der Tastatur, mit einer Botschaft in akkurater Handschrift darauf.

Er ist unschuldig.

Darunter statt einer Unterschrift nur eine Handynummer. Dieselbe, von der die beiden anonymen SMS gekommen waren, die er gelöscht hatte, weil er irgendeinen Reporter auf der Suche nach einer Exklusivstory dahinter vermutete.

Vogel war aufgebracht. Er duldete kein unerlaubtes Eindringen in seine Privatsphäre. Zugleich musste er sich eingestehen, eine unbezähmbare Neugier zu empfinden, was den Inhalt des Computers anging. Sein Verstand riet ihm, die Finger davon zu lassen, aber es kostete schließlich nichts, mal einen Blick hineinzuwerfen.

Er streckte die Hand aus und drückte die Einschalttaste.

Das Notebook brauchte eine Weile, um zu booten. Der schwarze Bildschirm wurde blau, in der Mitte nur das Icon eines Internetbrowsers. Vogel wollte es gerade anklicken, aber die Verbindung zum Netz wurde automatisch hergestellt. Eine Website mit einer spärlichen, primitiven Grafik erschien. Offenbar eine alte Seite, die seit Jahren online war und von niemandem mehr besucht wurde, aber immer noch wie Weltraummüll im digitalen Universum herumtrieb.

Die Seite hatte sogar einen Namen.

Der Nebelmann.

Unter diesem Titel waren sechs Mädchengesichter aufgereiht, die einander alle sehr ähnlich sahen. Vor allem aber sahen sie Anna Lou Kastner sehr ähnlich: rote Haare und Sommersprossen.

Das Telefon klingelte lange, bis sich endlich eine heisere weibliche Stimme meldete. »Sie haben sich Zeit gelassen, Herr Sonderermittler.«

»Wer sind Sie, und was wollen Sie damit beweisen?«, herrschte Vogel die Frau an.

Sie reagierte seelenruhig. »Wie ich merke, habe ich nun doch Beachtung bei Ihnen gefunden.« Ein kurzer Hustenanfall folgte darauf. »Ich heiße Beatrice Leman und bin Journalistin. Oder war es, genauer gesagt.«

»Ich werde keine Erklärung zu dem abgeben, was ich gerade gesehen habe. Also machen Sie sich keine Illusionen, mit dieser Geschichte werden Sie nicht berühmt.«

»Darum geht es mir nicht«, entgegnete die Frau. »Ich möchte Ihnen etwas zeigen.«

Vogel überlegte einen Moment. Er kochte vor Wut, aber irgendetwas sagte ihm, dass er dieser merkwürdigen Unbekannten zuhören sollte. »Also gut, treffen wir uns.«

»Sie müssten zu mir kommen.«

Vogel lachte entnervt. »Und warum?«

»Das werden Sie dann sehen.«

Sie nannte ihm ihre Adresse und legte auf, ohne dass er noch etwas erwidern konnte.

21. JANUAR.

NEUNUNDZWANZIG TAGE NACH DEM VERSCHWINDEN.

Beatrice Leman war an den Rollstuhl gefesselt.

Vogel hatte vier Tage gebraucht, um zu entscheiden, ob er sie wirklich aufsuchen sollte, und in dieser Zeit diskret ein paar Informationen über sie eingeholt. Sie war hauptsächlich als Lokalberichterstatterin tätig gewesen und hatte mit ihren Artikeln regelmäßig regierende Politiker und andere Entscheidungsträger in Verlegenheit gebracht. Ein zäher Knochen, doch ihre beste Zeit lag längst hinter ihr, und heute jagte sie niemandem mehr Angst ein.

Zuerst hatte er die Wahnvorstellungen einer alten Reporterin, die auf neuen Ruhm hoffte, um aus der Versenkung aufzutauchen, ignorieren wollen. Dann aber war ihm der Gedanke gekommen, dass diese Leman sich mit einer wie Stella Honer in Verbindung setzen könnte. Stella würde sich die Gelegenheit, den Fall Kastner wiederzubeleben und ihrem Publikum eine spannende Alternative zu dem von ihm ermittelten Ergebnis anzubieten, bestimmt nicht entgehen lassen. Es wäre eine Katastrophe, wenn jemand solchem Gefasel Glauben schenken und alles wieder aufrollen würde, vor allem in Anbetracht der Tatsache, dass er einen Beweis gefälscht hatte, um Martini festzunageln. Vogel wollte nicht, dass irgendjemand jetzt noch seine Nase in die Angelegenheit steckte, also beschloss er letztlich doch, sich mit der Frau zu treffen, um besser einschätzen zu können, mit wem er es zu tun hatte.

Sie wohnte in einem Bergchalet etwas außerhalb von Avechot. Sie hatte nie geheiratet und anscheinend niemanden zur Gesellschaft als eine Schar von Katzen, die ihre Höhle von einem Arbeitszimmer bevölkerte. Als sie ihm aufmachte, sah Vogel sich einer verbittert und desillusioniert wirkenden Frau gegenüber. Ihr Gesicht war von tiefen braunen Falten durchzogen, ihre grauen Haare hatte sie zu einem unordentlichen Nackenknoten zusammengefasst. Sie trug eine mit Zigarettenasche übersäte Fleecejacke, und überall standen randvolle Aschenbecher. In den allgegenwärtigen abgestandenen Nikotinqualm mischte sich der schärfere Geruch von Katzenurin, den die Hausherrin gar nicht mehr wahrzunehmen schien. Es herrschte ein Chaos aus Papierstapeln und alten Zeitungen, die sich sogar auf dem Boden türmten.

»Willkommen, Sonderermittler Vogel«, sagte Leman, während sie ihn hineinführte. In dem Durcheinander war eine Art Schneise zu erkennen, auf der sie sich mit ihrem Rollstuhl einigermaßen ungehindert fortbewegte.

Vogel zog seinen Kaschmirmantel enger um sich, um mit nichts in diesem keimverseuchten Chaos in Berührung zu kommen. »Ehrlich gesagt weiß ich nicht, was ich hier soll«, schickte er betont voraus.

Die alte Journalistin lachte. »Für mich ist die Hauptsache, dass Sie jetzt da sind.« Sie rollte sich hinter ihren Schreibtisch und bedeutete ihrem Besucher, auf dem Stuhl davor Platz zu nehmen.

Vogel setzte sich, wenn auch widerstrebend.

»Wie ich sehe, haben Sie mir das Notebook nicht mitgebracht, das ich Ihnen geschickt habe. Es ist das einzige, das ich besitze, und ich hätte es gern wieder.«

»Ach, und ich dachte, es sei ein Geschenk an mich«, spottete er. »Aber ich werde dafür sorgen, dass Sie es schnellstmöglich zurückerhalten.«

Leman zündete sich eine Zigarette an.

»Muss das wirklich sein?«

»Ich bin von Geburt an querschnittsgelähmt, aufgrund eines falschen Handgriffs der Hebamme, deshalb scheiße ich auf die Gesundheit anderer«, antwortete sie grob.

»Na schön, aber kommen wir zur Sache. Ich habe nicht viel Zeit.«

»Ich habe vierzig Jahre lang eine kleine, von mir selbst gegründete Lokalzeitung geleitet. Dort war ich sozusagen das Mädchen für alles, von den aktuellen Nachrichten bis hin zu den Nachrufen. Dann kam das Internet und hat das meiste überflüssig gemacht, und ich habe den Bettel aus Mangel an Lesern hingeschmissen. Und was kommt dabei heraus? Heutzutage erfährt man in Echtzeit, was am anderen Ende der Welt passiert, weiß aber nicht mehr, was sich hinter der eigenen verdammten Hausecke abspielt.« Nach dieser kleinen Vorrede zog Leman einen dicken Aktenordner aus einem Regal, wobei sie eine Lawine aus Papieren und Zeitungen auslöste. Sie legte sich den Ordner auf den Schoß, ohne ihn zu öffnen. »Ein Zeitungsmensch beschäftigt sich im Laufe seines Berufslebens mit Hunderten von Verbrechens- und Unfallmeldungen«, fuhr sie fort. »Aber es gibt immer Fälle, die einem im Gedächtnis bleiben, Namen und Gesichter von Opfern, die man nicht vergessen kann, die man in sich trägt wie einen Parasiten, der sich von Schuldgefühlen ernährt … Vielleicht geht es euch Polizisten ja ähnlich.«

»Manchmal«, räumte Vogel ein, nur um sie zum Weiterreden zu bringen.

»Nun ja, mein persönlicher Bandwurm hat sich mit dem Verschwinden von Katya Hilmann eingenistet.« Sie hob den Ordner an und ließ ihn schwer auf den Tisch krachen. »Sie war die Erste.«

Der Knall hallte in dem engen Raum wider. Vogel starrte schweigend auf das umfangreiche Dossier vor sich. Wenn er sich jetzt darauf einließ, so wusste er, würde er nur mit Schwierigkeiten wieder aus der Sache herauskommen. Doch er hatte keine andere Wahl. Er öffnete den Pappdeckel und begann zu blättern.

Sogleich stieß er auf ein altes Foto von Katya Hilmann. Er kannte es schon von Lemans Website, betrachtete es nun aber genauer. Das Mädchen trug eine dunkelblaue Schuluniform, ähnlich einer Kittelschürze, und lächelte in die Kamera. Ihre Augen waren grün und klar. Es folgten die Bilder von den übrigen Teenagern mit roten Haaren und Sommersprossen. Vogel sah sich eins nach dem anderen an. Sie wirkten wie Schwestern, ähnelten sich bis hin zu ihrem offenen, arglosen Gesichtsausdruck. Prädestiniert, sagte er sich. Der Fluch der Unschuld.

Während er die Unterlagen durchging, beobachtete Beatrice Leman ihn und rauchte schweigend ihre Zigarette. Sie hielt sie zwischen den Fingerspitzen und sog den Rauch langsam und tief ein, ließ die Asche sich ansammeln, bis sie abzufallen drohte.

Vogel stellte fest, dass es hinter den Personalbogen der mutmaßlichen Opfer eine Dokumentation aus zahlreichen Zeitungsartikeln, verfasst von Leman selbst, sowie einigen mageren Polizeiberichten gab.

»Die Mädchen kamen alle aus schwierigen familiären Verhältnissen«, erläuterte Beatrice. »Gewalttätige Väter, Mütter, die alles ertrugen, ohne ihre Männer anzuzeigen. Vielleicht hat die Polizei von Avechot und Umgebung deshalb nie besonders gründlich in diesen Vermisstenfällen ermittelt. Es schien fast normal, dass die Kinder aus dieser Hölle flohen.«

»Sie dagegen haben die Fälle miteinander in Verbindung gebracht und vermuten ein zwanghaftes Verhalten dahinter.«

»Alter zwischen fünfzehn und sechzehn Jahren, rote Haare, Sommersprossen – deutet alles auf eine Obsession hin, geradezu unübersehbar ... Aber niemand hat mir geglaubt.«

»Der letzte Fall liegt dreißig Jahre zurück«, bemerkte Vogel, als er das Datum auf einem der Berichte las.

»Eben«, sagte Beatrice. »Zu der Zeit wohnte Ihr Lehrer Martini noch nicht in Avechot und war vor allem selbst noch ein Kind.«

Ja, dachte Vogel, Stella Honer würde diese Geschichte zweifellos gefallen. Auch wenn er selbst das Ganze für einen bloßen Zufall hielt, konnte er hier nicht einfach achselzuckend rausgehen. Als Erstes musste er die Leman von der fixen Idee abbringen, dass ein Zusammenhang mit dem Fall Kastner bestand. Und dazu musste er noch mehr erfahren. »Warum hat nach Anna Lous Verschwinden niemand außer Ihnen hier im Tal diese Geschichte wieder ausgegraben?«

»Weil die Leute schnell vergessen, das wissen Sie doch selbst. Ich habe die Website, die ich Ihnen gezeigt habe, vor Jahren ins Netz gestellt, um die Erinnerung an diese armen Mädchen lebendig zu erhalten, aber niemand interessiert sich mehr für sie.«

»Und was hat es mit dem ›Nebelmann‹ auf sich?«

Beatrice Lemans Stimme, ohnehin schon tief und rau von den vielen im Laufe eines Lebens gerauchten Zigaretten, wurde zu einem einzigen Krächzen. »Der Nebel lässt Menschen verschwinden. Wir wissen zwar, dass sie da sind, können sie aber nicht sehen. Diese Mädchen sind noch unter uns, Sonderermittler Vogel, auch wenn ihnen etwas Schlimmes zugestoßen ist, auch wenn sie längst tot sind. Aus irgendeinem obskuren Grund hat der Nebelmann sie mitgenommen – denn es handelt sich immer um ein und denselben Täter, da bin ich mir sicher. Und wenn sich bestätigt, dass es im Fall Anna Lou nicht der

Lehrer war, heißt das, dass er sich immer noch dort draußen herumtreibt, auf der Suche nach einem neuen Opfer.«

»Das ergibt doch keinen Sinn«, widersprach Vogel. »Warum sollte er eine Pause von dreißig Jahren einlegen?«

»Vielleicht hat er zwischendurch woanders gelebt und ist jetzt zurückgekehrt. Vielleicht hat er woanders sein Unwesen getrieben und wir wissen nichts davon. Man müsste nur mal in den Datenbänken nach Mädchen mit den gleichen Merkmalen suchen.«

Vogel schüttelte den Kopf. »Tut mir leid, das halte ich für unwahrscheinlich. Bei all dem Aufsehen, das der Fall Kastner erregt hat, hätte doch noch jemand anders die Polizei oder die Medien auf ähnliche Fälle aufmerksam gemacht.«

Leman wollte etwas erwidern, wurde aber von einem Hustenanfall unterbrochen. »Ich will Ihnen noch etwas zeigen«, stieß sie mittendrin hervor, zog eine Schreibtischschublade auf und reichte Vogel ein kleines Päckchen. »Das ist mir vor einer Weile zugestellt worden. Sehen Sie sich den Poststempel an, er trägt das Datum von Anna Lous Verschwinden.«

Vogel legte die Aktenmappe weg und griff danach.

»Wie Sie feststellen, ist es an meine Anschrift, aber zu Ihren Händen adressiert«, fuhr sie fort. »Da Sie auf meine Nachrichten nicht geantwortet haben, habe ich es vor ein paar Tagen selbst geöffnet.«

Vogel hob den wattierten Umschlag an und spähte hinein. Dann zog er ein kleines Buch heraus, rosa und mit aufgedruckten Katzenbildchen.

Das *echte* Tagebuch von Anna Lou, dachte er sofort.

Dasjenige, das sie vor ihrer Mutter versteckte und das nicht gefunden worden war. Wahrscheinlich hatte sie es in dem Rucksack, der im Abwasserkanal gelandet war, mit sich herumgetragen.

Vogel betrachtete das kleine herzförmige Schloss am Einband und versuchte, sich einen Reim auf das Ganze zu machen. Wer auch immer das Tagebuch an die Leman geschickt hatte, wollte auf die Fälle dieses Nebelmannes aufmerksam machen. Und wenn es das Monster selbst war? Aber welche Rolle spielte dann Martini bei dieser Geschichte? Eine dumpfe Ahnung, dass er sich hinsichtlich des Lehrers geirrt haben könnte, stieg in ihm auf. Dabei hatte er bei ihm das gleiche sichere Gefühl gehabt wie damals bei Derg. Auch damals hatte ihn die Überzeugung, den Täter vor sich zu haben, dazu veranlasst, einen Beweis zu fälschen. Und in Bezug auf den Buchhalter hatte er garantiert keinen Fehler gemacht. Derg war der Attentäter, deshalb hatte es keine weiteren Anschläge gegeben.

»Was wollen Sie im Gegenzug dafür?«, fragte er und hielt das Tagebuch hoch, sich aufs Praktische verlegend.

»Die Wahrheit«, antwortete Beatrice Leman ohne Zögern.

»Haben Sie vor, eine Story daraus zu machen oder so was?«

»Sie sind zu diabolisch, mein Freund. Ich bin eine einfache Frau.«

Vogel musste wieder an Martinis Worte denken. *Die dümmste Sünde des Teufels ist die Eitelkeit.* Vielleicht hatte er sich wirklich der Eitelkeit schuldig gemacht und wurde nun dafür bestraft.

»Wenn ich darauf aus wäre, hätte ich mich an eine der Fernsehredaktionen gewandt und dieses Tagebuch längst für viel Geld verkauft.«

Sie hatte natürlich recht, dumm von ihm, nicht daran gedacht zu haben. Aber wenn es der Journalistin nicht um Ruhm oder Geld ging, was hatte sie dann im Sinn? »Sollte es hier drin etwas geben, das es uns erlaubt, die Untersuchung wiederaufzunehmen und sie auf das Verschwinden der anderen sechs Mädchen auszudehnen, werde ich keinen Moment zögern, das versichere ich Ihnen.« Er ließ es wie ein feierliches Versprechen klingen.

»Das ist die letzte Chance, den Nebelmann zu fassen«, sagte Leman. »Ich bin sicher, Sie werden sie nicht vertun.«

Allem Anschein nach hatte er sie eingewickelt.

Der Besucherraum des Gefängnisses war mit am Boden festgeschraubten Stahltischen und -stühlen eingerichtet. Aufgrund der niedrigen Decke hallte für gewöhnlich das Stimmengewirr lästig darin wider und machte ein Gespräch so gut wie unmöglich. In diesem Moment aber befanden sich außer vier schweigenden Wärtern, die sie aus einigem Abstand beobachteten, nur Martini und Levi im Raum.

Obwohl er erst seit wenigen Tagen im Gefängnis saß, wirkte der Lehrer müde und erschöpft. »Ich bin sehr beliebt hier drin. Man isoliert mich zwar von den anderen, aber nachts höre ich trotzdem, wie sie mich aus ihren Zellen bedrohen. Da sie mich nicht in die Finger kriegen können, tun sie alles, um mich vom Schlafen abzuhalten.«

»Ich spreche mit dem Direktor und lasse Sie woandershin verlegen.«

»Lieber nicht, ich will mir nicht noch mehr Feinde machen. Es ist schon schwierig genug, ein ›Star‹ zu sein.« Er lachte bitter. »Einer von den Wärtern hat mir zu verstehen gegeben, dass ich das Essen, das aus der Gefängnisküche kommt, besser nicht anrühren sollte. Ich glaube, die Aufseher verachten mich genauso, und er hat es nur gesagt, um mir Angst einzujagen. Tja, das ist ihm gelungen, seitdem behelfe ich mich mit Crackern und kleinen Snacks.«

Levi versuchte, seinem Mandanten Mut zu machen, wirkte aber ernstlich besorgt. »So geht das nicht weiter, Sie müssen essen, um bei Kräften zu bleiben, sonst halten Sie dem Stress der Verhandlung nicht stand.«

»Wissen Sie schon, wann sie beginnen soll?«

»Es heißt, in einem Monat, eventuell auch etwas später. Die Anklage hat angeblich genügend Beweise vorliegen, aber wir bereiten uns schon darauf vor, jeden einzelnen zu entkräften.«

»Und wie soll ich das bezahlen?«, fragte Martini mutlos.

Levi senkte die Stimme, damit die Aufseher ihn nicht hörten. »Genau deshalb hatte ich das Treffen mit der Honer für Sie organisiert. Es war wirklich dumm von Ihnen, ihr Angebot abzulehnen.«

»Dann legen Sie Ihr Mandat also nieder?«

»Reden Sie keinen Unsinn. Wir haben trotz allem eine gute Chance, denke ich. Es ist allein die DNA-Analyse, die den Indizienkomplex zu Ihren Lasten stützt. Wenn wir die auseinandernehmen, bricht alles zusammen. Ich habe bereits eine Genetikerin gefunden, die sämtliche Vergleichstests mit dem genetischen Profil, das aus dem Blutfleck auf dem Rucksack gewonnen wurde, wiederholen wird.«

Martini schien nicht viel darauf zu geben. »Man hat mir erzählt, dass Sie im Fernsehen aufgetreten sind und über mich und meinen Fall gesprochen haben.«

Es klang wie ein Vorwurf, aber Levi nahm es ihm nicht übel. »Es ist wichtig, dass die Leute auch Ihre Seite zu hören bekommen. Da Sie nicht in der Öffentlichkeit auftreten können, muss ich es für Sie tun.«

Martini wusste nichts darauf zu erwidern. Wenn der Anwalt sich mit der Werbung für seine Kanzlei schadlos halten und sich dazu seiner Geschichte bedienen wollte, sollte es ihm recht sein. »Haben Sie mit meiner Familie gesprochen? Wie geht es meiner Frau und meiner Tochter?«

»Es geht ihnen gut, aber da Sie in Isolationshaft sind, dürfen sie Sie nicht besuchen.«

Sie würden sowieso nicht kommen, dachte Martini.

»Kopf hoch. Wenn der Prozess beginnt, werden wir sämtliche Anklagepunkte zu Fall bringen, und die Wahrheit wird ans Licht kommen.«

Nachdem er sich von Beatrice Leman verabschiedet hatte, war Vogel fast den ganzen Nachmittag lang mit dem Auto herumgefahren, auf irgendwelchen Nebenstraßen, die sich die Berge hinaufschlängelten. Er musste nachdenken, einen klaren Kopf bekommen. Eigentlich hatte er Avechot schon vor Tagen verlassen wollen, und nun war er immer noch hier, gezwungen, einer vollkommen neuen Spur nachzugehen, die alles über den Haufen zu werfen drohte.

Dieser Nebelmann hatte ihm einen Strich durch die Rechnung gemacht und beobachtete ihn jetzt vielleicht aus der Sicherheit seiner umhüllenden weißen Decke heraus. Und lachte über ihn.

Anna Lous mutmaßliches Tagebuch lag auf dem Sitz neben ihm. Vogel hatte es noch nicht geöffnet, weil er Zweifel hegte, ob das der richtige Schritt war. Er musste zuerst das Für und Wider abwägen. Vielleicht sollte er es lieber wegwerfen, es restlos verbrennen und das Ganze vergessen. Vielleicht hatte der Nebelmann überhaupt nicht die Absicht, in Erscheinung zu treten, vielleicht wollte er ihm nur Angst machen. Vielleicht. Aber würde er sich damit begnügen? Wahrscheinlich hat er auch das vorhergesehen, sagte sich Vogel. Wegen dieser Ungewissheit hatte er den Beweis, der Martini entlasten konnte, noch nicht vernichtet. Flüchtig war er sogar auf die Idee verfallen, das Tagebuch dazu zu benutzen, sich das Verdienst an der

Freilassung des Lehrers anrechnen zu lassen. Aber am Ende hätte sich dann jemand gefragt, rein hypothetisch, ob er wieder die Ermittlungsergebnisse gefälscht hatte wie damals bei Derg. Schon allein der Verdacht könnte das Aus für seine Karriere bedeuten. Der Gedanke, dass da womöglich ein Unschuldiger im Gefängnis saß, belastete ihn nicht. Das war jetzt nicht mehr sein Problem. Höchstens befürchtete er, dass der Nebelmann tatsächlich beschlossen hatte, nach dreißig Jahren wieder aktiv zu werden. In dem Fall würden die Ereignisse selbst ihn widerlegen, denn nach Anna Lou würde es sicher bald eine andere treffen. Ein weiteres junges Mädchen mit roten Haaren und Sommersprossen. Eine weitere unschuldige Tochter des Tals. Doch auch das war für den Sonderermittler eher unerheblich. Er musste in erster Linie an sich selbst denken. Das war kein Zynismus, sondern reiner Selbsterhaltungstrieb.

Draußen war die Sonne bereits unaufhaltsam im Sinken begriffen.

Nachdem er fast drei Stunden lang ziellos durch die Gegend gefahren war, zwang die Benzinanzeige Vogel anzuhalten. Er parkte auf einem offenen Platz vor den Klärbecken des Bergwerks, stieg aus und schnupperte die staubgesättigte Luft. Vor ihm türmte sich eine Reihe von Fluorithaufen auf. In der Dämmerung gab das Mineral ein grünliches Leuchten ab, ähnlich einem Nordlicht. Keine Menschenseele ringsherum. Vogel ging darauf zu, knöpfte vor diesem verzauberten Anblick seinen Hosenschlitz auf und urinierte. Während er seine Blase entleerte, glaubte er zu bemerken, wie ihm jemand auf die Schulter tippte. Das war natürlich Einbildung, aber er hatte trotzdem das deutliche Gefühl, dass ihn irgendwer auf sich aufmerksam machen wollte.

Das Tagebuch rief ihn vom Beifahrersitz aus. Du kannst mich nicht länger ignorieren, schien es zu sagen.

Als er fertig war, setzte er sich wieder ins Auto und nahm das Büchlein zur Hand. Betrachtete es beinahe ehrfürchtig, wie eine Reliquie. Dann, von einem plötzlichen Impuls überkommen, packte er das kleine herzförmige Schloss und riss es ab. Ihm war kalt und heiß zugleich, sein Herz klopfte wie wild.

Wahllos schlug er irgendeine Seite auf und erkannte sogleich Anna Lous Handschrift wieder.

»Mist«, murmelte er und begann zu lesen. Er hoffte sehr, etwas darin zu finden, das auf Loris Martini verwies – irgendetwas, das belegte, dass er wirklich der Mörder des verschwundenen Mädchens war und nicht dieser Mann aus dem Nebel. Natürlich war es höchst unwahrscheinlich, dass der Lehrer selbst dieses Tagebuch an Beatrice Leman geschickt hatte. Aber es war am Tag des Verschwindens abgeschickt worden, folglich wollte der unbekannte Absender Martini auch nicht damit entlasten, da dieser zu dem Zeitpunkt noch gar nicht verdächtigt wurde. Nein, dieses Päckchen hatte eine andere Bedeutung.

Es war eine Unterschrift.

Deshalb stieß Vogel auch auf nichts darin, das Anna Lou mit dem derzeit in Untersuchungshaft sitzenden Mann in Verbindung brachte. Das Geheimnis, das das Mädchen in diesem Tagebuch eifersüchtig gehütet hatte, war ein anderes.

Elfter August. Ich habe am Meer einen total süßen Jungen kennengelernt. Wir haben nur ein paarmal miteinander geredet, aber ich glaube, er hätte mich gern geküsst. Es ist dann nicht dazu gekommen. Wer weiß, ob wir uns nächstes Jahr wiedersehen … Er heißt Oliver, so ein schöner Name. Ich habe beschlossen, mir jeden Tag mit dem Kuli sein Initial auf den linken Arm zu malen, den, der zum Herzen führt. Das soll mein Geheimnis sein, ein Liebespfand, damit wir uns wiedertreffen.

Vogel blätterte rasch durch die Seiten. Es gab weitere Abschnitte, die sich auf den mysteriösen Oliver bezogen, Objekt harmloser jugendlicher Fantasien und Sehnsüchte, die sich nie erfüllen würden.

»Oliver«, murmelte der Sonderermittler und stellte sich das Initial auf dem Arm von Anna Lous Leiche vor. Ein kleines mit Kugelschreiber gemaltes »O«, das zusammen mit ihr verweste und niemand je entdecken würde.

Sie hat ihr Geheimnis mit ins Grab genommen.

Doch das Tagebuch enthielt noch etwas anderes. Vogel hatte das zusammengefaltete lose Blatt nicht gleich bemerkt, das zwischen den Seiten herausgerutscht war. Er hob es von der Fußmatte auf, faltete es auseinander und erkannte sofort, dass es nicht von dem Mädchen selbst dort hineingesteckt worden war.

Der neueste Hinweis in diesem perfiden Spiel war eine Landkarte.

22. JANUAR.

DREISSIG TAGE NACH DEM VERSCHWINDEN.

Er hatte eine schlaflose Nacht verbracht.

Die Karte lag neben ihm auf dem Nachttisch, und Vogel starrte, die Daunendecke bis ans Kinn gezogen, die ganze Zeit reglos an die Decke. Die Fragen und Zweifel, die sich in seinem Kopf überschlugen, erschwerten es ihm, klar zu denken. Eine neue Partie war eröffnet worden, und er konnte es sich nicht leisten, nicht zu spielen. Der Nebelmann würde es ihm nicht erlauben. Folglich konnte er nur eines tun.

Weitermachen.

Auch wenn er befürchtete, dass das von dem Ungeheuer vorgesehene Ende nicht angenehm für ihn sein würde. Zum ersten Mal in seiner Laufbahn hatte er Angst vor der Wahrheit.

Gegen fünf Uhr morgens beschloss er, dass er genug von seinem Hotelzimmer hatte. Es wurde Zeit zu handeln. Nur wenn er den Ereignissen zuvorkam, würde er seinen Hals retten können. Also befreite er sich von dem Kokon aus Decken, in den er sich verkrochen hatte, und stand auf. Bevor er sich anzog, überprüfte er seine Dienstwaffe, die er schon seit jeher nur als Statussymbol mit sich herumtrug. Außer auf der Schießanlage hatte er nie einen Schuss damit abgefeuert, und er bezweifelte, dass er überhaupt noch traf. Er kannte sich nicht mal mit der Reinigung und Pflege der Waffe aus, eine Aufgabe, die er stets irgendeinem Untergebenen überließ. Als er die Beretta nun in die Hand nahm, kam sie ihm schwerer vor als sonst, aber es war wohl seine Nervosität, welche die Konsistenz der Dinge veränderte. Er vergewisserte sich, dass das Magazin voll war und der Schlitten sich mühelos in der Führung bewegte. Seine Hand zitterte. Ruhig, sagte er sich. Dann kleidete er sich an, aber nicht mit der üblichen Förmlichkeit. Er wählte einen dunklen Pullover, eine legere Hose und die bequemsten Schuhe, die er dabeihatte. Zum Schluss warf er seinen Mantel über und ging hinaus.

Fast alle Journalisten hatten Avechot verlassen. Nur noch ein paar vereinzelte Teams zur Berichterstattung über die letzten Nachwirkungen des Falls hielten die Stellung, aber die großen Namen waren fort. Dennoch befürchtete Vogel, dass irgendeine Praktikantin auf der Suche nach einer Exklusivmeldung, die ihr half, die Karriereleiter etwas schneller zu erklimmen, seinen Weggang zu früher Morgenstunde bemerken könnte, und ließ daher größte Vorsicht walten. Immer wieder sah er in den Rückspiegel, um sicherzugehen, dass ihm niemand folgte. Beim Fahren hielt er die Karte mit einer Hand und versuchte, die Route von ihr abzulesen.

In der Mitte des Lageplans war eine Stelle mit einem roten X gekennzeichnet, und es gab auch konkrete Richtungsangaben, weshalb er am Abend zuvor noch schnell einen Kompass in einem Bergsportgeschäft gekauft hatte. Er vermied es, daran zu denken, was er am Ziel vorfinden würde. Die markierte Stelle befand sich nordwestlich von Avechot, in einem nicht besonders unzugänglichen Gebiet, das sogar in den letzten Tagen noch von Suchtrupps durchkämmt worden war. Warum war denen dann nichts aufgefallen? Die Suche ist unprofessionell durchgeführt worden, sagte sich Vogel. Niemand hatte sich ernsthaft Mühe gegeben, Anna Lou Kastner zu finden. Und das war allein seine Schuld, denn statt die Einsätze selbst zu überwachen, hatte er jede ermittlerische Entscheidung dem unerfahrenen Borghi überlassen, um sich ganz den Medien widmen zu können.

Erste Streifen von Morgenrot hatten die Berggipfel erklommen und flossen ins Tal hinunter wie Ströme von Blut. In der näheren Umgebung der bezeichneten Stelle begann der Wald und der Fahrweg endete, sodass Vogel sich gezwungen sah, zu Fuß und mithilfe einer Taschenlampe voranzukommen. Das Gelände stieg leicht an, und er rutschte mit seinen Stadtschuhen immer wieder auf der feuchten Laubschicht aus, die den Boden bedeckte. Um nicht zu fallen, hielt er sich an den Ästen fest, doch das Unterholz war so dicht, dass er sich an einem Brombeerstrauch die Schläfe aufkratzte, ohne es zu merken. Hin und wieder blieb er stehen, um auf die Karte und den Kompass zu blicken. Er musste sich beeilen. Bald ging die Sonne auf, und niemand durfte ihn hier sehen.

Schließlich kam er auf einer kleinen Lichtung heraus. Dem Plan zufolge musste er jetzt ganz nahe an dem roten X sein. Wenn nicht seine Karriere, ja, sein Leben auf dem Spiel stünden, hätte er das alles für einen dummen Scherz gehalten. Was es im Grunde auch war, aber nur für den Mann aus dem Nebel, der sich vermutlich gerade ins Fäustchen lachte. Na schön, sehen wir mal, was du für mich in petto hast, du Scheißkerl.

Er leuchtete den Boden mit der Taschenlampe ab, stellte aber nichts Ungewöhnliches fest. Erst als er den Lichtstrahl nach oben richtete, fiel ihm etwas ins Auge: Jemand hatte eine Kekspackung auf einem Ast befestigt. *Der Fall Derg.* Offenbar kannte sein Gegner seine Schwachpunkte und verspottete ihn mit der ironischen Anspielung auf den gefälschten Beweis.

Immerhin wusste er nun, wo er graben musste.

Er kniete sich vor dem Baum hin, zog ein paar Latexhandschuhe über und befreite den Boden von dem toten Laub. Dann begann er, im feuchten Erdreich zu scharren, ohne darauf zu achten, dass er sich schmutzig machte. Er hatte nicht die Absicht, allzu tief zu graben, denn falls dort unten Anna Lous Leiche lag, wollte er sie lieber nicht sehen. Alles, was er brauchte, war eine Bestätigung. Nachdem er nur wenige Zentimeter tief gebuddelt hatte, ertastete er etwas und erkannte kurz darauf den Zipfel einer mattweißen Plastikhülle. Vogel zögerte einen Augenblick, dann packte er ihn und zog mit aller Kraft.

Ein gut mit Isolierband versiegeltes Päckchen kam zum Vorschein. Er drehte es in den Händen herum und versuchte dahinterzukommen, um was es sich handelte. Er hielt es ans Ohr und schüttelte es, was ein irgendwie vertrautes Geräusch auslöste, ähnlich einer Babyrassel. Was auch immer dieses Präsent des Nebelmannes sein mochte, es schien sich jedenfalls nicht um Leichenteile zu handeln. Schluss mit dem Unsinn, sagte er sich, da die Wut die Oberhand über seine Furcht gewann, und riss das Bündel auf. Er brauchte eine Weile, um die Plastikhülle zu entfernen, die sehr gründlich um den Inhalt gewickelt war. Als er schließlich erkannte, was er da in den Händen hielt, verdichteten sich seine schlimmsten Befürchtungen zu einem Kloß in seinem Hals, und er musste schlucken. Diesmal war nichts Ironisches an dem Fund.

Das Geschenk, das der Nebelmann ihm, dem Fernsehbullen, gemacht hatte, war eine Videokassette.

Die Isolationshaft schärfte die Sinne – das hatte er in den Tagen erzwungener Einsamkeit erfahren. Er durfte nicht einmal Zeitung lesen oder fernsehen, und man hatte ihm sogar seine Armbanduhr abgenommen. An den Gerüchen, die aus dem Küchentrakt kamen, konnte er immerhin erkennen, welche Mahlzeit gerade zubereitet wurde, sodass er wusste, ob es bald Frühstück, Mittagessen oder Abendbrot geben würde. Die Zelle war eine Fruchtblase, alles, was dort hineingelangte, blieb darin eingeschlossen – genauso wie er selbst. Auch die Geräusche im Gefängnis waren ihm mittlerweile vertraut. Wenn er den Schlüsselbund des Wärters klappern hörte, der an der automatischen Gittertür draußen im Gang wachte, wusste er, dass die Nachtschicht zu Ende war und der Mann an seinen Kollegen von der Frühschicht übergab.

Seine Zellentür hatte kein Sichtfenster, sodass er nicht sehen konnte, was draußen vor sich ging, aber an dem Licht, das durch die Ritze unten fiel, konnte er einiges ablesen. Wenn zum Beispiel Schatten auf den hellen Streifen fielen, würde gleich jemand zu ihm hereinkommen. So wie jetzt. Er richtete sich auf und wartete, bis der Schlüssel alle Umdrehungen im Schloss vollführt hatte. Die Tür ging auf, und zwei Gestalten zeichneten sich im Gegenlicht ab.

Zwei Vollzugsbeamte, die er noch nie gesehen hatte.

»Nehmen Sie Ihre Sachen«, sagte der eine.

»Warum? Wo gehen wir hin?«

Niemand antwortete ihm. Martini gehorchte. Er nahm die braune Decke, den Blechnapf und den Löffel, Eigentum des Gefängnisses, sowie die Seife und die Fläschchen mit Shampoo und Duschgel, die er bei der Gefängnisverkaufsstelle erworben hatte und die im Moment seine einzigen Besitztümer darstellten, und folgte den Beamten.

Er hatte angenommen, dass sie ihn einfach in eine andere Zelle verlegten, aber sie führten ihn durch den gesamten Gang der Isolationsabteilung bis zu der Gittertür am anderen Ende. Dort stand kein Wächter, was merkwürdig war. Weitere Gänge, dann stiegen sie mit ihm in einen Aufzug und fuhren zwei Stockwerke höher. Das alles, ohne einer Menschenseele zu begegnen – zweite Merkwürdigkeit. Es konnte doch nicht sein, dass sämtliche Wärter gleichzeitig ihre Posten verlassen hatten. Obendrein herrschte eine ungewöhnliche Stille, kein Geräusch drang aus den Zellen. Normalerweise waren die Gefangenen um diese Stunde schon auf und machten einen Heidenlärm, weil sie ihr Frühstück wollten. Martini dachte an die vergangene Nacht zurück. Niemand hatte sich die Mühe gemacht, ihn mit Gebrüll und Drohungen wach zu halten. Dritte Merkwürdigkeit.

Sie kamen vor einer Sicherheitstür an, und als er an der Wand ein Schild mit der Aufschrift »Block F« sah, verstand er, dass sie dabei waren, die Abteilung für die gewöhnlichen Gefangenen zu betreten, und erschrak.

»Moment mal«, sagte er. »Ich bin noch in Untersuchungshaft und soll isoliert untergebracht werden. Das hat der Richter so angeordnet.«

Die beiden ignorierten ihn und schoben ihn weiter.

Martini bekam es mit der Angst zu tun. »Haben Sie gehört? Sie dürfen mich nicht mit den anderen zusammensperren.«

Die Wärter interessierten sich nicht für seinen Protest und packten ihn energisch an den Armen.

Schließlich hielten sie vor einer Zellentür an. Einer der beiden schloss auf, während der andere zu ihm sagte: »Sie bleiben eine Weile hier, dann holen wir Sie wieder ab.«

Martini machte einen Schritt vorwärts, zögerte dann aber. In der Zelle war es stockdunkel, sodass er nicht sehen konnte, was oder wer sich darin befand.

»Na los, gehen Sie schon rein«, befahl der Wärter. Sein Ton klang jedoch beruhigend.

Martini war sicher, dass diese Männer ihn hassten, wie überhaupt alle im Gefängnis – aber würden sie es wagen, ihm etwas anzutun? Im Gegensatz zu den Gefangenen mussten sie sich an die Gesetze halten, andernfalls riskierten sie ihren Job.

Also beschloss er, ihnen zu vertrauen, und ging hinein. Die Tür schloss sich hinter ihm, und er wartete einen Moment regungslos darauf, dass seine Augen sich an die Dunkelheit gewöhnten. Auf einmal nahm er Geräusche um sich herum wahr, leises Atmen, Rascheln.

Die Isolation schärft die Sinne. Er verstand, dass er nicht allein war.

Als der erste Fausthieb ihn traf, verlor er sofort das Gleichgewicht. Die Sachen, die er in den Händen hielt, fielen zusammen mit ihm zu Boden. Weitere Hiebe und Tritte hagelten aus allen Richtungen auf ihn ein, und er versuchte, sich mit den Armen zu schützen, aber es half nichts. Er schmeckte Blut, die Platzwunden in seinem Gesicht brannten. Seine Rippen schmerzten, und er rang nach Atem. Nach einer Weile aber spürte er nichts mehr. Er war nur noch ein Klumpen Fleisch, der sich zuckend auf dem Boden wand.

Ein lebender Toter.

Da war kein Schmerz mehr, nur noch Erschöpfung. Der Geist ergab sich vor dem Körper und versank in einer Art Stupor. Nur die Arme leisteten noch ebenso unermüdlich wie sinnlos Widerstand. Obwohl es dunkel war, vernebelte sich sein Blick, aber als alles gerade im Verschwinden war, fiel plötzlich Licht in sein Gesichtsfeld. Es kam von irgendwo hinter ihm. Er fühlte sich von starken Händen gepackt und weggezogen, aus der Zelle hinaus. Er war in Sicherheit und würde es doch nie wieder sein.

Dann wurde er ohnmächtig.

Er hatte sich in die Abstellkammer geschmuggelt, in der die Geräte des antiquierten Videoüberwachungssystems der Schule untergebracht waren. Nur das Licht des Monitors erhellte den

Raum und fiel auf Vogels maskenhaftes, von Schatten umringtes Gesicht.

Er schob die Kassette in den Schlitz des Rekorders, der sie auf leichten Druck hin verschluckte. Eine Reihe von klackenden Geräuschen folgte, als das Band vom Räderwerk erfasst und in Position gebracht wurde. Dann startete das Video.

Zuerst gab es nur graues Rieseln und weißes Rauschen. Vogel regulierte die Lautstärke, damit nichts nach außen drang. Ein paar Sekunden vergingen, bis plötzlich die ersten Bilder abliefen.

Ein schmaler Lichtstrahl wurde auf eine matte Oberfläche gerichtet. Schmutzige, abgeschlagene Kacheln. Ein Klopfen auf das Mikrofon der Videokamera, das offenbar gerichtet wurde. Dann eine Kamerafahrt an einer Wand entlang bis zu einem Spiegel. Das Spotlight auf dem Objektiv wurde grell zurückgeworfen. In dem hellen Schein war nur die Hand des Filmenden zu erkennen, die in einem schwarzen Handschuh steckte. Der Betreffende machte einen Schritt zur Seite, damit auch der Kopf zu sehen war. Er trug eine Skimaske, aus der nur die Augen hervorblickten – distanziert, unergründlich, leer.

Der Nebelmann, dachte Vogel und wartete darauf, dass er etwas sagte oder tat, aber er stand einfach nur da. Vollkommen still. Nur sein Atem war zu hören, ruhig und regelmäßig. Überdeutlich durch den Widerhall des kleinen Badezimmers, in dem er sich befand. Wo war das? Der Sonderermittler beugte sich zum Bildschirm vor und erkannte, dass hinter dem Mann ein fadenscheiniges Handtuch an einem Haken hing.

Auf dem Haken waren zwei kleine, sich überschneidende grüne Dreiecke abgebildet.

Vogel überlegte noch, was dieses Symbol wohl bedeutete, als der Mann im Spiegel die freie Hand von der Videokamera nahm und mit den behandschuhten Fingern rückwärts zählte.

Drei ... zwei ... eins ...

Danach schwenkte die Kamera abrupt zur Seite. Der Kopf mit der Skimaske verschwand, und an seiner Stelle erschien ein heller Fleck irgendwo im Hintergrund. Das Objektiv brauchte einen Moment, um ihn zu fokussieren.

Dann sah er sie. Und zuckte erschrocken auf seinem Stuhl zurück.

An das Bad angrenzend gab es ein Zimmer – offenbar in einem verlassenen Hotel. Am Fußende einer schmutzigen Matratze saß eine schmächtige Gestalt. Vom Kamerascheinwerfer beleuchtet, sah es aus, als sei sie inmitten der Finsternis von einer lichten Aura umgeben. Ihr Rücken war gebeugt, die Arme hingen schlaff herab. Die Haut des Mädchens schimmerte milchweiß. Sie trug nur einen grünen Slip und ein weißes Bustier, das ihre Brüste vollkommen bedeckte. Die Unterwäsche eines Kindes. Die Kamera fuhr auf sie zu. Ihre roten Haare hingen ihr wirr ins Gesicht, sodass nur ihr halb offener Mund zu erkennen war, aus dessen Winkel Speichel lief. Bei jedem Atemzug hoben und senkten sich ihre mageren Schultern langsam. Vor ihrem Mund bildeten sich kleine Atemwolken vor Kälte, aber sie zitterte nicht. Sie schien überhaupt nichts zu spüren.

Anna Lou Kastner wirkte halb bewusstlos, vielleicht unter Drogen gesetzt. Vogel entdeckte einen kleinen Kreis auf ihrem linken Unterarm. Das O für Oliver, ihre Sommerferienliebe. Das Geheimnis, das sie nur ihrem Tagebuch anvertraut hatte.

Die Kamera verweilte gnadenlos auf ihr. Endlich hob sie leicht den Kopf, als wollte sie etwas sagen. Vogel wartete, voller Angst davor, ihre Stimme zu hören. Doch in dem Moment, als sie zu schreien begann, brach die Aufnahme ab.

Als Erstes zerstörte er die Videokassette. Er warf sie in den Heizkessel der Schule und vergewisserte sich, dass das Band vollständig verbrannte. Er durfte nicht riskieren, dass man es in seinem Besitz fand. Langsam wurde er paranoid.

Vogel war drauf und dran, sich auch Anna Lous Tagebuch zu entledigen, besann sich aber noch rechtzeitig eines Besseren. Beatrice Leman könnte aussagen, es ihm gegeben zu haben, daher war es keine gute Idee, auch diesen Beweis zu vernichten. Außerdem enthielt es schließlich keine Informationen, die ihn kompromittieren konnten. Er entschied, es zu behalten, versteckte es aber in einem der Spinde des Umkleideraums, in dem er immer noch sein Büro hatte.

Dann machte er sich daran, im Internet zu recherchieren. Er musste das verlassene Hotel finden, in dem das Video gedreht worden war. Es stellte eine Botschaft, eine Aufforderung dar, keine Frage. Sollte er in dem Zimmer Anna Lous Leiche finden, würde er den Tatort immer noch so manipulieren können, dass der Mordverdacht gegen den Lehrer erhärtet wurde.

Denn das war es, was der Nebelmann wollte, davon war Vogel inzwischen überzeugt.

Warum ihn sonst mit der Nase auf die Wahrheit stoßen? Warum ihm das Video mit dem Mädchen zeigen? Wenn der Unbekannte die Täterschaft für sich hätte beanspruchen wollen, hätte er es an die Medien geschickt und nicht an ihn.

Vogel suchte im Netz nach ehemaligen Hotels und Gasthäusern von Avechot und konzentrierte sich auf diejenigen, die nach der Verdrängung der Touristen durch den Bergbau zugemacht hatten. Von einigen existierten sogar noch Websites. Er hatte allerdings nicht viele Anhaltspunkte – der konkreteste waren noch die beiden ineinandergefügten grünen Dreiecke, möglicherweise ein Logo.

Die Dreiecke waren stilisierte Kiefern, und sie prangten auch auf dem völlig verrosteten Hotelschild.

Vogel stand vor dem Tor und blickte in den parkartigen Garten, der das Gebäude umgab. Es war kurz nach sieben und niemand zu sehen, auch weil das Hotel ein ganzes Stück außerhalb von Avechot lag.

Das Tor war nicht abgeschlossen, also stieß er die beiden Flügel auf und fuhr mit dem Auto hindurch. Dann stieg er aus und schloss das Tor wieder. Er fuhr die kurze Auffahrt mit ausgeschaltetem Licht hinauf und parkte unter einem Säulenvordach, damit niemand den Wagen bemerkte.

Das Hotel hatte vier Stockwerke. Die Fenster der Zimmer waren alle mit Brettern vernagelt, während die vor der einst prachtvollen Eingangstür teilweise wieder entfernt worden waren. Er schlüpfte hinein und machte erst in der Lobby seine mitgebrachte Taschenlampe an.

Es war ein trostloser Anblick. Obwohl das Hotel erst vor knapp fünf Jahren geschlossen hatte, schienen mindestens fünfzig vergangen zu sein. Als sei das Ende der Menschheit von hier ausgegangen. Einrichtung gab es praktisch keine mehr, nur die Skelette mehrerer alter Sofas rosteten im Dunkeln vor sich hin. Die Feuchtigkeit hatte die Wände angegriffen und mit einer grünlichen Patina überzogen, von der zähflüssige, gelbe Rinnsale herabliefen. Der Fußboden war mit Putzbrocken und schimmelnden Holzteilen übersät, und über allem lag ein Fäulnisgeruch. Vogel ging an etwas vorbei, das einmal der Empfangstresen gewesen sein musste, zu erkennen an den Schlüsselfächern dahinter, und fand sich am Fuß einer Freitreppe wieder. Sie musste einst von einem feinen Teppich bedeckt gewesen sein, wovon noch die weinroten Fetzen auf manchen Stufen zeugten.

Er stieg sie hinauf.

In der ersten Etage angekommen, sah er sich einem Schild gegenüber, das die Zimmernummern auf den Fluren rechts und links angab: 101–125 und 126–150. Bei vier Etagen konnte es eine Weile dauern, das richtige zu finden, dachte Vogel, aber er wollte sich nicht länger als unbedingt nötig hier aufhalten. Da fiel ihm ein anderes Detail aus dem Video ein, das er bis dahin vernachlässigt hatte: Ehe der Filmende ihm Anna Lou gezeigt hatte, hatte er mit der Hand eine Art Countdown signalisiert.

Drei ... zwei ... eins ...

Aber vielleicht war es kein Countdown, kein Showeffekt, kein weiterer Scherz eines Wahnsinnigen. Vielleicht gab er damit schlichtweg an, wo er und das Mädchen sich befanden.

Zimmer dreihunderteinundzwanzig lag im dritten Stock, am Ende des linken Gangs. Vogel leuchtete von der Schwelle aus mit der Taschenlampe hinein, bis der Lichtstrahl auf die untere Ecke der schmutzigen Matratze fiel, auf der Anna Lou gesessen hatte.

Doch es gab keine Leiche in dem Zimmer, nicht einmal den *Geruch* davon.

Und auch sonst keine Spuren menschlicher Anwesenheit. Was ist hier los?, fragte sich der Sonderermittler. Da bemerkte er, dass die Badezimmertür geschlossen war. Er ging hin und legte eine Hand an den Türpfosten, als könnte er auf diese Weise etwas spüren, irgendeine tödliche, zerstörerische Energie. Dahinter hatte das Monster gestanden und seinen makabren Film gedreht.

Er will, dass ich die Tür aufmache, sagte er sich. In seinem Kopf befahl nun der Täter.

Langsam drückte Vogel den Griff nach unten und stieß die Tür auf.

Ein blendend heller Lichtschein traf ihn.

Wie eine Explosion, nur ohne Hitze. Eine grellweiße Stoßwelle, die ihn zurückfahren ließ.

»Bleib an ihm dran. Hast du ihn?«, rief eine weibliche Stimme.

»Ja, ich hab ihn.«

Vogel wich weiter zurück, die Hand schützend vor die Augen haltend. In dem Gleißen konnte er einen Mann mit einer Fernsehkamera ausmachen und dahinter eine zweite Gestalt, die den Arm ausstreckte und ihm etwas unters Kinn hielt.

Ein Mikrofon.

»Sonderermittler Vogel, wie erklären Sie Ihre Anwesenheit hier?«, fragte Stella Honer, ohne ihn zu sich kommen zu lassen.

Verwirrt taumelte Vogel rückwärts ins Zimmer, doch sie bedrängte ihn unerbittlich.

»Unsere Redaktion hat ein Video erhalten, auf dem Anna Lou mit ihrem Entführer zu sehen ist. Wussten Sie, dass das Mädchen hier in diesem Hotel gefangen gehalten wurde?«

Vogel lief Gefahr, auf die schmuddelige Matratze zu fallen, schaffte es aber gerade noch, das Gleichgewicht zu halten. »Lasst mich in Ruhe!«, brüllte er.

»Wie haben Sie davon erfahren, und warum haben Sie diese Information verschwiegen?«

»Ich … ich …«, stammelte er, doch es fiel ihm nichts ein. Nicht einmal, den Polizeibeamten hervorzukehren und die beiden seinerseits zu fragen, was sie hier verloren hatten. »Lasst mich in Ruhe!«, schrie er erneut und erkannte seine eigene Stimme kaum wieder – so unsicher, schrill und brüchig.

In diesem Moment begriff Vogel, dass es mit seiner Karriere aus und vorbei war.

23. FEBRUAR.

ZWEIUNDSECHZIG TAGE NACH DEM VERSCHWINDEN.

In der Nacht, die alles veränderte, sah Flores dem Sonderermittler dabei zu, wie er im Zimmer auf und ab ging und die präparierten Fische an den Wänden musterte.

»Ihre Fische ähneln sich alle, wussten Sie das, Herr Doktor?«

Flores lächelte. »Das liegt daran, dass es immer die gleichen sind.«

Vogel drehte sich erstaunt zu ihm um. »Die gleichen?«

»*Oncorhynchus mykiss*«, wiederholte der Psychiater. »Alles Regenbogenforellen. Sie unterscheiden sich nur ein wenig in der Färbung und der Form.«

»Soll das heißen, dass Sie nur diese Sorte sammeln?«

»Ist merkwürdig, ich weiß.«

Vogel gab sich nicht damit zufrieden. »Warum?«

»Ich könnte jetzt sagen, dass es eine faszinierende Art ist, schwer zu fangen, aber das wäre nur die halbe Wahrheit. Ich hatte Ihnen ja von meinem Infarkt erzählt. Nun ja, ich war allein an einem Bergsee, als es passierte. Etwas hatte gerade angebissen, und ich versuchte, es mit aller Kraft einzuholen.« Flores ahmte die Bewegung nach. »Den heftigen Schmerz im linken Arm hielt ich für einen Krampf, ausgelöst durch die Anstrengung, und ließ nicht locker. Aber als der Krampf sich auf den Brustkorb ausbreitete, bis hin zum Brustbein, wurde mir klar, dass etwas nicht stimmte. Ich fiel rückwärts hin und verlor beinahe das Bewusstsein. Ich weiß nur noch, dass neben mir im

Gras dieser enorme Fisch lag und mich nach Luft schnappend anstarrte. Wir lagen beide im Sterben.« Er lachte. »Verrückt, nicht? Ich war noch jung, gerade mal zweiunddreißig, und auch dieses Prachtexemplar stand im vollen Saft. Mit letzter Kraft schaffte ich es, um Hilfe zu rufen. Ich hatte großes Glück, denn es kam gerade ein Jagdaufseher in der Nähe vorbei.« Er zeigte auf eine Stelle an der Wand. »Diese Forelle da war es.«

»Und was ist die Moral von der Geschicht'?«

»Es gibt keine«, gestand Flores. »Aber seitdem landet jedes Exemplar von *Oncorhynchus mykiss*, das ich fange, hier an der Wand. Ich präpariere sie selbst. Ich habe eine kleine Werkstatt zu Hause, unten im Keller.«

Vogel schüttelte belustigt den Kopf. »Ich hätte mal Stella Honer präparieren sollen. Diese Hexe hat mich ganz schön aufs Kreuz gelegt. Aber ich hätte mir ja auch denken können, dass Anna Lous Entführer das Video nicht nur mir zukommen lässt ...«

Flores räusperte sich ernst. »Ich glaube, Ihre Anwesenheit heute Nacht in Avechot ist kein Zufall. Der Autounfall dagegen schon – als Sie von der Straße abgekommen sind, waren Sie auf der Flucht.«

»Eine interessante These«, räumte Vogel ein. »Aber vor was genau?«

Flores lehnte sich in seinem Schreibtischsessel zurück. »Sie stehen nicht unter Schock. Sie leiden auch nicht an Gedächtnisverlust – Sie erinnern sich sehr gut an alles, Herr Sonderermittler, richtig?«

Vogel setzte sich wieder und strich fast zärtlich über seinen Kaschmirmantel, wie um dessen Weichheit zu prüfen. »Ich musste erst alles verlieren, um einen tiefgründigen Gedanken zu entwickeln. Um ausnahmsweise einmal nicht an meinen Vorteil zu denken.«

»Und was ist das für eine Betrachtung, die Ihre Einstellung so grundlegend verändert hat?«

»Ausgelöst wurde sie von einem kleinen O, mit Kuli auf einen linken Unterarm gemalt.« Vogel mimte die Bewegung. »Als ich die Stelle zum ersten Mal in Anna Lous Tagebuch las, dachte ich nicht an den armen Oliver. Erst später ist er mir wieder in den Sinn gekommen.«

»Der arme Oliver?«

»Ja. Dieser Junge, der im vergangenen Sommer nicht den Mut aufbrachte, sie zu küssen, hat etwas verloren. Er genauso wie die anderen – ihre Familie und alle, die sie kannten. Im Unterschied zu ihnen weiß er es jedoch nicht und wird es wohl nie erfahren. Anna Lou ist wahrscheinlich tot, aber mit ihr sind es auch die Kinder, die sie nicht haben wird, ihre Enkelkinder. Generationen um Generationen, die nie existieren werden. All diese im Nichts gefangenen Seelen hatten etwas Besseres verdient … eine Vergeltung.«

Flores spürte, dass der Moment der Wahrheit gekommen war. »Von wem stammt das Blut auf Ihrer Kleidung, Sonderermittler Vogel?«

Der Polizist hob den Kopf und lächelte unmissverständlich. »Heute Nacht habe ich das Monster beseitigt.«

31. JANUAR.

NEUNUNDDREISSIG TAGE NACH DEM VERSCHWINDEN.

Er war nicht sofort entlassen worden.

Nach Stella Honers sensationeller Enthüllung hatte Martini weitere zehn Tage im Gefängnis verbringen müssen. So viel Zeit hatten die Behörden gebraucht, um alle nötigen Überprüfungen vorzunehmen und zu dem Schluss zu kommen, dass der für Anna Lou Kastners Entführung und mutmaßliche Ermordung verantwortliche Täter ein Serienkiller mit einer Vorliebe für rothaarige Mädchen war, der nach einer unerklärlichen Periode der Inaktivität von dreißig Jahren wieder zugeschlagen hatte.

Der Nebelmann.

Beatrice Lemans bildhafte Bezeichnung war von den Medien sofort begeistert übernommen worden, als diese sich erneut auf den Fall stürzten. Die unerwartete Wendung war sensationell, und das Publikum konnte nicht genug davon bekommen.

Martini hatte die zehn Tage in einem Zustand fast völliger Teilnahmslosigkeit auf der Krankenstation verbracht. Seine gesundheitliche Verfassung lieferte den Behörden einen guten Vorwand, seine Freilassung noch hinauszuzögern, während man in Wahrheit darauf hoffte – wie er sehr wohl wusste –, dass die äußerlichen Anzeichen des tätlichen Angriffs auf ihn verblassten, bevor er sich wieder in der Öffentlichkeit sehen ließ. Er konnte das sogar verstehen, schließlich hatte Levi bereits vor laufenden Kameras damit gedroht, die Gefängnisleitung anzuzeigen und mit dem Skandal bis zum Innenminister zu gehen.

Als man ihm seine Kleidung brachte und ihn aufforderte, seine Sachen zu packen, da seine Angehörigen ihn demnächst abholen würden, konnte Martini es kaum glauben. Er trug einen Gips um den rechten Unterarm, aber es war vor allem die Rippengegend, die noch schmerzte und um die ein enger Verband saß, sodass er manchmal keine Luft bekam und innehalten musste. Ein violettes Hämatom umgab sein linkes Auge und reichte bis zur Wange hinunter, wo es gelbliche Schattierungen annahm. Ähnliche Blutergüsse überzogen seinen ganzen Körper, waren jedoch größtenteils schon zurückgegangen. Seine Oberlippe war gerissen und hatte mehrerer Stiche bedurft, dafür war nun die Wunde an seiner linken Hand, die auf den Tag von Anna Lous Verschwinden zurückging, endlich vollständig verheilt.

Gegen elf Uhr vormittags informierte ihn ein Wärter, dass der Direktor die von Staatsanwältin Mayer ausgestellte Anordnung zur Haftentlassung gegengezeichnet hatte und er daher gehen konnte. Martini musste sich auf eine Krücke stützen, und der Wärter geleitete ihn durch die Flure bis zum Besucherraum. Der Weg kam ihm endlos vor.

Als die Tür geöffnet wurde, sah er seine Frau und seine Tochter mit bangen Gesichtern dort stehen. Das Lächeln, das sie für ihn aufgesetzt hatten, wurde von einem bestürzten Ausdruck abgelöst. Levi war bei ihnen und hatte sie vermutlich schonend auf seinen Anblick vorbereitet, und doch hatten sie darauf nicht gefasst sein können. Es war weniger, ihn an Krücken und mit dieser blutunterlaufenen Maske zu sehen, was ihre Wiedersehensfreude trübte, als die plötzliche Feststellung, einen anderen Mann vor sich zu haben als den, den sie kannten. Einen Mann, der fast zehn Kilo abgenommen hatte, einen Mann mit eingefallenen Wangen und schlaff unterm Kinn herabhängender Haut, was er vergeblich mit einem spärlichen, stoppeligen Kinnbart zu verbergen versuchte. Aber vor allem sahen sie einen Mann von dreiundvierzig Jahren, der wie ein Greis wirkte.

Martini humpelte auf sie zu und bemühte sich, ein Lächeln zustande zu bringen. Clea und Monica schüttelten ihren Schock ab und liefen ihm entgegen. Sie umarmten ihn lange und weinten schweigend. Während seine beiden Frauen ihre Köpfe an seine Brust lehnten, küsste er sie sanft und streichelte ihnen über die Haare. »Es ist vorbei«, sagte er. Es ist vorbei, sagte er auch sich selbst, denn er konnte es immer noch nicht fassen.

Dann hob Clea den Blick, und es war, als würden sie sich nach langer Zeit wiedererkennen. Loris verstand die Bedeutung dieses Blicks – sie bat ihn um Verzeihung. Dafür, dass sie ihn allein gelassen hatte, dass sie in den schlimmsten Stunden nicht bei ihm geblieben war, und vor allem dafür, dass sie an ihm gezweifelt hatte. Mit einer sanften Kopfbewegung gab er ihr, gab er ihnen beiden zu verstehen, dass alles vergeben war.

»Gehen wir nach Hause«, sagte er.

Sie stiegen in Levis Mercedes. Der Anwalt setzte sich vorn neben den Chauffeur, sie drei kletterten auf die Rückbank, und dann fuhren sie zu einem Seitentor hinaus, um die vor dem Gefängnis lauernde Reportermeute zu umgehen. Doch als die Limousine mit den dunkel getönten Scheiben in die Straße vor ihrem Haus einbog, sahen sie sich mit einer neuen Ansammlung von Mikrofonen und Kameras konfrontiert. Auch eine beträchtliche Menge Schaulustiger hatte sich eingefunden.

Martini merkte Clea und Monica die Angst an, dass die Belagerung nun wieder losgehen und sie daran hindern würde, ein normales Leben zu führen. Levi aber drehte sich lächelnd zu ihnen um. »Von jetzt an wird alles anders. Seht nur …«

Tatsächlich, sobald der Wagen in die Hauseinfahrt einbog, begannen die Leute zu applaudieren, und immer mehr stimmten mit ein.

Levi stieg als Erster aus und öffnete die hintere Tür, damit die Familie Martini, endlich wieder glücklich vereint, sich den Fotografen und Kameraleuten präsentierte. Clea verließ das Auto als Zweite, dann folgte Monica, zuletzt der Lehrer. Der Applaus und die Jubelrufe wurden lauter, und sie sahen sich ein wenig verstört an, denn mit so etwas hatten sie nicht gerechnet.

Martini blickte sich in der Menge um, während die Blitzlichter über sein müdes Gesicht zuckten, und erkannte viele seiner Nachbarn. Sie riefen seinen Namen und hießen ihn willkommen. Auch die Odevis waren vollzählig zugegen, und das Familienoberhaupt, das ihn noch vor wenigen Wochen im Fernsehen verleumdet hatte, versuchte nun, ihn auf sich aufmerksam zu machen, um ihn zu begrüßen. Der Lehrer wollte nicht an die Heuchelei dieses Spektakels denken, sondern den Leuten lieber zeigen, dass er keinen Groll gegen sie hegte, indem er dankend den Arm hob.

Sobald sie im Haus waren, steuerte er das Sofa an. Er war müde, und die Beine taten ihm weh. Monica stützte ihn und half ihm, sich zu setzen, dann legte sie seine Füße auf einen Hocker und zog ihm die Schuhe aus. Eine ausgesprochen liebevolle Geste, die er von seiner Tochter nicht erwartet hätte. »Soll ich dir irgendetwas bringen? Einen Tee, ein belegtes Brötchen?«

Er streichelte ihr über die Wange. »Danke, Schatz, ich habe alles.«

Clea dagegen war hyperaktiv. »Ich mache gleich mal das Mittagessen. Sie essen doch mit uns, Herr Levi, ja?«

»Sicher, gern«, antwortete der Anwalt, der merkte, dass er die Einladung nicht ablehnen durfte. Während Clea in die Küche ging, wandte er sich an seinen Mandanten. »Nach dem Essen müssen wir beide uns mal über ein paar wichtige Dinge unterhalten«, sagte er augenzwinkernd.

Martini ahnte schon, worum es ging. »Na schön«, seufzte er.

Seit Tagen saß er nun schon in diesem verdammten Hotelzimmer in Avechot fest. Er hatte wieder ausgepackt und musste sich »den Ermittlungsbehörden zur Verfügung halten« – diese Formulierung der Mayer war mit Bedacht gewählt und konnte alles oder nichts bedeuten. Sie hatten nichts in der Hand, um ihn festzunehmen, die Untersuchung gegen ihn war schließlich noch im Gange, aber er durfte auch nicht von hier fort, da die Staatsanwältin jederzeit noch eine Klarstellung benötigen oder eine Vernehmung veranlassen konnte. Vogel befürchtete eigentlich keine Zuspitzung der Situation. Die Fälschung des Beweises, der den Lehrer schwer belastet und in Untersuchungshaft gebracht hatte, war bislang nichts als ein Verdacht und ihm nur schwer nachzuweisen. Die offizielle Verlautbarung sprach ganz allgemein von einer versehentlichen Kontamination der Beweismittel. Trotzdem, zusammengenommen mit dem Fall Derg würde die Sache unweigerlich das Ende seiner Karriere besiegeln.

Während er unruhig in dem kleinen Zimmer hin- und herlief, immer zwischen Bad und Bett, sagte sich Vogel, dass sie ihn nicht entlassen würden. Sie würden es so hinbiegen, dass er selbst die Kündigung einreichte, allein schon um den Skandal abzuschwächen, der dabei war, sich bis hin zu den Führungsspitzen der Polizei auszuweiten. Sein Abschied würde still und leise vonstattengehen, »aus persönlichen Gründen«, wie es offiziell heißen würde. In dieser Hinsicht war der Nebelmann ihm sogar eine Hilfe, da das Phantom nun allein im Blickpunkt der Medien und der Öffentlichkeit stand und alles andere in den Hintergrund trat. Vogel musste eigentlich nur schlau vorgehen und die Bedingungen seines Abgangs von der Bühne gut verhandeln.

Doch das genügte ihm nicht.

Er wollte es nicht hinnehmen, dass sie ihn einfach so abservierten. All die Jahre hatte er Fälle aufgeklärt, die positive Schlagzeilen gemacht hatten, und all die Jahre hatten seine Vorgesetzten ihren Vorteil aus seiner Arbeit gezogen. Sie hatten neben ihm auf den abschließenden Pressekonferenzen posiert, einen Großteil der Lorbeeren eingeheimst und damit Karriere gemacht. Diese Dreckskerle. Und jetzt, da er sie einmal brauchte, wo waren sie da? Jetzt, da sie seinen Arsch retten sollten, wo steckten sie?

Im Grunde hatte er jedoch nichts anderes erwartet. Was ihn wirklich vor Wut kochen ließ, war die von der Mayer einberufene Pressekonferenz, die am Abend zuvor auf allen Kanälen übertragen worden war.

»Die Ermittlungen werden nun mit verstärktem Nachdruck wiederaufgenommen«, hatte sie verkündet, die sich zuvor stets gescheut hatte, im Fernsehen aufzutreten. »Wir haben neue Erkenntnisse, eine neue Spur, und werden auch den sechs Mädchen, die vor Anna Lou verschwunden sind, Gerechtigkeit widerfahren lassen«, versprach sie, obwohl sie genau wusste, dass dies nach dreißig Jahren so gut wie unmöglich war.

Und als jemand gefragt hatte, ob die Polizei jetzt gezielt hinter dem Nebelmann her sei, hatte dieser undankbare Knilch von Borghi geantwortet: »Sie von den Medien erfinden gern sprechende Namen, um die Fantasie des Publikums anzuregen. Ich dagegen ziehe es vor, mir den Verdächtigen mit einem Gesicht und einer Identität vorzustellen, nicht als ein abstraktes Ungeheuer. Nur so können wir ihn fassen.« Der Junge hatte schnell gelernt, dachte Vogel, vielleicht hatte er ihn unterschätzt. Aber du musst dir noch von der Mama die Nase putzen lassen, du wirst dem Druck niemals standhalten.

Noch mehr zur Weißglut brachte ihn diese unerträgliche Aura von Heiligkeit, die den Lehrer jetzt umgab. Der Wandel vom Monster zum »Justizopfer« hatte quasi unmittelbar stattgefunden. Möglicherweise auch, weil die Medien viel wiedergutzumachen hatten und ihnen Klagen wegen Verleumdung und Ehrverletzung drohten. Dieselben Journalisten, die Martini über Wochen vorverurteilt und Rufmord an ihm begangen hatten, hatten es nun auf ihn, auf Vogel, abgesehen. Deshalb war er nicht nur gezwungen, in Avechot zu bleiben, sondern konnte nicht einmal dieses verfluchte Hotelzimmer verlassen. Draußen stand eine geifernde Horde, die nur darauf wartete, ihn zu kreuzigen.

Aber ich werde nicht stumm und gesenkten Hauptes gehen, sagte er sich. Er hatte sich bereits einen ehrenvolleren und vor allem einträglicheren Abgang überlegt. Sollte das wirklich das Ende sein, wollte er wenigstens den größtmöglichen Gewinn daraus schlagen, und der Geldsegen würde seine Frustration lindern und die Wunden heilen, die sein Ego erlitten hatte. Ja, das war der richtige Plan.

Er musste nur noch einen gewissen kleinen Gegenstand wieder an sich bringen.

Nach dem Mittagessen hatte er sich bei Clea, Monica und Levi entschuldigt und war hinauf ins Schlafzimmer gegangen. Er hatte fast fünf Stunden am Stück geschlafen und beim Aufwachen gehofft, dass der Anwalt fort wäre. Er fühlte sich noch nicht bereit für den Vortrag, den er ihm halten würde. Doch als er langsam wieder ins Wohnzimmer hinunterstieg, sah er, dass Levi noch da war. Draußen war es schon dunkel, die Lichter brannten, und Levi saß auf dem Sofa neben Clea. Beide hielten sie eine dampfende Teetasse in der Hand und unterhielten sich angeregt. Als sie ihn auf der Treppe erblickten, stand seine Frau auf, um ihm herunterzuhelfen und ihn zum Sofa zu führen.

»Ich dachte schon, Sie würden bis morgen früh durchschlafen«, sagte der Anwalt mit seinem gewohnt jovialen Lächeln.

»Sie geben wohl nie auf, was?«, erwiderte Martini.

»Das gehört zu meinem Beruf.«

»Na schön, dann sagen Sie mir, was Sie zu sagen haben, damit wir's hinter uns haben.«

»Ich hätte gern, dass die ganze Familie dabei ist, wenn es geht«, bat Levi.

»Warum?«

»Weil ich weiß, dass es schwer wird, Sie zur Einsicht zu bringen, und ich deshalb die größtmögliche Unterstützung brauche.«

Martini schnaubte, aber Clea nahm besänftigend seine Hand. »Ich hole Monica«, sagte sie.

Kurz darauf waren sie alle im Wohnzimmer versammelt.

»Gut«, begann der Anwalt. »Jetzt, da alle Beteiligten anwesend sind, kann ich Ihnen ja sagen, dass Sie ein Idiot sind.«

Martini lachte überrascht. »Finden Sie nicht, dass ich schon genug beleidigt worden bin?«

»Nun ja, sagen wir, es kommt der Wahrheit eben am nächsten.«

»Und wieso? Lassen Sie hören ...«

Levi schlug die Beine übereinander und setzte seine Teetasse auf dem Couchtisch ab. »Diese Leute dort sind Ihnen etwas schuldig«, erklärte er, mit dem Daumen nach draußen zeigend. »Die waren drauf und dran, Ihr Leben zu zerstören, und so weit ich es sehe, ist es ihnen auch beinahe gelungen.«

»Und was soll ich jetzt tun?«

»Das Gefängnis verklagen, zunächst einmal. Und am besten auch gleich das Ministerium. Und dann eine kräftige Entschädigung dafür verlangen, wie die Ermittlungen der Kriminalpolizei gegen Sie gehandhabt wurden.«

»Letztlich habe ich aber doch Gerechtigkeit bekommen, oder?«

Levi überhörte das und fuhr fort. »Das ist noch nicht alles. Die Medien sind mindestens genauso verantwortlich wie die Polizei für das, was Ihnen widerfahren ist. Man hat außerhalb eines Gerichtssaals einen Prozess gegen Sie abgehalten und, was noch schlimmer ist, ein Urteil gefällt, ohne Ihnen die Möglichkeit zu geben, sich zu verteidigen. Das ist Lynchjustiz. Die Journaille muss ebenfalls bezahlen.«

»Und wie soll das gehen?«, fragte Martini skeptisch. »Sie werden sich hinter der Pressefreiheit verschanzen und ungestraft davonkommen. Es ist doch sinnlos, die Medien zu verklagen.«

»Aber sie müssen trotzdem vor der Öffentlichkeit ihr Gesicht wahren, sonst riskieren sie, ihre Glaubwürdigkeit zu verlieren. Und damit Quoten, Auflagen. Außerdem wollen die Leute jetzt Ihre Version hören, sie wollen gemeinsam mit Ihnen die wiedererlangte Freiheit feiern ... Ihnen auch schmeicheln, wenn nötig.«

»Ich soll also verlangen, im Fernsehen auftreten zu dürfen, um meinen Ruf wiederherzustellen?«

Levi schüttelte den Kopf. »Nein. Sie sollen sich dafür *bezahlen* lassen, nur so kommen Sie an ein angemessenes Schmerzensgeld.«

»Sie meinen, ich soll Interviews an den Meistbietenden verkaufen – ist das Ihr Ernst?« Martini klang entsetzt. »Kommt nicht infrage. Wie ich dieser Stella Honer schon vor einiger Zeit sagte: Ich werde keinen Profit aus der Tragödie der Kastners ziehen.«

»Sie ziehen keinen Profit aus der tragischen Geschichte dieses jungen Mädchens«, erwiderte Levi. »Höchstens aus Ihrer eigenen.«

»Das kommt aufs Gleiche raus. Ich will das alles einfach nur vergessen. Und vergessen werden.«

Levi sah Clea und Monica an.

»Ich weiß, dass du ein integrer Mensch bist«, sagte Clea sanft. »Und ich verstehe deine Gründe. Aber diese Schweine haben dir übel mitgespielt«, fügte sie ungewohnt grimmig hinzu.

Martini wandte sich an Monica. »Bist du derselben Meinung?« Seine Tochter nickte, ihre Augen standen in Tränen.

Da nahm Levi den Aktenkoffer, den er neben sich stehen hatte, und holte einige Papiere heraus. »Das ist ein Vertrag mit einem Verlag. Man bietet Ihnen an, ein Buch über Ihre Geschichte zu schreiben.«

»Ein Buch?«, fragte Martini verdutzt.

Levi lächelte. »Sie sind immer noch Literaturlehrer, oder? Dieses demnächst erscheinende Buch wird der perfekte Aufhänger sein, um Sie in Sendungen einzuladen oder für Onlinemagazine und Zeitungen zu interviewen … Eine Art kulturelles Feigenblatt, das die Sache auch für Sie persönlich adelt.«

Martini schüttelte belustigt den Kopf. »Ihr habt mich wirklich in die Ecke gedrängt«, sagte er. Dann sah er Frau und Tochter nacheinander seufzend an. »Na gut, meinetwegen, aber das darf sich nicht ewig hinziehen. Ich will das alles so bald wie möglich hinter mir lassen, klar?«

Um elf Uhr abends saß Borghi immer noch an seinem Tisch in der Einsatzzentrale. Alle anderen waren längst gegangen, und nur noch die Bürolampe neben ihm brannte in der großen, leeren Halle. Er studierte die mageren Berichte in den sechs lange zurückliegenden Vermisstenfällen. Ja, die Opferprofile stimmten alle miteinander überein, man konnte folglich von der Existenz eines Serienmörders ausgehen. Demnach wäre der Mann mit der Skimaske in dem Hotelvideo nach dreißig Jahren wieder aktiv geworden und wollte diesmal auch den Ruhm dafür einheimsen.

Aber warum?

Der junge Kommissar fand einfach keine Erklärung dafür. Warum hatte der Täter so viel Zeit verstreichen lassen? Natürlich bestand die Möglichkeit, dass er in der Zwischenzeit woanders zugeschlagen und niemand eine Verbindung zwischen den Fällen hergestellt hatte. Oder dass höhere Gewalt ihn daran gehindert hatte, weitere Taten zu begehen. Zum Beispiel konnte er eine lange Haftstrafe wegen eines anderen Verbrechens verbüßt haben und nach seiner Freilassung wieder in Aktion getreten sein. Allerdings hatte er dann seinen Modus Operandi geändert. In den ersten sechs Fällen hatte er darauf geachtet, nicht als Person in Erscheinung zu treten, hatte sich vollkommen bedeckt gehalten, während er nun mit allen Mitteln auf sich aufmerksam machen wollte. Sicher, vor dreißig Jahren waren die Medien noch nicht in dem Maße bereit gewesen, solchen Scheusalen eine Bühne zu bieten, aber Borghi fand es trotzdem merkwürdig.

Am Nachmittag war er wieder einmal bei Beatrice Leman gewesen. Die Frau, die über so lange Zeit die Dokumentation dieser Fälle bei sich aufbewahrt hatte, in der Hoffnung, dass irgendwann jemand bei ihr anklopfen und danach fragen würde, hatte ihn ungewohnt kühl empfangen. Bei seinen ersten

Besuchen hatte Borghi den Eindruck gewonnen, dass ihr viel daran lag, mit der Polizei zusammenzuarbeiten, doch jetzt war er nicht mehr so sicher.

»Ich habe Ihnen alles gesagt, was ich weiß«, hatte sie ihn an der Haustür abgefertigt, ohne ihren Rollstuhl auch nur einen Zentimeter zur Seite zu bewegen und ihn hereinzubitten. »Jetzt lassen Sie mich in Frieden.«

Da stimmte doch irgendetwas nicht, die Leman verheimlichte etwas. Borghi hatte herausgefunden, dass sie in den Tagen nach Anna Lous Verschwinden mehrmals versucht hatte, zu Vogel Kontakt aufzunehmen. Weshalb? Sie hatte behauptet, es sei ihr lediglich um ein Interview mit dem Sonderermittler gegangen, während dieser strikt geleugnet hatte, ihr überhaupt begegnet zu sein. Beide sagten die Unwahrheit. Borghi konnte zwar verstehen, dass Vogel nicht noch mehr Scherereien bekommen wollte, weil er einem wichtigen Hinweis nachgegangen war, ohne seine Vorgesetzten zu informieren – aber die Leman, welches Motiv hatte sie zu lügen? Außerdem hatte die Journalistin vor einiger Zeit ein Päckchen erhalten. Das war bei einer Routineüberprüfung herausgekommen und ziemlich auffällig, da sie nur noch wenige soziale Kontakte hatte und kaum je Post bekam. Was hatte dieses Päckchen enthalten? Und gab es eine Verbindung zu Vogel?

Ehe die Frau ihm die Tür vor der Nase zugeschlagen hatte, hatte Borghi noch einen Blick ins Haus werfen können, wobei ihm sofort etwas ins Auge gestochen war. In dem Aschenbecher in der Diele lagen neben den zahlreichen Stummeln der kettenrauchenden Leman auch die einer anderen Marke. Stella Honer ist hier gewesen, hatte er sofort geschlossen. Das war möglicherweise der Grund für Lemans plötzliches Verstummen: Sie hatte sich kaufen lassen. Borghi konnte es ihr nicht verübeln. Jahrelang hatte sie unter Gleichgültigkeit und

Einsamkeit gelitten. Man hatte sie und die Kämpfe, die sie mit ihrer Lokalzeitung ausgefochten hatte, einfach vergessen, und jetzt bot sich ihr die Gelegenheit, sich für alles zu entschädigen.

Während er die Vermisstenanzeige im ersten Fall, dem von Katya Hilmann, noch einmal aufmerksam durchlas, hallte plötzlich ein Knall durch die Turnhalle. Er hob erschrocken den Kopf, konnte aber jenseits des Lichtkreises seiner Tischlampe nichts erkennen. Also richtete er sie in den Saal und leuchtete in einem weiten Bogen um sich herum. Es war nicht festzustellen, woher das Geräusch gekommen war, doch dann bemerkte er einen zuckenden Lichtschein unter der Tür zum Umkleideraum.

Er stand auf und ging hin.

Vorsichtig öffnete er die Tür und erspähte einen Schatten, der sich mit einer Taschenlampe an einem der Spinde zu schaffen machte. Borghi zog die Pistole. »Stehen bleiben«, sagte er ruhig.

Der Schatten erstarrte. Dann hob er die Hände und drehte sich langsam um.

»Was machen Sie da?«, fragte Borghi, als er ihn erkannte. »Sie dürfen nicht hier sein.«

Vogel setzte sein falschestes Lächeln auf. »Ich habe dich im Fernsehen gesehen, Junge. Hast du gut gemacht, du hast Talent.«

»Was machen Sie hier?«, wiederholte Borghi.

»Sei nicht so harsch mit deinem Lehrer.« Vogel tat eingeschnappt. »Ich wollte nur etwas holen, das mir gehört.«

»Das ist nicht mehr Ihr Büro, und alles, was sich darin befindet, ist im Zusammenhang mit den Ermittlungen gegen Sie beschlagnahmt.«

»Ich kenne die Vorschriften, Borghi. Aber manchmal tut man sich unter Kollegen einen Gefallen.«

Vogels glattzüngige Art begann Borghi auf die Nerven zu gehen. »Zeigen Sie mir, was Sie da aus dem Spind genommen haben.«

»Das ist privat.«

Er wollte ihn offenbar provozieren. »Los, zeigen Sie es mir, sofort«, beharrte Borghi, um einen resoluten Ton bemüht. Er hielt immer noch die Pistole in der Hand, wenn er auch nicht mehr auf Vogel zielte.

Vogel nahm langsam die linke Hand herunter, um seinen Mantel aufzuknöpfen, dann steckte er ebenso ruhig die rechte Hand in die Innentasche und zog das schwarze Notizbuch heraus, seinen ständigen Begleiter.

»Legen Sie es auf den Tisch«, befahl Borghi. Vogel gehorchte. »Und jetzt muss ich Sie bitten, das Gebäude zu verlassen.«

Während Vogel sich zum Ausgang entfernte, ließ der junge Kommissar ihn nicht aus den Augen, überzeugt, dass sein einstiger Vorgesetzter es sich nicht verkneifen würde, das letzte Wort zu behalten. Und so war es.

»Wir hätten ein großartiges Team abgegeben, du und ich ...«, sagte er geringschätzig. »Aber vielleicht ist es besser so. Viel Glück, mein Kleiner.«

Als er weg war, steckte Borghi seufzend seine Waffe ein und nahm das Notizbuch zur Hand, das Vogel auf den Tisch gelegt hatte. Er hatte schon immer wissen wollen, was er da ständig hineinschrieb. Diese altmodische Arbeitsweise faszinierte ihn, zumal Vogel nichts zu entgehen schien. Als er es aufschlug, musste er jedoch feststellen, dass die Seiten mit nichts als obszönen Zeichnungen gefüllt waren. Krude Sexszenen, ebenso vulgär wie infantil. Ungläubig schüttelte er den Kopf. Dieser Mann war eindeutig verrückt.

Vogel ging über den verlassenen Platz vor der Turnhalle und gratulierte sich zu der Gerissenheit, mit der er Borghi weisgemacht hatte, dass er wegen des Notizbuchs zurückgekommen war. Es kümmerte ihn nicht, was der junge Kollege von ihm dachte, wenn er dessen Inhalt sah. Viel mehr zählte, was er tatsächlich aus dem Spind mitgenommen hatte.

Er holte sein Handy heraus und wählte eine Nummer. »Fünfundzwanzig Minuten vor den anderen«, sagte er, als abgenommen wurde. »Ich halte stets mein Wort.«

»Was willst du?«, fragte Stella ungeduldig. »Du hast doch nichts mehr anzubieten.«

»Bist du sicher?« Vogel führte unwillkürlich die Hand an seine Manteltasche. »Ich wette, Beatrice Leman hat dir von einem Tagebuch erzählt ...«

Stella schwieg. Sehr gut, dachte Vogel, sie war interessiert.

»Sie hat mir eigentlich nicht viel erzählt«, räumte sie vorsichtig ein.

Er hatte ins Schwarze getroffen, die beiden hatten also miteinander gesprochen. »Schade. Ich dachte, es interessiert dich bestimmt.«

»Wie viel willst du?«, fragte die Journalistin unverblümt.

»Über die Einzelheiten sprechen wir zu gegebener Zeit ... Aber ich hätte noch eine kleine Bitte.«

Honer lachte. »Du bist wirklich nicht mehr in der Position, die Bedingungen zu diktieren.«

»Es ist keine große Sache«, entgegnete der Sonderermittler aalglatt. »Ich habe gehört, dass man dir nach dem Exklusivbericht, mit dem du mich ruiniert hast, eine eigene Sendung gegeben hat. Gratuliere, endlich musst du dir nicht mehr als Reporterin den Arsch abfrieren.«

»Ich fasse es nicht. Du willst, dass ich dich ins Studio einlade?«

»Mich und noch jemand anderen.«
»Wen?«
»Den Lehrer Martini.«

22. FEBRUAR.

EINUNDSECHZIG TAGE NACH DEM VERSCHWINDEN.

Er saß auf einem Lehnstuhl vor einem mit hellen Glühbirnen eingefassten Spiegel. Kosmetiktücher steckten im Kragen seines Hemdes, damit es nicht beschmutzt wurde, während eine Maskenbildnerin mit einem weichen Pinsel mattierenden Puder auf seine Wangen auftrug. Vogel genoss das sanfte Streicheln mit geschlossenen Augen.

Ein paar Meter weiter hinten bügelte eine Kostümbildnerin sein Jackett auf. Er hatte für den Anlass einen dunkelblauen Anzug aus feinster Cool Wool gewählt, dazu ein Einstecktuch aus gelber Seide, eine taubenblaue Krawatte mit dezentem Blumenmuster und schlichte, ovale Manschettenknöpfe aus Roségold.

Stella Honer platzte, ohne anzuklopfen, in die Maske, gefolgt von einem distinguierten Mann um die fünfzig, der eine Aktentasche bei sich trug. »Wir sind so weit«, verkündete sie. Sie trug schon das dunkle Kostüm, mit dem sie auf Sendung gehen würde, und streckte fordernd die Hand aus. »Wo ist das Tagebuch?«

Vogel drehte sich nicht zu ihr um, machte noch nicht einmal die Augen auf. »Alles zu seiner Zeit, meine Liebe.«

»Ich habe mich an die Abmachung gehalten, jetzt musst du deinen Teil erfüllen.«

»Das werde ich, ganz ruhig.«

»Nein, ich bin kein bisschen ruhig«, erwiderte Stella. »Wer sagt mir, dass du mich nicht reinlegen willst?«

»Deine Redaktion hat eine Seite bekommen und sich von deren Echtheit überzeugen können.«

»Das war nur eine Fotokopie, jetzt will ich das Original, und zwar komplett.«

Vogel hob träge die Lider und suchte Stellas Abbild im Spiegel. Sie war verständlicherweise nervös. »Ihr habt doch gesehen, dass es Anna Lous Handschrift ist.«

»Sag mir wenigstens, was in diesem verdammten Tagebuch steht.«

»Unaussprechliche Geheimnisse«, antwortete Vogel theatralisch.

»Anna Lou hatte ein Verhältnis mit einem älteren Mann?«, riet die Journalistin aufs Geratewohl, in der Hoffnung, dass er sich durch ein Zögern verriet und ihre Vermutung bestätigte.

»Jedes Mal, wenn wir uns sprechen, versuchst du, mir irgendetwas aus der Nase zu ziehen. Aber du wirst kein Wort aus mir herausbekommen, bis ich das rote Lämpchen an der Studiokamera leuchten sehe.«

»Ich muss es aber wissen. Ich kann dir nicht erlauben, die Spielregeln zu bestimmen. Es ist meine Sendung, und es kommt nicht infrage, dass ich über das Thema des Abends im Dunkeln gelassen werde. Warum wolltest du Martini dabeihaben? Was hat er mit Anna Lous Tagebuch zu tun?«

Er hatte gar nichts damit zu tun, aber Vogel dachte nicht daran, ihr das zu verraten. Das Büchlein war nur ein Mittel zum Zweck gewesen, um einen gemeinsamen Auftritt zu erreichen. Er wusste schon, was er tun würde, sobald sie auf Sendung waren. Er würde sich bei Martini im Namen der Polizei entschuldigen, würde seine eigenen Fehler eingestehen und seine Vorgesetzten damit in Verlegenheit bringen – diese Arschlöcher, die ihn im Stich gelassen hatten. Vielleicht würde der Lehrer ihm nach seiner Abbitte sogar öffentlich verzeihen. Verfolger und Verfolgter würden sich unter Tränen in den Armen liegen – die Leute liebten solche Versöhnungsszenen. Anna Lous Tagebuch würde dann den nächsten Höhepunkt bilden. Er würde den Eintrag vorlesen, in dem das Mädchen von Oliver schrieb, dessen Initial sie sich als Liebespfand auf den Arm gemalt hatte. Möglicherweise gelang es Stellas Redaktion ja sogar, den Jungen in Echtzeit ausfindig zu machen. Ein live übertragenes Telefoninterview mit ihm könnte zur Krönung des Abends werden.

Stella, die nichts von seinen schönen Plänen wusste, tappte nervös mit dem Fuß auf den Boden. »Ich kann das Ganze auch platzen lassen«, drohte sie. »Keine Sendung, kein Martini … und ich werde dir die Schuld daran geben.«

Vogel lachte. »Er hat zugesagt«, bemerkte er im Hinblick auf den Lehrer. »Das wundert mich.«

»Ich schätze, weil er es nicht erwarten kann, dir live vor aller Welt die Meinung zu geigen«, entgegnete Stella mit einem selbstzufriedenen Grinsen.

»Hat er Bedingungen gestellt?«

»Das geht dich einen Scheißdreck an.«

Vogel hob ergeben die Hände.

Stella winkte den Mann mit dem Aktenkoffer herbei. »Ich möchte dir unseren Rechtsanwalt vorstellen, er vertritt die Interessen des Senders.«

»Was du nicht sagst«, spottete Vogel.

Der Mann holte irgendwelche Formulare aus dem Koffer und legte sie vor ihn auf den Schminktisch. »Mit Ihrer Unterschrift auf diesem Schriftstück versichern Sie, dass das Tagebuch echt ist, und entbinden uns von jeglicher rechtlicher Haftung.«

»Was für ein Haufen langer Wörter für eine so simple Angelegenheit.«

»Ich habe meinen Teil erfüllt«, knurrte Stella. »Es war nicht einfach, Martini zu überreden, das kann ich dir sagen.«

Vogel gefiel das. Der Lehrer hatte also immer noch Angst vor ihm. »Ich habe gehört, dass er ein Buch aus seiner Geschichte macht. Weißt du schon, welche Rolle er dir zugedacht hat? Bist du die hartnäckige Investigativjournalistin oder die skrupellose Sensationsreporterin?«

Stella drehte seinen Stuhl zu sich herum, damit er ihr ins Gesicht sehen musste. »Nimm dich in Acht. Ich dulde keinen Unfug.«

»Wie es scheint, erweist sich die Freiheit als recht einträglich für berühmte Exhäftlinge. Würde mich mal interessieren, wie viel Levi euch abgeknöpft hat …«

»Das ist nicht das Gesprächsthema, also wage es nicht, das aufs Tapet zu bringen.«

Der Anwalt meldete sich erneut zu Wort. »Um sicherzustellen, dass alles vereinbarungsgemäß abläuft, wird die Talkshow mit einer Verzögerung von dreißig Sekunden zeitversetzt übertragen. Somit haben wir die Möglichkeit, einzugreifen und Stellen von der Regie herausschneiden zu lassen.«

Vogel gab sich bestürzt. »Traust du mir etwa nicht mehr?«, fragte er Stella mit hochgezogenen Augenbrauen.

»Ich habe dir noch nie getraut«, sagte sie und verließ die Maske.

Etwa zehn Minuten später wurde Vogel von einer Produktionsassistentin abgeholt, die ihn ins Studio führen sollte. Er zog sein Jackett über und warf einen letzten Blick in den Spiegel. Auf geht's, mein Alter, sagte er sich. Zeig ihnen, wer du bist.

Die Assistentin, mit Kopfhörern und Klemmbrett ausgestattet, geleitete ihn durch einen langen Flur, an dessen Ende sie die Flügel einer Feuertür aufstieß. Sie betraten einen großen, dunklen Raum. Das für Stellas Talkshow reservierte Studio war riesig. Sie gingen hinter den Studioaufbauten entlang, die Assistentin immer vorweg, wobei sie hin und wieder etwas in das an ihrem Kopfhörer angebrachte Mikrofon murmelte. »Der erste Gast kommt jetzt«, verkündete sie der Regie.

Vogel konnte bereits das Rumoren des Publikums hören. Stella hatte ihm versichert, dass die Studiozuschauer nach einer qualifizierten Meinungsumfrage ausgewählt worden waren. Sie setzten sich zu gleichen Teilen aus Verfechtern der Schuld und der Unschuld des Lehrers zusammen, sodass es keine eindeutige Stimmung für ihn oder für Martini gab. Vogel hatte das gleichmütig hingenommen, denn im Grunde war es ihm egal. In Kürze würden Martini und er ohnehin auf derselben Seite stehen.

Sie kamen zu einer abgeteilten Nische für die Studiogäste, wo die Assistentin ihn einem Techniker übergab, der ein Ansteckmikrofon an seiner Krawatte befestigte. Während er ein Kabel unter seiner Anzugjacke hindurchführte, warnte er: »Wir sind zwar noch nicht auf Sendung, aber ab jetzt kann man in der Regie jedes Wort von Ihnen hören.«

Vogel nickte. Darauf wurde standardmäßig aufmerksam gemacht, weil es immer wieder vorkam, dass Gäste sich zu irgendwelchen Kommentaren oder privaten Äußerungen hinreißen ließen. Vogel war jedoch viel zu sehr Profi, als dass ihm so etwas noch passierte.

»So, meine Damen und Herren, gleich fangen wir an«, sagte der Animateur, der dabei war, das Studiopublikum aufzuwärmen. Es gab Applaus und Geschnatter.

Obwohl das Thema des Abends das Tagebuch eines vermutlich toten Mädchens war, herrschte freudige Erregung im Saal. Die Vorstellung, landesweit auf den Bildschirmen zu erscheinen, verwandelte die Menschen, stellte Vogel wieder einmal fest. Sie würden weder berühmt noch reich dadurch werden, und doch würde ihr Leben hinterher irgendwie anders sein. Sie würden sich damit brüsten können, bei dieser Show mitgewirkt zu haben, wenn auch nur am Rande, in einer unbedeutenden Nebenrolle. Hauptsache, man kam ins verdammte Fernsehen.

»Zum Schluss möchte ich Sie noch einmal darum bitten, sich laute Kommentare und Zwischenrufe zu verkneifen und nur zu klatschen, wenn unsere Assistenten Ihnen das Zeichen geben«, endete der Animateur. Neuer Applaus.

Während die Maskenbildnerin ihn noch einmal abpuderte, drehte Vogel sich zerstreut zu dem Durchgang zwischen den Studiowänden um, aus dem die Gäste herauskamen. Das Licht der Scheinwerfer schien direkt davor haltzumachen, sodass hinter den Kulissen ein angenehmes Halbdunkel herrschte.

An dieser Grenze zwischen Licht und Dunkelheit stand Martini.

Er hatte Vogel noch nicht bemerkt und spähte mit der Neugier eines Kindes hinaus auf das Geschehen im Saal. Obwohl er in einigen Metern Entfernung von ihm wartete, erkannte der Sonderermittler, dass er fast völlig wiederhergestellt war. Die Blutergüsse im Gesicht waren verschwunden – oder die Maskenbildnerin hatte sehr gute Arbeit geleistet –, und er trug keinen Gips mehr um den rechten Arm. Zwar brauchte er noch einen Stock zum Gehen, hatte aber an Gewicht zugelegt und sah nicht mehr aus wie ein wandelndes Skelett.

Überhaupt hatte sich sein Äußeres vollkommen verändert.

Er war wesentlich besser gekleidet. Keine Cordsamtjacken und schlabberigen Chinos mehr, und auch von seinen alten ausgelatschten Clarks hatte er sich offenbar verabschiedet. Er trug einen bleigrauen, gut geschnittenen Anzug und dazu eine schicke rote Krawatte, was ihm sehr gut stand, wie Vogel anerkennen musste. Die Tatsache, dass der Lehrer seinen Kleidungsstil nachahmte, machte ihn stolz. Ich habe dich auf die dunkle Seite des Lichts geführt. Denn auch das Licht hat eine, nur können sie nicht alle sehen, dachte er. Er bemerkte auch die teure Uhr, die Martini am linken Handgelenk trug. Dein Leben hat eine Wendung zum Besseren genommen, mein Freund, du solltest mir dafür dankbar sein, dass ich hinter dir her war.

In diesem Moment zupfte der Lehrer mit einer knappen Bewegung die Manschette seines Hemdes zurecht, vielleicht weil er es nicht gewohnt war, Manschettenknöpfe zu tragen. Dabei zog er den Jackenärmel ein Stück hinauf, sodass ein Teil des Unterarms freigelegt wurde.

Vogel bemerkte etwas darauf, das er zuerst nicht zu deuten wusste. Ein geheimes Detail, von dem eigentlich nur Anna Lou und er wissen konnten, weil er ihr Tagebuch gelesen hatte.

Wie kam dann dieses kleine Oval auf Martinis Arm?

Das O für Oliver, gemalt mit einem Kuli.

23. DEZEMBER.

DER TAG DES VERSCHWINDENS.

Sie wollte lieber zu Hause bleiben und den Weihnachtsbaum schmücken.

Doch montags um Viertel nach fünf war Katechismusstunde für Kinder, und sie hatte die Aufgabe übernommen, die Gruppe der Kleinsten anzuleiten. Ihre Brüder waren schon zu groß dafür und durften daher den Nachmittag damit zubringen, die bunten Kugeln und das Silberlametta auf den Zweigen zu verteilen. In diesem Jahr lag Anna Lou besonders viel an dem Ritual, weil sie den Verdacht hegte, dass es das letzte Mal sein könnte. Ihre Mutter hatte schon begonnen, so seltsame Andeutungen zu machen wie: »Jesus hatte auch keinen Weihnachtsbaum.«

Wenn sie so anfing, musste man immer mit irgendeiner Neuerung rechnen.

Da war zum Beispiel der Fastentag, an dem die Familie vierundzwanzig Stunden lang kein Essen anrühren und nur Wasser trinken durfte. Und der Schweigetag – »der Fastentag des Wortes«, wie Maria Kastner ihn nannte. Von Zeit zu Zeit stellte sie irgendeine neue Regel auf oder legte fest, dass etwas Bestimmtes von nun an anders gemacht werden musste. Und dann sprach ihre Mutter im Versammlungssaal darüber und versuchte, auch die anderen Eltern davon zu überzeugen, die sich ihr meist anschlossen. Anna Lou mochte die Bruderschaft, aber sie verstand nicht, was an manchen Dingen falsch sein sollte. Zum Beispiel fand sie nichts Schlimmes daran, Rot in der Kirche zu tragen oder Coca-Cola zu trinken. Sie erinnerte sich nicht, irgendetwas diesbezüglich in den Schriften gelesen zu haben. Alle anderen aber schienen großen Wert auf frommes Verhalten zu legen, als würde der Herrgott ständig über sie richten und auch die kleinsten Dinge zum Anlass nehmen, in aller Stille darüber zu befinden, ob sie wirklich würdig waren, sich seine Kinder zu nennen.

Anna Lou war sicher, dass es mit der Weihnachtsbaum-Tradition auf die gleiche Weise enden würde. Zum Glück war ihr Vater eingeschritten. »Die Kinder brauchen bestimmte Dinge noch«, hatte er gesagt, obwohl er sonst so nachgiebig war. Irgendwann würde er auch in dieser Sache nachgeben, aber für dieses Jahr hatte er sich durchgesetzt, und sie war froh, dass wenigstens ein Brauch ihrer Kindheit vorerst gerettet war.

»Schatz, beeil dich, sonst kommst du zu spät«, rief Maria vom Fuß der Treppe herauf. Anna Lou hielt sich ran, denn ihre Mutter mochte es nicht, wenn man Jesus warten ließ. Ihren grauen Trainingsanzug und die Turnschuhe hatte sie schon an, fehlte nur noch die weiße Daunenjacke. Und der Rucksack musste noch gepackt werden. Sie steckte die Katechismusbücher und die Bibel hinein, dann auch ihr geheimes Tagebuch, das sie schon länger nicht mehr auf den neuesten Stand gebracht hatte. Seit sie entdeckt hatte, dass ihre Mutter gern in ihren Sachen herumschnüffelte, führte sie zwei. Nicht, dass sie im ersten gelogen hätte, sie schrieb immer die Wahrheit, aber sie vermied es, darin auszudrücken, was sie wirklich fühlte. Die eigenen Gefühle waren etwas, das man nur sich selbst erzählen konnte. Außerdem wollte sie Maria schonen, die sich immer so viele Sorgen um ihre Kinder machte. Sie sollte nicht denken, dass Anna Lou traurig war, aber auch nicht, dass sie zu glücklich war. Denn bei ihnen zu Hause wurde auch das Glücklichsein bemessen. Gab es zu viel davon, steckte wahrscheinlich der Teufel dahinter. »Warum sonst lacht der Satan immer?«, sagte ihre Mutter. Es stimmte, Jesus, die Madonna und die Heiligen lachten nie auf den Bildern.

»Anna Lou!«

»Komme schon!« Sie stöpselte die Ohrhörer des MP3-Players ein, den ihre Oma ihr zum Geburtstag geschenkt hatte, und rannte die Treppe hinunter.

Maria erwartete sie unten, einen Arm auf das Geländer gestützt, den anderen auf die Hüfte, sodass sie an eine bauchige Teekanne erinnerte. »Was hörst du da für Musik, Schatz?«

Anna Lou hatte mit der Frage gerechnet und reichte ihr den einen Ohrstöpsel. »Ein Kinderlied, das ich gefunden habe und den Kleinen im Katechismusunterricht beibringen will. Es dreht sich um kleine Mädchen und Kätzchen.«

»Das scheint mir aber nicht viel Bezug zum Evangelium zu haben«, wandte Maria ein.

Anna Lou lächelte. »Ich möchte, dass sie die Psalmen auswendig lernen, aber zur Übung muss ich erst mal mit etwas Einfachem anfangen.«

Ihre Mutter sah sie zweifelnd an, wusste aber nichts zu erwidern. Dann schüttelte sie ihr Handgelenk, um das Perlenarmband zum Klingeln zu bringen, das Anna Lou für sie gemacht hatte. Eine Geste der Zuneigung, die ihre enge Bindung zueinander unterstreichen sollte.

»Es ist kalt draußen, mach die Jacke zu.«

Anna Lou drückte ihr einen Kuss auf die Wange und verließ das Haus.

Als sie die Tür hinter sich schloss, fröstelte sie. Ihre Mutter hatte recht, es war wirklich kalt. Vielleicht würde es zu Weihnachten ja schneien, das wäre schön. Sie zog den Reißverschluss ihrer Jacke hoch und ging durch den Vorgarten zur Straße, dann den Bürgersteig entlang in Richtung Kirche. Sie hätte gern gebeichtet. Seit sie wegen Mattia mit Priscilla gebrochen hatte, fühlte sie sich ein bisschen schuldig. Sie hatte sogar die Nummer der Freundin aus ihrem Handy gelöscht. Eigentlich sollte sie Frieden mit ihr schließen, aber sie konnte nicht verwinden, wie schlecht Priscilla den armen Jungen behandelt hatte. Was machte er denn schon Schlimmes? Ihr war klar, dass er sich in sie verliebt hatte, und sie ermutigte ihn nicht, konnte ihm aber auch nicht einfach die kalte Schulter zeigen. Priscilla verstand das nicht, ihrer Meinung nach wollten Jungen immer nur das eine. Anna Lou hätte ihr gern von Oliver erzählt, was sie für ihn empfand, obwohl sie ihn kaum kannte, aber sie war nicht sicher, ob Priscilla ihr zugehört hätte. Vielleicht hätte sie nur über ihre kindliche Schwärmerei gelacht. Aber Anna Lou brauchte das. Sie brauchte es, mit offenen Augen zu träumen. Deshalb hatte sie sich auch sein Initial auf den linken Arm geschrieben. Sie wollte nicht verlieren, was nur ihr allein gehörte.

Als sie am Ende des Häuserblocks um die Ecke bog, verlangsamte sie plötzlich ihre Schritte.

Nur wenige Meter vor ihr stand ein Auto am Straßenrand. Zuerst verstand sie nicht, was sich da vor ihr abspielte. Warum hatte dieser Mann eine Transportkiste für Tiere in der Hand? Wonach suchte er? Dann drehte er sich um, und sie glaubte, ihn zu erkennen. Aus der Schule, er war ein Lehrer, unterrichtete aber nicht in ihrer Klasse. Martini hieß er, genau, und gab Literatur.

»Hallo.« Jetzt hatte er sie ebenfalls bemerkt und lächelte. »Hast du zufällig eine Katze hier in der Nähe herumstreunen sehen?«

»Wie sieht sie denn aus?«, fragte Anna Lou und blieb auf Abstand.

»Etwa so groß.« Er stellte den Umfang mit den Händen dar. »Rot-braun geflecktes Fell.«

»Ja, die habe ich gesehen. Sie treibt sich seit Tagen hier herum.« Sie hatte ihr sogar etwas zu fressen gegeben und ihr eins ihrer Armbänder um den Hals gelegt. Nur einen Namen hatte sie ihr nicht geben wollen, weil sie schon befürchtet hatte, dass ihre Besitzer von einem Moment auf den anderen auftauchen und sie für sich beanspruchen würden. Das Tier war zu gepflegt, um ein herrenloser Streuner zu sein.

»Hilfst du mir, sie zu suchen?«

»Ich muss eigentlich weiter, ich habe ein Treffen in der Kirche.«

»Ach, bitte«, beharrte der Mann. »Es ist der Kater meiner Tochter, sie ist ganz verzweifelt.«

Sie hätte ihm antworten sollen, dass ihre Mutter es nicht schicklich fand, wenn sie außerhalb von Haus und Schule mit Leuten Umgang hatte, die nicht der Bruderschaft angehörten. Im Gegensatz zu vielen anderen Vorschriften sah sie darin sogar einen Sinn. Aber der Mann hatte eine Tochter, vielleicht ein kleines Mädchen, das seit Tagen weinte, weil es seinen besten Freund verloren hatte. Also beschloss sie, ihm zu vertrauen.

»Wie heißt der Kater?«

»Derg«, antwortete der Lehrer.

Was für ein komischer Name, dachte sie, ging aber trotzdem auf ihn zu.

»Danke, dass du mir hilfst. Wie heißt du?«

»Anna Lou.«

»Gut, Anna Lou, dann versuche ich jetzt, ihn anzulocken, und du hältst die Transportkiste«, sagte der Mann und reichte sie ihr. »Sobald er hervorkommt, jage ich ihn auf dich zu, und du sperrst ihn darin ein.«

Anna Lou wusste nicht, wie dieses Ding funktionierte. »Er

kam mir eigentlich ganz lieb vor, vielleicht ist es einfacher, ihn mit bloßen Händen einzufangen.«

»Derg hasst Autofahren, und wenn ich ihn nicht da reintue, weiß ich nicht, wie ich ihn nach Hause bringen soll.«

»Na gut.« Anna Lou nahm die Kiste und drehte sich um. »Neulich habe ich ihn im Garten der Nachbarn dort gesehen …«, sagte sie, darauf zeigend.

Das Letzte, was sie sah, war eine Hand, die ihr ein Taschentuch auf den Mund drückte. Sie schrie nicht, weil sie nicht wusste, wie ihr geschah. Das plötzliche Versperren ihrer Atemwege zwang sie dazu, tief Luft zu holen. Es roch bitter, nach Medizin. Ihr Blick trübte sich, und sie konnte sich nicht wehren.

»Ich will ehrlich zu dir sein, zumindest darin …«

Woher kommt die Stimme von diesem Mann? Kenne ich ihn? Sie klingt weit entfernt. Und was ist das für ein kleines Licht? Sieht aus wie eine Camping-Gaslampe, Papa hat auch so eine in der Garage.

»Ich weiß, du fragst dich gerade, wo du bist und was mit dir passiert. Fangen wir mit der ersten Antwort an: Wir sind in einem alten, verlassenen Hotel. Die Antwort auf die zweite Frage dagegen ist ein wenig komplizierter …«

Ich habe keine Kleider an. Warum? Vorhin saß ich doch noch, jetzt liege ich. Es ist unbequem. Wo ist oben, wo unten? Ich weiß es nicht mehr. Es kommt mir vor, als würde ich in eine Kristallkugel gucken. Und was ist das für ein Schatten, der da um mich herumtanzt?

»Der Kater heißt nicht Derg. Und überhaupt ist er tot. Sein Kadaver liegt in meinem Geländewagen. Glaub mir, ich will dich nicht erschrecken, aber es ist nur recht und billig, dass du es erfährst. Ich musste ihn töten, weil er nie gefunden werden darf. Sie werden Haare von ihm und also seine DNA sicherstellen, wenn sie meinen Wagen untersuchen, denn sie sollen mich schließlich bis zuletzt verdächtigen, sonst geht mein Plan nicht auf … Also, was ich sagen wollte, Derg ist keine Katze, sondern ein Mensch. Als ich vor einigen Monaten auf seine Geschichte gestoßen bin, wurde mir klar, dass dieser Mann im Grunde Glück gehabt hat. Klar, er musste einen hohen Preis dafür bezahlen, er hatte einen Schlaganfall, aber danach konnte er ein neues Leben anfangen. Und so bin ich auf diese Idee gekommen.«

Der Schatten ist stehen geblieben, Gott sei Dank. Er zieht mir die Trainingsjacke wieder an. Vielleicht denkt er, dass mir kalt ist. Das stimmt.

»Meinen Schülern sage ich immer: Das oberste Gebot für einen guten Schriftsteller lautet abschreiben. Mir wurde klar, dass ich jemanden finden musste, der mir beibrachte, etwas zu tun, von dem ich nie gedacht hätte, dass ich es einmal in meinem Leben tun würde: töten. Ich habe ganze Nachmittage in der Bibliothek zugebracht und im Internet nach dem Lehrmaterial geforscht, das ich brauchte. Und dann, eines Tages, fand ich es. Eine von einer Journalistin namens Beatrice Leman betriebene Website. Sie wird kaum noch besucht, glaube ich, aber diese Seite enthielt die richtige Geschichte. Vor dreißig Jahren sind in Avechot und Umgebung sechs Mädchen in deinem Alter verschwunden. Nicht gleichzeitig, aber in mehr oder weniger regelmäßigen Abständen. Sie waren alle etwas Besonderes, denn sie hatten rote Haare – genau wie du. Niemand hat sich ernsthaft Gedanken um ihr Schicksal gemacht, nur diese Leman behauptete, dass sie alle entführt worden seien, und zwar von ein und demselben Täter. Sie hatte ein Monster identifiziert und ihm einen Namen gegeben: der Nebelmann. Das war perfekt. Ich würde nur seinen Modus Operandi kopieren müssen, und die Schuld an meiner Tat würde auf ihn zurückfallen – selbst nach all dieser Zeit. Wenn alles nach Plan läuft, wird er also so etwas wie mein Alibi sein, der Schlüssel, der mich aus dem Gefängnis befreit …«

Er zieht mir jetzt auch die Trainingshose an, ich fühle sie an meinen Beinen entlangstreifen, es kitzelt leicht.

»Wie gesagt ist es essenziell, dass man mich verdächtigt, daher werde ich ein paar Spuren hinterlassen. Ich habe schon damit angefangen, mithilfe von Mattia. Er war es übrigens auch, der mich zu dir geführt hat. Denn es war gar nicht so einfach, ein Mädchen mit roten Haaren und Sommersprossen zu finden, musst du wissen. Dann, eines Tages, als die Klasse zum Sport in der Turnhalle war, bin ich zwischen den Tischen herumgegangen, um die Stunde über die romantischen Dichter vorzubereiten, die ich gleich halten würde. Als ich zu Mattias Platz kam, sah ich seine Videokamera dort liegen, die er ausnahmsweise einmal vergessen hatte. Ich habe sie eingeschaltet und die Hauptdarstellerin seiner Filme entdeckt – dich. Danach brauchte ich ihn nur noch bei seinem Stalking zu stalken – er belauerte dich, ich ihn. So habe ich auch herausgefunden, dass du Katzen liebst. Ich habe dafür gesorgt, dass mein Auto immer wieder in seinen Filmchen zu sehen ist, damit ich ihm auffalle. Ich hoffe, dass die Polizei die Videos sieht und mich vernimmt. Wenn ich ihnen erzähle, dass ich heute allein in den Bergen gewesen sei, und wenn sie dann noch den Schnitt in meiner Handfläche sehen, werden sie mich verdächtigen. Ich habe ein Messer dabei und schätze, es wird ziemlich wehtun, mir damit eine Wunde beizubringen, aber keine Angst, du musst nicht zusehen …«

Das ist das Geräusch vom Reißverschluss meiner Jacke. Aber ich bin es nicht, die ihn hochzieht. Es ist dieser Schatten da, der mit mir redet. Jetzt zieht er mir auch die Schuhe wieder an. Und bindet sie zu.

»Ich hoffe sehr, dass sie diesen Sonderermittler herschicken. Er heißt Vogel und ist sehr gut darin, Fälle zu rekonstruieren. Er schafft es immer, alle von seiner Lösung zu überzeugen – zum Beispiel auch bei diesem Derg. Er wird mir das Leben zur Hölle machen, das weiß ich jetzt schon. Aber es ist nötig, dass ich alles verliere, sonst funktioniert es nicht. Alle müssen an mir zweifeln, sogar meine Familie. Gestern hat mir deine Freundin Priscilla ihre Handynummer gegeben. Ich denke, ich werde sie anrufen oder ihr eine SMS schicken, und wenn sie dann befragt oder interviewt wird, vielleicht sogar im Fernsehen, wird sie sich aufspielen und allen erzählen, ich hätte versucht, sie zu verführen. So werde ich immer mehr zu dem Ungeheuer, das die Leute so sehr brauchen …«

Es riecht feucht hier drin. Obwohl ich wieder angezogen bin, ist mir immer noch kalt, aber ich kann mich nicht bewegen. Ich bin betrunken, wie damals, als ich heimlich am Johannisbeerlikör der Oma genippt habe. Meine Brüder haben inzwischen bestimmt den Weihnachtsbaum fertig geschmückt. Er ist wunderschön geworden, das weiß ich.

»Abgesehen von seinem Polizisteninstinkt wird Vogel nur einen Haufen Indizien gegen mich in der Hand haben. Keine Beweise. Ich muss ihn so weit bringen, dass er glaubt, mich nur dingfest machen zu können, indem er die Wahrheit ein bisschen zurechtbiegt. Ich werde ihm meine verletzte Hand zeigen – ich muss dafür sorgen, dass sie nicht vernarbt –, und wenn wir uns begegnen, lasse ich ganz zerstreut ein paar Blutstropfen zurück. Ich weiß, dass er versucht sein wird, sie zu benutzen, um meine Verhaftung zu erzwingen, aber zuerst muss er richtig verzweifelt sein. Wenn sie dann deinen Rucksack in einem Graben finden, wird er sicher das Gleiche tun wie bei Derg und die Fakten seinen Zielen anpassen. Aber damit das passiert, muss der Mechanismus, den ich in Gang gesetzt habe, genau funktionieren, präzise wie ein Uhrwerk. Alles zu seiner Zeit …«

Was ich auch falsch gemacht habe, ich werde es nie wieder tun, ganz bestimmt nicht. Verzeih mir, Herr, ich bitte dich. Mach, dass ich wieder nach Hause kann.

»Ich werde ins Gefängnis kommen, und es wird hart werden, von meiner Familie getrennt zu sein. Möglicherweise wird mich die Angst umtreiben, nie wieder herauszukommen, aber ich muss durchhalten. Derweil wird das Räderwerk dort draußen von allein weiterlaufen … Weißt du, als Kind war ich gut darin, Schnitzeljagden zu organisieren. Es hat mir Spaß gemacht, Aufgaben und Rätsel zu erfinden und Hinweise im Gelände zu verstecken. Macht es immer noch, und deshalb werde ich etwas von dir an die Leman schicken, aber mit Vogels Namen auf der Adresse. Ich habe ein Tagebuch in deinem Rucksack gefunden, damit werde ich seine Neugier wecken. Vorhin haben wir außerdem eine Videobotschaft gedreht, du hast es nicht einmal gemerkt … Ich weiß schon, wo ich sie verstecken werde, aber ich werde auch eine Kopie an die Medien schicken. Damit alles glattläuft, muss Vogel fallen. Erst wenn er im Staub liegt, kann ich wieder aufstehen. Und dann wird die Geschichte von dem Nebelmann ans Licht kommen, der möglicherweise längst gestorben ist, aber so wird er wieder lebendig, und man wird nach ihm suchen, damit du Gerechtigkeit bekommst. Ich dagegen werde frei sein.«

Der Nebel ist schon hier, ich sehe ihn. Er ist überall um mich herum. Kühl und leicht.

»Und jetzt kommt die schwierigste Antwort. Fragst du dich eventuell gerade, wozu ich das alles mache?«

Nein, nein … ich glaube nicht, dass ich das wissen will.

»Weil ich meine Familie liebe. Weil ich will, dass sie alles bekommt, was ihr zusteht. Und nicht noch einmal riskieren will, meine Frau zu verlieren. Du verstehst nicht, wovon ich rede, das weiß ich, aber das war eine schlimme Zeit für uns, diese *Sache* … Ich kam mir so unzulänglich vor, ein einfacher Schullehrer … Bald aber werden Clea und Monica stolz auf mich sein. Denn ich werde mich nicht sofort verkaufen, ich werde mich zuerst weigern. Zeigen, dass ich ein integrer Mensch bin. Doch machen wir uns nichts vor, jeder hat seinen Preis, das ist nun mal nicht zu leugnen.«

Ich liebe meine Familie auch. Und sie mich.

»So, das wäre alles. Es tut mir leid, dass ich dich da mithineinziehe, aber es ist wie in den Romanen: Der Bösewicht macht die Geschichte aus, die Leser würden sich nicht für eine Erzählung interessieren, in der alle gut sind. Doch deine Rolle ist nicht zweitrangig. Wer weiß, vielleicht findet eines Tages ja wirklich jemand den Nebelmann, und dann werden sechs Mädchen, die von allen vergessen wurden, Gerechtigkeit erfahren. Und das allein dank dir, Anna Lou …«

Warum erzählst du mir diese Geschichte? Sie interessiert mich nicht, sie gefällt mir nicht. Ich will zu meiner Mama, meinem Papa, meinen Brüdern. Ich möchte sie noch einmal sehen, ich bitte dich – nur ein einziges Mal. Ich muss mich von ihnen verabschieden, ich …

»Und jetzt entschuldige bitte, ich sehe, dass die Wirkung des Äthers nachlässt. Ich mache schnell, du wirst praktisch nichts spüren.«

Etwas sticht in meinen Arm. Ich öffne die Augen ein wenig, jetzt kann ich es wieder. Er hat eine Spritze und sticht mir die Nadel in die Haut, dabei guckt er auf das O, das ich Oliver gewidmet habe.

»Adieu, Anna Lou, du bist so schön.«

Mir ist kalt. Mama, wo bist du? Mama …

23. FEBRUAR.

ZWEIUNDSECHZIG TAGE NACH DEM VERSCHWINDEN.

In der Nacht, die alles veränderte, schien es dem Nebel endlich gelungen zu sein, durch das Fenster hereinzudringen und das Zimmer mit seinem frostigen Atem zu erfüllen.

Vogel legte eine lange Pause ein, als er seinen Bericht beendet hatte. »Wussten Sie, dass Hass nicht das wichtigste Motiv bei Tötungsdelikten ist?«, bemerkte er dann. »Borghi hat versucht, mich darauf hinzuweisen, aber ich habe nicht auf ihn gehört. Sonst hätte ich vielleicht alles noch rechtzeitig durchschaut. Das wichtigste und häufigste Motiv ist Geld.«

»Nein, das wusste ich nicht«, gestand Flores.

»Dieses ganze Räderwerk rotierte um einen einzigen ebenso schlichten wie banalen Gedanken ... Niemand durfte Anna Lous Leiche finden, niemals. Damit stand und fiel der ganze Plan. Ohne Leiche keine Beweise. Deshalb ist er ungestraft davongekommen.«

»Und das Initial auf dem Arm? Warum das Risiko eingehen, dadurch aufzufliegen? Das verstehe ich nicht ...«

»Ein Mörder begeht durchschnittlich zwanzig Fehler im Laufe seiner Tat. Weniger als die Hälfte davon bemerkt er. Der größte Teil entsteht durch Unerfahrenheit und Unvorsichtigkeit. Aber es gibt auch Fehler, die aufgrund ihrer besonderen Beschaffenheit als ›gewollt‹ erachtet werden können. Sie fungieren als Unterschrift. Unbewusst will jeder Mörder Anerkennung für seine Tat.« Vogel unterbrach sich, dann zitierte er den Lehrer: »Die dümmste Sünde des Teufels ist die Eitelkeit ... Andererseits, wo bleibt der Spaß dabei, der Teufel zu sein, wenn man es niemandem verraten darf?«

Der Psychiater begann zu verstehen, worauf das Ganze hinauslief. »Nach der Sendung sind Sie Martini bis nach Avechot gefolgt. Und haben ihn umgebracht.«

Vogel faltete die Hände im Schoß. »Ihr werdet ihn nie finden. Auch er ist vom Nebel verschluckt worden.«

Flores nahm den Hörer seines Schreibtischtelefons ab und wählte eine Nummer. »Ja, ich bin's. Ihr könnt jetzt kommen.«

Sie warteten schweigend. Wenig später traten zwei uniformierte Polizisten ein und nahmen Vogel in die Mitte.

»Ein Angler, der immer den gleichen Fisch angelt.« Der Sonderermittler lachte bei dem Gedanken. »Es war mir wirklich ein Vergnügen, mit Ihnen zu sprechen, Doktor Flores.«

Als er nach Hause kam, war es fast sechs Uhr morgens. Bald würde es dämmern, aber noch herrschte Dunkelheit, und alles war still. In seinem Einfamilienhaus mit Giebeldach war die Heizung schon vor einer Weile angesprungen und es herrschte eine gemütliche, einschläfernde Wärme. Sophia schlummerte oben noch selig, und er dachte daran, sich zu ihr zu legen und noch ein wenig zu schlafen, entschied sich aber dagegen. Vermutlich würde er sowieso nicht einschlafen können, nicht nach einer Nacht wie dieser. Also stieg er leise ins Untergeschoss hinab.

Dort hatte er seine Taxidermie-Werkstatt, in der er seine *Oncorhynchus mykiss* präparierte. Der Raum war klein und hatte nur ein schmales Fenster. Flores zog an einer Schnur, um eine Glühbirne anzuknipsen, die langsam über seinem Kopf hin- und herpendelte und die Schatten der Gegenstände tanzen ließ. Vor ihm stand die alte Werkbank aus Holz mit allem darauf, was er brauchte. Fläschchen mit Ammoniak und Formaldehyd zum Aufhalten des Verwesungsprozesses. Klarlack, um die natürliche Färbung hervorzuheben. Reiner Alkohol im Sprühfläschchen. Ein Glas mit Pinseln und Terpentin. Feine Messer, ordentlich auf einem Gitterrost angeordnet. Eine Schachtel voller Stecknadeln. Pfeifenreiniger und ein Stielhaken mit hohler Spitze. Boraxpulver und Salicylsäure. Eine Wärmelampe.

Bald würde er in den Ruhestand gehen, und dann würde das hier zu seiner neuen Höhle werden. Er bewahrte bereits einen Großteil seiner Angelausrüstung hier auf, und auch die Erinnerungsstücke aus seinem Sprechzimmer würde er dann hierherholen müssen. Es würde ein bisschen traurig sein, das Büro aufzugeben, das die Arbeit eines ganzen Lebens symbolisierte, aber er malte sich schon aus, wie er zwischen diesen Wänden hier, fern von allem Stress und allen Sorgen, geduldig seinem Hobby nachging. Hin und wieder würde er seine Enkel mit in den Keller nehmen, um ihnen zu zeigen, was der Opa so machte. Er hätte nichts dagegen, seine Leidenschaft an sie weiterzugeben. Hier unten würde er die Zeit vergessen, und am späteren Vormittag würde er Sophias Schritte auf der Treppe hören, wenn sie ihm ein Tablett mit einem Sandwich und einem Glas kaltem Tee brachte. Ja, so würde sich das Alter aushalten lassen.

Flores stützte beide Hände auf die Bank und entspannte seine Schultern. Er atmete tief durch, dann ging er in die Knie. Unter der Werkbank waren jede Menge Schachteln aufeinandergestapelt, in denen er seine Angelköder aufbewahrte. Zu Weihnachten oder zum Geburtstag bekam er jedes Mal neue Stücke von seinen Lieben geschenkt, weil sie wussten, dass er sich darüber am meisten freute. Manche davon waren sogar richtig teuer. Ganz zuunterst aber lag eine alte Stahlkassette mit einem kleinen Vorhängeschloss daran. Flores zog sie heraus und legte sie auf die Bank. Den Schlüssel dazu trug er stets bei sich, an seinem persönlichen Schlüsselbund. Er suchte ihn zwischen den Hausschlüsseln, dem Autoschlüssel und dem zu seiner Praxis heraus. Dann steckte er ihn in das winzige Schlüsselloch und öffnete den Deckel.

Die sechs roten Haarsträhnen lagen immer noch darin.

Sie erinnerten ihn an eine alles in allem glückliche Zeit seines Lebens. Sophia und er waren bereits verheiratet gewesen und hatten zwei ihrer drei Kinder bekommen. Niemand hatte je erfahren, was er manchmal wirklich tat, wenn er angeln ging. Sie sahen ihn nach Hause kommen wie immer, ohne zu ahnen, dass die Freude in seinem Gesicht von etwas anderem herrührte.

Der Angler, der seit dreißig Jahren immer dieselbe Art Fisch angelte, hatte sich früher dem Fang desselben Typs Mädchen gewidmet. Mit roten Haaren und Sommersprossen.

Und jetzt fragten sich alle, wo der Nebelmann abgeblieben war. Er hätte ihnen gern gesagt, dass ihn manchmal immer noch die Versuchung überkam, hinauszugehen und sich auf Beutejagd zu begeben, er aber nach dem Infarkt, der ihn mit zweiunddreißig Jahren beinahe vorzeitig dahingerafft hätte, einen feierlichen Schwur getan hatte.

Keine jungen Mädchen mit roten Haaren und Sommersprossen mehr.

Lange Zeit hatten die Leute ihn vergessen, doch nun, dank diesem Lehrer Martini, war der Nebelmann in ihre Gedanken zurückgekehrt. Sie werden nie auf mich kommen, sagte er sich. Vogels schicksalhaftes Eingreifen in dieser Nacht hatte alles wieder ins Lot gebracht. Nun würden sie das Monster erneut für tot halten.

Flores blickte immer noch auf die Stahlkassette. Vielleicht sollte er sich ihrer entledigen. Nicht so sehr aus Angst, dass diese Haare einen Beweis gegen ihn darstellen könnten. Eher, weil seine Angehörigen, die Menschen, die er am meisten liebte, seine geheime Sammlung finden würden, wenn ihn irgendwann ein weiterer, diesmal tödlicher Herzinfarkt ereilte. Sie würden es nicht verstehen und am Ende ein anderes Bild von ihm bekommen. Er wollte nicht, dass sie diese Seite an ihm entdeckten. Er wollte geliebt werden.

Dennoch entschied er sich wieder einmal dagegen, den Inhalt der Kassette zu vernichten. An manchen Dingen hing man eben. Und diese sechs im Nebel verschwundenen Mädchen gehörten zu ihm, sie waren sein Eigentum. Er hielt sie seit dreißig Jahren in Ehren, in einem geheimen Winkel seines Bewusstseins.

Er klappte den Deckel zu, ließ das Schloss einrasten und stellte die Ordnung unter der Werkbank wieder her. Durch das kleine Kellerfenster fiel ein erster schwacher Sonnenstrahl herein.

Die Nacht, die alles für immer veränderte, war zu Ende.

DANKSAGUNG

Ich danke:
Stefano Mauri, Verleger – und Freund. Und mit ihm allen anderen Verlegerinnen und Verlegern weltweit, die mich veröffentlichen.

Fabrizio Cocco, meiner Stütze. Giuseppe Strazzeri, Raffaella Roncato, Elena Pavanetto, Giuseppe Somenzi, Graziella Cerutti, Alessia Ugolotti, Tommaso Gobbi. Weil sie mir bei diesem Kampf bis aufs Messer beigestanden haben.

Cristina Foschini, die mir mit ihrer Sanftheit das Leben rettet.

Andrew Nurnberg, Sarah Nundy, Giulia Bernabè und allen, die mit so viel Leidenschaft in der Londoner Agentur arbeiten.

Tiffany Gassouk, Anaïs Bakobza, Ailah Ahmed.

Alessandro Usai und Maurizio Totti.

Gianni Antonangeli.

Michele, Ottavio und Vito, meinen besten Freunden. Achille.

Antonio und Fiettina, meinen Eltern.

Chiara, meiner Schwester.

Meiner großen Familie. Ohne euch wäre ich nicht hier.

Ungekürzte Taschenbuchausgabe
1. Auflage 2018

Die Originalausgabe erschien 2015 unter dem Titel
La ragazza nella nebbia bei Longanesi & C., Mailand

Aus dem Italienischen von Karin Diemerling
Lektorat: Johanna Schwering, Berlin
Umschlaggestaltung:
Hauptmann & Kompanie Werbeagentur, Zürich
Satz: Greiner & Reichel, Köln
Druck und Bindung: GGP Media GmbH, Pößneck
Printed in Germany
ISBN 978-3-03882-105-2

www.atrium-verlag.com